폭발물
처리반이
조우한
스핀

BAKUHATSUBUTSU SHORIHAN NO SOUGUUSHITA SPIN

Original Japanese edition published by KODANSHA LTD.
Korean translation rights arranged with KODANSHA LTD.
through JM Contents Agency Co

이 책은 JMCA를 통해 일본의 KODANSHA LTD.와 독점 계약하여
한국어판 출판권이 블루홀식스에 있습니다.

폭발물 처리반이 조우한 스핀

爆発物処理班の遭遇したスピン

사토 기와무 단편소설

김은모 옮김

블루홀6

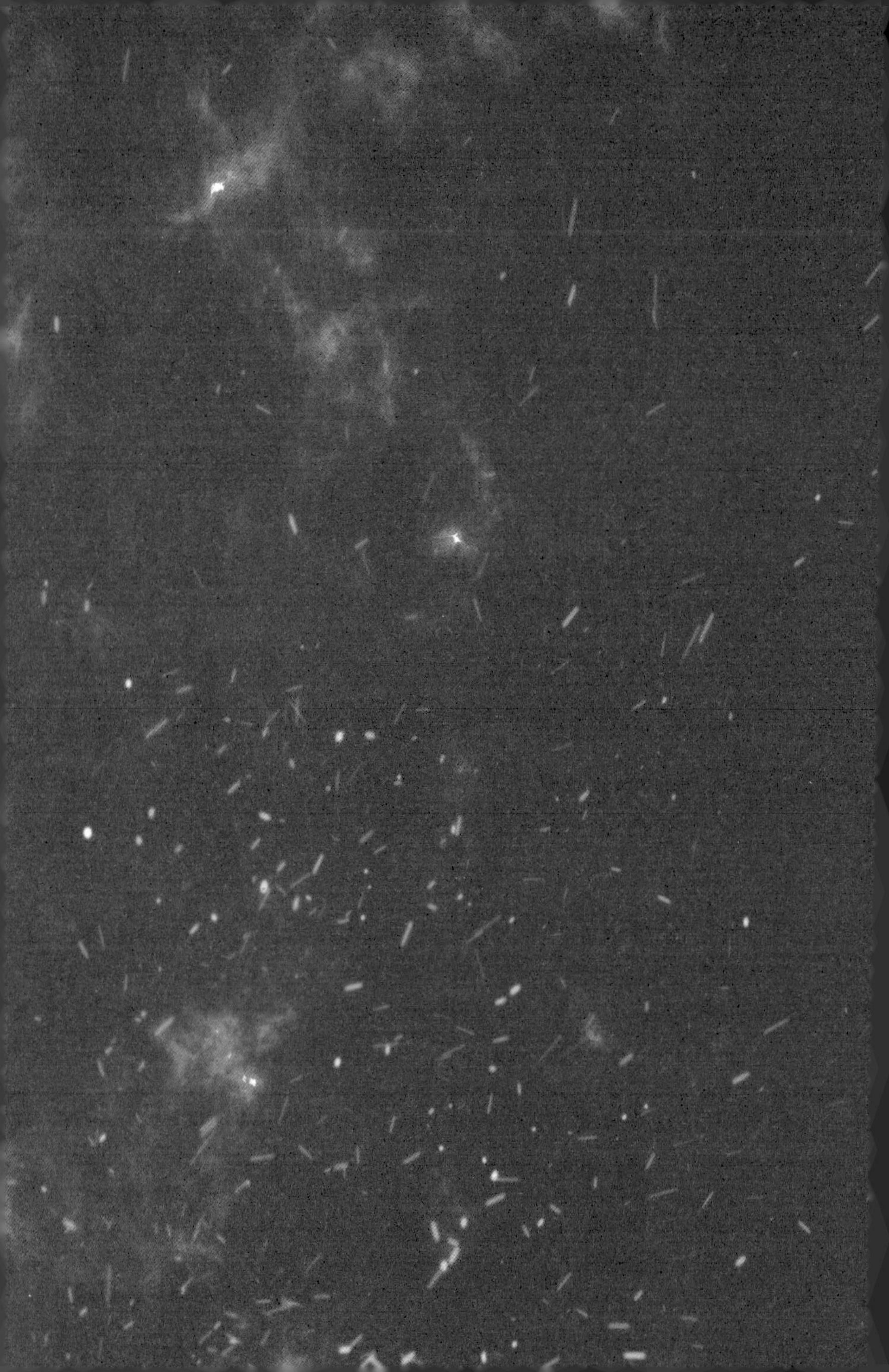

차례

일러두기

본문의 각주는 전부 독자의 이해를 돕기 위한 옮긴이 주입니다.

폭발물 처리반이 조우한 스핀

1(ψ)

2019년 11월 11일 오전 6시.

가고시마현 아이라시 히라마쓰의 경찰학교 강당에 현내의 기동대원들이 모여 있었다.

“2020년 도쿄 올림픽과 패럴림픽 개최까지 아홉 달도 채 안 남았습니다.”

일장기를 등진 경비부장이 마이크에 대고 말했다.

“우리 가고시마현 경찰도 경기 개최지인 수도 도쿄와 간토 지방의 치안 유지 활동을 지원하기 위해, 경시청* 및 전국 경찰청 각 부대와 긴밀히 연계할 수 있도록 기동대를 중심으로 여기서 훈련

* 도쿄도를 관할하는 경찰 조직.

을 거듭해왔습니다. 오늘도 현경 기동대에 관구 기동대 대원을 추가해 전 부대 합동 훈련을 실시하겠습니다. 예기치 못한 돌발 사태에 신속히 대처할 수 있게끔 한마음 한뜻으로 훈련에 임해주시기 바랍니다. 또한 우리 현에서는 요즘—"

직립부동 자세로 훈시를 듣고 있던 27세 우하라 경사는 무표정을 유지한 채 속으로 중얼거렸다. 예기치 못한 돌발 사태고 나발이고, 나라면 10초 만에 훈시를 끝낼 텐데.

테러를 막아라.

놈들이 총이고, 독가스고, 폭탄이고 못 쓰게 해.

기나긴 훈시가 끝나자 우하라는 강당을 나서서 복도를 걸어 폭발물 처리반 전용 탈의실로 향했다. 사물함 앞에서 부반장 소마 경사가 들고 있던 신문을 고마자와 순경에게 내밀었다.

우하라의 후배인 고마자와는 컴퓨터에 해박하고 성격이 쾌활한 남자로, 경마에 사족을 못 쓰는 걸로 반원들 사이에서 유명한지라 반장과 부반장에게 자주 야단맞는다.

부반장에게 받은 신문을 보고 고마자와는 말했다.

"오늘 아침 뉴스는 머릿속에 들어 있습니다. 스포츠 신문을 즐겨 읽거든요."

"이 한심아. 네가 읽은 건 말 관련 뉴스겠지."

소마에게 머리를 쥐어박히는 고마자와를 보고 웃으며 우하라는 술자리에서 고마자와가 한 말을 떠올렸다.

—부반장님 이름에는 '말'이라는 한자가 들어가니까 혼나도 운수가 좋아요.

이 자리에서 본인에게 일러바칠까 싶었지만, 우하라는 서둘러 방폭복을 입어야 했다.

수트 본체가 22킬로그램.

동체 정면을 덮는 조끼가 17킬로그램.

환기 장치가 달린 완전 기밀형 헬멧이 4.5킬로그램.

총 43.5킬로그램이나 되지만 자칫하면 폭풍에 휩쓸릴 우하라의 목숨을 지켜주는 무게이기도 하다. 보통 사람이 이만큼 무거운 장비를 착용하면 물속을 느릿느릿 나아가는 것처럼 움직이는 것이 고작이다. 제대로 걷지도 못하거니와 고도의 집중력이 필요한 처리 작업은 불가능하다.

우하라의 방폭복은 가을에 보급된 신품이었다. 캐나다제 CA9, 색깔은 녹회색. 지금까지는 미국제 MK5를 사용했지만 CA9는 MK5에 비해 헬멧에 장착된 헤드라이트와 카메라 등을 좀 더 세밀하게 조작할 수 있다.

CA9는 한 벌에 6백만 엔이 넘는 비싼 장비다. 그걸 두 벌이나 신규로 구입한 건 폭탄 테러에 대한 경찰의 위기감이 큰 이유다.

2(ψ)

도쿄 올림픽과 패럴림픽에 대비한 테러 대책 합동 훈련은, 개최지에서 멀리 떨어진 가고시마에서도 전쟁터 못지않은 긴박감을 띤 채 진행됐다.

오전 8시에 훈련이 시작되자 훈련장인 경찰학교 부지 내에 각 부대가 조작하는 정보 수집용 드론이 날아다니고 무선이 오갔다.

테러리스트가 인질을 잡고 농성 중이라고 설정된 북쪽 건물에 총기 대책 부대를 태운 헬리콥터—아구스타웨스트랜드 AW139—가 다가간다. 로프를 타고 하강한 무장 대원들이 옥상에 착지해 사방으로 흩어진다. 동시에 NBC(핵, 생물, 화학) 대책 부대의 수송차가 달려간다. 수송차가 북쪽 건물에 인접한 창고 앞에 멈추자 파란색 화학 방호복을 입은 대원들이 내린다. 그들이 착용한 방호복은 폭발물 처리반의 방폭복에 비해 훨씬 가볍다.

NBC 대책 부대가 돌입한 창고는 테러리스트 역할을 맡은 교관들이 터뜨린 최루 가스로 가득했고, 바닥에는 농도가 진한 황산이 뿌려져 있었다. 실제로 위험한 물질을 사용하면 그냥 연기나 물을 상대하는 것보다 대원들의 긴장감을 높일 수 있다.

북쪽 건물에서 작전을 수행하는 총기 대책 부대도 폴리우레탄으로 만든 훈련용 모의총이 아니라 진짜 9밀리 구경 권총을 휴대했다. 그들은 특수 섬광탄을 던지고 실내로 돌입해 수평으로 움직이는 자동 타깃에 실탄을 쐈다. 사람 모양으로 잘라낸 골판지 타깃에 총이 그려져 있으면 테러리스트, 아무것도 없으면 인질이다. 테러리스트와 인질을 한순간에 구분해서 사격해야 한다.

실전에 가까운 대테러 훈련—9밀리 탄환, 최루 가스, 특수 섬광탄, 진한 황산, 전부 다 실물이었지만 폭발물 처리반만큼은 아무 위험도 없는 모의 폭탄을 사용했다. 수준 높은 훈련을 실시하는 가고시마 현경에도 경찰학교가 날아가는 걸 감당할 만한 예산은 없다.

—북쪽 건물 1층에서 폭발물 발견.

긴급 상황이 각 부대에 무선으로 전달됐다.

—총기 대책 부대는 즉시 철수할 것.

총기 대책 부대는 응답한 후 부상자 대용의 마네킹을 들고 옥상으로 향했고, 창고에서 작전 수행 중인 NBC 대책 부대는 중화제를 뿌리며 북쪽 건물과 거리를 두었다.

총기 대책 부대를 태운 헬리콥터가 이탈한 직후, 폭발물 처리반이 북쪽 건물 1층에서 처리 작업에 나섰다. 처리 담당으로 선두에 선 건 우하라와 고마자와. 둘 다 최신형 방폭복인 CA9를 착용했다. 후방 지원 담당 중 부반장 소마는 중장비 조종석에서 대기 중이었다. 팔 끝부분을 집게로 개량한 중장비는 폭발물을 잡아서 옮길 수 있다. 하지만 모의 폭탄이 발견된 건물 내부로 중장비를 진입시키려면 벽을 부숴서 통로를 확장해야 한다. 즉, 시간이 걸린다.

중장비를 투입하기 어렵다면 원격 조작형 로봇을 투입하는 것이 정해진 순서다. 하지만 처리반이 보유한 로봇 〈주피터〉는 거듭된 훈련으로 머니퓰레이터*에 이상이 생겨 수리하러 보냈다. 훈련용 시나리오가 아닌 실제 고장이었다.

로봇은 문제가 생길 때가 많고 만능도 아니다. 인간이 직접 폭발물을 회수해야 하는 상황은 처리반에게 결코 드물지 않았다.

우하라는 매직 핸드**의 자루를 4미터 길이로 늘리고, 통로를 나아가며 완전 기밀식 헬멧 속에서 주문을 외듯 중얼거렸다.

—나비를 붙잡아.

그것은 반장의 가르침이었다.

—폭탄은 나비야. 넌 이 세상에 한 마리밖에 없는 나비를 포충망으로 붙잡으려 하고 있어. 포충망은 부드럽고 우아하게 다뤄.

폭발물 앞에서 냉정함을 유지할 수 있는 인간은 없다. 언제 폭발에 휘말려 날아갈지 모르는 상황에서는 맥박이 빨라지고 근육은 경직된다. 그런 상태로 포충망을 다루면 나비를 놓친다.

방폭 방패를 든 고마자와를 뒤에 남겨놓고 우하라는 앞으로 나

* 작업을 실시하는 로봇의 손이나 팔에 해당하는 부분.

** 위험하거나 손이 닿지 않는 곳에서 작업할 수 있도록 긴 자루가 달린 집게.

아갔다. 헬멧 안쪽에 울려 퍼지는 자신의 숨소리에 귀를 기울인다. 모의 폭탄으로 더 가까이 다가가 매직 핸드를 뻗었다. 우하라는 폭탄을 실물이라고 믿었다. 위험하지 않은 상대와 맞서봤자 훈련의 효과는 없다. 흘러가는 시간이 멈췄다. 주변 경치가 사라지고 자신과 폭탄만 남았다.

3(ψ)

일본에서 폭탄 테러가 발생하는 사례는 드물지만, 우하라는 폭발물의 위력을 구역질이 날 만큼 많이 봐왔다. 니트로글리세린과 펜트리트가 일으킨 폭풍을 자위대 주둔지에서 체감했고, 자료 영상으로 폭탄 테러의 참상을 수없이 보았다. 가스 폭발 사고가 일어났을 때는 소방대와 함께 실태 조사에 참가했다.

이날 합동 훈련에 사용된 모의 폭탄은 폭발하면 1평방센티미터당 50킬로그램포스* 이상의 폭풍이 발생한다는 설정이었다. 강렬한 파괴력이다. CA9나 MK5뿐만 아니라 다른 어떤 제조사의 방폭복을 입더라도 목숨을 보장할 수는 없으리라.

이런 수준의 상대가 눈앞에서 엄니를 드러내면 방폭복은 태풍

* 단위 면적당 가해지는 압력의 크기를 나타낸다.

속에서 우산을 쓰는 정도밖에 위안이 되지 않는다. 물론 방폭복이 없으면 즉사다. 인간의 몸은 두부나 카망베르 치즈처럼 단번에 산산조각 난다.

—나비를 붙잡아.

매직 핸드가 모의 폭탄에 접근했다.

컨디션이 좋다. 우하라는 눈 한 번 깜박이지 않고 천천히 숨을 내쉬었다. 헬멧 안쪽의 마이크로 보고했다.

"폭탄 확보. 이제 들어 올리겠습니다."

두 팔에 무게가 전해지자 턱걸이와 웨이트트레이닝으로 단련한 방폭복 밑의 광배근이 부풀어 올랐다. 모의 폭탄은 용기까지 포함해 무게가 7킬로그램은 된다. 지레와 달리 받침점 없이 4미터 앞에서 바로 힘이 작용하므로 근력과 섬세함을 동시에 통제해야 한다. 잔뜩 집중한 가운데 헬멧 속에 반장의 지시가 들렸다.

—폭발물 처리반의 훈련을 중단한다. 전원 복귀할 것.

모의 폭탄을 들어 올린 우하라는 움직임을 멈추고 자신의 행동을 돌이켜보았다. 어디에도 실수는 없었다. 석연치 않은 기분으로 "수신 완료" 하고 대답했다. 그리고 나비를 바닥에 살며시 내려놓았다.

43.5킬로그램의 캐나다제 CA9와 그에 비하면 가벼운 국산 방폭복. 처리, 수색, 지휘 등 각자 맡은 역할에 맞춰 장비를 착용한

반원들이 훈련 도중이라 헬리콥터와 드론이 날아다니는 경찰학교 부지를 걸어 지령소로 돌아왔다.

전원이 모이자 반장 오야가 훈련을 중단한 이유를 알렸다.

"오전 8시 7분, 가고시마현 교육청에 폭탄을 터뜨리겠다는 협박 전화가 들어왔다. 현재까지의 경위를 전달한다. '가고시마 시내의 초등학교에서 폭탄이 터질 것이다. 폭탄은 화단 뒤쪽, 철망에 둘러싸인 동상 앞에 놓아두었다'—앞서 말한 시각에 이와 같은 협박 전화를 받은 교육청은 경찰에 신고한 후, 시내의 모든 초등학교에 연락해 범인이 폭탄을 설치했다고 주장하는 〈화단 뒤쪽, 철망에 둘러싸인 동상 앞〉에 해당하는 곳이 교내에 있는지 확인하게 했어. 그 결과, 가고시마시 히가시코오리모토초, 마루오가와 초등학교에 그런 장소가 있다는 게 확인됐고 수상한 물건도 발견됐어.

초등학교 앞뜰 서쪽에 위치한 화단 뒤편에 초대 교장의 동상이 있어. 작년 여름, 페인트로 동상에 낙서를 하는 장난이 잇따르자 학교 측은 방범 카메라를 추가 설치할 것을 검토했지만, 학생의 안전과는 무관하게 동상만 감시하는 카메라를 구입하겠다는 안은 예산 사정으로 보류됐지. 대신 동상 주변에 펜스를 설치했어. 강철로 만든 펜스의 높이는 3미터, 상단에는 유자철선을 둘러쳤지.

현장으로 출동한 관할서 경찰관의 보고에 따르면, 펜스 안쪽에서 발견된 수상한 물건은 구두가 두 켤레쯤 들어갈 크기의 검은색 직육면체야. 폭발 예고대로 동상 앞에 놓여 있었지. 누군가 일부러 던져 넣지 않으면 물건이 있을 리 없는 곳이야."

이스즈의 밴을 개조한 기동대의 대형 수송차는 경찰차의 안내를 받으며 경찰학교를 뒤로했다.

폭발물 처리반 16명이 탑승한 수송차 뒤쪽을, 집게 사양으로 개조한 중장비를 실은 트럭이 따라온다. 히가시코오리모토초에 위치한 마루오가와 초등학교는 약 20킬로미터 남쪽에 있다. 우하라와 고마자와는 녹회색 CA9를 착용한 채 헬멧만 벗었다. 장비를 착용한 상태로는 나란히 앉을 수 없으므로, 통로를 사이에 두고서 각자 두 사람 자리를 차지하고 앉았다. 하차하기 쉽도록 둘 다 앞에서 두 번째 자리에 탑승했다. 첫 번째 자리는 반장과 부반장 자리다. 지휘를 담당한 두 사람은 짙은 감색을 기조로 한 가벼운 방폭복을 입어서 그런지, 겉보기는 총기 대책 부대와 크게 다를 바 없었다.

예기치 못하게 합동 훈련에서 해방된 우하라는 하품을 참으며 흔들리는 수송차에 몸을 맡겼다. 고된 훈련보다 실전이 속 편하다고 여기는 건 기동대원에게는 드물지 않은 사고방식이다.

우하라가 폭파 협박으로 출동한 횟수는 마흔 번이 넘는다. 폭파 협박은 세상 사람들이 생각하는 것보다 훨씬 잦다. 개중에서도 학교는 자주 목표물이 되는 곳 중 하나다. 익명 전화, SNS, 쪽지 등등, 멍청한 놈들이 세상을 뒤흔들고 싶다는 일념으로 메시지를 남긴다.

예고는 대개 가짜다. 폭탄은 어디에도 없다.

그리고 범인은 결국 붙잡혀서 위력업무방해죄로 철창신세를 진다.

4(ψ)

경찰차를 따라 빨간불로 일반 차량을 통제한 도로를 통과했을 때, 오야가 우하라를 돌아보았다.

"너희가 훈련을 잘 받으면" 하고 오야는 말했다.

"장어덮밥집에 데려갈 생각이었는데."

"장어요?"

우하라가 눈을 동그랗게 뜨고 되물었다.

"아쉽지만 훈련은 중단됐으니 장어도 없어."

오야는 그렇게 대답했다.

"배달이라도 좋으니까 부탁드릴게요. 그대로 훈련을 속행했으면 완벽하게 해냈을 거라고요. 그렇지, 고마자와?"

우하라는 통로 반대편 자리에 앉은 고마자와를 바라보았다.

"그럼요."

고마자와가 맞장구를 쳤다. 그는 방폭복의 두꺼운 장갑을 낀 손으로 솜씨 좋게 신문을 넘겼다.

"하지만 저는 장어보다 샛줄멸 튀김이 더 좋은데요."

"이 자식이."

우하라는 불만을 담아 말을 툭 내뱉었다.

"죄송합니다, 반장님. 고마자와는 점심을 거르고 팔굽혀펴기를 시키겠습니다."

"샛줄멸이라."

오야가 웃었다.

"젊은 녀석이 은퇴한 노인 입맛이로군."

수송차에서 반장과 반원이 농담 따 먹기를 하는 광경은 일본의 기동대에서 거의 볼 수 없다. 이러한 커뮤니케이션을 허용하는 팀을 만든 건 반장 오야 본인이었다.

오야 신이치로 경감, 41세. 현경에서는 폭탄 박사라는 별칭으로 유명하다. 대학 시절에 화학을 전공하다 폭발물에 흥미를 품었고, 그 관심이 도를 넘어 경찰관의 길을 걷게 된 괴짜였다.

오야는 후쿠오카 현경 기동대에 파견됐을 때, 독일 베를린으로 연수를 가서 최첨단 폭발물 처리 훈련을 받았다. 두 달에 걸친 훈련은 현지 경찰의 특수부대와 연계하는 위험한 일정이었다. 당시 교관이었던 게르하르트 바베르크는 폭발물 처리의 권위자로서 지금도 후진을 지도하고 있다.

―오야 경감이 다루지 않는 폭탄은 핵폭탄뿐.

기동대에 떠도는 그런 소문이 우하라는 정말일 것 같았다. 우하라가 알기로 자원해서 화학공업 회사에 가서 CL-20의 결정화 과정에 입회한 경찰관은 오야 말고 없다. CL-20의 화학명은 헥사나이트로헥사아자이소부르치탄, 농담처럼 이름이 긴 이 화합물은 핵을 제외하면 세상에서 위력이 가장 강한 폭약이다.

"고마자와, 너, 아까부터 신문을 보고 있는데."

오야가 말했다.

"설마 레이스 예상은 아니겠지?"

"경마신문 아닙니다."

고마자와가 신문에서 고개를 들었다.

"부반장님이 주신, 내용이 알찬 신문으로 첨단 과학 기술을 공부하는 중이에요. 요즘 같은 세상에는 언제든지 직업을 바꿀 준비를 해둬야죠."

"참 훌륭하시네."

우하라가 톡 쏘아붙였다.

고마자와는 시스템 엔지니어로서 능력이 있을 뿐만 아니라 정보처리추진기구에서 주관하는 응용정보기술자 자격증도 가지고 있다. 마음만 먹으면 현경 기동대의 경력을 이용해 어디든지 재취직할 수 있으리라.

"오늘 조간신문에는 양자 컴퓨터 이야기가 실렸네요."

고마자와는 우하라의 빈정거리는 말투를 무시하고 반장에게 말했다.

"양자 컴퓨터는 현재 사용되는 컴퓨터보다 계산 속도가 1억 배 빨랐는데, 이제는 2억 배 빨라진다나 봐요."

"2억 배라니."

오야가 눈살을 찌푸렸다.

"진보에도 정도가 있는 법인데."

"무슨 이야기입니까. 전혀 이해가 안 되는데요."

우하라는 한숨을 쉬었다.

"이런 거야, 우하라."

오야가 설명했다.

"여기 1엔짜리 동전이 두 개 있다고 치자. 얼마지?"

"2엔입니다."

"그게 4억 엔이 된다는 이야기야."

우하라는 난감한 표정을 지었다. 반장도 고마자와도 〈이과적인 성향을 띤 운동부 체질〉이라고 해야 할 유형으로, 만사를 구조적으로 세밀하게 파고들고 싶어 하는 사람들이다. 그런 인간들은 가끔 〈단순한 운동부 체질〉을 무시하는 듯한 말투를 사용한다. 물론 듣는 쪽에 단세포 같은 경향이 있다는 건 부정할 수 없지만.

까다로운 이야기에 끼기 싫었던 우하라는 초등학교에 도착할 때까지 한숨 자기로 했다. 오야가 지휘하는 폭발물 처리반은 현장으로 향하는 수송차에서 수면이 허용된다. 요즘은 특수부대도 현장에 도착하기 직전까지 편하게 쉬는 경우가 많다. 긴장과 흥분으로 눈을 번뜩이는 건 이제 낡은 스타일이다. 짧은 시간이라도 쉬어두면 실전에서 수행 능력을 끌어올릴 수 있다. 생사가 걸린 현장으로 향하는 가운데서도 잠을 자는 건, 평소 가혹한 훈련을 소화해내고 있다는 증거이기도 하다.

우하라는 눈을 감으려다 망설였다. 고개를 돌린 오야의 얼굴이 바로 앞에 있었다. 까다로운 이야기에 끼는 수밖에 없다. 우하라는 하는 수 없이 입을 열었다.

"2엔이 4억 엔이 되면 초인플레이션인데요."

"걱정할 것 없어. 어디까지나 계산 속도 이야기니까."

오야가 대꾸했다.

"그건 압니다."

또 무시당한 기분이라 우하라는 말투에 힘을 주었다.

"그렇지만, 아무리 생각해도 어마어마하게 속도가 향상된 것 아닙니까? 야, 고마자와, 왜 그렇게 속도가 확 뛴 거야?"

"양자 비트 덕분에요."

고마자와는 신문으로 눈을 되돌렸다.

5(ψ)

"양자 비트가 뭔데?"

"0이기도 하고 1이기도 하다는 뜻이죠."

"뭐야 그게."

"지금까지는 0 아니면 1이라는 '이진법'으로 행했던 계산이, 동시에 0이기도 하고 1이기도 한 '양자 중첩'을 이용함으로써 경이적으로 빨라집니다. 이 중첩이 바로 양자 비트예요."

"대체 무슨 소리야."

우하라는 고개를 갸웃했다.

"0과 1은 별개잖아. 디지털 손목시계에서 0과 1이 똑같다면 몇 시인지 모르지 않겠어?"

"양자 비트는 종래의 컴퓨터를 뛰어넘었어요. 0이기도 하고 1이기도 한 중첩은 이윽고 어느 한쪽으로 수렴되죠. 이걸 파동함수의 수축이라고 하는데요, 그 움직임을 계산에 이용하는 거예요."

"그럼 결국 0이나 1의 양자택일 아니야?"

"선배, 사고방식이 뒤처지셨네요. 동시에 0이기도 하고 1이기도 한 상태를 계산에 이용하는 거라니까요."

"야, 일부러 어렵게 말해서 날 놀리는 거지?"

"자자, 진정해, 우하라."

오야가 끼어들었다.

"나도 옛날에 화학 강의 시간에 양자역학을 살짝 맛만 봤는데, 아주 흥미로운 학문이야. 고마자와, 우하라가 알아듣게 잘 설명해봐."

고마자와는 오야와 우하라를 번갈아 보았다. 그리고 숙취가 몰려오는 듯한 표정을 지었다. 남에게 설명하는 건 스스로 생각하는 것보다 난도가 높다. 고마자와는 신문으로 돌린 눈을 감고 잠시 생각에 잠겼다.

"우하라 선배가 형사과 소속이라 치고."

이윽고 고마자와가 눈을 뜨고 입을 열었다.

"어느 동네에서 '탐문 수사'를 한다고 칩시다. 그 동네는 고속도로를 사이에 두고 동쪽과 서쪽으로 깔끔하게 나누어져 있어요."

"동서로 분단됐다는 거로군."

우하라는 장단을 맞추어주었다.

"선배가 그런 동네에서 모든 집을 찾아가 '탐문 수사'를 해야 한다면 어떻게 하시겠어요?"

"일단 동네 동쪽을 먼저 돌든지, 아니면 서쪽부터 끝내겠지. 고속도로 때문에 동쪽과 서쪽을 교대로 오가는 건 무리야."

"그렇겠죠. 그밖에는요?"

"네 도움을 받아. 내가 동네 동쪽, 네가 서쪽을 맡는 거지."

"그래야겠죠. 하지만 그러면 선배 혼자 '탐문 수사'를 할 때보다 인건비가 배로 들어요."

"시간을 들일 것이냐, 돈을 들일 것이냐?"

"그런 문제가 발생하죠. 이게 지금까지의 컴퓨터라고 생각해주세요. 그런데 선배, 도플갱어라고 아세요?"

"도플갱어, 무슨 호러 영화에서 봤는데—또 하나의 나와 마주치는 거잖아."

"네."

"그게 어쨌는데?"

"그러니까 양자 비트는 도플갱어예요. 가령 선배가 양자 비트라면, 동네 동쪽과 서쪽에서 동시에 '탐문 수사'를 할 수 있어요. 본체는 없고 둘 다 선배의 도플갱어니까 인건비도 안 들죠. 그러면서 속도는 두 배예요."

"그거 정말이야?"

"네."

"분신이라는 뜻? 정말이라면 어쩐지 무서운 이야기인걸."

우하라는 의문을 제기했다.

"하지만 고마자와, 그렇다면 한 명이 두 명이 돼서, 한 명이 '탐문 수사'를 할 때보다 속도가 두 배로 늘어났을 뿐이잖아. 2억 배는 도저히."

"그게 포인트예요. 동네에는 동서쪽뿐만 아니라 좌우로 갈라진 골목이 있겠죠? 그중 한쪽을 나아가면 또 좌우로 갈라질 수도 있고요. 결국 모든 집을 돌려면 골목을 나아갔다가 되돌아와서 다시 나아가는 수밖에 없어요. 이걸 되풀이하면 시간이 걸리죠."

"혹시."

우하라는 눈썹을 찡그렸다.

"동네 골목에서도 도플갱어가 기능하는 건가?"

"알기 쉽게 비유하자면 그런 셈이에요. 동쪽으로 간 도플갱어와 서쪽으로 간 도플갱어는 중첩돼 있어요. 그리고 각 골목길에서 갈라진 도플갱어도 중첩돼 있고요. 이리하여 모든 집의 '탐문 수사' 정보가 가장 빠른 속도로 손에 들어와요. 그중에서 이미 수사본부가 파악한 목격 정보에 제일 가까운 걸 찾죠. 제일 가깝다는 건 오차가 없다는 뜻이에요. 이게 파동함수의 수축입니다. 이 상태에 다다랐을 때, 선배의 도플갱어는 사라지고 하나의 본체로 나타나 정식으로 수사본부에 보고하러 돌아와요. 사건 해결입니다. 역시 선배, 축하드립니다."

히죽거리는 고마자와를 우하라는 떨떠름한 기분으로 노려보았다. 알쏭달쏭한 이야기였다. 확실한 건 짧은 드라이브 동안 머리를 써서 피곤하다는 사실이었다. 마루오가와 초등학교 건물이 수송차 창밖으로 보였다.

6(ψ)

반장 오야와 부반장 소마가 먼저 수송차에서 내려서 현재 상황을 확인했다. 전교생 569명은 이미 하교했고, 몇몇 교직원만 남아서 사태를 지켜보고 있었다.

상공에 방송국 헬리콥터가 날아다니고 있었다. 오야는 헬리콥터를 철수시키라고 명령을 내린 후 수상한 물건이 있는 앞뜰 서쪽으로 걸어갔다.

훈련 때와 마찬가지로 우하라와 고마자와가 선두에 설 처리 담당으로 지명받았다. 완전 기밀식 헬멧을 착용하고 녹회색 방폭복으로 몸을 감싼 두 사람이 수송차에서 내리자, 교직원들의 시선이 쏟아졌다.

우하라는 두랄루민 트렁크를 들고 이동했다. 범인에게 건넬 몸값이 든 것처럼 보이지만 내용물은 현금이 아니라 엑스선 촬영 장치였다.

공항의 보안 검색대와 똑같은 방법으로 수상한 물건의 내부를 투시해 폭발물인지 아닌지를 확인한다. 편리한 장치지만 대상 근처에 두지 않으면 힘을 발휘하지 못한다. 근처까지 옮기는 것이 우하라의 역할이었다.

우하라는 화단을 가로질러 펜스로 다가갔다. 아이들이 가꾼 시클라멘과 팬지를 부츠로 짓밟으며 나아간다. 3미터 높이의 펜스 너머에 초대 교장의 동상이 있었다. 제초제를 뿌렸는지 지면에 잡초는 없이 자갈이며 흙과 돌이 드러나 있었다. 동상 받침대 정면에 수상한 검은색 직육면체가 보였다. 펜스 때문에 더 다가갈 수는 없다.

—우하라.

헬멧 속에서 반장의 목소리가 들렸다.

—펜스 문의 열쇠가 어디 있는지 모른다는군. 작년에 동상을 설치한 후로 한 번도 문을 안 열어봤대. 경비원이 여기저기 찾아본 모양인데 볼트 커터로 자물쇠를 절단할까?

"아니요."

우하라는 펜스를 올려다보고 대답했다.

"그냥 넘어가겠습니다."

우하라는 힘차게 펜스를 기어올랐다. 펜스 상단에 유자철선을 둘러쳐 놨지만 가까이에서 발사된 총알도 막아내는 방폭복이라 아무 지장 없다.

펜스 안쪽에 내려선 우하라는 역시 펜스를 기어 올라온 고마자와의 손에서 엑스선 촬영 장치가 든 트렁크를 받아들었다. 장치를 넘겨준 고마자와는 펜스 바깥쪽으로 돌아가서 선배가 조사하는 모습을 지켜보았다.

우하라는 사냥감에 다가가는 사냥꾼처럼 발을 살며시 내디뎌서 직육면체 앞에 섰다. 가까이에서 보자 골판지 상자임을 알 수 있었다.

"여기는 처리 담당 우하라, 지금부터 엑스선 촬영에 들어가겠습니다."

상자 속에 비친 것은 평범한 돌이었다. 기폭 장치고 폭약이고 없었다. 우하라가 보고 있는 투시 화상 데이터는 지휘 담당의 모니터에도 전송됐다.

우하라는 무전으로 알렸다.

"이대로 회수할까요?"

—펜스 안쪽의 전파 반응은 어때?

오야가 물었다.

우하라는 엑스선 촬영 장치와 함께 가져온 검파기를 다시 확인했다.

"전파 반응 없습니다."

—좋아.

오하라가 지시했다.

—물품 회수는 고마자와에게 맡겨. 훈련 때 활약을 못 했으니까.

7(ψ)

우하라와 교대해 펜스 안쪽으로 들어간 고마자와가 매직 핸드를 늘려서 검은색 상자를 잡았다. 그리고 상자를 1미터 높이까지 똑바로 들어 올렸다.

11월 11일. 오전 9시 3분.

화창한 늦가을 아침이었다. 펜스 밖에서 기다리던 우하라는 근처에 있는 마른 벚나무 가지를 올려다보며 '오늘 같은 날씨면 사쓰마후지산은 경치가 참 좋겠다' 하고 생각했다. 우하라는 산의 사진을 찍는 걸 좋아했다. 사쓰마후지산이라고도 불리는 가이몬다케산의 사진은 특히 마음에 들어서 휴대전화 배경화면으로 설정해두었다.

대형 트럭끼리 정면충돌한 것 같은 굉음과 함께 땅이 흔들렸다. 번쩍이는 빛에 이어 검은 연기가 피어올랐고, 방폭복과 자기 몸무게를 합쳐 120킬로그램이나 나가는 고마자와가 허공에 붕 떴다. 마치 어린아이가 내던진 인형 같았다. 다음 순간, 폭풍이 우하라를 덮쳤다. 찢겨나간 펜스 파편이 방폭 방패에 부딪혀 소리가 났고, 흙과 모래가 머리 위로 쏟아졌다.

귀울림.

검은 연기에 뒤덮인 시야.

빗발치는 무전.

우하라는 땅을 기어서 나아갔다. 무엇을 향해 나아가는지 눈에는 보였지만 머리로는 인식하지 못했다. 흙 묻은 헬멧 바이저 너머로 보이는 그것에 손을 뻗었다. 절단된 고마자와의 다리였다. 오른쪽 다리일까 왼쪽 다리일까. 발목은 거의 끊어질 지경이었고, 정강

이부터 무릎 사이의 살점이 떨어져 나갔다. 아주 약간 남은 검붉은 근섬유가 힘없이 뼈에 들러붙어 있었다. 부츠를 보고 오른쪽 다리임을 알았다.

반장의 고함 소리가 들렸다.

“소방대원은 접근 금지” 하고 무전을 되풀이했다.

—이 일대의 안전은 보장할 수 없다. 폭발물 처리반만 접근을 허가한다.

완전 기밀식 헬멧이 없었다면 풍압 때문에 우하라의 눈알과 고막은 파열됐을 것이다. 피에 물든 고마자와가 들것에 실렸다. 동료들은 고마자와의 다리를 끌어안은 우하라가 돌아오기를 기다리고 있었다.

구급차 문이 닫히자 오야는 폭발물 처리반을 불러모았다.

고마자와가 날아가는 걸 누구보다 가까이에서 목격한 사람은 우하라였다. 무슨 일이 일어났는지는 우하라의 헬멧에 장착된 카메라 영상에 남아 있다. 폭풍으로 렌즈가 깨졌지만 그 직전까지 촬영된 영상 데이터는 무사히 전송됐다.

—고마자와의 몸이 붕 떠오른 순간.

검은 연기가 영상을 가렸지만 느리게 재생하자 분명히 보였다. 매직 핸드로 붙잡은 검은색 상자는 폭발하지 않았다. 상자가 아니라 지면에서 섬광이 뿜어져 나왔다. 정확하게는 흙 밑에서.

"소리, 연기의 형태, 풍속으로 보건대."

오야가 나지막한 목소리로 말했다.

"PMN2일지도 모르겠군."

멍한 표정으로 서 있던 우하라는 반장의 말을 되뇌었다. PMN2는 매설식 폭풍 지뢰*다.

"지뢰라고요?"

우하라는 물었다.

"고마자와가 당한 건 처음에 조사한 제 실수입니다. 변명할 생각은 없습니다. 하지만—"

"잘 들어."

오야가 우하라의 말을 가로막았다.

"무슨 말을 하고 싶은지는 알아. 우하라, 네가 펜스 안쪽을 돌아다녀도 지뢰는 폭발하지 않았지. 밟아야 반응하는 신관을 사용하지 않으면 그래."

우하라는 되감겼다가 느리게 재생되며 반복해서 날아가는 고마자와의 영상을 바라보았다.

"그럼 어딘가에 다른 기폭 신호가 있었다는 겁니까?"

"그렇겠지."

오야는 험악한 눈빛으로 고개를 끄덕였다.

* 폭발할 때 발생하는 압력으로 사람을 살상하는 지뢰

"그렇지만—"

부반장 소마가 물고 늘어졌다.

"우하라가 전파 반응을 확인했을 때는 아무것도—"

그러자 오야는 노트북의 터치패드로 영상에 비치는 대상의 실제 치수를 표시하는 눈금을 모니터에 띄웠다. 이 기능은 내시경 수술 등에도 이용된다.

"여기를 봐."

고마자와가 검은색 상자를 매직핸드로 들어 올린다.

상자 윗부분이 땅에서 딱 1미터 높이에 다다르고 0.02초 후에 지뢰가 폭발했다.

"0.02초라는 시간 차는 우연치고는 너무나 짧아."

오야가 말했다.

"1미터라는 높이에 달하는 순간 기폭 장치가 작동됐다고 봐야겠지."

"반장님—"

소마가 메마른 목소리로 말했다.

"상자가 1미터 상승한 순간 폭발하는 덫이라고요?"

"상황으로 추측하자면 그런 셈이야."

일본의 초등학교에 PMN2가 묻혀 있을 거라고 누가 상상이나 하겠는가. 더구나 그게 교묘하게 설치된 덫에 의해 폭발하다니.

무거운 침묵이 모니터를 둘러싼 폭발물 처리반을 짓눌렀다.

8(ψ)

펜스 안쪽에서 우하라가 놓친 발신기는 동상 받침대에서 발견됐다.

화강암 받침대를 드릴로 정밀하게 뚫어낸 구멍 속에 레이저 라이트가 달린 카메라가 감추어져 있었다. 카메라는 자동으로 검은색 상자를 촬영하다 상자가 지면에서 떨어지는 것과 동시에 레이저를 쏘았다. 오야가 추측한 대로 상자 윗부분이 1미터 높이에 다다른 순간 지뢰에 기폭 신호가 보내진 것으로 보였다.

그 자체로는 신호를 발신하지 않는 물체가 일정한 높이에 도달하면 완전히 다른 장치에서 폭탄에 신호를 보낸다. 경찰이나 군대가 수상한 물체를 회수하러 들어간 단계에서 장치가 작동하므로 사전에 전파를 탐지해도 걸리지 않는다. 2016년에 벨기에 폭탄테러에서 사용된 〈인비시블 와이어 밤(IWB)〉의 기폭 시스템으로 알려져 있다.

IWB를 막는 방법은 수상한 물체를 판자로 둘러싸서 회수하는 것이다. 그러면 카메라도 레이저도 대상을 인식하지 못하므로 신호를 보낼 수 없다.

우하라는 눈을 감고 자책했다. 이만큼 깊이 생각해서 철저하게 준비한 범행이었을 줄은 예상도 못 했다. 하지만 모든 가능성을 고려했다면 사전에 알아차릴 수 있었을 것이다.

우하라는 모니터 앞에서 벗은 헬멧을 다시 쓰고 환기 장치를 작동시켰다. 아까 주웠던 다리의 감촉이 양손에 남아 있었다.

뉴스가 순식간에 전국으로 퍼져나갔다.

—속보. 가고시마 시내의 초등학교에서 수상한 물체가 폭발. 기동대원 한 명이 중상을 입은 듯. 반경 10킬로미터 권내에 옥내 대피 요청. 폭발물 처리반이 엄중 경계 태세로 활동 중. 인근 주민 여러분은 수상한 물체를 발견하면 절대 접근하지 말고 즉각 경찰에 신고해주시기 바랍니다.

방폭복이 없는 경찰관과 소방대원을 대피시킨 후, 폭발물 처리반은 지뢰 탐지기를 들고 앞뜰과 운동장을 돌아다녔다. 반응이 있을 때를 대비해 집게 사양의 중장비를 트럭 짐칸에서 내렸다.

지뢰가 폭발하고 한 시간쯤 지난 오전 10시, 범행 성명으로 추정되는 이메일이 현경 생활환경과에 수신됐다.

초등학교

PMN2 우리 것

트로피컬 하우스

짧은 일본어 메일이 수신된 그 시점에, '초등학교에서 지뢰가 폭발했다'는 정보는 아직 비공개 상태였다. 하지만 메일에는 지뢰의 유형까지 적혀 있었다. 메일 발신지는 호주 캔버라. 현경 생활환경과가 외무성의 협력을 얻어 알아낸 좌표를 캔버라 현지 경찰이 조사한 결과, 가정집에서 해킹된 컴퓨터가 발견됐고 소유자는 92세 노인으로 밝혀졌다. 노인은 초기 알츠하이머라 통원 치료를 받는 중이었고, 메일 프로그램은 벌써 몇 년이나 열어보지 않았다. 실마리는 거기서 끊겼다.

범행 성명의 수수께끼는 '지뢰' 관련 내용뿐만이 아니었다. 메일 속 '우리'를 가리키는 것으로 추정되는 '트로피컬 하우스'가 뭔지 알아낼 필요가 있었다.

범인이 즉흥적으로 지어낸 걸까. 아니면 테러 조직의 공식적인 명칭일까. 테러 조직 명칭이라면 현경 데이터베이스에는 기록이 없다. 현경 상층부의 지시로 경비부가 공안 조사청에 문의했다.

정보를 흘리고 얼마 지나지 않아 답변이 왔다.

[분류 — 조사 중]

- The Tropics Liberation Oragnization(더 트로픽스 리버레이션 오르가니제이션)
- 열대 해방 기구

  약칭-TTLO

별칭-트로피컬 하우스

- 환경 테러리스트

아시아 및 아프리카 지역에서 진행되는 리조트 개발, 삼림 벌채, 해양 개발, 원자력 발전 등에 관련된 기업을 공격.

◈ 2013년

필리핀 국내를 본거지로 활동 개시.

◈ 2014년

인도네시아 자카르타에서 리조트 호텔에 숙박하는 외국인 관광객을 노린 폭탄 테러에 관여. 사건 후 호텔은 폐쇄됨.

◈ 2016년

호주 멜버른에서 리조트 호텔에 숙박하는 관광객을 노린 폭탄 테러에 관여. 사건 후 호텔은 폐쇄됨.

◈ 2017년

리더로 추정되는 캐나다 국적 리버스 프레드릭이 체포된 후, 조직의 실태는 불분명. 현재 조사 중.

학교 건물로 들어온 우하라는 2층 교실을 돌아다니며 확인했다. 옥상, 요리실, 급식실, 강당, 지하실, 폭발물 처리반이 안전 확인을 마쳤을 무렵에는 11월의 해가 저물고 있었다.

9(ψ)

오후 6시, 〈호텔 하비에르 가고시마〉의 프런트에 전화가 걸려왔다. 차분한 남자 목소리였다.

—1층 릴렉제이션 룸, 벽 앞의 산소 캡슐에 손님이 들어가 있을 거야. 절대로 뚜껑을 열지 마. 열면 플로어가 통째로 날아갈 테니까. **기폭 장치가 1.3기압을 인식한 상태**야. 경찰을 불러. '초등학교의 지뢰'라고 하면 금방 달려올 거야.

〈호텔 하비에르 가고시마〉의 신고를 받은 경찰은 주소를 알고 전율했다. 호텔이 있는 곳은 덴몬칸이었다.

가고시마 최대의 환락가. 음식점과 호텔이 밀집한 곳으로, 분화한 사쿠라지마섬의 화산재를 막기 위한 길이 2킬로미터에 달하는 명물 아케이드가 있다.

가고시마가 테러리스트의 목표물이 된 게 확실한가?

현경 상층부는 머리를 싸맸다. 범인의 요구가 없으므로 목적도 불분명했다.

확실한 건 하나뿐이었다.

덴몬칸에 대피 지시를 내리는 건 초등학교를 휴교하는 것과는 비교도 안 되게 큰일이다.

덴몬칸전철길, 센니치초 4번가구로 출동할 것.

쉴 틈도 없이 새로운 출동 요청을 받은 폭발물 처리반은 초등학교를 관할서와 소방서에 인계하고 이동할 준비를 시작했다.

반원들은 피로한 기색을 보이기는커녕 지뢰를 설치한 상대로 추정되는 테러리스트의 폭파 협박에 분노를 감추지 못하고 평소와 다름없이 기민하게 행동했다. 처리반은 범인이 아니라 폭탄과 싸운다. 그래도 새로운 출동은 복수전이나 다름없다. 출혈성 쇼크에 빠진 고마자와의 용태는 지금도 불투명하다.

트로피컬 하우스—인종도 국적도 베일에 싸인 웃기는 이름의 테러리스트—가 초등학교의 지뢰를 포석으로 사용한 건 의심할 여지가 없었다. 환락가를 폭파하겠다는 협박이 진짜임을 경찰에 알리기 위해 고마자와를 희생시킨 것이다. 우하라는 주먹을 꽉 움켜쥐었다.

미안하다, 고마자와.

반드시 적을 해치울 테니 살아서 돌아와.

기재를 옮기는 부하들을 지켜보던 오야가 우하라를 불러서 짤막하게 뭔가 지시했다. 우하라는 혼자 운동장의 수돗가로 걸어가서 호스를 잡고 물을 틀었다. 방폭복에 남은 고마자와의 피를 이제야 씻어냈다.

대피 지시가 떨어진 덴몬칸 일대에서 평소의 활기는 찾아볼 수 없었다. 도로는 통행이 금지됐고, 거리의 상징인 노면 전철도 운행을 중단했다. 음식점과 영화관도 영업을 자숙해달라는 요청을 받았다. 마치 사쿠라지마섬이 대규모로 분화한 것처럼 고요했지만 화산재는 떨어지지 않았다. 그리고 〈호텔 하비에르 가고시마〉만이 기동대의 불빛을 받고 어둠 속에 그 모습을 밝게 드러냈다.

우하라는 엑스선 촬영 장치가 담긴 트렁크를 들고서, 금속 탐지기를 소지한 소마 그리고 가고시마 공항에서 지원을 나온 셰퍼드 한 마리와 함께 호텔 입구에 쳐진 통제선을 통과했다. 수사관과 소방대원들이 지켜보는 가운데 두 사람과 개는 호텔 안으로 사라졌다.

소마가 목줄을 잡은 셰퍼드는 규슈 남부 지방에 한 마리뿐인 화약 탐지견이었다. 수십 종류의 화약을 냄새로 찾아낼 수 있어서 공항에서 짐 검사를 할 때 활약한다. 두 사람과 개는 아무도 없이 천장 조명만 비치는 로비를 서쪽으로 나아가 릴렉제이션 룸에 진입했다.

반장에게 들은 대로 기묘한 광경이 펼쳐졌다.

따스한 크림색으로 통일된 실내에 산소 캡슐 일곱 대가 나란히 놓여 있었다. 크기는 널찍한 욕조만하다. 그중 여섯 대는 뚜껑이 열려 있고, 벽 앞에 있는 한 대만 뚜껑이 닫혀 있었다. 뚜껑이 닫힌 산소 캡슐 좌우에 소방대원 두 명이 서 있었다.

"1층 서쪽에서 산소 캡슐 확인."

소마가 무전으로 알렸다.

"소방관 두 명도 확인."

우하라는 산소 캡슐로 다가갔다. 둥그스름한 뚜껑에 달린 투명한 창문으로 안에 있는 남자의 얼굴이 보였다. 하얀 목욕 가운 차림으로 푹 잠들었다. 폭발물이 설치됐으리라고는, 말 그대로 꿈에도 생각지 못하는 표정이었다.

산소 캡슐 좌우에 선 소방대원은 깨어난 남자가 뚜껑을 열지 않도록 감시하는 중이었다.

절대로 뚜껑을 열지 마.

테러리스트가 그렇게 말했기 때문이다.

기폭 장치가 1.3기압을 인식한 상태야.

10(ψ)

"산소 캡슐은 고농도 산소를 혈액에 공급함으로써 피로 회복에 도움을 주는 장치야. 다만 일상생활 속 표준 기압인 1기압 상태에서는 고농도 산소를 들이마셔도 체내에 남지 않지.

'1.3'기압부터 고농도 산소가 효율적으로 혈액에 녹아든다고 해. 수심 3미터에 잠수했을 때와 같은 압력을 전신에 받는 상태지. 이 환경을 유지하기 위해 산소 캡슐을 밀폐하고 내부 기압을 올리는 거야.

테러리스트가 호텔 프런트 담당과 통화한 내용을 분석하자면,

일단 산소 캡슐에 폭탄을 숨기고 이용자가 들어가서 뚜껑을 닫은 후 내부가 1.3기압에 도달하는 것과 동시에 기폭 장치가 대기 상태에 들어가. 1.3기압을 인식 중인 기폭 장치는 기압이 변화한 순간 작동하지. 즉, 뚜껑을 열었을 때야—"

우하라는 수송차로 이동할 때 반장에게 들은 설명을 떠올리며 산소 캡슐을 바라봤다. 왜 테러리스트가 전화를 걸어 기폭 시스템을 알아낼 수 있을 만한 이야기를 한 건지는 아무리 생각해도 짐작이 가지 않았다.

하지만 극히 위험한 상태라는 건 변함없다. 산소 캡슐의 뚜껑은 안과 밖 어디서도 열 수 있다. 안쪽에서도 열 수 있는 건, 밀폐 상태나 기압 상승 때문에 이용자의 몸 상태가 안 좋아질 경우를 고려한 조치다. 그렇지만 자동차 문처럼 단번에 확 열리지는 않는다. 회전식 손잡이를 돌려서 조금씩 여는 방식이다. 느닷없이 열면 급격한 기압 변화 때문에 고막이 상하기 때문이다.

바로 열 수는 없더라도, 아무것도 모른 채 잠든 남자가 깨어나 이변을 알아차리고 뚜껑을 열면 끝장이다. 1.3기압 상태가 깨져서 산소 캡슐이 폭발한다.

우하라와 소마가 도착하자 대기 중이던 두 소방대원은 죽음과 등을 맞대고 있던 상황에서 드디어 해방됐다. 우하라와 소마는 반장의 지시에 따라 산소 캡슐 뚜껑을 강력 접착테이프로 고정했다.

인도적으로 배려해야 한다는 망설임은 없었다. 이로써 남자는 깨어나도 자력으로는 산소 캡슐에서 나올 수 없다.

산소 캡슐 내부를 엑스선 촬영하는 우하라 옆에서 화약 탐지견 셰퍼드가 꼬리를 세차게 흔들었다. 근처에 화약이 있음을 알리는 신호였다.

와카사카 노리토모. 잠들어 있는 남자의 이름은 숙박객 목록으로 알아냈다. 〈호텔 하비에르 가고시마〉의 숙박비는 후불이므로 신용카드 결제 이력도 없었다.

신용카드와 신분증이 든 지갑은 릴렉제이션 룸의 사물함에 넣어놓았다. 물리적인 열쇠 없이 이용객이 등록한 지문으로 잠그는 유형의 사물함이었다. 지문 인증을 하지 않고 문을 열려면 정해진 순서를 밟아야 한다. 소마가 호텔 직원과 무전으로 연락을 취하며 사물함을 여는 작업에 나섰다. 지갑을 입수하면 와카사카 노리토모의 신원을 조회할 수 있다.

"남자가 누워 있는 매트리스 밑에서 폭약을 확인했습니다."

우하라는 무전으로 알렸다.

"작게 나눈 덩어리가 여러 개 깔려 있고, 기폭용 전선이 각각 연결돼 있습니다."

"덩어리의 형태는 C4로 보이는데—"

전송한 사진을 모니터로 보고 있는 오야가 말했다.

—개에게 냄새를 맡게 해봐.

"수신 완료."

우하라는 대답했다.

소마가 셰퍼드에게 산소 캡슐 밑바닥의 냄새를 맡게 한 후, 목줄을 끌고 반대편 벽 앞으로 이동했다. 그리고 자리에 앉힌 셰퍼드의 코끝에 화약 샘플을 하나씩 들이대고 반응을 살폈다. C4—미군도 사용하는 고성능 폭약—차례가 돌아왔지만 반응은 없었다.

"C4에는 반응하지 않습니다."

소마가 말했다.

"샘플 테스트를 계속 진행하겠습니다."

셰퍼드는 CL-20의 샘플에 격렬히 반응했다. 헥사나이트로헥사아자이소부르치탄. C4보다 훨씬 위험하고, 생성 가능한 화합물 중에서 가장 강력한 폭약이다. 우하라는 헬멧 속에서 숨을 크게 내쉬었다. 엑스선으로 촬영한 폭약이 정말로 CL-20이라면 호텔 1층을 통째로 날려버릴 수 있다.

—우하라.

오야가 굳은 목소리로 말했다.

—기폭 장치가 잘 보이는 각도에서 사진을 다시 찍어서 보내.

산소 캡슐에 부딪치지 않도록 우하라는 바닥에 천천히 드러누워 다시 엑스선 촬영을 시도했다.

11(ψ)

지휘소의 텐트는 호텔 내부에서 폭발이 일어날 경우를 고려해 수송차 뒤쪽에 설치됐다. 폭풍을 막아줄 벽이 있으면 수사 관계자가 다칠 염려는 없다.

그 텐트에서 폭발물 처리반을 지휘하는 오야가 와카사카 노리토모의 행적과 관련한 수사 정보를 수사관에게 들었다.

와카사카는 전날 10일에 〈호텔 하비에르 가고시마〉를 방문해 이틀 묵을 예정으로 체크 인했다. 그리고 오늘 오전 9시, '오후 6시부터 7시 반까지 90분 코스'로 산소 캡슐을 예약한 후 호텔을 나섰다. 호텔에 돌아온 와카사카는 예약한 대로 오후 6시에 산소 캡슐에 들어갔다. 목욕 가운으로 갈아입은 와카사카가 산소 캡슐에 들어갈 때, 손목시계와 휴대전화 외에는 소지한 물건이 없었다고 릴렉제이션 룸에서 일하는 직원이 증언했다. 소지품 확인은 스스로 폭발물을 설치한 자폭 테러일 가능성을 제외하는 데 꼭 필요한 요소였다.

산소 캡슐 뚜껑이 닫힌 직후, 폭파 협박으로 추정되는 전화가 프런트로 걸려왔다. 이 전화를 누가 걸었을까? 와카사카의 자작극이라면 산소 캡슐에 가지고 들어간 휴대전화로 걸 수 있다. 범인이 따로 있다면, 그 인물은 무슨 수단을 사용해 산소 캡슐 뚜껑이 닫히는 순간을 감시한 셈이다.

자작극이냐 외부인의 범행이냐를 판단하는 과정에서는 오후 4시에 있었던 일이 중요하게 작용했다. 산소 캡슐 제조사에서 파견한 '정기 점검업자'라는 남자 두 명이 호텔 프런트에 나타났다. 두 남자는 산소 캡슐 일곱 대를 점검하고 알코올로 투명한 뚜껑을 소독한 후, 명함과 신제품 팸플릿을 주고 돌아갔다.

오후 6시가 지나 폭파 협박 신고를 받고 출동한 수사관이 프런트 담당에게 사정을 듣고 산소 캡슐 제조사에 문의한 결과, 정기 점검업자를 파견한 사실은 없었으며, 두고 간 명함 두 장은 산소 캡슐과 아무 관계도 없는 에어컨 설치업자의 것으로 밝혀졌다.

정기 점검업자라고 사칭한 두 사람이 산소 캡슐에 폭발물을 설치했을 가능성이 극히 크다. 현경 수사본부는 호텔의 방범 카메라 영상을 입수해 이미 두 사람을 긴급 수배했다.

설명을 마친 수사관이 텐트를 떠나자 오야는 우하라가 보낸 기폭 장치로 추정되는 사진을 들여다보았다.

아무것도 비치지 않는다.

투명한 게 아니라, 형체의 윤곽만 새카맣게 찍혔다. 엑스선이 완전히 차단됐다.

지름 2.6센티미터의 공 같은 형체. 고리 하나가 그 둘레를 둘러싸고 있다. 1.1센티미터 굵기의 고리 역시 그림자같이 새카맣다.

확대해서 바라보자 큰 뱀이 검은 알을 감싸고 있는 것만 같아서 불길한 기분이 들었다. 계속 보고 있으니 어째선지 죽은 아버지의 얼굴이 오야의 머릿속에 떠올랐다.

지금까지 수많은 기폭 장치를 봐왔지만, 대체 어떤 구조일지 전혀 예측이 되지 않았다.

어쩌면 기폭 장치가 아니라 기압계의 형체일지도 모른다. 하지만 1.3기압을 인식 중이라고 추정되는 기압계는 이미 발견됐다. 공과 고리를 조합한 검은 형체 옆에 다른 코드로 연결돼 있다. 그렇다면 이 형체는 역시 기폭 장치라고 봐야 한다. CL-20을 준비할 만큼 수완 있는 상대가 기압계를 두 개 늘어놓는 허튼짓을 할 리 없다.

그나저나, 하고 오야는 생각했다.

뚜껑을 열면 폭탄이 터진다고 일부러 알려준 이유는 뭘까?

왜 시한장치를 사용하지 않았을까?

왜 기폭 장치는 엑스선을 차단했을까?

사물함을 연 소마가 셰퍼드를 데리고 호텔 밖으로 나가자, 우하라는 산소 캡슐에서 잠든 남자와 단둘이 남았다.

이런 악마 같은 방법을 고안하다니, 하고 우하라는 혀를 내둘렀다. 고마자와가 당해서 피어오른 분노의 불길은 여전히 활활 타오르고 있었지만, 상대의 머리가 잘 돌아간다는 것만큼은 인정하지 않을 수 없었다. 그런 한편으로 뭐가 목적인지 모르겠다.

이 테러리스트들은 사람을 죽이기보다 경찰을 괴롭히고 싶은 건가? 우리가 꼼짝달싹 못 하는 상황을 즐기는 건가?

폭발물 처리반의 직무는 빨간색이나 파란색 코드를 모 아니면 도라는 식으로 자르는 게 아니다. 그건 어디까지나 픽션 속 세계다. 그런 도박으로 사람의 목숨을 위험에 빠뜨리기보다는, 회수한 폭발물을 안전한 곳에서 폭파하는 것이 훨씬 이치에 맞다. 폭탄을 이동시킬 때 위험이 동반되는 경우는 화학 반응이 일어나지 않도록 액체질소로 얼려서 옮긴다.

하지만 지금은 그럴 수 없다. CL-20이 산소 캡슐 안쪽에 있기 때문이다. 잠든 남자 바로 밑에 가장 강력한 폭약이 잔뜩 깔려 있다. 얼린다면 산소 캡슐을 통째로 얼리는 수밖에 없다. 그러면 잠든 남자도 얼어붙는다. 동상으로 그칠 리 없다. 덧없이 얼어 죽으리라.

지휘소 텐트에서 오야는 미동도 없이 모니터를 들여다보고 있었다.

경찰학교 동기인 마에하마 미쓰오가 뜨거운 커피가 담긴 종이컵을 두 개 들고 텐트로 들어왔다. 마에하마는 형사부 수사 제1과 기동 수사대 소속이다.

마에하마는 소마가 사물함에서 지갑을 꺼낸 덕분에 산소 캡슐에 누워 있는 와카사카 노리토모의 신원을 조회할 수 있었다고 전한 후 종이컵을 책상에 내려놓았다. 자세한 내용을 들은 오야는 "그렇군" 하고 짤막하게 대꾸했다. 커피에는 입을 대지 않았다.

잠자코 모니터를 들여다보던 마에하마가 이것저것 묻기 시작했다. 그것은 질문이라기보다 현재 상황을 타개할 아이디어의 제안이었다. 마에하마가 제안할 때마다 오야는 자기 자신에게 들려주듯 부정하는 말을 내뱉었다.

그건 무리다. 뚜껑을 열 수는 없다. 와카사카를 꺼낼 수 없다. 폭약을 얼릴 수 없다.

마에하마는 한숨을 쉬었다.

"야단났군. 범인과 교섭도 못 한다면 그야말로 꽉 막힌 상황 아닌가?"

"아니."

오야는 모니터에 시선을 고정한 채 말했다.

"꼭 그렇지만은 않아."

12(ψ)

자신이 어떤 상황인지도 모른 채, 산소 캡슐에서 자고 있는 남자의 자세한 신원이 회의실에 모인 현경 상층부에게 보고됐다.

보고하러 온 형사는 마에하마였다. 마에하마는 담담하게 전달했다.

"와카사카 노리토모, 48세, 가고시마현 출신, 도쿄도 세타가야구 거주, 가족 구성은 아내와 딸. 근무처는 경제산업성 외국, 자원에너지청, 직함은 국제과 과장."

뭐라고 형용할 수 없는 탄식이 회의실에 퍼져나갔다. 자원에너지청. 가스미가세키*. 마에하마가 가져온 또 다른 정보가 그들을 더욱 몰아붙였다.

"와카사카가 가고시마에 온 이유는 친척 장례식에 참석하기 위해서였습니다. 오늘 정오에 거행된 장례식에는 와카사카의 처남도 참석했는데요. 이름은 노마키 데쓰지, 가고시마현에서 선출된 참의원 의원으로 원자력 발전소 추진파입니다. 현내의 센다이 원자력 발전소 재가동을 둘러싸고 반대파의 비난에 시달렸던 인물입니다."

중앙 관청뿐만 아니라 나가타초**와도 연결된 와카사카 노리토모가 현재 처해 있는 상황 자체가 가고시마 현경에게는 폭발물처럼 위험했다. 구출 실패는 용납되지 않는다. 점차 드러나는 사건의 전체상은 이제 가고시마를 넘어 일본 정부를 끌어들이는 규모로

* 각 중앙 부처의 청사가 많은 일본의 관공청 거리. 거기서 근무하는 관료의 대명사이기도 하다.

** 국회의사당과 각 정당의 본부가 있는 곳.

커졌다. 자원에너지청 과장인 와카사카가 환경 테러리즘을 제창하는 테러 조직 '트로피컬 하우스'의 목표물이 된 건 우연이 아니다.

"하지만 말이야—"

본부장이 입을 열었다.

"와카사카가 어느 산소 캡슐에 들어갈지 범인이 어떻게 알았을까? 놈들은 와카사카가 호텔로 돌아오기 전에 벽 앞의 한 대에 폭탄을 설치했어. 산소 캡슐은 총 일곱 대잖아?"

마에하마는 잠깐 뜸을 들이다 대답했다.

"테러 조직이 예약 정보를 해킹했거나, 호텔 직원 사이에 내통자가 있을 가능성 등 모든 면에서 수사를 진행 중입니다. 지금 여기서 말씀드릴 수 있는 건 야단을 치실 만한 이야기입니다만—"

"말해봐."

"오후 6시 시점에 벽 앞의 한 대를 제외한 산소 캡슐을 전부 채우면 와카사카가 들어갈 곳은 한정됩니다."

"과연, 확실히 농지거리 같은 대답이로군. 그러면 같은 시간대에 산소 캡슐을 이용한 사람도 용의자가 되는 건가."

"네. 아쉽게도 여섯 대가 전부 찬 건 아니지만, 산소 캡슐 이용자는 전원 추적해서 조사했습니다. 하지만 릴렉제이션 룸 담당자에 따르면, 어느 캡슐을 이용할지는 들어가기 직전에야 결정된다는군요. 특정 캡슐을 지목한 손님도 없었던 것 같습니다."

"예약 정보를 해킹했다는 측면에서."

다른 간부가 말했다.

“테러 조직에 대해 뭔가 알아낸 바는 없나?”

“그게 아주 복잡한 이야기라—”

“뭔데?”

“통상적인 해킹으로 끝나는 게 아니라 예약 정보를 통해 조합을 계산해서 예측했을 가능성이 농후합니다.”

“조합을 계산했다니?”

“아까도 말씀드렸다시피 누가 어느 산소 캡슐에 들어갈지는 들어가기 직전에야 결정됩니다. 그리고 폭탄은 정기 점검업자로 위장한 두 명이 오후 4시에 설치했고요. 호텔 측에 내통자가 없었을 경우, 이건 그 시각까지의 산소 캡슐 예약 상황을 테러 조직이 파악하고 오후 6시에 와카사카가 어느 산소 캡슐에 들어갈지 조합을 계산해서 정확하게 예측했음을 암시합니다. 산소 캡슐은 일곱 대, 코스는 60분, 90분, 120분 세 가지라 조합하기가 결코 쉽지 않습니다.”

“자네들은 뭔가 방법을 사용해 계산해냈나?”

“아니요. 씨름하고는 있습니다만, 아직입니다.”

“그럼 그런 이야기는 꺼내지 마.”

“생활환경과 말로는 양자 컴퓨터가 필요하답니다.”

“양자 컴퓨터?”

“네. 그게 있으면 신속한 계산이 가능하다는군요.”

"그 이야기는 나중에. 그밖에 보고할 사항은?"

"보고는 끝났습니다만, 긴히 부탁드릴 일이 있습니다."

마에하마는 말했다.

"와카사카의 산소 캡슐 이용 시간은 7시 30분까지입니다. 1.3기압을 유지하기 위해 폭발물 처리반이 접착테이프로 뚜껑을 못 열도록 조치는 했습니다만, 코스가 끝나기 전에 휴대전화 알람을 맞춰놨으면 일찍 깨어날 가능성이 있습니다. 와카사카가 혼란을 일으켜 밖으로 나오려고 날뛰면 아주 위험하므로, 사전에 폭발물 처리반에게 허가해주셨으면 하는 일이 있습니다—"

마에하마는 손목시계를 들여다보았다.

오후 7시 6분이었다.

13(ψ)

반장님도 참 엄청난 생각을 했군—

우하라는 산소 캡슐 바닥을 들여다보고 본체와 받침대를 고정하는 볼트를 스패너로 풀면서 생각했다.

1.3기압을 유지하기 위해 뚜껑을 열 수 없다. 그렇다면 **방 전체가 1.3기압인 공간으로 산소 캡슐을 옮긴다.**

이것이 오야가 입안한 계획이었다.

산소 캡슐은 외부 전원으로 기압을 조정하지만, 플러그를 뽑는다고 순식간에 기압이 낮아지지는 않는다. 즉, 다른 배터리에 연결할 수 있다. 전원을 확보하고 본체를 받침대에서 떼어내면 호텔 외부로 운반할 수 있다.

문제는 산소 캡슐의 행선지였다.

기압을 바꿀 수 있는 방은 의료기관이나 공업제품 제조사 등에도 있지만, 그렇게 크지는 않다. 오야가 원하는 곳은 산소 캡슐과 중장비가 동시에 들어갈 만한 공간이었다.

중장비를 들이는 건 산소 캡슐 뚜껑을 열기 위해서다. 처리 담당에게 뚜껑을 직접 열라고 시킬 수는 없다.

하지만 그렇게 마침맞는 곳이 있을까?

걱정하던 우하라는 생각지도 못했던 행선지를 듣고 다른 반원들처럼 놀라움을 감추지 못했다.

"다네가시마 우주 센터로 갈 거야."

오야는 말했다.

"센터에 새로 증축된 시설에 대형 기압 조정 실험실이 있어. 1.3 기압으로 설정한 넓은 실내에서, 중장비의 팔로 산소 캡슐의 뚜껑을 열어서 밀폐라는 정체 상태를 해결한다."

CA9에는 냉각 기능도 있지만, 그래도 우하라의 체감 온도는 땀

복을 입고 있는 것처럼 계속 상승했다. 우하라는 땀을 줄줄 흘리며 풀어낸 볼트를 동료에게 살짝 건넸다.

우하라 이외의 처리 담당은 미국제 MK5를 착용했다. 그들은 산소 캡슐을 받침대에서 떼어내는 우하라 옆에서, 고농도 산소를 이용자에게 공급하는 튜브에 가스봄베를 연결했다. 수술용 마취 가스로 가득한 가스봄베다.

와카사카 노리토모를 마취 가스로 재운다—수사관 마에하마가 오야 대신 현경 상층부와 교섭해 허가를 받은 방법이었다.

폭발물 처리반이 이동할 다네가시마 우주 센터는 같은 가고시마현이기는 하지만, 남쪽으로 140킬로미터 넘게 떨어진 외딴섬에 있다. 산소 캡슐을 운반하려면 바다를 건너야 한다. 그렇다고 폭발물을 헬리콥터로 공중 수송할 수는 없다. 기폭 장치가 작동되기라도 하면 추락한다.

남은 운송 수단은 배다. 하지만 배는 하늘을 날아가는 것보다 훨씬 시간이 많이 걸린다. 기나긴 밤을 잠든 채 지내는 건 와카사카 노리토모의 심적 안정을 위해서도, 혼란에 빠져 날뛸 위험을 회피한다는 의미에서도 아주 중요한 조치였다.

경찰의의 지시를 받아 기압 변화에 세심한 주의를 기울이며 마취 가스를 필요한 양만큼 주입했다. 호흡 조절기의 마개가 닫혔을 때, 산소 캡슐 안에서 알람이 울렸다. 높은 전자음이 시간 간격을 두고 귀를 때렸다.

이런 상황에서 전자음이 들리자 반원들은 전부 얼어붙었다. 모두 작업하는 손을 멈추고 숨을 삼켰다. 울리고 있는 것은 와카사카 노리토모의 휴대전화였다. 알람은 오후 7시 25분, 코스가 끝나기 5분 전으로 설정돼 있었다.

숨을 푹 내쉰 우하라는 마지막 볼트를 다 풀어냈다.

액체질소로 얼리지도 않았거니와 기폭 장치도 해체하지 않은 나비를 가지고 바다를 건너는 건, 폭발물 처리반으로서도 전례가 없는 임무였다.

호텔에서 꺼낸 산소 캡슐을 트레일러에 넣어 항구까지 옮긴다. 통과하는 경로의 교통을 규제해서 트레일러 외에는 차가 한 대도 지나다니지 않는 상황을 만들었다.

항구에서는 해상보안청의 순시선이 기다리고 있었다. 하지만 산소 캡슐은 순시선에 싣지 않는다. 헬리콥터와 같은 이유로 배 자체에 폭탄을 실으면, 만일의 경우 대참사가 벌어진다.

순시선은 강철 컨테이너를 실은 바지선과 와이어로 연결된 상태였다. 컨테이너에 산소 캡슐을 넣고 다네가시마섬까지 끌고 가는 것이다.

해상보안청의 순시선에 탑승한 우하라는 너울거리는 시커먼 물결을 갑판에서 바라보다가 순시선이 출항한 후 조타실로 이어지는 계단을 올랐다.

와이어에 끌려 물살을 가르는 컨테이너의 내부 영상은 카메라로 조타실에 전송됐다.

어둠 속에서 불빛에 비치는 둥그스름한 윤곽의 캡슐.

눈을 감은 자원에너지청 국제과 과장의 얼굴.

무슨 SF영화라도 보는 것 같았다.

우하라는 물을 마시고, 포장된 치킨을 먹고, 비타민제를 삼켰다. 반장이나 부반장, 그 외의 다른 누구와도 말을 나누지 않았다. 식사를 마치자 계단을 내려가 수면실에서 잠을 청했다.

제한 없는 현실의 악몽에 눈을 뜬 건, 출항한 지 한 시간이 지났을 무렵이었다.

오후 9시 39분, 다네가시마섬을 향해 컨테이너를 끌고 가는 순시선에 긴급 연락이 들어왔다. 응답한 해상보안관은 즉시 오야에게 알렸다.

"순시선에 정지 명령이 떨어졌으므로, 여기서 멈추겠습니다."

"정지하라니?"

오야의 안색이 변했다.

"어디서 내린 명령인데?"

"요청 자체는 오키나와에서 들어왔습니다."

해상보안관이 대답했다.

"오키나와? 그쪽 해상보안청에서?"

"아니요, 주일 미군의 요청이라고 합니다."

"미군? 이런 바다 위에서 배를 세워서 뭘 어쩌려고?"

"여기로 온다고 합니다."

"오다니?"

오야는 눈살을 찌푸렸다.

"이 순시선에?"

"미군 네 명과 OGA 한 명이 UH-60을 타고 이쪽으로 향하는 중이랍니다."

OGA는 법 집행 기관의 은어로, CIA 요원을 가리킨다. UH-60은 육군이 사용하는 블랙호크, 다목적 수송용 헬리콥터다. 오야의 표정이 더 험악해졌다.

"놈들은 오키나와 본섬에서 오는 건가?"

"그런 듯합니다."

현재 오키나와 본섬과 순시선은 6백 킬로미터 넘게 떨어져 있다. 오야는 고개를 저었다.

"배를 세우라니 말도 안 돼. 오키나와에서 헬기로 날아와도 두 시간은 걸릴 텐데. 무슨 용건인지는 모르겠지만 시간 낭비야. 이야기는 다네가시마섬에서 들으면 되겠지. 무전 넣어봐. 내가 해상보안청 책임자랑 이야기할게."

그때 또 연락이 들어왔다. 가고시마 현경의 경비부 부장이었다.

—오야, 들리나? 반원들 모아서 이제부터 말하는 내용을 들려줘.

국립대학교의 전문가를 불렀어. 이야기는 교수님이 할 거야.

"국립대학교 교수요? 무슨 이야기인데요?"

경비부 부장은 힘없는 목소리로 대답했다.

—산소 캡슐의 기폭 장치에 관한 내용이야.

14(ψ)

느닷없이 엔진이 꺼지고 수면실에 전해지던 진동이 사라졌다. 우하라는 조타실로 오라는 명령을 받고 벌떡 일어나 계단을 뛰어 올랐다. 컨테이너 안에서 무슨 일이라도 생긴 걸까?

조타실에는 승선한 폭발물 처리반이 모두 모여 있었다. 우하라는 모니터를 보았지만 산소 캡슐에 이상은 없었다.

오야가 통신용 마이크에 얼굴을 가까이 댔다.

"오야입니다. 모두 모였습니다."

스피커에서 헛기침하는 소리가 나더니, 우야가 처음 들어보는 남자의 목소리가 조타실에 울려 퍼졌다.

—어어, 저는 모 국립대학교에 교수로 있는 사람입니다. 경찰청의 요청을 받고 왔습니다. 수사 진행 상황상 학교 이름과 제 이름은 밝히지 말라고 지시받았으니, 그 부분은 양해를 부탁드리겠습니다. 전공은 양자역학입니다.

양자?

우하라는 그 말을 들어본 기억이 났다. 오늘 아침 운송차에서다. 신문을 읽던 고마자와가 설명했던 그거 아닌가?

—저야 당연히 이번 일과 아무 상관도 없는 민간인입니다만.

교수는 어쩐지 체념한 듯한 어조로 말했다.

—배에서 무전을 듣고 계실 폭발물 처리반 여러분께 상황을 전달하는 역할을 맡았으므로, 설명드리겠습니다.

오늘 오후 8시, 오키나와현 우루마시의 미군 해병대 주둔지, 〈캠프 코트니〉에 폭파 협박 메일이 왔습니다.

주둔지 내부 부사관용 체력 단련실에 폭발물을 설치했다는 내용이었죠. 헌병이 바로 조사한 결과, 부사관 한 명이 사용 중인 산소 캡슐에 폭탄이 설치되어 있다는 사실이 판명됐습니다. 〈호텔 하비에르 가고시마〉에서 일어난 일이 오키나와의 〈캠프 코트니〉에서도 발생한 겁니다. 산소 캡슐에 갇힌 부사관의 성명은 일본 쪽에 공개되지 않았고요.

여러분은 이렇게 생각하시겠죠. 양쪽이 똑같은 상황이라면, 가고시마 쪽 산소 캡슐의 기폭 장치 해제에 성공하느냐 마느냐가 주일 미군의 최고 관심사일 테니 배를 세우라고 요구할 리 없다고요. 한시라도 빨리 다네가시마 우주 센터에 도착해, 대형 기압 조정 실험실에 산소 캡슐을 넣기를 요구할 거라고요.

우하라는 교수의 말을 듣고서야 순시선이 주일 미군의 요청으로 엔진을 끄고 정지했음을 알아차렸다.

—지당하신 생각이십니다.

교수가 말을 이었다.

—틀린 점은 없어요. 1.3기압을 유지하는 방에서 산소 캡슐을 열겠다는 오야 반장님의 계획에는 설득력이 있고, 위험을 무릅쓰면서까지 이런 아이디어를 내놓는 그 능력에는 경외심을 금할 수 없습니다. 하지만 안타깝게도 상황이 달라졌어요. 〈캠프 코트니〉로 발신된 폭파 협박 메일의 끝부분에도 트로피컬 하우스의 이름이 있었거든요. 아까 설명드렸다시피 산소 캡슐을 이용한 테러 조직의 기폭 시스템은 가고시마와 오키나와 양쪽 다 동일합니다.

하지만 크게 다른 점이 있어요. 폭파 협박의 내용입니다. 미군이 받은 영문 메일을 일본어로 번역해서 들려드리겠습니다.

산소 캡슐×2

캠프 코트니, 호텔 하비에르 가고시마

오키나와와 가고시마의 기폭 장치는 EPR페어

뚜껑 자체를 열거나 내부 기압이 1.3기압보다 낮아지면 페르미온의 스핀을 관측

상향 스핀 / 기폭 장치 작동

하향 스핀 / 기폭 장치 작동하지 않음

오키나와에 눌러앉은 너희 미국이 일본 경찰에게 가르쳐줄 것.

거기서 교수의 목소리가 뚝 끊겨서 조타실은 고요해졌다. 우하라도 다른 반원과 마찬가지로 당혹스러웠다. 무슨 소리인지 전혀 못 알아들었다. EPR페어? 페르미온? 스핀?

—폭발물 처리반 여러분.

교수가 다시 말을 꺼냈다.

—잘 들으세요. 아주 중요한 내용입니다. 이제부터 테러리스트의 폭파 협박 메일에 있던 EPR페어에 대해 설명하겠습니다.

EPR. 이건 세 물리학자, 아인슈타인, 포돌스키, 로즌의 이름에서 유래된 명칭입니다. 여러분도 잘 아시는 아인슈타인은 상대성 이론으로 '시간과 공간은 변화한다'는 걸 분명히 밝혀냈습니다. 관측자가 있는 좌표, 그리고 중력에 따라 시간과 공간은 늘어나거나 줄어든다는 거죠.

아인슈타인하면 상대성 이론이라 할 만큼 그 공적은 유명합니다만, 한편으로 아인슈타인은 친구에게 '난 상대성 이론보다 양자론에 뇌를 다 써버렸어'라고 털어놓기도 했습니다.

분자나 원자보다 더 작은 양자라는, 초마이크로 단위의 물질세계를 기술하려는 양자론과 그 매커니즘을 다루는 양자역학은 덴마크의 닐스 보어를 중심으로 연구됐으며, 그들은 코펜하겐 학파라고 불렸습니다. 그들이 제창한 개념 중에 상보성이라는 개념이 있는데요. 바로 '양자 세계에서는 위치와 운동량을 동시에 관측할 수 없다'가 핵심 전제인 개념입니다. 그것만 가지고는 양자의 정체가 여전히 수수께끼에 머물지만, 보이는 계산만 맞으면 된다고 생각했습니다. 그는 그 이상의 해석은 바라지 않았던 거죠.

아인슈타인은 맹렬히 반발했습니다. 수학적인 기술만으로 만족할 거면 물리학에 무슨 의미가 있느냐면서요. 안개나 구름 같은, 그렇다기보다 오히려 그림자같이 전혀 실체 없는 뭔가를 하염없이 계산하는 자세를 물리학자라고 인정할 수 없었던 겁니다. '임의적 실재의 완벽한 기술'을 추구하는 것이 아인슈타인의 신념이었습니다. 오해가 없도록 말씀드리자면, 아인슈타인은 양자역학을 부정한 것도, 이해하지 못한 것도 아닙니다. 그저 상보성이라는 개념을 자연의 진리로 단정하고 그 앞으로 나아가려 하지 않는 자세를 받아들일 수 없었던 거죠.

문제는 상보성에 있었습니다. 이렇게 말해도 통 이해가 안 되시겠죠.

최대한 단순하게 설명해보겠습니다.

'양자 세계에서는 위치와 운동량을 동시에 관측할 수 없다'—이건 무슨 의미인가?

양자는 원자 이하의 세계이자, 물리량의 최소 단위의 총칭입니다. 전자, 광자, 양성자, 중성자 등이 있으며, 이러한 양자는 전부 위치와 운동량을 동시에 알 수가 없습니다.

예를 들어 여러분이 헬리콥터를 타고 차량으로 도주하는 범인을 추적한다고 치죠.

차선을 넘고 신호를 무시하며 도주하는 차량을 상공에서 추적하는 여러분은 도주 차량의 위치는 물론 운동량도 알 수 있습니다. 왜냐하면 아래쪽 도로에 보이기 때문입니다. 다만 정확하게 말하자면 운동량은 질량과 속도를 곱한 수치입니다. 여기서는 단순하게 속도만 취급하도록 하겠습니다.

자, 헬리콥터로 추적하는 여러분은 무전으로 이렇게 수사본부에 전달하겠죠.

'도주 차량 발견. 국도 A호선을 시속 2백 킬로미터로 주행 중'이라고요. 이제 범인을 붙잡는 건 시간문제입니다.

그럼 이 도주 차량의 정체가 실은 양자였을 경우를 생각해보죠. 그러면 상식적으로는 믿기지 않는 일이 발생합니다.

도주하는 양자의 위치를 '국도 A호선'이라고 관측한 순간, 양자는 도로에서 정지합니다. 브레이크를 밟은 흔적조차 남기지 않고요. 이래서는 애당초 도주 차량이었는지를 특정할 수 없습니다.

다음으로 '시속 2백 킬로미터로 주행 중'이라는 양자의 운동량을 먼저 알아냈다고 치죠. 이때는 대체 어느 도로를 달리는지 불명확해져서 위치 정보가 소멸됩니다. 헬리콥터 아래로 보이는 모든 도로 중 어딘가를 달리고 있을 것이라는 확률밖에 몰라요.

어떻습니까? 저희도 양자의 이러한 성질이 궁극적으로 뭘 의미하는지 아직 해명하지는 못했습니다. 수수께끼가 참 많지만, 방금 말씀드린 대로 '양자 세계에서는 위치와 운동량을 동시에 관측할 수 없다'는 점을 폭발물 처리반 여러분이 꼭 이해해주셨으면 합니다. 양자를 관측할 때까지는 전부 확률로 나타낼 수밖에 없어요. 여기서 사고를 정지하는 걸 인정하지 않았던 아인슈타인이 뭐라고 말했는지 아십니까? 여러분도 학창 시절에 들어보신 적 있을 겁니다—신은 주사위를 던지지 않는다.

우하라도 아는 말이었다.

하지만 그 말은 오늘까지 품고 있었던 인상과는 아주 다르게 들렸다. 콧수염을 기르고 혀를 내민 채 사진을 찍은 위인의 명언에서 신념을 빼앗긴 자의 고통과 괴로움에 찬 외침조차 느껴졌다.

그건 양자역학의 상보성을 향해 내지른 소리였을까.

15(ψ)

—아인슈타인, 포돌스키, 로즌이 논문으로 주장한 내용이 지금 저희가 직면한 사태와 크게 연관돼 있습니다.

교수의 목소리가 조타실 스피커에서 흘러나왔다.

—양자 세계에 존재하는 입자 두 개를 '나이프'와 '포크'에 비유해보죠. 여러분 앞에 상자가 두 개 있다고 칩시다. 하나에는 '나이프', 다른 하나에는 '포크'가 들어 있어요. 식사용 세트입니다. 상자 뚜껑이 닫혀 있어서 밖에서는 보이지 않고요. 양자 세계는 관측하

기까지 전부 확률의 파동에 지나지 않으므로, 양쪽 상자의 내용물도 '나이프'와 '포크'가 중첩된 상태입니다. 알아들으셨습니까? 나이프와 포크가 유령처럼 동시에 존재하는 거예요.

결과는 관측된 순간에 결정됩니다. 상자 하나를 열었을 때 나이프가 나타났다고 칩시다. 이건 중첩이 깨지고 확률의 파동이 수렴된 순간입니다. 이때 다른 상자의 내용물은 설령 뚜껑을 열지 않더라도 포크로 결정됩니다.

실로 기묘한 이야기죠. 원래 각 상자의 내용물은 중첩 상태라 '나이프'이기도 하고 '포크'이기도 했으니까요. 수수께끼는 다음 의문입니다. 한쪽 상자의 내용물이 '나이프'로 결정된 사실을 다른 상자는 어떻게 알고서 내용물을 '포크'로 결정했는가?

이러한 상호 작용을 **양자얽힘**이라고 하고, 이처럼 얽혀 있는 입자를 EPR페어라고 부릅니다. 놀랍게도 공간적인 거리는 이 작용에 아무 문제도 안 됩니다. 은하와 은하 사이에서도 일어나요. 이론상으로는 몇만 광년이나 떨어져 있어도 순식간에 일어납니다. 즉, 빛의 속도를 넘은 거죠. 아이슈타인의 상대성 이론에 따르면 빛을 뛰어넘는 속도는 존재하지 않습니다. 하지만 양자의 상호 작용은 그 법칙을 무시해요. 이 점을 들어 EPR은 '양자 역학에 큰 결함이 있다'고 주장했습니다. '이 이론은 완벽하지 않다'라는 도전장을 당시 양자역학 연구계의 리더 닐스 보어에게 들이댄 거죠.

보어는 EPR이 지적한 모순을 완벽하게 논파하지 못했습니다.

그리고 아인슈타인도 보어도 사망한 후, EPR페어의 검증 실험이 진행됐는데요. 결과는 충격적이었습니다. 양자얽힘은 역시 작용해요. 물론 광속을 뛰어넘는 건 불가능합니다. 이건 미지이자 수수께끼예요. 하지만 아이러니하게도 양자역학을 비판하기 위해 EPR이 행했던 사고실험이, 오히려 양자역학이 거의 백 퍼센트 옳다는 사실을 뒷받침해버린 셈입니다.

16(ψ)

—테러리스트의 폭파 협박으로 돌아가죠.

교수가 말했다.

—그들은 기폭 장치에 'EPR페어'를 이용했다고 했습니다. 양자역학을 모르면 이런 용어는 나오지 않겠죠. 폭파 협박 메일에는 '페르미온의 스핀을 관측'이라고도 적혀 있었어요. 이건 EPR페어에 페르미온을 사용했다는 뜻입니다. 입자는 크게 두 종류로 나눌 수 있는데요. 바로 페르미온과 보손입니다. 전자, 양성자, 중성자, 뉴트리노 등이 페르미온에 속하죠. 테러리스트의 메일만 봐서는 어떤 입자를 사용했는지 특정할 수 없지만요. 주일 미군에는 정밀한 수식도 보낸 모양이지만, 그 내용은 아직 일본 쪽에 전달되지 않았습니다.

여기에서는 그들이 말한 페르미온을 전자로 가정하고 설명하겠습니다. 전자는 전하를 가지고 있는 입자인데요. 여러분이 상상하실 법한 작은 공 모양은 아닙니다. 전자구름이라는 명칭의, 공간적으로 분포하는 확률로서만 존재하죠. 전자는 원자핵 주변에서 운동하는 힘 같은 걸 가지고 있는데, 이를 스핀이라고 합니다. 엄밀하게는 회전이 아니지만, 편의상 그렇게 생각해주시기 바랍니다.

전자의 스핀에는 두 종류밖에 없습니다. 플러스와 마이너스죠. 플러스를 '상향 스핀', 마이너스를 '하향 스핀'이라고 합니다. 전자는 중첩에 의해 스핀을 둘 다 지니고 있습니다. 어느 쪽으로 수렴될지는 관측하기까지 알 수가 없고요.

조타실에 다시 침묵이 찾아왔다.

"교수님, 잠깐 괜찮겠습니까."

오야가 침묵을 깼다.

"교수님이 말씀하신 EPR페어와 양자얽힘에 대해서는 대강 알겠습니다. 하지만 그런 현상을 기술적으로 실용화할 수 있습니까?"

—네. 우리 나라를 포함해 이미 세계 각국의 연구기관에서 실용화가 진행 중입니다. 가장 대표적인 사례가 양자 텔레포션이죠.

"양자 텔레포션?"

오야의 목소리가 낮아졌다. 그리고 우하라의 귀에 수송차에서 이야기하던 고마자와의 목소리가 되살아났다.

—그런데 선배, 도플갱어라고 아세요?

—텔레포션이라고 해도.

교수가 설명했다.

—인간이 공간을 이동하는 건 아닙니다. 그런 게 아니라 떨어진 곳에서도 순식간에 상태에 영향을 주는 양자얽힘의 성질을 이용해 극비리에 정보를 전달하는 거죠. 최강의 암호화 방식이라고 불리기도 합니다.

"즉, 양자얽힘은 실용화할 수 있다는 말씀이시죠?"

—네. EPR페어를 이루는 입자를 인공적으로 만드는 기술도 존재합니다. 예를 들면 광자의 파라메트릭 변환 등이죠.

"그렇다면 미군에 보낸 폭파 협박 메일도 테러리스트의 허풍이 아니라는 겁니까."

—네. 제가 수사 자료를 살펴본 바로는 그렇습니다.

"미군 쪽도 같은 의견이고요?"

—그렇게 들었습니다.

"알겠습니다. 그럼 단적으로 여쭙겠습니다. 가고시마와 오키나와의 산소 캡슐은 어떤 조건에서 기폭 장치가 작동됩니까?"

—그건 가고시마의 호텔에 걸려온 폭파 협박 전화만 주의 깊게 분석해도 알 수 있습니다. '절대로 뚜껑을 열지 마' 그리고 '1.3기압을 인식한 상태야'. 테러리스트는 처음부터 그렇게 말했어요. 요컨대 뚜껑을 열어도 폭발하고, 기압이 1.3기압보다 낮아져도 폭발한다는 뜻이죠. 정확하게는 폭발하거나 폭발하지 않거나지만요.

"폭발하거나 폭발하지 않는다고요?"

—여러분이 엑스선으로 촬영한 기폭 장치의 형태를 떠올려보세요. 엑스선이 통과하지 않은 물체 중, 지름 2.6센티미터의 공 모양 물체에 양자 컴퓨터의 칩이 내장됐을 것으로 추정됩니다. 저도 같은 모양의 물체를 본 적 있어요. 공 모양 물체를 감싼 굵기 1.1센티미터의 고리에 양자얽힘 상태, 즉 EPR페어를 이루는 입자 중 한쪽이 들어 있을 거예요. 다른 한쪽은 오키나와의 산소 캡슐에 설치된 고리에 들어 있을 거고요.

교수와 반장의 교신을 들으며 우하라는 〈캠프 코트니〉에 송신됐다는 폭파 협박 메일에 대해 생각했다.

상향 스핀은 기폭 장치 작동, 하향 스핀은 기폭 장치가 작동하지 않음

이건?

"그렇다면."

오야가 말했다.

"산소 캡슐의 뚜껑을 열거나 내부의 기압이 낮아지면 양자 컴퓨터가 고리 내부의 스핀을 관측한다는 말씀이십니까?"

—맞습니다. 관측에 의해 중첩 상태가 해소되고 스핀의 방향이 결정되죠. '상향 스핀'이면 폭발하고, '하향 스핀'이면 아무 일도 일어나지 않습니다. 가고시마와 오키나와, 둘 중 어느 쪽이 폭발하고 폭발하지 않는지는 관측하는 순간에 결정돼요.

가고시마와 오키나와 중 한쪽 산소 캡슐에서 CL-20, 헥사나이트로헥사아자이소부르치탄이 화학 반응을 일으킨다. 우하라는 그 참사를 상상했다. 그만한 양이 폭발하면 인간과 산소 캡슐은 흔적도 없이 사라진다. 먼지만 남으리라.

—양자 수준의 입자는 전자파에 튕겨 나가므로.

교수가 말을 이었다.

—엑스선이 고리를 투과하지 못하도록 테러리스트가 차폐 소재로 고리를 감싼 겁니다. 양자 컴퓨터 칩 등도 같은 방법으로 보호해 뒀기 때문에, 예를 들어 산소 캡슐 외부에서 강력한 전자파를 쏘는 방법으로 기폭 장치 자체를 파괴할 수도 없습니다. 그래서 윤곽밖에 안 찍히는 거예요. 실로 공들인 설계입니다.

"오야 반장님."

폭발물 처리반의 수색 담당, 야마가타 순경이 말을 꺼냈다. 야마가타는 고마자와의 동기다.

"저도 질문해도 되겠습니까?"

오야의 허가를 받고 야마가타는 마이크로 다가섰다.

"폭발물 처리반의 야마가타라고 합니다. 교수님, 예를 들어 가고시마와 오키나와의 산소 캡슐을 동시에 열면 어떻게 됩니까?"

—무슨 말씀을 하고 싶으신 건지 짐작이 갑니다. 산소 캡슐 두 대의 뚜껑을 동시에 열면 스핀의 중첩이 유지돼서 어느 쪽도 방향이 결정되지 않는다.

"네. 그렇습니다."

—야마가타 씨, 가령 산소 캡슐 두 대를 나란히 놓고 동시에 뚜껑을 열더라도 우리에게만 동시로 보일 뿐, 완벽한 동시는 사실 불가능합니다. 그 진리를 도출한 것도 아인슈타인이었죠. 두 지점 사이에서 뭔가를 동시에 수행할 수는 없습니다. 좌표의 차이가 시간을 바꿔서 반드시 오차가 생기죠.

"반드시 오차가 생긴다는 건—"

야마가타가 물었다.

"뚜껑을 동시에 열어도 반드시 어느 한쪽이 먼저고, 다른 한쪽은 나중이 된다는 뜻입니까?"

—절대 시간*이 존재하지 않는 가운데, 뭐가 먼저고 뭐가 나중인지 간단히 정의를 내릴 수는 없겠죠. 하지만 한쪽이 '상향 스핀', 다른 한쪽이 '하향 스핀'이 된다는 관측 결과는 어떻게도 피할 수 없습니다.

"교수님."

오야가 마이크에 얼굴을 가까이 댔다.

"트로피컬 하우스 놈들이 무슨 생각인지 모르겠군요. 스핀이 관련된 폭발 시스템을 왜 오키나와의 주일 미군에게만 알려줬을까요? 저희는 산소 캡슐 내부의 기압 변화가 기폭 장치를 작동시키

* 우주의 어디에서든 누구에게나 똑같이 측정되는 시간.

는 요인이라고 생각해서 여기까지 왔습니다. 가고시마 현경이 그렇게 믿게 만들 필요가 있었던 걸까요?"

—그 점에 관해서는.

교수는 말을 머뭇거렸다. 모습은 보이지 않지만 뒤쪽에 있는 사람에게 확인하는 듯 대답에 잠깐 시간이 걸렸다.

—저 개인이 아니라 주일 미군의 견해를 전해드리겠습니다. 'TTLO의 목표물은 가고시마현이나 일본이 아니라 미합중국이다. 가고시마에서 산소 캡슐에 갇힌 일본인 관료는 미합중국에 사태의 심각성을 인식시키기 위한 짝에 불과하다.'

"짝에 불과하다고요?"

오야의 목소리에 분노가 서렸다.

"뭐, 됐습니다. 그 이야기는 제쳐놓죠. 그럼 교수님, 두 산소 캡슐 사이의 양자얽힘을 끊을 수는 없습니까?"

—없습니다.

"일말의 가능성도 없는 겁니까?"

—가고시마와 오키나와 사이에서 얽혀 있는 입자에 다른 입자를 접근시켜 새로운 상호 작용을 만들어내면, 뭔가 조작할 수 있을지도 모릅니다. 하지만 그러려면 일단 산소 캡슐의 뚜껑을 열고 기폭 장치에 가까이 가야 합니다. 뚜껑조차 열 수 없는 현재 상태로는.

"방법이 없다고요?"

—네.

"예를 들어."

오야가 물고 늘어졌다.

"양쪽 산소 캡슐을, 고방사선도 차단하는 납 벽으로 격리하면."

―오야 반장님의 마음은 저도 이해합니다.

교수가 서글프게 말했다.

―그 말씀이 아무 의미도 없다는 건 본인도 잘 아실 겁니다. 양자얽힘은 은하와 은하 사이에서도 순식간에 작용해요. 하물며 빛―전자파―에 의해 작용하는 것도 아니죠. 이 우주에 차폐물이라 할 만한 물건은 존재하지 않습니다.

"그렇다면 저희는 대체."

마침내 할 말을 잃은 오야의 뒤편에서 우하라는 동료와 얼굴을 마주 보았다. 남은 방법은 하나. 2분의 1의 확률에 걸고 산소 캡슐 한쪽을 여는 수밖에 없다. 그때 자원에너지청 과장이나 미군 해병대 부사관 중 한 명이 시체도 남지 않을 만한 폭발에 휘말린다. 둘 중 누가 죽는지는 그 순간에 결정된다. 설령 몇 광년이나 떨어져 있더라도.

엔진을 끈 순시선은 물결 위를 떠다녔다.

어쩌지, 하고 누군가가 내뱉듯이 말했다.

17(ψ)

오후 11시 49분, 정지 명령이 떨어지고 약 두 시간이 지났을 무렵 미육군의 블랙호크—UH-60—가 순시선 상공에 나타났다.

고도를 낮춘 블랙 호크에서 늘어뜨린 로프를 타고 다섯 남자가 순시선 갑판에 내려섰다. 착지하자마자 팔을 흔들어 마찰열을 막는 장갑 두 짝을 동시에 발밑에 내팽개쳤다. 전투를 대비해 즉시 양손의 자유를 확보하는 이 행동은 기동대 총기 대책 부대와 동일했다.

처음에 내려선 네 명은 옅은 갈색 위장복을 입은 병사고, 마지막 한 명은 두꺼운 가죽 재킷에 슬랙스 차림이었다.

우하라는 동료들과 함께 갑판에서 그들을 맞이했다. 눈만 드러나는 방한모로 얼굴을 가린 병사들은 인사조차 하지 않았다. 위장복에 계급과 소속을 나타내는 표식은 없었다.

가죽 재킷을 입은 남자가 어둠 속에서 불빛이 동그랗게 비치는 곳으로 걸어 나왔다. 흑인 남자였다. 남자가 오야에게 다가와 악수를 청하며 일본어로 말했다.

"클리포드 캄벨라입니다."

마주 선 오야는 캄벨라의 손을 허공에 띄워둔 채 말했다.

"가고시마 현경 경비부 기동대, 폭발물 처리반 반장 오야입니다. 바다 위에서 참 오래도 기다렸네요. 당신이 OGA고 뒤쪽 사람들은—"

키가 훤칠한 캄벨라는 둘 곳 잃은 손을 슬쩍 내밀어 오야의 팔꿈치를 가볍게 두드렸다.

"오야 씨 말씀대로 저는 CIA 요원이라고 생각하셔도 무방합니다. 뒤쪽 네 사람은 소개할 수 없고요. 이 점은 일본 정부와 당신 보스인 경찰청도 양해해주었습니다."

쳐들어온 CIA와 주일 미군이 해상보안청의 순시선에서 수사의 주도권을 잡으려 한다. 우하라는 캄벨라를 노려보았다.

적의를 알아차렸는지 캄벨라는 우하라의 얼굴을 기억하려는 것처럼 바라보다가, 시선을 받아넘기며 미소 지었다.

"여러분도 이미 학자의 견해를 들었죠? 우리 쪽 전문가도 같은 의견입니다. 가고시마의 공무원이 들어 있는 산소 캡슐과 오키나와의 부사관이 들어 있는 산소 캡슐에 EPR페어를 이루는 전자와 폭약이 설치됐고, 뚜껑을 열면 한쪽은 폭발하고 한쪽은 폭발하지 않는다. 아주 곤란한 상황이에요. 물론 중요한 건 테러리스트의 체포와 배제겠죠. 트로피컬 하우스의 전모를 파악해, 이렇게 수준 높은 양자 기술을 어떻게 입수했는지 규명하고, 조직을 와해시켜야 합니다."

캄벨라는 이의가 없는지 확인하듯 갑판에 모인 폭발물 처리반의 면면을 쭉 둘러보았다.

"하지만 그건 좀 더 미래의 일이겠죠. 지금 우리는 두 개의 기폭 장치에 주목해야 합니다. 미국과 일본은 이 사태를 개별적으로 처리할 수 없어요. 우리는 엔탱글먼트, 그야말로 얽혀 있는 상태입니다. 어느 한쪽 상황을 깨뜨리려고 하면 반드시 한 명이 죽습니다. 양자얽힘은 순식간에 작용하니까요.

그런데 여러분, 생각해보세요. 그들의 짓이 성공해도 나오는 시체는 단 한 구입니다. 항공기로 건물에 충돌하는 것보다 희생자가 훨씬 적은데, 테러리스트들은 왜 이런 짓을 실행한 걸까요?

두 가지를 이유로 들 수 있겠습니다. 첫 번째는 현재 인류에게 양자얽힘을 해제할 방법이 없기 때문입니다. 두 번째는 두 사람 중 한 명은 반드시 살아남기 때문입니다.

산소 캡슐 외에 다양한 일상적인 상황에서 이 같은 폭탄이 두 국가에 설치되는 사태를 상상해보십시오. 유럽이든, 아시아든, 아프리카든, 중동이든 상관없습니다.

양자얽힘 현상에 지구상의 거리는 전혀 문제가 안 됩니다. 차폐물도 전혀 효과가 없죠. 결국 EPR페어를 이루는 전자나 광자가 관측돼 폭발이 일어나고, 두 국가 중 한쪽 국가의 사람이 살아남습니다.

그게 큰 문제입니다. 둘 다 사망하면 국민들의 분노는 테러리스트를 향합니다. 이번 사태를 일례로 한번 생각해볼까요.

예를 들어 미국이 일방적으로 뚜껑을 열어서 운 나쁘게도 일본의 산소 캡슐이 폭발했다고 치죠. 부사관은 살고 공무원은 죽습니다. 그 때문에 일본 국내에 강한 반미 감정이 팽배해집니다. 역학

관계가 명확한 미국과 일본이라면 그나마 낫겠죠. 정치적으로 긴장된 상태에 있는 국가에서 이런 일이 발생하면 국가 간에 거대한 갈등을 초래할 겁니다. 인질의 생사를 둘러싸고 아주 추악한 흥정이 벌어지고, 국민의 관심은 거기에 집중되겠죠. 결과적으로 폭발이 일어나면 희생자가 나온 쪽의 국민들 사이에서는 증오가 소용돌이칠 겁니다. 화가 나서 길길이 뛰는 사람들이 양자얽힘이나 전자 스핀에 대해 냉정하게 이해하려고 애쓰는 모습이 떠오릅니까? 이쪽이 희생되고 저쪽은 살아남았다는 사실에서 비롯되는 증오만이 사람들 사이에 퍼져나갈 뿐입니다. 테러리스트는 단 두 개의 스핀으로, 전쟁조차 일어날지 모르는 사태를 우리 눈앞에 들이댄 거예요."

반원들을 거느린 오야는 키가 큰 캄벨라의 얼굴을 올려다보았다. 눈빛은 여전히 날카로웠다. 오야는 모두의 마음을 짊어지고 캄벨라에게 물었다.

"얼마나 중대한 사태인지는 알았습니다. 당신들 미국은 대체 어쩔 작정입니까?"

"일단 제가 먼저 묻고 싶군요―"

캄벨라는 반문했다.

"폭발물 처리반 여러분에게는 좋은 아이디어가 있습니까? 한쪽 산소 캡슐을 열어 둘 중 한 명을 날려버리는 러시안룰렛 외에 다른 방책이 있어요?"

갑판에서 밤바람을 맞는 남자들은 아무도 입을 열지 않았다. 흘러가는 구름 사이로 고개를 내민 달이 어둠을 비추다가 금방 사라졌다.

"그럼 제가 대답하겠습니다."

캄벨라는 양손을 펼쳤다.

"어느 산소 캡슐도 열지 않는다. 스핀을 관측하지 않는다. 이것이 현재 상태에서는 최선의 해답입니다. 폭발시키지 않고 시간을 벌면서 악몽이 세계를 뒤덮기 전에 폭탄과 조합된 양자얽힘을 해제할 방법을 생각하는 거죠. 여러분에게는 미안합니다만, 세계의 치안 유지라는 관점에서 우리 작전에 따라줘야겠습니다. 이건 이미 두 국가의 정부가 합의해서 결정한 일입니다."

해상보안관이 조타실에서 내려와 오야의 이름을 외쳤다. 일본 정부에서 긴급 연락이 들어왔다.

날짜가 바뀐 오전 1시, 방한모로 얼굴을 가린 병사가 해상보안청의 순시선이 여기까지 끌고 온 강철 컨테이너를 바지선과 함께 폭파해 바닷속으로 가라앉혔다.

잠시 후 블랙호크가 날아와 CIA 요원 클리포드 캄벨라와 소속을 알 수 없는 병사, 그리고 순시선으로 옮겨둔, 와카사카 노리토모가 잠들어 있는 산소 캡슐을 회수했다. 갑판에 우두커니 선 폭발물 처리반은 오키나와 방향으로 날아가는 헬리콥터를 하릴없이 바라보는 것이 고작이었다. 회전하는 날개 소리가 멀어지고 바닷바람이 멎자 어둠만 남았다.

18(ψ)

2019년 12월 11일.

파카를 걸친 우하라는 가고시마 최대의 환락가, 덴몬칸의 뒷골목을 걷고 있었다.

비번인 우하라를 불러낸 건 오야다.

지하의 바로 이어지는 계단을 내려가며 우하라는 순시선에서 있었던 일을 생각했다.

그로부터 딱 한 달이 지났다. 그날 밤을 경계로 모든 것이 달라지고 말았다.

가고시마 현경 경비부 기동대 폭발물 처리반은 다네가시마섬 앞바다에서 산소 캡슐의 기폭 장치를 해제하려고 시도했지만 실패했다. 산소 캡슐을 실은 강철 컨테이너는 박살 나서 바닷속으로 침몰했다. 이 폭발로 사망한 자원에너지청 국제과 과장 와카사카 노리토모(48)의 시신은 찾아내기 어려울 것으로 보인다.

반복해서 보도되는 내용은 전부 똑같았다. 〈호텔 하비에르 가고시마〉의 폭탄만 언급되고, 오키나와의 〈캠프 코트니〉는 일절 표면

화되지 않았다.

일본 정부는 기자회견을 열어 와카사카 노리토모가 사망한 일에 애도의 뜻을 전했다.

수사는 난항을 거듭했다. 〈호텔 하비에르 가고시마〉의 산소 캡슐에 폭발물을 설치한 두 사람의 행적을 아직 파악하지 못했고, 마루오가와 초등학교에 지뢰가 매설된 경위도 불투명하다.

현경에서는 본부장과 경비부 부장 등이 사임했고, 현장 지휘를 맡은 폭발물 처리반의 오야 신이치로 경감에게는 이례적으로 징계 처분이 내려졌다. 오야는 사직서를 제출했지만 반려됐고, 2개월의 정직 후 규슈 관구 기동대 제3대대로 전임하기로 결정됐다.

테러리스트의 의도대로 공무원 사망자를 낸 가고시마 현경은 지금도 전국에서 거센 비난을 받고 있다.

지하에 있는 바의 문에 〈대절〉이라는 팻말이 걸려 있었다. 우하라는 조용히 문을 열고 어스름한 실내를 유심히 들여다보았다. 머리를 빡빡 깎은 남자의 얼굴이 보였다. 조금 놀랐지만 분명 반장의 옆얼굴이다. 우하라는 말없이 고개를 꾸벅 숙인 후, 카운터의 의자에 앉았다. 오야는 얼굴이 수척해졌다.

순시선에서 그 일을 겪은 지 한 달이 지났다. 그동안 우하라는 많은 생각을 했다. 밤에 계속 잠을 설쳤고, 방폭복을 입고 현장에 출동해도 꿈속에 있는 것 아닌가 싶은 착각에 휩싸이기 일쑤였다.

이걸로 된 겁니까?

반장을 만나면 일단 물어보고 싶었다.

우리만 오명을 뒤집어썼는데, 이걸로 된 겁니까?

하지만 막상 오야를 보자 그 말을 꺼낼 수 없었다.

빡빡 깎은 머리. 쑥 들어간 뺨.

"놀랐지?"

오야가 말했다.

"그 머리를 보면 다들 깜짝 놀랄 겁니다."

"딸도 웃더라. 할아버지 같다면서."

"수틀려도 출가는 하지 마세요. 내년 올림픽 경비에는 반장님 같은 사람이 꼭 필요하니까요."

"뭐, 찬찬히 이야기나 하자."

오야는 아무도 없는 바를 둘러보았다.

"친구 가게야. 통으로 빌려서 바텐더도 없어."

"바텐더도요?"

"마시고 싶은 술을 마시고 연필로 표시해놔."

우하라는 카운터에 놓인 계산서를 보았다.

"반장님과 똑같은 거면 됩니다."

"난 짐빔이야."

오야가 대답했다.

"버번 위스키인데."

우하라는 병뚜껑을 열어 잔을 3분의 1만 채운 후 잠자코 맛을 보았다. 건배는 하지 않았다.

"어때?"

오야가 물었다.

"평소 소주밖에 안 마셔서. 하지만 맛있네요."

"아버지는 대체로 이걸 드셨지. 기일에는 나도 마시려고 해."

"오늘 아버님 기일이세요?"

"아니."

오야는 고개를 저었다.

"그보다 고마자와는 어땠어?"

"일단은 건강해 보였습니다."

"그렇군."

"의족에 익숙해지려면 아직 멀었지만, 다리를 못 쓰는 대신 턱걸이를 열심히 해서 상체는 저보다 더 커졌더라고요. 재활 훈련을 하는 틈틈이 경마 결과도 예상하고요. 입원 중에는 마권을 못 사지만, 경마 생각이라도 하지 않으면 지루해서 못 견디겠답니다."

"그렇겠지."

긴 침묵이 두 사람을 감쌌다. 바텐더가 없는 바에는 음악조차 틀어놓지 않았다. 우하라는 얼음통의 얼음을 잔에 넣었다. 얼음이 잔의 바닥을 때리자 맑은 소리가 났다.

"경찰에서 내가 쓸 수 있는 연줄은 모조리 사용했어."

오야가 드디어 입을 열었다.

"연줄이요?"

우하라는 눈썹을 찡그렸다.

"우선은 오키나와의 산소 캡슐에 갇힌 남자의 이름이야."

"조사하셨습니까?"

"윌버 유스티스, 미국 해병대 원사, 37세."

"윌버."

우하라는 생각지도 않았건만 알게 된 이름을 중얼거렸다. 한 번도 만난 적 없는 사람인데 산소 캡슐 속에서 잠든 모습이 눈앞에 생생히 떠올랐다.

"CIA의 캄벨라 말대로야."

오야가 말을 이었다.

"미군은 어느 쪽 산소 캡슐도 열지 않았어. 양자얽힘을 이용한 기폭 장치를 해제할 방법을 생각하고 있지. 해답이 나오면 그 산소 캡슐로 시험해볼 작정이야. 그때까지는 폭발시키지 않아."

우하라는 오야가 들려준 말에 담긴 뜻을 곰곰이 생각했다. 열지 않았다.

"산소 캡슐 속의 두 사람은 살아 있습니까?"

"그들의 목적은 인명 구조가 아니야."

"그럼."

"응."

오야는 고개를 끄덕였다.

"가스를 넣어서 둘 다 안락사시켰겠지."

우하라는 말없이 위스키를 마셨다. 선택지는 그것밖에 없다. 알고는 있었다. 산소 캡슐은 인공 동면 장치도 아니거니와 생명 유지 장치도 아니라는 걸.

오야가 바텐더조차 가게에 남겨두지 않은 이유를 우하라는 이해했다. 여기서 두 사람이 나누는 이야기는 세상에 존재하지 않는 이야기다.

"반장님, 어디까지 아시는 겁니까?"

"정확한 장소는 못 알아냈지만."

오야가 대답했다.

"와카사카 노리토모와 윌버 유스티스가 들어 있는 산소 캡슐은 오키나와 미군 기지의 모처에 엄중하게 보관 중인가 봐."

순시선에서 멀어지는 블랙호크의 모습이 우하라의 머릿속에 되살아났다.

"우하라, 너도 기억하지?"

오야가 물었다.

"뚜껑을 열어도 폭발하고, 기압이 1.3기압보다 낮아져도 폭발해. 우리가 부딪힌 문제고, 그건 미군도 마찬가지야. 산소 캡슐을 건드리지 않더라도 CL-20의 폭발을 막기 위해 늘 1.3기압을 유지해야 해. 놈들이 어떻게 했을 것 같아?"

우하라는 잠시 생각한 후 대답했다.

"저희가 배로 향했던 다네가시마 우주 센터에 있는 것처럼, 대형 기압 조정 실험실에 산소 캡슐을 보관한 건가요?"

"수영장이야."

오하라가 잔을 들었다.

"수심 3미터에 쇠사슬로 매달아뒀대. 과연, 그러면 언제나 1.3기압이지. 정전도 걱정할 것 없어. 그리고 경사스럽게도 완전히 다른 시점에서 그 산소 캡슐을 열 수 있을 것 같아."

"기폭 장치를 해제할 방법을 찾아낸 겁니까?"

"전지가 다 떨어지기를 기다리는 거야."

오야는 쓴웃음을 지었다.

"기폭 장치에 내장된 전지는 엑스선 차폐 소재에 둘러싸여서 보이지 않지만, 전체 크기로 추측건대 아마도 일반적인 리튬 전지겠지. 하지만 기폭 장치는 전력을 거의 소비하지 않아. 손목시계의 수명과 비슷하겠지."

"그렇다면 리튬 전지의 수명은 길면 3년."

거기서 우하라는 말을 끊었다.

앞으로 3년간, 수심 3미터에 매달린 관 속에서 윌버 유스티스와 와카사카 노리토모의 시체가 썩어갈지도 모른다. 가족도 모르는 채, 꽃 한 송이도 받지 못하고서.

"물론 그 전에."

오야가 말했다.

"양자얽힘을 해소할 방법을 찾아내면 뚜껑을 열 수 있어. 찾아낸다면 말이지."

"반장님, 하나 여쭤보고 싶은데요."

우하라는 목소리를 짜냈다.

"그날 밤, 저희가 컨테이너에 실린 산소 캡슐 뚜껑을 열자, 양자 컴퓨터가 입자의 '상향 스핀'을 관측해 폭발이 일어나서 와카사카 노리토모는 컨테이너와 함께 바다에 가라앉았다. 그리고 윌버 유스티스는 어딘가에 살아 있다. 미국이 쓴 이 시나리오를 트로피컬 하우스 놈들은 진심으로 믿고 있을까요?"

"글쎄."

오하라는 고개를 내저었다.

"어느 쪽이든 상관없을 것 같은데. 실제로도 비슷하잖아. 결국 와카사카는 물속에 있으니까."

소리 없이 어둑한 바에서 술잔 속의 얼음이 녹았다.

우하라는 입을 다물었다. 할 말이 없어서 술잔만 가만히 바라보았다. 얼음이 녹아간다.

물을 구성하는 물 분자가 있고, 그 분자 속에 원자가 있다. 원자의 정체는 더 작은 원자핵과 그걸 둘러싼 전자구름이다. 우라하의 귀에 기묘한 소리가 들려왔다. 희미한 땅울림 같은 소리가.

우하라는 생각에 잠겼다.

수영장에 가라앉은 산소 캡슐 두 대.

그 속에서 썩어가는 시체 두 구.

해임된 반장.

고마자와가 잃은 다리.

어느 틈엔가 나타난 고마자와의 도플갱어가 옆에 앉아 있었다.

파동함수라고 고마자와는 말했다.

양자는 관측하기까지 확률의 파동에 지나지 않습니다. 관측된 순간, 파동은 수렴하죠. 파동함수를 나타내는 기호 ψ는 그리스 문자의 스물세 번째 글자로, 프사이라고 발음합니다.

선배, 이 세상은 대체 뭘까요?

고전역학은 양자역학의 근사치에 지나지 않는다고 학자는 말합니다. 그렇다면 진짜는 전부 양자 세계에 있는 것 아닐까요?

분리할 수 없는 이원론. 두 개의 짝.

그러한 우리의 사고방식 자체가 양자에서 유래됐다면요?

선악, 생사, 낮밤, 약손가락에 끼는 결혼반지 등등 모든 것의 기원이 EPR페어라면, 그렇다면 우리가 보고 있는 세상은 대체?

우하라는 문득 주변을 둘러보았다. 거시적인지 미시적인지 모를 안개가 퍼져나가는 가운데 나비 두 마리가 조용히 날아다니고 있었다. 익숙지 않은 위스키에 취했는지도 모른다. 안개 속에 혀를 내민 아인슈타인의 얼굴이 보였다.

0(ψ) prologue/epilogue—

1935년. 미합중국, 뉴저지주 프린스턴.

어쩐지 기분 나쁘다고 알베르트 아인슈타인은 중얼거렸다.

조용히 사색에 잠겼는가 싶더니 느닷없이 벌떡 일어나 서재 이쪽 끝에서 저쪽 끝까지 초조한 기색을 감추지 않고 이리저리 왔다 갔다 한다.

독일에서 나치가 정권을 장악하기 직전, 미국에 망명해 50대도 중반이 지난 아인슈타인은 물리학자로서 얻을 수 있는 모든 명예를 이미 손에 넣었다. 하지만 그의 마음은 편안하지 않았다. 세력을 불리는 아돌프 히틀러도 큰 문제지만, 그 밖에도 못 본 체할 수 없는 중요한 일이 있었다.

말도 안 된다고 아인슈타인은 생각했다. 양자역학을 제창하는 자들의 사고방식을 도저히 그냥 간과할 수 없다. 자신보다 여섯 살 어린 덴마크인 닐스 보어를 필두로 한 코펜하겐 학파의 사고방식은—

상보성을 진리로 인정하면 '우주의 근본은 확률로만 모습을 나타내는' 셈이다. 그런 어처구니없는 소리가 어디 있는가. 이건 물리학을 모독하는 결론이다. 이같이 비참한 결론을 굴욕으로 여기지 않고 받아들이려 하는 보어는 머리가 어떻게 된 것이다.

아인슈타인은 벽 한 면을 가득 채운 서가 앞에서 담배를 입에 물었다. 담배가 짧아질 때까지 뻑뻑 피웠다. 서가에 꽂힌 과학 서적이 쓰레기로 보였다.

만약 양자역학이 옳다면 정말로 쓰레기가 되리라.

미친 건 보어일까?

아니면 나일까?

확률로만 모습을 나타내는 우주. 관측 행위에 영향을 받는 우주. 그런 의견이 나올 때마다 아인슈타인은 온 마음을 담아 고개를 젓고, 아니라고 부정해왔다.

양자 역학의 악몽—

어쩐지 졸리는 듯 보이는 아인슈타인의 눈에 날카로운 빛이 깃들었다. 그는 이렇게 생각했다. 그들의 실험 자체에 미비한 점이 있었다고. 과학자들이 흔히 하는 실수다. 제한된 범위에서만 성립하는 실험을, 마치 진실인 것처럼 선전한다. 하지만 그 실험이 성립하는 범위 밖에서는 물론 무엇 하나 성립하지 않는다. 실험 결과는 틀렸다. 그걸 그들에게 알려주어야 한다. 과학계는 내 행동을 늙은 왕의 추태라고 비웃을 것이다. 그래도 나는 진실을 둘러싼 싸움을 그만둘 수 없다. 복잡한 장치는 필요 없다. 종이와 연필이면 충분하다. 보리스 포돌스키와 네이던 로즌의 사고실험에 협력하기로 하자. 그 작업은 공저 논문으로서 세상에 발표되리라.

나는 나 자신이 갈망하는 해답을 원하는 것이 아니다. 그렇게 오해받으면 유감스럽다. 내 바람은 그저 이 세상의 본질을 완벽하게 기술하는 것이다. 무슨 일이 일어나고 있는지 알고 싶다. 그럴 수만 있다면 그 해답이 내 상상을 초월하더라도 상관없다. 그리고 분명 그 해답은 내 상상을 초월하리라.

젤리 워커

피트 스타닉은 영화 「뉴론 필드」에 등장하는 크리처 '플레어'의 조형을 담당한 걸 계기로 부와 명성을 손에 넣었다.

스토리 초반부터 등장하는 플레어는 원래 절지동물인 전갈이었지만, '디지털 허리케인'이라는 이상한 전자파에 노출돼 돌연변이를 일으켜 생후 8개월 만에 몸길이 2미터까지 성장한다. 그리고 인간과 교류할 수 있는 수준의 지성을 획득하고 결국은 두 다리로 일어선다.

인간에게 우호적이건 적대적이건 이족 보행하는 가공의 크리처는 지금까지 헤아릴 수 없을 만큼 스크린에 많이 등장했지만, 「뉴론 필드」의 플레어에게는 독특한 매력이 있었다.

알에서 태어난 전갈이 두 다리로 일어서서 걷기까지의 과정은 실로 박진감 있어서 마치 다큐멘터리 방송처럼 실감이 넘쳤다. 관객들이 허구를 넘어선 자연의 신비조차 느낄 정도였다. 플레어는 인간의 형태를 바탕으로 한 휴머노이드가 아니라, 어디까지나 독자적으로 진화한 생명체다. "이같이 설득력 있는 크리처의 계보를 따지려면 20세기에 '에이리언'이 만들어진 순간까지 거슬러 올라가야 한다"라고 평한 비평가도 있었다.

「뉴론 필드」는 극장판, VR판 모두 높은 성적을 거두었고, 최종 흥행 성적은 17억 달러에 이르렀다. 그리고 2046년 아카데미 시각 효과상을 수상했다. 플레어를 직접 조형한 호주인 CG 크리에이터 피트 스타닉의 소문은 순식간에 할리우드에 퍼졌고, 그가 소속된 시드니의 VFX(비주얼 이펙트) 제작회사 스테고테트라도 이름을 전 세계에 떨쳤다.

오스카상을 들고 레드 카펫을 걸은 후에도 스타닉의 아이디어는 마르지 않았다. 영화 「카 라이트」(2047년)의 괴물 아홉 종, 「자카르타」(2048년)의 '배드 스네일', 인터넷 드라마 시리즈 「리컨스트럭션」(현재 시즌 4 방영 중)의 '사이코 게이터' 등 무시무시하면서도 매혹적인 크리처를 차례차례 탄생시켜 30대 중반에 크리처계의 제왕이라는 호칭을 얻었고, 본인의 인상적인 용모도 한몫해 팝스타 같은 존재로 자리매김했다.

초록색과 진한 주황색으로 얼룩덜룩하게 염색한 머리를 콘로우*로

* 머리털을 여러 가닥으로 단단하게 땋아서 두피가 보이는 헤어스타일.

땋은 헤어스타일. 맞춤 재킷을 입고, 직접 고안한 '뼈' 모양의 피어스를 양쪽 귀에 달았다. 그런 스타닉의 모습은 티셔츠에 청바지 차림으로 머리를 벅벅 긁으며 사무실을 돌아다니는 크리에이터의 이미지와는 아주 거리가 멀다.

스타닉이 조형한 크리처는 영화 팬뿐만 아니라 생물학자와 동물 애호가에게도 절찬을 받았다. 진화생물학자 줄리아 카사블랑카스는 그의 작품을 이렇게 평가했다.

"대부분의 크리에이터는 관객을 겁주는 데 중점을 두고서, 크리처의 바탕이 되는 동물을 무턱대고 거대화하거나 오로지 흉포하게 그리려고 노력합니다. 반면 피트 스타닉이 만드는 크리처에는 자연계의 보이지 않는 손이 깃들어 있어요. CG가 아무리 발전해도 도달할 수 없는 뭔가를 지니고 있죠. 표면적인 현실감에 그치지 않는, 신만이 아는 심오한 비율 같은 거요. 무심코 카메라를 들고서 숲이나 강으로 그 생물들을 찾으러 가고 싶어질 정도예요. 그런 충동에 휩싸일 때마다 '저건 상상의 산물이야' 하고 저 자신을 타일러야 한다니까요."

피트 스타닉의 강연회를 주최한 시드니의 디지털 전문학교는 학생 외의 일반인 참가도 허용한 탓에 연일 문의 전화에 대응하느라 정신이 없었다. 홀로그램 중계가 아니라 진짜 스타닉이 무대에 선다는 것이 포인트였다. 응모 단계에서 정원이 2백 명인 강의실로는 청강 희망자를 전부 수용할 수 없음을 깨닫고 좀 더 규모가 큰 시내의 상업용 홀로 강연장을 바꾸었다.

강연회 당일, 스타닉이 대기실에서 나갈 시간이 되기를 기다리고 있는데 누군가 문을 두드렸다. 고개를 들이민 이벤트 스태프 뒤에 예상치 못한 인물이 서 있었다.

르네 자코. 스타닉이 애용하는 3D CG소프트웨어, 시그마아틀리에를 개발하고 판매하는 익스미시온사의 CEO였다.

“리옹에서 일부러 여기까지 왔나?”

스타닉은 놀란 얼굴로 말했다. 디지털 전문학교의 출자자 중 한 명인 자코가 애원하길래 어쩔 수 없이 받아들인 강연이라고는 하나, 설마 본인이 나타날 줄은 몰랐다. 지금까지 두 번밖에 만난 적 없지만, 자코와는 허물없이 지내는 사이였다.

“은인의 얼굴을 보러 왔지.”

자코는 스타닉과 악수를 하며 웃었다.

“프랑스에서 호주까지 자가용 제트기로 적도를 넘어서 왔어.”

“고마워.”

스타닉은 감사를 표했다.

“그런데 자가용 제트기가 있었던가?”

프랑스 제품인 시그마아틀리에는 극히 소수의 미술계 소비자에게만 지지를 받았을 뿐 VFX 세계에서는 이름이 거의 알려지지 않았다. 하지만 피트 스타닉이 크리처 조형에 사용한다는 사실이 화제가 되어 고작 몇 년 만에 3D CG소프트웨어 업계에서 유력 제품의 자리를 차지했다. 프로모션의 공로자인 스타닉은 시그마아틀리에의 신제품을 평생 무상으로 제공받는다.

“아까 객석을 보고 왔는데, 꽉 찼더군.”

자코가 말했다.

“이 홀이 영업을 시작한 후로 관객 수 1위래.”

“그래?”

스타닉은 흥미 없다는 듯 어깨를 으쓱했다.

“대체 누구를 기다리는 거람?”

자코는 호탕하게 웃으며 스타닉의 어깨를 툭 쳤다.

“이제 5분 남았다는군. 나가기 직전에 방해해서 미안해.”

대기실 문이 닫히자 혼자 남은 스타닉은 페트병에 든 생수를 마신 후, 천장을 올려다보다가 거울로 눈을 돌렸다.

초록색과 진한 주황색으로 염색해서 콘로우로 땋은 머리. 덴마크제 맞춤 재킷. 폐 모양 피어스.

그런 자신의 모습을 가만히 바라보다, 재기 넘치는 크리에이터를 연기할 수 있도록 웃음을 지었다. 자신감 넘치고, 아이디어가 마를 줄 모르고, 모니터 앞에 앉으면 마술사처럼 새로운 크리처를 만들어내는 남자.

청중이 기다리는 건 그런 인물이었다.

헤드마이크를 장착한 스타닉이 인기 크리처 플레어를 본떠서 만든 이족 보행 로봇을 데리고 무대에 나타나자 객석에서 큰 박수가 일었다. 일어나서 환성을 지르는 청중 가운데는 스타닉이 조형한 배드 스네일이나 사이코 게이터의 일러스트가 들어간 티셔츠를 입은 사람도 있었다. 스크린에 시그마아틀리에의 로고, 이어서 VFX 제작회사 스테고테트라의 로고가 뜨자 박수 소리가 더 커졌다.

스타닉은 청중에게 감사 인사를 한 후, 준비된 의자에 앉지 않고 무대를 좌우로 걸으며 영화에 등장한 크리처들에 얽힌 비화를 들려주었다. 감독과 협의한 내용, 애니메이터와 함께한 마라톤 미팅, 프레젠테이션용으로 그린 그림이 예상치 못하게 두바이의 미술관에 전시된 경위—에피소드는 끊이지 않았다.

한 시간쯤 이야기한 후, 스타닉은 드디어 의자에 앉아 퍼포먼스를 선보였다. 무대 위의 책상에 놓인 컴퓨터를 사용해 크리처를 제작하는 것이다. 그 모습이 뒤쪽 스크린에 비쳤다.

어떤 크리처를 만들지 청중의 거수로 의견을 모아, 가장 많은 표를 받은 사이코 게이터를 제작하기로 했다.

"사이코 게이터?"

스타닉이 한숨을 쉬자 박수 소리와 웃음 소리가 들렸다.

"여러분, 저를 그렇게 고생시키고 싶습니까?"

사이코 게이터는 「리컨스트럭션」의 주요 캐릭터 '포스폴'의 팔에 기생하는 생물로, 평소에는 문신 같은 무늬에 지나지 않지만,

숙주가 위험에 처했음을 감지하면 피부에서 튀어나와 맹렬하게 적을 공격한다. 악어와 지네를 합친 듯한 형태이므로 사이코 게이터를 제작하려면 지네 다리를 몇십 개나 그려야 한다.

터치펜을 든 스타닉은 일단 배경부터 그려나갔다. 일부러 그것부터 시작한 데는 나름의 의도가 있었다. 결코 앞에 나서지 않는 배경 그림 스태프로서 오랜 세월을 보냈던 스타닉은 강연장에 온 젊은 크리에이터들에게 크리처를 만들고 싶은 마음은 이해하지만, 현장에서는 어떤 일이든 해내야 한다는 사실을 전하고 싶었다.

소실점을 정한 후 투시선을 긋고 작은 거리를 그렸다. 빌딩, 도넛 가게 로고, 바의 간판, 도로, 통행인의 윤곽. 스타닉은 배경 그림 위에 조형의 토대가 될 몰드를 배치하고 마음에 드는 재질로 설정해 스컬프팅*했다. 눈이 못 따라갈 만한 속도에 강연장이 들끓었다. 하지만 스타닉 입장에서는 시그마아틀리에로 몇만 번이나 반복해온 작업이다. 스타닉은 환성을 들으며 생각했다. 이런 건 아무것도 아니다. 기술은 연습하면 몸에 익는다.

디지털 점토 덩어리였던 몰드가 공중으로 뛰어오르는 사이코 게이터로 재탄생한다. 다리를 다섯 개 만들었을 때 스타닉은 말했다.

"실은 하나씩 만들고 싶지만, 오늘은 사정 좀 봐주세요."

스타닉은 전체상의 자세를 유지한 채, 미러링 배치 처리를 부분

*　3D 모델링 작업에서 모델의 형태와 세부 사항을 조정하는 작업.

선택해서 사이코 게이터의 다리를 단숨에 늘렸다. 그리고 임프레셔니스트 브러시—시그마아틀리에의 기능 중 하나로 19세기 인상파 느낌을 낸다—를 선택해 페인팅한 후, 조잡한 부분의 폴리곤을 늘리고 광원 위치를 조금 이동시켜 콘트라스트를 약간 진하게 조정하고 나서 터치펜을 놓았다. 강연장이 터져 나갈 듯한 박수 속에서 스타닉은 몸을 돌려 스크린에 비친 자신의 작품을 올려다 보았다. 객석을 향하고 있을 때 얼굴에 맺혀 있던 웃음은 없었다.

스타닉에게 궁금했던 점을 질문하는 것이 강연회의 마지막 코너였다. 두 영화 팬의 질문에 대답한 후, 이런 질문이 날아들었다.

"어떻게 하면 매력적인 크리처를 만들 수 있을까요?"

특수 조형이 주제인 이벤트에서는 반드시 나오는 질문이었다. 소설가에게 "작품의 아이디어는 어떻게 얻으십니까?" 하고 묻는 것과 비슷했다.

질문 기회를 얻어 핸드 마이크를 잡은 사람은 캔버라에서 온 20대 여성이었다. 중국에서 온 그 유학생은 언젠가 모국에서 CG 크리에이터가 되어 영화계에서 일하고 싶다고 했다. 재능을 갈망하는 젊은이답게 진지한 울림이 있는 그 목소리를 듣고 스타닉은 고통마저 느꼈다. 너무나 단순해서 남에게 웃음을 살 만한 질문일지라도, 본인에게는 심각한 이야기다.

좋은 방법이 있다면 나도 알고 싶네요—

그렇게 답하고 끝낼 수도 있었지만, 스타닉은 최대한 정중하게 대답하려고 노력했다. 설령 사실을 말할 수 없을지언정 전할 수 있는 것은 있다.

"기본적으로."

스타닉은 입을 열었다.

"크리처는 조합돼 있어요. 각 생물에서 필요한 부분을 쏙쏙 뽑아내서 조형하니까 새로운 건 없는 셈이에요. 관객의 눈에 새롭게 보일 뿐이죠. 그리고 이 '관객의 눈'이 언제나 우리의 고민거리입니다. 영화 산업에서 크리처는 요컨대 '존재하지 않는 생물'이지만, 기괴한 요소만 합쳐서 만든 크리처는 대부분의 관객에게 외면당해요.

이해했어요?

크리처 조형은 현대 미술과는 다릅니다. 사람들은 '어디선가' 본 적 있는 듯한 크리처에게만 끌립니다. 그 '어디선가'는 바로 자연계예요. 그러니 우리는 자연계를 관찰해야 합니다. 거기서 태어난 생물을 말이죠. 반려동물인 개나 고양이, 가축인 닭도 상관없어요. 그들을 잘 알고 있는 것 같아도 다시 한번 유심히 관찰하는 거예요. 물론 근육과 뼈 등 해부학적 지식은 필수고요. 나는 '제리코'라는 이름의 두 살 먹은 수컷 오스트레일리언 셰퍼드를 한 마리 키우고 있는데, 가끔 그 녀석을 무심히 바라보고는 하죠.

그리고 몇 년 전에 유행한 브리드포인트라는 소프트웨어 기억나요? 사용자가 다양한 동물들의 데이터를 이용해 동물들을 이종

교배하면, AI가 그 결과를 계산해서 그려내죠. 덕분에 희한하기 짝이 없는 디지털 동물이 수없이 탄생했어요. 하지만 그중에서 할리우드의 실사 영화에 임팩트를 준 크리처는 하나도 나오지 않았어요. 비디오게임에는 몇 개 채택됐지만. 이건 우리 크리에이터가 유념해야 할 요소입니다. AI가 그려내는 세계는 아무래도 스마트해집니다. 이치에 맞고 효율적인 결과를 내놓는다는 뜻이에요.

하지만 자연계는 그렇지 않잖아요. 가끔 고개가 갸웃거려지는 요소를 만들어내죠. 예를 들면 절멸된 고대 코끼리의 친척 중에 데이토테리움이라는 생물이 있었는데요. 데이토테리움의 상아는 코 옆이 아니라, 아래턱에 있었어요. 그것도 아래를 향해 크게 휘어진 상아가요. 대체 왜일까요. 분명 불편할 테고 싸움에도 못 쓸 거예요. AI가 계산하면 여간해서는 이런 결과가 안 나올 겁니다. 그런 점에 자연계의 매력이 있으니, 거기에 좀 더 주목하면 조형의 힌트를 얻을 수 있을지도 모르겠습니다.

질문자님은 캔버라에서 공부하고 있죠? 그럼 '내셔널 주 앤드 아쿠아리움'에 매주 가보는 걸 추천할게요. 나도 질문자님 정도의 나이 때는 자주 갔었어요."

뜻밖에 긴 답변을 들은 중국인 유학생은 말문이 막히면서도 감사 인사를 했다. 감동으로 떨리는 목소리였다.

다음으로 손을 들고 마지막 질문 기회를 얻은 사람은 시드니에 사는 남성 애니메이터였다.

“오늘 이렇게 만나봬서 영광입니다.”

이벤트 스태프에게 핸드 마이크를 건네받은 그는 그렇게 말문을 열었다.

“저는 스타닉 씨를 동경하는 팬입니다. 제가 사는 시드니에 당신 같은 크리에이터가 있어서 정말 기쁜데요. 스타닉 씨가 소속된 스테고테트라의 본사는 런던에 있잖아요? 거기에는 기재도 많고 할리우드 영화 스타도 방문한다고 들었습니다. 런던의 본사로 옮기지 않고 시드니에 머무르며 작업하시는 이유가 있을까요?”

“대답하기 전에 하나 물어볼게요. 혹시 스테고테트라의 인사팀 직원은 아니죠?”

스타닉의 말에 사람들이 웃음을 터뜨렸다.

“말씀대로 늘 런던으로 오라는 요청을 받아요. 그때마다 거절하지만요. 호주에 사는 이유는 역시 자연 때문입니다. 호주의 생물은 종류와 형태가 다양해서 상상력을 자극하거든요. 90퍼센트가 고유종이라 이 나라에만 있죠. 오리너구리라는 기묘한 녀석이 좋은 예예요. 포유류인데 부리와 물갈퀴가 있고, 알을 낳고, 덤으로 발톱에 강한 독도 있죠. 독하면 시드니깔때기그물거미도 희한해요. 녀석의 독은 곤충과 영장류에만 효과가 있거든요. 개나 고양이에게는 아무 효과도 없어요. 참 별나다니까요. 그야말로 자연의 신비입니다. 이 나라의 매력은 무한해요. 일요일에 새만 관찰해봐도 영국과 호주는 정보량의 수준이 다릅니다. 이유를 또 하나 들자면 넓이죠. 나는 넓은 곳에 사는 게 좋아요. 질문자님에게는 미안하지만, 난 시드니의 사무실에는 거의 안 갑니다. 출근하지 않고 늘 집에 있어요. 헌터밸리의 사유지에 지은 자택이 작업실이죠. 집 크기는 둘째치고, 창문으로 보이는 그 평원을 런던에서 소유하려면 왕실의 일원이 돼서 버킹엄 궁전의 부지를 양도받아도 모자랄걸요. 이 정도면 답변이 됐을까요?

이제 시간이 다 됐나 봅니다. 여러분, 감사합니다. 로비에서 티셔츠와 피규어도 판매한다니까 사서들 가세요. 또 봅시다."

강연을 마치고 홀을 나선 스타닉은 익스미시온사의 자코가 주최하는 파티에 얼굴을 내밀었다. 대절한 클럽에 모여 있던 국내외의 크리에이터들이 스타닉에게 다가와 말을 걸었지만, 스타닉은 적당히 맞장구만 쳐주었다. 차를 몰고 왔다는 이유로 술도 거절했다. 한 시간쯤 지났을 무렵, 곤드레만드레 취한 자코와 작별 인사를 나누고 재빨리 애차에 올라탔다.

전기차 모델 람보르기니에 시동을 걸고 전조등 불빛을 비추며 힘차게 도로를 미끄러져 나아간다. 가속 페달을 밟아 어두침침한 도로를 오로지 질주했다. 시드니에서 북쪽으로 250킬로미터, 4헥타르의 광대한 토지에 자리한 헌터밸리의 자택까지.

전조등 불빛 속에 떠오르는 고속도로를 바라보며, 스타닉은 졸음을 쫓기 위해 한 손으로 초콜릿 포장지를 벗겨 초콜릿을 입에 넣었다. 람보르기니의 조수석에 강연회에 참석한 팬들의 선물을 아무렇게나 쌓아놨는데, 초콜릿도 그중 하나였다.

카카오 향기가 입안에 퍼지자 스타닉은 무대에서 자기가 한 말을 떠올리고 웃었다.

호주에 사는 이유는 역시 자연 때문입니다—

그런 소리를 했다. 호주의 생물은 종류와 형태가 다양해서 상상력을 자극한다고.

상상력, 바로 그게 문제라고 스타닉은 생각했다.

그리고 자신은 이렇게 말해야 했을지도 모른다고 반성했다. 인간의 상상력에는 한계가 있다고. 타고난 천재들을 제외하면 떠오르는 아이디어는 누구나 비슷비슷하다고. 하지만 자신같이 평범한 사람의 상상력도, 뭔가 계기를 만나면 크게 날아오를 때가 있다고—

대학을 중퇴하고 VFX 제작회사 스테고테트라에 입사한 후로 CG의 배경 그림만 그리며 하루하루를 보내는 상황에서도, 스타닉은 언젠가 독창적인 크리처를 만들어내겠다는 꿈을 간직한 채 살았다. 그런 그가 크리에이터로서 재능이 없다고 단념한 건 스물일곱 살 때였다.

뛰어난 크리처는 가끔 배우나 영화를 초월해 사람들의 기억 속에 남아서 오래 회자되고, 창작자에게 명성을 안겨준다. 배경 그림만 맡아서는 스크린을 채우는 방대한 엔드 크레디트의 한구석에 이름이 나오는 것에 그친다. 이름이 나오면 그나마 나은 편이고, 나오지 않을 때도 많다.

스타닉은 꿈을 향해 노력했지만, 그가 그리는 크리처는 죄다 박력이 부족했고, 그나마 잘 완성한 크리처도 남의 작품과 비슷해 보이는 수준이었다.

그래도 포기할 수 없어서 배경 그림 작업을 끝낸 후에도 늦은 밤까지 사무실에 남아 크리처를 고안했다. 머릿속의 아이디어를 모조리 쥐어짜 으스스한 촉수, 발톱, 엄니를 그렸다.

어느 날 밤, 배경 그림팀의 상사가 사무실에 남아 있던 스타닉에게 커피를 가지고 왔다. 김이 피어오르는 종이컵을 책상에 내려놓은 상사는 잠시 침묵을 지키다 입을 열었다.

"피트, 자기가 만든 크리처를 세상에 널리 알리고 싶은 심정은 이해해. 하지만 뭔가 조형하는 능력은 신이 내린 선물이야. 그림 실력이 좋으냐 나쁘냐의 문제가 아니라고. 난 20년 넘게 이 업계에 있었는데, 재능 있는 크리에이터는 백이면 백 20대 초반에 두각을 나타내. 그리고 주목을 받아서 본사로 옮기든지, 영향력 있는 스튜디오에서 스카우트하지. 피트, 올해 몇 살이지? 벌써 서른 살 가깝지 않나? 이봐, 피트. 자신에게 없는 걸 추구해봤자 괴로울 뿐이야. 무리하지 마. 인생은 길어. 우리는 우리가 할 수 있는 일을 해나가자고."

대답은 하지 않았지만 스타닉도 속으로는 상사와 같은 생각이었다. 크리처를 좋아하기에 자신에게는 센스가 없다는 사실을 가슴에 사무치도록 잘 안다.

그해 여름—남반구에 위치한 호주의 여름은 12월부터 2월—스타닉은 긴 여름 휴가를 얻었다. 시드니의 아파트를 떠나 바다로 가서 페리를 타고 태즈메이니아섬으로 건너갔다.

엄중한 보호도 소용없이 2030년대 말에 멸종한 태즈메이니아 데빌이 살던 땅을 카우보이모자를 쓰고 돌아다녔다. 독뱀에 주의하며 초원을 걷는 스타닉의 눈에 어느덧 눈물이 맺혔다. 태즈메이니아 데빌이나 크리에이터나 마찬가지다 싶었다.

적자생존.

능력과 환경이 조화를 이루지 못하면 도태돼서 멸종될 수밖에 없다.

태즈메이니아섬에서 일주일을 보낸 후 호주 본토로 돌아온 스타닉은 시드니의 남쪽, 보이드타운에 사는 학창 시절 친구를 방문했다. 허드슨 가드너라는 친구다.

가드너는 학자는 아니지만 희귀한 동물이나 박제, 화석 등에 사족을 못 쓰는 수집가로, 취미에 몰두한 나머지 멸종 위기종인 눈표범의 박제를 무허가로 구입해 당국에 체포된 적도 있었다.

몇 년 만에 재회한 가드너는 아버지가 경영하는 물류회사의 영업부장 자리를 얻어서, 혼자 단독주택에 살며 여전히 취미 생활을 즐기고 있었다. 스타닉이 안내받은 거실은 사육하는 동물을 넣어둔 케이지와 물고기를 키우는 수조 천지라, 마치 무슨 펫숍 같았다.

가드너는 패기 없는 스타닉의 얼굴을 보고 말했다.

"CG 크리에이터 같은 건 때려치워. 나랑 함께 국립공원 감시원이 되는 건 어때?"

두 사람은 소파에 앉아 태즈메이니아섬의 생태계에 관해 이야기하며 맥주를 마셨다. 문득 가드너가 입을 다물더니 의미심장한 웃음을 지었다. 스타닉이 잘 아는 표정이었다. 뭔가 털어놓고 싶은 일이 있을 때, 가드너는 반드시 이런 식으로 웃는다. 예상대로 가드너는 "보여주고 싶은 게 있어" 하고 일어섰다.

가드너는 스타닉을 욕실 옆방으로 데려갔다. 거기 있는 대형 케이지 속에서 검은 동물이 민첩하게 움직이고 있었다. 처음에는 강아지인 줄 알았지만 강아지치고는 다리가 길었고, 땅딸막한 몸통으로 보건대 고양이도 아니었다. 자세히 관찰하려고 케이지 정면에 쪼그려 앉은 스타닉은 숨을 삼켰다.

검은 털, 가슴을 가로지르는 흰색 무늬, 크게 벌린 입 사이로 보이는 날카로운 이빨. 멸종했을 태즈메이니아 데빌이 케이지 속에 있었다.

스타닉은 히죽거리는 친구의 얼굴을 어리벙벙한 표정으로 돌아보았다. 밀렵한 개체를 정부 몰래 기르는 거라면 중죄다.

"엄밀하게는 태즈메이니아 데빌이 아니야."

가드너는 그렇게 말했다.

“크기가 작잖아? 근린종인 주머니고양이에 태즈메이니아 데빌의 배아줄기세포를 섞었어. 본바탕은 주머니고양이고, 디자인은 태즈메이니아 데빌에 가깝다고 할까. 현재 출시되는 차를 사용해 클래식 카를 만든 것과 비슷해. 원조는 아니지만 감상하며 즐길 수 있지.”

스타닉은 눈살을 찌푸렸다.

“즉, 키메라라는 거야?”

질문을 받은 가드너는 말없이 어깨를 으쓱했다.

“취미를 위해서라면 뭐든지 한다는 건 알고 있었지만, 설마 이 정도일 줄이야.”

스타닉은 어이가 없어서 한숨을 쉬었다.

“대체 어느 연구소에서 산 거야.”

“산 거 아닌데. 내가 만들었어.”

“만들었다니? 허가는 받았어?”

“유명 대학이나 기업도 서류를 제출하고 최소 1년은 기다려야 해. 그런 허가를 개인이 어떻게 받겠어?”

스타닉은 술기운이 확 가시는 기분이었다. 누가 듣기라도 할까 봐 무서운 듯 목소리를 낮추어 말했다.

“야, 네가 무슨 짓을 했는지 알기는 해?”

키메라—한 개체가 여러 종으로 구성된 생물—에 대해서는 CG

크리에이터인 스타닉도 나름대로 아는 바가 있었다.

항상 위험시되는 키메라는 '인간-동물'의 조합이다. 인간의 신경 세포를 동물에게 이식하는 연구는 각국에서 엄중하게 규제 중이고, 그중에서도 동물의 태내에서 인간의 태아를 발육시키는 실험은 완전히 금지됐다. '인간-동물' 키메라에는 포스트휴머니즘을 둘러싼 윤리적인 문제도 있었다.

한편으로 '동물-동물' 키메라는 오랜 세월 규제가 없었다. 예를 들어 '가축'은 품종 개량을 반복한 키메라 같은 존재이므로, 동물 실험을 너무 세밀하게 규제하면 농업 등에 활용할 첨단 연구에 지장이 생긴다. 이러한 배경 때문에 동물 실험은 연구자의 재량에 맡겨졌으며, 동물 애호의 관점을 제외하면 확실한 규정은 없는 것이 세계적인 실정이었다.

하지만 2033년 9월, 그 풍조가 크게 바뀌었다. 연간 이용객 수 5천만 명을 자랑하는 네덜란드 최대의 국제 공항 암스테르담 스키폴 공항에서 '곤충 테러'가 발생해, 로비에 풀려난 약 4만 5천 마리의 '곤충'이 공항 이용객과 직원에게 덤벼들었다.

그 곤충은 자연계에 존재하는 종이 아니었다. 공격성이 극히 높아서 살인벌이라 불리는 아프리카화 꿀벌과, 중동 및 아프리카 건조 지대 등에서 집단으로 농작물을 먹어치워 사람들이 '악마'라고 두려워하는 사막 메뚜기를 합친 이종 키메라였다.

사망자 38명, 부상자 2,411명.

의도적으로 흉포성을 증폭시킨 곤충 키메라를 이용한 무차별 공격을 네덜란드 당국은 테러 행위로 단정하고 주모자를 포함한 용의자 일곱 명을 체포했다. 그중 한 명, 키메라를 만든 장본인이 호주 애들레이드 출신 유학생 신시아 코스타였다. 생물학을 전공하는 대학생이었던 신시아는 범행 그룹의 의뢰를 받고 대학교 연구실에서 독자적으로 키메라를 만든 사실은 인정했지만, 그들이 테러리스트인 줄은 몰랐다고 주장했다. 그 주장은 재판에서 받아들여지지 않았고, 신시아는 결국 네덜란드에서 5년의 금고형을 받았다. 미디어가 전한 바에 따르면 형기를 마치고 호주로 귀국한 현재도 당국의 감시를 받고 있다.

암스테르담 스키폴 공항에서 곤충 테러가 발생한 것을 계기로, 곤충을 포함한 모든 동물 간 키메라 실험을 국가가 규제하려는 움직임이 세계적으로 일어났다.

EU, 미국, 중국, 영국에 이어 호주에서도 새로운 법이 제정됐고, 남미가 그 뒤를 이었다. 중동과 아프리카 각국도 몇 년 늦기는 했지만 공적 규제에 들어갔다.

호주에서 신설된 '키메라 규제법'의 골자는 다음과 같다.

인간ES세포와 인간IPS세포의 사용과는 무관하게, 어떠한 키메라를 제작할 때도 당사자는 사전에 국가 전문기관에 허가를 신청해야 한다. 무허가로 키메라를 제작한 자는 10년의 구금형에 처한다.

시행 후 20년 정도 지난 지금도 매년 체포자를 몇 명 발생시키는 그 법률은, '인간-동물' 키메라에서 문제시되는 포스트휴머니즘을 염두에 둔 것이 아니라 어디까지나 테러리즘 방지책의 관점에서 제정된 것이다. 그리고 테러 대책인 이상, 무허가로 동물 간 키메라를 제작했다가 적발되면 몹시 무거운 벌이 기다리고 있다.

"난 아무것도 못 본 걸로 해줘."

스타닉은 케이지에서 뒷걸음친 후 가드너를 쏘아보았다.

"테러리스트의 동료로 싸잡혔다가는 끝장이야."

"피트, 내 어디가 테러리스트로 보이는데?"

가드너가 말했다.

"진정해. 내가 예전에 인터넷으로 눈표범 박제를 샀다가 체포된 적 있잖아? 경찰에게 들켜서."

"그걸 어떻게 잊겠어? 출소했을 때 내가 데리러 갔었잖아."

스타닉은 대꾸했다.

"그때는 실수를 했어. 그래서 지금은 절대로 흔적이 남지 않는 다크웹에서 쇼핑을 하지. 정말로 안 걸린다니까."

금지된 선을 넘은 친구에게 두려움을 느끼면서도 스타닉은 그의 이야기에 흥미를 품었다. 열네 살 때 처음으로 상급생에게 마약을 구입했을 때 느낀 감각과 비슷했다. 호기심. 멸종한 생물에 한없이 가까운 모습이, VFX가 아니라 실제로 눈앞에서 움직이는 원리를 알고 싶었다.

40년쯤 전에 나타난 다크웹의 존재는 스타닉도 들어서 알고 있었다. 마약, 총기, 위조 신분증, 더 나아가 살인 의뢰까지 상품으로 다루는 디지털 세계의 지하 공간. 경찰이 아무리 단속하려 애써도 그 세력은 수그러들지 않는다.

스타닉은 가드너가 들고 있는 랩톱 컴퓨터를 머뭇머뭇 들여다보았다. 다크웹에서는 다양한 생물의 DNA와 배아줄기세포를 마치 합법인 것처럼 당당히 판매하고 있었다. 황제전갈, 호랑이뱀, 실러캔스, 타조, 청자고둥, 악어거북, 그리고 태즈메이니아 데빌. 종류가 풍부하고 가격은 수천 달러에서 수만 달러까지 폭넓었다.

"나 같은 별종이 사는 거겠지."

가드너는 그렇게 말하며 웃었다.

"어느 학교의 학생이나 선생이 돈 욕심에 지하세계로 유출한 걸 판매하는 구조일 거야. 아니면 헌터일지도 모르고. 하지만 누가 구입한들 뚜껑을 열면 실물이 튀어나오는 건 아니야. 생물학 지식이 없으면 평범한 용기에 지나지 않지. 너도 기념 삼아 사볼래? 말해두겠는데, 아무리 그래도 코끼리같이 커다란 생물의 DNA나 세포는 안 팔아. 그리고 공룡도 없어. 가끔 매머드 DNA가 나돌긴 하는데 가격으로 보건대 가짜겠지."

스타닉 말고는 이 화제로 떠들 상대가 없는지 가드너는 즐겁게 말을 늘어놓았다.

개인적으로 키메라를 만들려면 초기 투자 비용이 꽤 많이 들어간다. 현미경은 물론, 현미 조작*을 위해 마이크로 머니퓰레이터라는 소형 장치도 사야 한다. 다크웹에서 주문하면 전자레인지에 부품을 조립한 형태로 보내준다. 각종 피펫도 필요하다. 생체와 도구를 갖추고 나면 이제 실험에 몰두할 뿐이다. 인젝션 키메라라는 방법을 사용하는데, 마이크로 머니퓰레이터에 장착한 피펫으로 주머니고양이의 배반포에 태즈메이니아 데빌의 배아줄기세포를 주입한다.

이런저런 이야기를 들으며 스타닉은 가드너가 자신을 백 퍼센트 신뢰한다는 사실에 놀랐다. 밀고하면 10년을 교도소에서 지내야 하는데, 전혀 개의치 않는 눈치다. 가드너만큼 자신을 신뢰해주는 사람이 스테고테트라에 한 명이라도 있을까.

스타닉은 다크웹의 상품 목록을 뚫어지게 들여다보다가 케이지로 시선을 돌렸다. 송곳니를 드러낸 채 끈덕지게 위협하는 태즈메이니아 데빌과 주머니고양이의 키메라. 그 모습을 보고 있자니 스타닉의 머릿속에서 뭔가가 번쩍했다.

키메라.

생각지도 못했다. 무허가 제작은 범죄인 데다, DNA와 세포가 이렇게 많이 판매되고 있는 줄은 꿈에도 몰랐다.

하지만—

* 현미경을 이용할 때만 수행이 가능한 미세 조작을 이르는 말.

열렬히 말을 꺼내놓는 가드너에게서 느껴지는 고양감이, 살아갈 목적을 잃은 스타닉에게 점점 옮았다. 스타닉은 선물받은 태즈메이니아 데빌의 배아줄기세포 용기를 들고 보이드타운에 있는 가드너의 집을 떠났다.

시드니의 아파트로 돌아오자 큰맘 먹고 2만 호주 달러나 하는 전동 마이크로 머니퓰레이터를 다크웹에서 구입했다. 근처 펫숍에는 주머니고양이가 없길래, 가드너에게 전화로 상담해서 주머니쥐를 구입했다.

여름 휴가 동안 크리스마스도 기념하지 않고 아파트에 틀어박혀 실험을 계속했다. 마스크를 끼고 현미경을 들여다보는 것도, 마이크로 머니퓰레이터를 조작하는 것도 난생처음 해보는 일이라 마치 연구자의 인생을 사는 것 같아서 유쾌했다. 경찰한테 들키면 체포된다는 불안감도 고독을 해소하는 자극으로 다가왔다. 그렇지만 마이크로 머니퓰레이터는 조작하기 어려워서, 수수하고 끈기가 필요한 CG 크리에이터가 생업이 아니었다면 일찌감치 포기했을 것이다.

실험은 실패의 연속이었다. 보통 주머니쥐가 너무 늘어나서 사육이 불가능해졌을 무렵, 충혈된 눈으로 현미경을 들여다보던 스타닉은 어쩔 수 없이 도움을 요청하기로 했다.

가드너에게 전화를 걸어 시드니의 아파트로 오게 한 것이다.

친구의 협력 덕분에 세포를 다루는 미세한 작업의 정확도가 높아져서 마침내 주머니쥐와 태즈메이니아 데빌의 키메라가 탄생했다. 스타닉은 감동에 떨면서 사진을 찍고 데생을 했다. 성장 과정을 관찰하자, 키메라는 자랄수록 흉포성이 증가해서 케이지에 있는 주머니쥐를 모조리 잡아먹은 끝에 느닷없이 죽었다.

긴 휴가가 끝난 후에도 스타닉의 탐구 열정은 식지 않았다. 사무실에서는 지금까지처럼 배경 그림을 그렸고, 주말이 오면 가드너를 불러 둘이서 다양한 키메라 제작에 몰두했다. 토끼와 박쥐, 개구리와 뱀, 도마뱀과 닭. 스타닉은 바탕이 될 생체와 다크웹에서 판매하는 배아줄기세포를 구입하기 위해 월급을 대부분 사용했고, 경험과 지식을 쌓아 더욱 심오한 영역에 빠져들었다. 키메라로 변하지 않고 태어난 보통 개체를 살처분할 때도 더는 죄악감을 느끼지 않았다.

그로부터 5년이 지나도 스타닉은 CG 크리에이터로서는 무명이었다. 하지만 아파트에는 기재가 늘어났고, 가드너는 배아줄기세포뿐만 아니라 DNA 용액까지 다룰 수 있게 되었다.

마침 그 무렵, 다크웹에 제초제 '케니텍스'가 나타났다. 중국산으로, 독성이 강해서 국제적으로 매매가 금지된 제품이었다. 20세기 베트남 전쟁 때 미군이 사용한 고엽제에 필적한다는 그 제초제를 다크웹에서는 150밀리리터에 2천 호주 달러의 가격으로 판매했다. 합법적으로 판매되던 시기의 열 배에 가까운 가격이다.

가드너가 조사해보자 일부 연구자들 사이에서 케니텍스는 '특수한 약품'으로 유명했다. '척추동물에 무척추동물의 신체적 특징을 융합'하는 특수성이 있다는 것이다. 예를 들면 가정집 마당에 있던 뱀이 먹잇감인 지네를 산 채로 삼킨 후 살포된 케니텍스를 흡입하고 며칠 만에 죽었는데, 뱀의 사체가 지네처럼 검붉은 광택을 띠었고 가시 같은 다리가 복부에 돋아 있었다는 사례가 보고된 적 있다.

파충류와 절지동물의 융합.

스타닉은 머릿속에 빛줄기가 꽂히는 듯한 흥분을 맛보았다. 가드너도 마찬가지였다. 이게 사실이라면 척추동물로만 해왔던 실험이 완전히 새로운 단계로 넘어간다. 바탕이 되는 척추동물에게 케니텍스를 투여하고, 그 세포에 무척추동물의 DNA 용액을 주입하면 기적을 볼 수 있다.

두 사람은 주저 없이 케니텍스를 구입해 사용했다. 케니텍스의 독성 때문에 생쥐, 주머니쥐, 도마뱀, 닭 수십 마리가 죽었다. 스타닉은 죽은 동물들의 사체를 냉동해 망치로 산산이 부순 후 봉지에 담아서 버렸다.

그러한 실험을 반복한 끝에 태어난 것이, 타조 수정란의 전핵에 황제전갈의 DNA 용액을 주입하는 동시에 케니텍스의 독성에도 노출시킨 키메라였다. 껍데기를 깨고 나온 새끼 타조의 머리에서 전갈 같은 외피를 발견했을 때, 스타닉과 가드너는 부둥켜안고 환희에 찬 고함을 내질렀다. "죽지 마라" 하고 가드너는 키메라에게 신신당부했다.

"네가 지구의 생물사를 바꿀 거야."

키메라에는 눈과 부리가 없었다. 깃털은 검붉고, 발톱은 날카로웠다.

스타닉은 정신없이 촬영하고 데생했다. 몸이 안 좋다는 거짓말로 회사를 쉬고, 키메라를 계속 지켜보았다. 수수께끼 같은 그 모습에 들떠서 잠도 제대로 못 잤다.

비타민이 풍부한 사료를 주자 고작 일주일 만에 키메라는 몸길이 70센티미터로 자랐고, 심하게 날뛰기 시작했다. 스타닉은 불안에 사로잡혔다. 흔해 빠진 아파트의 방이다. 키메라가 타조 성체 크기까지 자라면 손을 못 쓴다. 가드너와 상의했지만 다른 선택지는 없었다. 스타닉은 사료에 수면제를 섞어 키메라를 잠재운 후, 사냥용 나이프로 찔러 죽였다.

짧은 생애를 마친 그 키메라의 성장 과정 기록이 스타닉의 재능을 꽃피웠다. 아무도 본 적 없는 생물의 모습은 상상력의 활주로가 되었고, 활주로에서 속도를 높인 스타닉은 이륙해서 높이 날아올랐다. 그는 난생처음 유례없는 조형물을 그리는 데 성공했다. 실제 모델만 있으면 힘을 발휘하는 크리에이터, 스타닉은 그런 유형의 인간이었다.

타조와 황제전갈을 합친 키메라를 힌트 삼아 마침내 '플레어'가 탄생했다.

플레어가 등장한 「뉴론 필드」가 흥행에 성공하자 스테고테트라사는 스타닉에게 파격적인 대우를 해주었고, 거액의 보수도 안겨주었다. 주변의 예상과 달리 독립하지 않은 건, 크리처 조형 이외의 매니지먼트 업무 등에 시간을 빼앗기기 싫었기 때문이다.

친구의 성공을 순수하게 기뻐하는 가드너와 달리, 스타닉은 자신의 상황이 얼마나 위험한지 잘 알고 있었다. 성공에는 위험이 따르기 마련이라고는 하나, 안전한 경로가 있다면 그쪽으로 가는 것이 최고다. 스타닉은 가드너에게 상담해 다크웹에 직접 접속하는 방법 대신, 좀 더 흔적이 남지 않는 방법을 찾아달라고 했다.

그리고 돈만 주면 뭐든지 해주는 것으로 악명 높은 변호사를 가명으로 고용해, DNA와 세포를 구입할 때 방패막이로 쓸 만한 연구기관이 없는지 알아봐달라고 했다. 대학을 경유해 필요한 물건을 구하면 위험성이 훨씬 낮아지리라. 다만 협력자로서 매수할 수 있는 생물학자가 있다면 말이다.

변호사의 조사 결과 보고서는 지불한 금액에 비해 단순명료했다.

"현재 연방정부와 주정부가 생물학자들을 엄격히 감시하고 있는 데다, 동물 애호 단체와 윤리 위원회도 늘 그들을 주목하고 있습니다. 국내에서는 희망하시는 인물을 찾기가 몹시 힘들지 않을까 싶습니다."

그렇겠지, 하고 스타닉은 생각했다. 뻔히 알고 있는 사실이었다. 애당초 케니텍스를 투여한 시점에 이미 동물 애호나 윤리관을 날려버리는 지뢰를 밟은 셈이다. 안전한 경로 따위는 없다.

스타닉은 학자를 매수하는 방법을 포기하고, 크리처 조형에 모든 것을 바치기 위해 중대한 결단을 내렸다. 바로 헌터밸리에 자택과 4헥타르에 이르는 땅을 마련하고, 허드슨 가드너를 개인적으로 고용하는 것이었다.

광대한 사유지에 지은 집은 비밀을 유지하기에 안성맞춤이었지만, 그래도 정부가 무허가 키메라 제작을 엄중히 감시하는 현재로서는, 자택 지하실에 몰래 실험실을 만들어본들 위험성은 줄어들지 않는다. 앞으로도 키메라를 계속 제작하려면 테러리스트 뺨치는 은폐 수단이 필요하다.

결국 스타닉은 집에서 백 미터 떨어진 곳에 골프 연습장을 만들고, 그 지하에 실험실을 마련하기로 했다. 골프공이 흩어져 있는 그린 밑에서 키메라가 태어날 거라고 생각하는 사람은 아무도 없지 않을까.

그리하여 스타닉은 좀 더 자유롭게 실험할 수 있는 환경을 손에 넣었다. 지하실에는 케이지와 수조를 잔뜩 놓아둘 수 있고, 남의 눈을 의식하지 않고 자유롭게 키메라를 산책시킬 수도 있다.

스타닉에게 고용된 가드너는 물류회사 영업부장을 그만두고 보이드타운의 집을 처분했다. 그리고 골프 연습장 맞은편에 지은 소형 별장에서 생활했다. 모델하우스 같은 별장에는 지하실로 이어지는 통로 입구가 있었다. 훗날 스타닉의 명성을 높인 작품들은 전부 이 지하실에서 행한 실험에 기반했다. 전기톱을 연상시키는 부리가 특징적인 톱가오리와 맹독침을 가진 청자고둥의 키메라는 '배드 스네일'의 토대가 되었고, 북미에서 가장 큰 육식어 엘리게이터가아와 세계에서 가장 큰 지네인 페루산 대왕지네의 키메라는 '사이코 게이터'에게 무시무시한 사나움과 약동감을 부여했다.

가드너는 여간해서는 사유지를 나서지 않았다. 계약상 '고용인'인 스타닉이 바빠지자 대신 키메라를 혼자 제작했고, 가끔 그린에 올라가서 마음 내키는 대로 골프 연습을 했다.

시드니의 강연회장에서 두 시간 반, 스타닉은 쉬지 않고 람보르기니를 몰았다. 현재 0.7헥타르 크기의 골프 연습장 지하에서 키메라 스무 마리를 키우고 있는데, 그중에 요 반년간 특히 신경 써서 돌보며 관찰해온 개체가 있었다.

케니텍스를 투여한 키메라는 살아서 태어나도 통상적인 키메라에 비해 돌연사할 확률이 높아서 눈을 뗄 수 없다. 한나절 넘게 집을 비워야 하는 이번 강연도 가능하면 거절하고 싶었다.

스타닉은 '출입 금지, 사유지입니다'라고 적힌 간판을 통과해 모래투성이인 완만한 고개도로를 내려가 골프 연습장의 별장 앞에 람보르기니를 세웠다. 흰색으로 칠한 별장의 문을 열자 바람이 느껴졌다. 불길한 예감이 들었다. 냉방에 의한 바람이 아니라 바깥 공기와 비슷한 열기가 서려 있었다.

이유는 바로 알았다. 그린이 보이도록 설계한 유리창에 금이 갔고, 그 중심에 커다란 구멍이 뚫려 있었다.

스타닉은 창문으로 달려갔다. 유리 조각이 별장 밖에 떨어졌으니, 실외가 아니라 실내에서 깬 것이다. 집을 비운 사이에 무슨 일이 생긴 건지 순식간에 이해했다. 이렇게 두꺼운 유리창을 깰 수 있는 키메라는 한 마리밖에 없다.

가드너를 불렀지만 대답은 없었다. 실내를 살펴보자 지하실로 이어지는 비밀 입구가 활짝 열려 있었다.

벽에 만든 이중문은 제2차 세계대전 당시 유럽에서 가끔 볼 수 있었던 공법이다. 거울 뒤편에 숨겨진 선반이 있다는 걸 알아차리고 문을 연 사람은 비상용 화폐나 통조림, 위스키 등을 발견할 것이다. 이중 구조를 모르면 선반을 발견한 것으로 만족하겠지만, 실은 선반 뒤쪽의 다른 문이 지하 통로로 연결된다.

스타닉은 강연하러 간 걸 후회하며, 화풀이로 별장에 놓아둔 골프 클럽을 걷어찼다. 그리고 주변을 경계하며 지하실로 내려갔다.

이제 보이드타운에 있던 가드너의 집은 명함도 못 내밀 만큼 이곳 지하실에는 수조와 케이지가 많다. 지하실 바닥에는 다양한 실험기구가 어지러이 널려 있었고, 수조에서 기르는 키메라 물고기는 잡아먹혔다. 아무 상처 없는 물고기도 죽었다. 물이 가득해야 할 수조가 텅 비었으니, 상처 없는 물고기는 아가미 호흡을 못 해서 죽었을 것이리라.

다른 키메라도 죽임을 당했고, 키메라의 바탕을 제공하기 위해 사육하는 생쥐와 박쥐 케이지도 부서져 무참한 사체가 나뒹굴고 있었다. 간신히 위기를 모면한 박쥐 한 마리가 천장 배수관에 거꾸로 매달려 잠들어 있었다.

가드너는 박쥐 바로 밑에 쓰러져 있었다. 스타닉은 눈을 부릅뜬 채 가드너의 시체를 살펴보았다. 옷에 피는 묻지 않았고, 눈에 띄는 외상도 없었다. 혹시 무슨 병으로 죽은 건가 싶었다. 가드너의 심장 마비와 키메라의 탈주가 우연히 겹쳤을 뿐일까? 스타닉은 가드너의 목을 만져보려다가 얼른 손을 거두었다. 기묘한 색깔로 부어오른 목에 투명한 젤리 상태의 촉수가 감겨 있었다.

스타닉은 고통으로 일그러진 가드너의 얼굴을 보며 생각했다. 답은 하나밖에 없었다.

독에 당한 것이다.

스타닉은 탈주한 키메라의 케이지를 확인했다. 철망을 보강했는데도 엄청난 다리 힘으로 몇 번이고 걷어차서 자물쇠를 고정한 부분이 통째로 부서졌다. 소리를 듣고 이변을 알아차린 가드너가 지하실의 케이지에 다가갔다가 살해당한 것이리라.

가드너의 부주의한 행동을 책망할 수는 없다. 왜냐하면 사육 중이던 키메라에게 독성은 없었기 때문이다. 하지만 이종 키메라에게 무슨 일이 일어날지는 아무도 모른다. 가드너도 스타닉도 모르는 사이에 독성이 생긴 것이다.

스타닉은 가드너가 죽었는데도 냉정함을 유지하는 자기 자신에게 놀랐다. 냉정함을 유지하는 수준을 넘어서 안도했다. 가드너는 키메라 제작과 진귀한 동물 사육에 만족스러워하기는 했다. 하지만 그렇다고 그가 자신을 배신할 가능성이 절대 없다고 안심할 만큼 가드너에 대한 스타닉의 믿음은 크지 않았다. 비밀을 팔았다가는 끝장이다. 그런 가드너가 알아서 죽어준 것이다.

남은 문제는 달아난 키메라가 어디 있느냐였다. 스타닉은 지하실을 나서서 계단을 올라가며 생각했다. 4헥타르의 사유지에 있으면 다행이지만, 다른 곳으로 빠져나가서 남의 눈에 띄면 지금까지 이룬 걸 전부 잃을지도 모른다.

비밀 입구를 꼭 닫은 후 스타닉은 자기 자신을 타일렀다.

진정해. 키메라가 탈주하는 사태는 이미 겪어봤잖아.

헌터밸리로 이사한 해, 울버린과 쑥감펭의 DNA를 결합한 키메라의 민첩함에 허를 찔려 놓친 적이 있었다. 유일하게 의지할 수 있는 가드너는 집에 없었다. 가드너는 캔버라의 호텔에 머무르며 매일같이 '내셔널 주 앤드 아쿠아리움'에 가서 침을 뱉는 걸로 유명한 오랑우탄의 우리 앞에 서 있었다. 옷에 묻은 침을 채취할 목적이었다. 잘만 되면 다크웹에서도 판매하지 않는 대형 유인원의 DNA를 입수할 수 있을 터였다.

키메라가 도망치자 스타닉은 혼란에 빠졌지만, 강력한 턱 힘으로 깨물어도 버틸 수 있는 와이어 내장 장갑을 끼고 즉시 밖으로 뛰쳐나갔다. 먹이로 유인해 생포할 작정이었다. 하지만 오히려 깨물려서 그 충격으로 왼손 엄지와 검지가 부러졌다. 와이어 내장 장갑이 없었다면 손목이 통째로 뜯겨 나갔으리라. 그때 스타닉은 '공격성이 강한 키메라가 도망치면 생포할 생각을 해서는 안 된다'라는 교훈을 얻었다. 죽이기엔 아깝다고 망설이는 사이에 사유지 밖으로 달아나면 모든 것이 물거품으로 돌아간다. 역시 죽이는 게 최선이다. 크리처 조형만을 위해 태어난 생명을 오로지 자기 혼자 힘으로 흔적도 없이 없애야 한다. 스타닉은 골절에 의한 심한 통증을 참으며 샌드 버기*에 올라탔다. 울버린과 쑥감펭 키메라를 광대한 사유지에서 추적한 끝에, 동틀 무렵에야 키메라를 치어 죽이는 데 성공했다. 그 자리에서 사체에 휘발유를 붓고 불을 붙여 지상에서 소멸시킨 후, 한손으로 차를 몰고 병원에 갔다.

지금도 그때와 똑같이 하는 수밖에 없다. 스타닉은 금이 간 유리창으로 그린을 바라보며 생각했다. 하지만 그때와 완전히 똑같이는 안 되리라. 상대는 훨씬 크고 민첩하므로, 샌드 버기로 치었다가는 이쪽도 사고에 휘말릴 우려가 있다. 독이 있는 촉수도 함부로 다가가서는 안 되는 이유다.

골프 연습장에서 자택으로 돌아온 스타닉은 창문 너머에 뭔가 쓰러져 있는 것을 알아차렸다. 서쪽으로 50미터쯤 떨어진 곳이었

* 사막이나 해안 주행에 적합한 사륜구동 오픈카.

다. 손전등으로 주변의 안전을 확인한 후, 어둠 속을 천천히 걸어가서 오스트레일리언 셰퍼드 제리코의 사체를 내려다보았다.

스타닉은 파리가 끓는 제리코의 사체를 꼼꼼히 살펴보았다. 목과 배가 찢어졌고 갈비뼈가 거의 다 부러졌다. 키메라가 제리코를 걷어차는 모습이 스타닉의 눈앞에 떠올랐다. 과감하게 맞서려 해도 독에 당해서 몸이 말을 안 듣는 바람에 공룡처럼 무시무시한 발톱에 일격을 당한다. 오스트레일리언 셰퍼드의 커다란 몸이 허공에 떴다가 땅에 내동댕이쳐진다.

스타닉은 사체를 태우지 않고 묻기로 마음먹었다. 하지만 탈주한 키메라를 처리하는 것이 먼저다. 누구에게도 도움을 요청할 수 없다. '키로넥서웨리'를 혼자서 확실하게 처리해야 한다.

키로넥서웨리.

지금까지 스타닉과 가드너가 만들어낸 키메라 중 최고 걸작.

할리우드에 피트 스타닉의 이름을 떨친 이족 보행 전갈을 넘어서는 크리처를 탄생시키기 위해 그는 오랫동안 고심해왔다. 배드스네일과 사이코 게이터도 나쁘지는 않지만, 인기라는 점에서는 플레어에 미치지 못한다.

플레어는 케니텍스를 투여해 융합한 타조와 황제전갈의 성장과정에서 착상을 얻었다. 그렇지만 키메라와 완전히 똑같지는 않다. 플레어에는 스타닉의 상상력이 가미됐다. 예를 들어 진짜 황제

전갈의 꼬리 끝 독침의 독성은 약하지만, 「뉴론 필드」에 등장한 플레어의 독침은 강력하게 설정했다. 전갈인데 독이 약하다고 하면 영화 관객이 받아들이지 못하기 때문이다.

새로운 크리처에 대해 고민하던 스타닉은 플레어의 설정을 정할 때 자연계에 서식하는 전갈의 독을 조사했던 게 떠올랐다. 전갈 독은 공격을 받은 상대에게 주입되고, 물론 본체에 접근하지 않으면 안전하다. 가까운 거리에서 공격한다는 면에서는 벌이나 거미와 마찬가지였다.

하지만, 하고 스타닉은 생각했다. 독이 기계처럼 저절로, 그것도 보이지 않는 곳에서 무차별적으로 공격해온다면 사람은 어떤 공포를 품을까? 틀림없이 정말 무서우리라. 그럼 그런 능력이 있는 생물이 지구상에 존재할까.

대답은 예스였다.

해파리, 호주인은 남쪽 바다를 유영하는 독해파리가 얼마나 무서운지 잘 안다. 해수욕을 하러 오는 사람들이 많은 해변에는 항독 혈청이 준비돼 있지만, 가끔 사망자도 나온다.

가장 무서운 해파리는 키로넥스—상자해파리다. 상자해파리는 모든 해파리 중에서 가장 강한 독성을 자랑해서 바다의 말벌이라는 별명이 있지만, 크기는 말벌과 비교도 안 되게 크다. 상자해파리속에서는 제일 커서 갓의 지름이 30센티미터를 넘고, 촉수의 길이는 약 5미터, 무게는 2킬로그램에 달한다. 시속 7.5킬로미터로 헤엄칠 수 있으며, 반투명하고 촉수도 길어서 비닷속에 있는 다이버나 해수욕객은 알아차리지도 못한다. 독침이 약 5천 개나 달린 촉수에 접촉해 독을 주입당한 물고기나 갑각류는 즉사해 상자해파리에게 잡아먹히지만, 인간이 쏘였을 때는 심장, 신경, 세포에 큰 피해를 입어 심한 통증과 호흡 곤란, 경련 등에 시달리고 최악의 경우에는 죽음에 이른다. 1955년에는 상자해파리에게 쏘인 어린아이가 고작 5분 만에 사망하는 참극도 발생했다.

상어에 버금가는 바다의 악몽인 해파리가 뭍으로 올라오면 어떻게 될까?

스타닉의 상상력은 점점 부풀어 올랐다.

상어가 돌아다니면 익살스럽기만 하겠지만, 해파리라면?

투명한 대형 해파리가 촉수를 늘어뜨린 채 허공에 떠 있는 모습을 떠올려보고 스타닉은 고개를 저었다. 이래서는 먼 옛날에 연출된 화성인과 똑같다. 그리고 공중을 이동하는 이유도 설명할 수 없다. 스타닉의 크리처가 인정받는 건 어디까지나 자연의 신비가 느껴지기 때문이다. 좀 더 현실적으로 설정해야 한다.

예를 들어 해파리가 이족 보행을 한다면 어떤 느낌일까?

육지를 걸어 다니는 해파리는 아무도 본 적이 없다. 그 해파리가 상자해파리라면 다들 벌벌 떨 것이다. 반경 5미터는 죽음의 세계다.

상상력을 계속 발동하면 매혹적인 크리처를 그려낼 수 있을 것도 같았지만, 스타닉은 생각을 그만두었다. 자신에게는 조형 능력이 없다. 뭔가 만들어내고 싶으면 아이디어를 힘차게 비약해줄 진짜를 직접 보아야 한다.

스타닉은 가드너에게 상자해파리와 '세상에서 제일 위험한 새'로 불리는 생물을 융합해달라고 의뢰했다. 서던 캐서웨리. VFX업계에서는 공룡—용반목수각아목에 속하는 딜로포사우르스와 데이노니쿠스—의 자료로 참고하고, 일본 등지에서는 그 괴상한 생김새 때문에 '화식조'라는 이름으로 불린다. 전체 길이는 최대 190센티미터, 몸무게는 85킬로그램에 달한다. 인도네시아, 뉴기니아, 호주 북동부의 열대 우림에 서식하며, 멸종 위기에 처한 상태다. 목과 다리가 길고 날개가 퇴화해 날 수 없다는 점은 타조와 비슷하지만, 큰 차이점은 화려한 외형이다. 머리부터 목까지 아름다운 청색이고, 목 아랫부분에 새빨간 살덩이가 늘어져 있으며, 몸통은 검은 깃털로 뒤덮여 있다. 파란색과 빨간색과 검은색의 강렬한 대비. 정수리에는 암수 관계없이 서핑보드의 핀처럼 딱딱한 다갈색의 볏이 달려 있다. 이 서던 캐서웨리에게 '세상에서 제일 위험한 새'라는 칭호를 안겨준 건 커다란 체격, 사나운 성질, 단단한 부리, 그리고 무엇보다도 좌우의 발톱이다. 발가락 세 개에 달린 예리한 발톱의 크기는 최대 12센티미터에 달한다. 서던 캐서웨리는 화가 나면 시속 50킬로미터로 달릴 수 있는 튼튼한 다리로 발차기를 해서 사냥용 나이프 같은 발톱으로 공격한다. 공격당하는 쪽은 잠시도 버티기 힘들다. 그야말로 공룡을 방불케 하는 무기다.

키메라 제작에 앞서 가드너는 우선 타조알을 대량으로 구입했다. 서던 캐서웨리의 알은 입수하기가 힘들고, 설령 입수해도 케니텍스의 독성 때문에 사멸할 수도 있다. 구하기 쉬운 타조알을 바탕으로 다크웹에서 구입한 상자해파리와 서던 캐서웨리의 DNA 용액, 그리고 케니텍스를 조합하는 계획이 가장 현실적이었다.

방침이 정해지자 두 사람은 가슴이 두근거렸다. 곤충이나 절지동물, 연체동물인 조개 등으로는 시도해보았지만 자포동물인 해파리를 융합하는 건 처음이었다.

문제는 그 형태와 독성이 유지되느냐다. 스타닉은 가드너와 상의했다. 독이 있는 생물은 형태에서 박력이 느껴지므로 가능하면 외형을 유지했으면 하지만, 독성이 없는 편이 사육하기 쉽다. 다만 자연계의 서던 캐서웨리는 다른 동물이 못 먹는 독성 있는 나무열매를 소화하는 능력을 갖추고 있다. 그 능력 때문에 어쩌면 서던 캐서웨리에 융합되는 상자해파리의 독성이 유지될지도 모른다.

가드너가 제작에 나선 지 3주 후, 드디어 타조를 바탕으로 상자해파리와 서던 캐서웨리—세계 최강의 독해파리와 세상에서 제일 위험한 새—의 특징을 합친 충격적인 키메라가 탄생했다.

가드너는 물고기와 생쥐 등으로 키메라의 독성을 실험해 보고 독이 없다는 결론을 내렸다. 그건 오판이 아니었다. 그 시점에서는 분명 해파리의 촉수에 독성이 없었다.

헌터밸리의 밤하늘에서 별이 반짝거렸다. 스타닉은 카메라가 달린 드론을 들고 집 밖으로 나왔다. 스타닉은 드론을 공중에 띄운 후, 모니터와 일체형인 조종기에 말을 걸어 음성 조종을 시작했다.

키로넥서웨리가 어디 있는지 알아내야 한다. 샌드 버기를 타고 돌아다니는 것도 방법이지만, 상대도 시속 50킬로미터로 달릴 수 있다. 불시에 공격당하면 달아나기가 쉽지 않다.

음성으로 조종하는 드론은 어떤 곳을 향해 4헥타르 크기의 넓은 땅을 일직선으로 날아갔다. 키로넥서웨리는 이족 보행을 하는 뭍살이 동물이지만, 젤리 형태의 해파리 부분은 건조를 막기 위해 대량의 수분이 필요하다. 야생 서던 캐서웨리에게 필요한 하루 5킬로그램의 고형 사료에 더해, 20리터의 물을 마셔야 한다. 지하실 수조의 물이 없어진 건 키로넥서웨리의 소행이었다.

어둠 속을 날아가는 드론이 골프 연습장과는 정반대 방향, 집에서 북동쪽으로 약 180미터 떨어진 연못의 상공에 다다랐다. 스타닉은 키로넥서웨리가 연못 주변에 있으리라고 추측했다. 본능적으로 물을 찾아올 것이 틀림없다.

수분이 부족해 해파리 부분이 괴사하면 어떻게 될까? 문득 그런 생각이 머리를 스쳤다. 짐작도 가지 않았지만, 설령 죽더라도 촉수에 있는 자포의 독성은 유지된다. 위험한 건 변함없으리라.

연못 주변이 비치는 모니터에 그럴싸한 모습은 나타나지 않았다. 스타닉은 음성으로 지시해 드론의 고도를 높이고 조명등을 켰다. 그리고 연못가에 있는 목조 헛간으로 접근했다. 야외에서 느긋하게 지내고 싶을 때 스타닉은 이 헛간을 사용했다. 캠핑용품과 낚시 도구, 통조림 등의 식료품도 놓아두었으므로 빈손으로 샌드 버기를 타고 가도 거기서 평온한 휴일을 즐길 수 있다.

드론은 헛간을 천천히 전진했다. 어둠을 비추는 불빛 속에 고개를 쳐드는 뭔가의 그림자가 비쳤다. 다음 순간 그것은 두 다리로 일어서서 긴 촉수를 마구 흔들며 위협했다. 벽에 기대둔 낚싯대 때문에 크기를 한눈에 알 수 있었다.

고작 반년 만에 2.1미터 크기로 자라난 키로넥서웨리는 몸무게도 90킬로그램이 넘는다. 서던 캐서웨리가 3년 넘게 성장해야 생기는 단단한 볏도 이미 정수리에 떡하니 자리를 잡았고, 발톱은 18센티미터까지 자라서 야생 서던 캐서웨리의 발톱 길이를 훨씬 웃돈다. 타조의 체격이 영향을 주었을 가능성도 있지만, 케니텍스를 투여한 개체는 급격하게 대형화하는 사례가 많았고, 그 대가로 수명은 짧았다. 키로넥서웨리도 마찬가지일 것이라고 스타닉은 생각했다.

수직으로 솟은 볏을 감싸듯 푸르스름한 반투명 갓이 머리를 뒤덮고 있다. 눈과 코는 없다. 울음소리도 내지 않는다. 뾰족한 부리에서 끊임없이 침이 흐르고, 흥분해서 고개를 흔들면 머리 주변에 자라난 젤리 형태의 무시무시한 촉수가 허공에서 춤춘다.

키로넥서웨리가 돌진하는 모습을 모니터로 확인한 스타닉은 서

둘러 드론을 뒤로 물려 헛간 밖 상공으로 대피시켰다. 2미터가 넘는 키메라는 잠시 주변을 돌아다녔지만, 적이 사라졌음을 알자 연못으로 다가가 긴 목을 구부려 물을 마신 후 얌전히 헛간으로 돌아갔다. 지붕 밑으로 돌아가는 건 케이지에서 생활한 습성 때문인지도 모른다.

달이 구름 사이로 고개를 내밀자 스타닉은 카메라 기능을 켠 드론을 헛간 정면에 착지시켰다. 이제 키로넥서웨리의 동향을 감시할 수 있다. 주행성인 서던 캐서웨리의 유전자를 물려받았으니, 분명 아침까지 헛간을 나서지 않으리라. 어디 있는지는 알았으니 이제 어떻게 죽일지만 생각하면 된다. 이럴 때 산탄총이 있으면 고생이 덜하겠지만, 2014년에 시드니의 한 카페가 미등록된 총기에 습격당한 후로 총기 규제의 기운이 강해져서 이제는 총기를 소지하기가 아주 어려워졌다. 스타닉도 총은 없다.

스타닉은 밤하늘을 올려다보았다. 초조해할 필요 없다고 스스로를 타일렀다. 누구의 도움도 없이 혼자 일을 처리해야 할 때, 초조함은 적이다. 초조함은 판단력을 흐트러뜨린다.

죽여도 아깝지 않다고 하면 거짓말이지만 반년간 함께 생활하는 동안 키메라의 모습은 가슴속 깊이 새겨졌다. 슬슬 끝낼 때다. 문득 강연회에서 만난 사람들이 떠올랐다. 시드니에 가지 않았다면 자신도 키로넥서웨리에게 죽었을지 모른다. 스타닉은 쓴웃음을 지었다.

고마워.

너희들 팬 덕분에 내 크리처 중에 최고 걸작을 탄생시킬 수 있겠어.

집으로 돌아온 스타닉은 서둘러 2층 작업실로 올라가 모니터 앞에 앉아 시그마아틀리에를 실행하고 그림을 그리기 시작했다. 크리처가 아니라 석궁 그림이었다. 배경 그림 담당이었던 무명 시절에 무기도 많이 그려봤으므로 석궁 정도는 식은 죽 먹기였다. 본체와 화살을 그린 후 3D 프린터 전원을 켜고 출력했다. 빨리 완성해야 하므로 색 지정은 하지 않았다.

입체물이 만들어지는 동안 스타닉은 차고의 공구함을 뒤져서 석궁에 사용할 만한 유연성 있는 강철판과 와이어를 준비했다. 그리고 화살촉을 강화할 못을 찾았다.

석궁이 완성되자 스타닉은 정원에 놓아둔 패션푸르트 캔을 쏴 보았다. 거리는 5미터였다. 금속을 때리는 날카로운 소리와 함께 못 화살촉이 캔을 관통했다. 위력은 나무랄 데 없지만, 이 정도가 접근 가능한 거리의 한계다. 정면에 서지 않아도 키로넥서웨리의 머리에서 늘어진 맹독 촉수는 약 5미터 거리까지 닿는다.

스타닉은 10미터 거리에서 캔을 쐈다. 이번에도 큰 소리가 났지만, 관통되지는 않았다. 스타닉은 패션푸르트의 달콤한 향기를 맡으며 캔에 박힌 화살을 뽑았다.

새벽녘이 가까워졌을 무렵, 스타닉은 사냥에 나설 준비를 시작했다. 오랜만에 두꺼운 잠수복에 팔다리를 밀어 넣자 상당히 꽉 끼었지만, 겨우 입었다. 이걸로 살인 해파리의 촉수를 막을 수 있으리라. 오토바이용 풀페이스 헬멧도 쓰고 목 부분에 틈새가 없는지 꼼꼼히 확인했다.

집을 나설 때 자신의 모습이 거울에 비쳤다. 잠수복 차림으로 석궁을 들고 캄캄한 헌터밸리의 평원에 나가려는 그 모습은 스스로 보기에도 정신 나간 사람처럼 느껴졌다.

석궁 외에 원예용 자동 분무기와 못으로 강화하고 천을 감은 화살 세 개, 그리고 응급처치용 물품을 소지했다. 시판되는 상자해파리의 항독혈청도 가지고 있지만, 키메라의 독이 야생 상자해파리의 독과 똑같다는 보증은 없다.

스타닉은 샌드 버기에 올라타 시동을 걸고 북동쪽으로 약 180미터 떨어진 연못가의 헛간으로 향했다.

헛간 20미터쯤 앞에서 샌드 버기를 세우고 바람이 부는 방향을 확인했다. 신중하게 바람이 불어오는 쪽으로 돌아간 스타닉은 원예용 자동 분무기를 켰다. 희미하게 작동되는 소리와 함께 탱크에 채운 휘발유가 분사돼 바람을 타고 목조 헛간으로 날아갔다. 이대로 헛간에 불을 지를 수도 있지만, 키로넥서웨리가 달아나면 헛간만 불탈 뿐이다.

스타닉은 발소리를 죽이며 샌드 버기로 돌아갔다. 바람의 움직임에 주의해야 한다. 자기 자신도 휘발유를 뒤집어쓰면 B급 영화처럼 크리처와 함께 불탈지도 모른다.

무사히 샌드 버기로 돌아간 스타닉은 헛간 정면까지 샌드 버기를 밀고 갔다. 그리고 드론 조종기의 음성 조정 기능으로 착지해 있는 드론의 프로펠러를 회전시켰다. 카메라를 켜둔 탓에 배터리가 많이 닳았지만, 미끼로 쓸 만큼의 비행시간은 남아 있었다.

드론이 나지막하게 윙윙거리는 소리를 내며 헛간으로 들어갔다. 스타닉은 조종기의 모니터로 키로넥서웨리가 반투명한 젤리에 감싸인 머리를 쳐드는 모습을 확인했다. 화면 속 키메라가 일어나서 18센티미터 길이의 날카로운 발톱으로 공격해왔다. 도망칠 기회를 놓친 드론이 헛간에서 튕겨 나가는 것과 동시에, 스타닉은 화살에 감은 천에 라이터로 불을 붙인 후 석궁의 개머리판을 어깨에 밀착하고 방아쇠를 당겼다. 머리를 흔들며 헛간에서 나오려던 키로넥서웨리에게 화살이 꽂혔다. 천을 휘발유에 적셔놔서 잘 타올랐다. 몸통의 검은 깃털이 눌어붙었다. 스타닉은 다음 화살을 쐈다. 이번에는 목 아래쪽에 늘어진 새빨간 살덩이에 꽂혔다. 이 정도로 기습 공격을 당했으니 아무리 사나운 키메라일지라도 일단 헛간으로 후퇴할 터였다.

스타닉의 예상은 적중해, 키로넥서웨리는 고통스러워하며 물러났다. 불이 휘발유를 빨아들인 헛간 벽에 옮겨붙어 단숨에 불길이 커졌다.

헛간 천장까지 불이 번졌을 때 스타닉은 자신의 귀를 의심했다. 태어난 후로 한 번도 울지 않았던 키로넥서웨리가 화염 속에서 울부짖었다. 슈카와아아아아. 지옥의 밑바닥에서 휘몰아치는 폭풍을 연상시키는 울음소리였다. 단말마의 고통 속에서 키로넥서웨리가 헛간 벽을 걷어찼다. 순식간에 헛간이 부서졌지만 이미 늦었다. 키로넥서웨리의 온몸은 불길에 휩싸인 상태였다.

하나 남은 화살을 스타닉은 쏘지 않았다. 샌드 버기에 걸터앉은 채 동트기 전이라 아직 별이 보이는 하늘 아래에서 불타오르며 절규하는 키로넥서웨리에게 시선을 빼앗겼다. 목의 파란 깃털이 흔들리는 불길 속에서 빛났고, 머리를 뒤덮은 젤리 형태의 갓은 뭔가를 경고하듯 밝은 분홍색으로 반짝였다. 이 얼마나 아름다운 모습인가. 스타닉은 숨을 삼켰다. 이 세상이 신의 것이든, 악마의 것이든 이토록 멋진 조형물이 존재하는 건 기적이다.

키로넥서웨리가 갑자기 달음질쳤다. 언제든지 물러날 수 있도록 샌드 버기에 앉아 있던 스타닉은 스로틀 레버를 돌리려다 손을 멈췄다. 키로넥서웨리는 스타닉을 향해 뛰어오지 않고 연못으로 뛰어들었다.

커다란 물소리와 함께 물보라가 튀는 걸 보고 스타닉은 어안이 벙벙해졌다.

연못이라고?

물속에 들어갈 경우, 육지 동물과 융합된 해파리 부분이 민물에 적응해 단독으로 살아남을 수도 있을까?

그런 의혹이 머리를 스쳤을 때, 샌드 버기에 걸쳐놓은 다리에 열기가 느껴졌다. 연못으로 뛰어간 키로넥서웨리의 머리에서 뻗은 촉수가 불붙은 채 스타닉의 오른쪽 다리에 엉겨 붙어 있었다. 해파리의 촉수는 접촉돼도 자침에 자극이 없으면 독을 주입하는 자사*가 발사되지 않지만, 고열의 불길 때문에 자극은 충분했다. 사냥감을 인식한 자침은 남아 있던 자사를 모조리 발사해 독을 주입했다. 관통력이 엄청나서 잠수복은 상대도 되지 않았다. 엄청난 통증에 휩싸인 스타닉은 비명을 지르며 샌드 버기에서 미끄러져 떨어졌다. 독이 바로 다리에서 허리로 퍼지는 바람에 하반신에 힘이 들어가지 않아 일어설 수가 없었다.

스타닉은 정신이 아득해질 만큼 심한 통증과 호흡 곤란으로 몸을 떨면서도 상반신의 힘만으로 열심히 기어서 가방 속의 항독혈청에 손을 뻗었다. 다리에 엉겨 붙은 촉수는 아직 불타고 있었지만 화상에 대처하는 것보다 독을 해독하는 것이 먼저였다.

강렬한 냄새가 죽어라 기어가는 스타닉의 코를 찔렀다.

* 독이 들어 있는 실 모양의 기관. 해파리, 산호 등 자포동물에게서 찾아볼 수 있다.

바람이 불어오는 쪽에 놓아둔 자동 분무기가 휘발유를 계속 뿜어내고 있었다. 키로넥서웨리가 헛간을 무너뜨려서 장애물이 없어지자, 안개처럼 뿜어져 나온 휘발유는 바람을 타고 넓게 퍼져 나갔다.

상황을 이해한 스타닉은 아무 말도 없이 일그러진 웃음을 지으며 고개를 내저었다. 휘발유 안개를 뒤집어쓰면 다리에 엉겨 붙은 촉수의 불길이 커져서 순식간에 온몸을 집어삼키리라. 키로넥서웨리를 덮친 고통과 공포, 그걸 스타닉이 맛볼 차례였다.

탄소로 분해되는 스타닉의 눈앞에 마지막으로 떠오른 것은, 어릴 적에 사랑하는 아버지와 보았던 추억어린 영화의 단편이었다. 어머니와 이혼하고 따로 살던 아버지와는 한 달에 한 번만 만날 수 있었다. 만날 때마다 두 사람은 크리처가 나오는 영화를 보러 갔다.

"알겠니, 피트."

아버지는 객석에 앉아서 말했다.

"여자한테 데이트를 신청할 때는 아빠랑 같이 보는 이런 영화만큼은 절대로 고르면 안 돼."

피트 스타닉과 연락이 끊긴 지 일주일 후, 스테고테트라의 호주 지사장이 몸소 시드니의 사무실을 나서서 헌터밸리까지 상황을 살피러 왔다. 성격이 까탈스러운 스타닉과 연락이 안 되는 건 흔한 일이었지만, 묘하게 불길한 예감이 들었다. 스타닉에게 무슨 일이 있으면 큰일이다. 그의 재능은 이제 지사뿐만 아니라 기업 전체의 심장부였다.

지사장은 자율 주행 지프를 타고 처음으로 스타닉의 자택을 방문했다. 문을 두드려도 반응이 없자 집 주변을 돌아다니다가 강한 햇살을 받고 바싹 말라버린 개 사체를 발견했다. 그리고 골프 연습장으로 가서 유리창이 깨진 별장을 목격했다.

경찰에 신고해야 하겠지만 스타닉이 보이지 않길래 지사장은 마음을 바꿨다. 스타닉은 VFX 업계의 스타이자 이제 셀럽이나 마찬가지인 존재다. 넓은 저택에서 마약에 빠져 당치도 않은 기행을 저질러도 이상할 것 없다. 가령 그럴 경우, 섣불리 경찰을 불렀다간 회사의 손실이 이만저만 아니다.

지사장은 지프로 넓은 사유지를 돌아다니며 스타닉을 찾았다. 이윽고 저편에 무너진 건물 형체가 보이길래 불안한 마음으로 다가갔다. 도착한 곳에 기다리고 있던 것은 불탄 헛간의 잔해와 샌드버기, 그리고 숯덩이가 된 인간의 시체였다. 스타닉인지 아닌지는 물론, 나이와 성별조차 알아볼 수 없었다.

넥타이를 늦추고 숨을 내쉬었을 때, 머리로 추정되는 부분의 새까만 검댕 속에서 뭔가가 희미하게 반짝였다. 작은 금속 같았다. 지사장은 넥타이를 풀어서 손가락에 감고, 얼굴을 젖힌 채 금속을 집어 들었다. 검댕을 털어내자 낯익은 물체가 나타났다. 폐 모양 피어스였다.

사람이 죽은 이상 신고하지 않을 수는 없었다. 지사장은 경찰을 부른 후 푸른 하늘을 올려다보았다. 경찰이 오기를 기다리는 동안 연못가에 떨어져 있는 드론과 내팽개쳐진 조종기를 발견했다. 조종기에 말을 걸자 절전 모드가 해제되고 모니터에 빛이 깃들었다. 지사장은 음성으로 조작해 저장된 영상을 재생했다.

단테의 『신곡』에서 빠져나온 것 같은 미지의 생물이 화면에 비쳤다. 지사장은 두 눈을 의심했다.

이건 CG인가? 아니, 그렇지 않다.

VFX 업계에 오래 있었기에 안다. CG가 아니라는 것을 화면에 비치는 모든 요소가 증명했다. 지사장은 아무도 없는 평원을 둘러본 후, 드론에서 메모리 카드를 살짝 빼냈다.

천재라고 칭송받은 크리처 크리에이터 피터 스타닉이 수수께끼의 죽음을 맞은 지 1년 후, 할리우드 영화 『다시드』가 세계적으로 대흥행했고, 그중에서도 영화에 등장한 크리처가 화제에 올랐다. '스타닉이 손댄 마지막 걸작'이라고 스테고테트라 호주 지사장은 미디어에 말했다. 감독과 크리에이티브 디렉터는 그 캐릭터를 이렇게 불렀다. 육식 공룡처럼 지상을 두 다리로 돌아다니는 맹독 해파리 '젤리 워커'라고.

스타닉이 살았던 헌터밸리의 사유지는 매물로 나왔지만 4헥타르에 이르는 평원을 사겠다는 사람은 나타나지 않았다. 그래서 부동산 회사가 토지를 2헥타르씩 분할했는데도 매입자가 나타나지 않아 결국 집과 주변 부지만 광고를 냈다.

그곳을 구입해 이사온 건 케빈 존슨과 그의 가족이었다. 존슨은 얼마 안 되는 스턴트 배우 중 한 명으로, 지금까지 두 편의 영화에 출연했다. 하지만 CG를 전제로 한 업계에서는 화석과도 같은 존재라 일감이 거의 들어오지 않았으므로, 오프로드 오토바이 판매 회사를 경영해서 수입을 얻었다.

존슨이 새집의 거실에서 병맥주를 마시다 꾸벅꾸벅 졸고 있자니, 자전거를 타고 모험을 나섰던 아홉 살짜리 딸이 돌아왔다.

"아빠."

딸이 말했다.

"오늘은 연못을 발견했는데, 갑자기 물고기가 입을 벌리고 떠올랐다가 가라앉았어. 이상해. 연못에 뭔가 있는 걸까?"

존슨은 소파에서 몸을 일으켰다. 졸음이 가득한 눈을 비빈 후, 물에 빠지면 위험하니까 혼자서 연못에 가지 말라고 야단치려 했다. 하지만 맥주를 너무 마신 탓에 말이 잘 나오지 않았다. 존슨은 한숨을 내쉰 다음 딸의 얼굴을 보고 이렇게 말했다.

"물고기도 살다 보면 죽을 때가 오는 법이지."

시빌 라이즈

소리가 거의 없는 유령 같은 비였다.

그래도 몇 시간이나 돌아다니는 동안, 어느 틈엔가 그들 모두 흠뻑 젖었다. 우산도 없이, 이마에 들러붙는 머리를 쓸어올리며 패잔병처럼 신주쿠 일대를 찾아다녔다.

도둑맞은 오토바이를 찾는 중이었지만, 오토바이라고 해봤자 언제 폐차해도 이상할 것 없는 배기량 50시시 이하의 스쿠터였다. 그런 걸 아까워하며 찾아다니다니 질 나쁜 농담이 따로 없다. 그래도 비와 비참함에 두들겨 맞으며 열심히 찾아다녔다. 찢어진 시트에서 우레탄이 꼴 보기 싫게 튀어나온 스즈키 오토바이를.

이게 두카티였다면 얼마나 좋을까. 이마이는 허탈함을 맛보며 그렇게 생각했다. 배기량이 어마어마하고, 머플러가 은색으로 빛나는 전투기라면. 낡아빠진 스쿠터를 도둑맞고 안색이 바뀌는 건 촌 동네 양아치다…….

각자 다른 방향으로 흩어진 세 사람은 신주쿠 골든거리의 뒷골목에서 다시 만났다. 다른 조직원은 수색을 포기하고 벌써 돌아갔을 터였다.

이마이는 새파랗게 질린 얼굴로 우두커니 서 있는 기쿠노를 말없이 바라보았다. 소리 없이 내리는 미지근한 비가 기쿠노의 머리를 적셨고, 이마에서 뺨, 그리고 오래전에 꿰맨 자국이 있는 턱에서 목으로 물줄기가 여러 가닥 그려졌다. 기쿠노가 보라색 오픈 셔츠의 주머니에서 세븐스타를 꺼냈지만, 젖은 담배에는 불이 붙지 않았다.

기쿠노 뒤에 서 있는 시라타키는 바의 나무문을 한 손으로 짚은 채, 벗은 구두를 거꾸로 뒤집어서 고인 물을 빼냈다.

슬슬 돌아갈 시간이었다. 이마이는 침을 뱉었다. 스쿠터도, 기쿠노에게 할 말도 찾지 못했다..

"그럼."

기쿠노가 먼저 입을 열었다.

"갈까? 둘 다 도와줘서 고마워."

"……이런……."

이마이가 잠긴 목소리로 겨우 말을 꺼냈다.

"……이런 사소한 일로……."

이마이가 힘없이 고개를 젓자 기쿠노는 격려하듯 왼손으로 그의 팔을 두드렸다. 반지를 낀 왼손 새끼손가락 밑동에서 네온 불빛이 비치는 젖은 아스팔트로 빗방울이 서글프게 뚝뚝 떨어졌다.

걸음을 옮기던 이마이는 바의 문에 기대어 있는 시라타키를 돌아보았다.

시라타키는 양손에 들고 있던 구두를 쓰레기 수거차에라도 던져 넣을 것처럼 허공에 흔들었다. 길바닥에 물보라가 튀었다. 시라타키는 뒤축 안쪽에 오른손 가운뎃손가락을 대고 젖은 구두를 마지못해 다시 신었다.

악물 상습범처럼 뺨이 쏙 들어간 그 얼굴은 열아홉 살 때 조직에 들어왔을 때와 별로 달라지지 않았다. 그 때문에 조직원들이 가끔 시라타키의 셔츠 소매를 걷어보았고, 툭하면 경찰관에게 소지품 검사를 받았다.

시라타키의 눈빛은 몹시 차가워서, 어쩐지 죽은 사람이 눈을 뜨고 있는 것처럼 섬뜩한 분위기를 풍겼다.

……이마이는 여자의 집에서 한밤중에 깨어났을 때 거울 앞에 서서 시라타키의 눈빛을 흉내 내려 한 적이 있었다. 시라타키의 그 눈빛은 연기라고 믿어 의심치 않았다. 겁을 주기 위한 눈빛을 연구한 것에 불과하다고.

야쿠자는 전부 무의식적으로 야쿠자를 연기하는 연기자다. 그게 이마이의 지론이었다. 공포의 심리학을 길바닥에서 몸에 익힌 남자들. 살아가기 위해 공포 연출을 빼놓을 수 없는 자들. 자신도 그중 하나다. 세상 사람 모두가 자신을 꺼리고 버러지처럼 거리를 둘

때, 공포만이 교섭의 창구를 마련해준다. 공포에는 순서와 방법이 있다. 겁을 주기 위한 재료와 기술도 있다.

하지만 이마이가 아무리 표정을 만들고, 그림자가 생기는 각도를 바꾸고, 거울에 얼굴을 들이댔다가 뗐다가 해도, 거울에 시라타키의 눈은 비치지 않았다. 어설프게 흉내 내는 수준에도 미치지 못했다. 그러다가 잠들었던 여자가 깨어나 알몸으로 거울 앞에서 심각한 표정을 짓는 이마이를 보고 큰소리로 웃었다.

여자의 비웃음을 들으며 이마이는 처음으로 그게 시라타키의 본모습일지도 모르겠다고 생각했다. 간부들이 '스키야키'라고 부르며 늘 업신여기는 촌놈 시라타키. 어쩌면 놈은 미친 걸까. 아니, 그런 눈을 가진 녀석이야말로 진짜라면. 그런데 진짜는 뭘까. 눈빛이 살인자 같으면 진짜인가. 요즘은 누구나 사람을 죽인다. 문신을 하고 다니는 녀석들도 드물지 않다.

야쿠자에게 진짜란…….

불만스러운 표정을 감추지 못하고 이마이를 따라오던 시라타키가 물웅덩이를 힘껏 밟는 소리가 들렸다. 세 사람은 적당한 거리를 유지한 채 복잡한 뒷골목을 빠져나가 가부키초 1번지에 있는 사무소로 향했다.

복합빌딩 입구에서 기쿠노가 발을 멈췄다. 쓰레기통 뒤편에 있는 친한 길고양이에게 왼손 새끼손가락을 들이대더니 이를 드러내고 한껏 웃음을 지었다.

스쿠터 한 대 도둑맞은 정도로 왜 손가락을 잘라야 한단 말인가.

그 질문이 나지막하게 윙윙대며 파리처럼 계속 이마이의 머릿속을 날아다녔다.

답은 알고 있었다. 그렇기에 어찌할 도리가 없다. 밝게 행동하는 기쿠노의 모습이 안쓰럽기 짝이 없었다.

답—

그건 스쿠터가 조직의 발이기 때문이다. 돌아다니며 조직의 활동 자금을 모으기 위한 귀중한 발. 그럼 왜 조직의 발이 벤츠 S클래스가 아니라 고작 스쿠터인가? 그 이유는 돈이었다. 호부(護符)를 모셔둔 선반 아래의 내화금고, 그건 이제 불의의 화재에서 텅 빈 공간을 지키고 있을 뿐이다.

돈이 없다.

그것이 요 1년 동안 일어난 모든 촌극에 대한 해답이었다. 곤궁한 조직의 귀중한 재산—기껏해야 스쿠터라고는 하나—을 잃어버린 기쿠노가 손가락을 잘라야 하는 이유였다.

……조직에서 가부키초 2번지에 낸 클럽의 매상을, 주말이 되어도 점장이 가지고 오지 않기에 기쿠노가 돈을 받으러 갔다. 사무소에서 걸어갈 수 있을 만큼 가까웠지만, 기쿠노는 일부러 스쿠터를 타고 갔다. 자주 탈 버릇을 하지 않으면 시동이 안 걸리기 때문이다.

명색뿐인 헬멧을 머리에 쓰고 클럽이 있는 건물 앞에서 스쿠터를 세웠을 때, 1층의 세대별 우편함을 들여다보는 점장을 발견했다. 기쿠노는 얼른 스쿠터에서 내려 점장을 붙잡았다. 그를 질질 끌고 계단을 올라가 아직 영업 전인 클럽에 처박았다.

루마니아인 댄서에게 월급을 주고 나면 한 푼도 안 남아.

그렇게 발뺌하는 점장을 기쿠노는 이 녀석도 그러네, 하고 생각하며 노려보았다. 사양길에 접어들었다는 생각으로 야쿠자를 얕본다. 그런 녀석이 여기 또 한 명 있었다. 기쿠노는 점장의 따귀를 갈기고, 점장이 등을 돌렸을 때 허리띠를 잡아당겨 넘어뜨렸다. 옛날에 형사한테 여러 번 당한 수법이었다. 뒤쪽에서 허리띠를 잡히면 놀랄 만큼 몸이 말을 안 듣는다.

배를 두세 번 걷어차자 점장은 울음을 터뜨렸다. 기쿠노는 주류를 구입할 돈만 가게에 남겨두고, 지폐를 호주머니에 쑤셔 넣으며 건물을 나섰다. 그새 스쿠터가 사라지고 없었다. 몹시 급한 바람에 키를 꽂아두고 온 것이다.

그런 고물이니 주변 호스트나 양아치가 재미로 타봤을 것이라고 기쿠노는 짐작했다. 하지만 헬멧이 없으니 멀리는 못 간다. 타다가 인근에 버렸을 것이다. 금방 찾아낼 수 있다.

기쿠노는 차분하게 기억을 더듬었다. 자신의 헬멧은 어디에 갔을까. 날씨가 수상해진 하늘을 올려다보았다. 젠장. 헬멧과 함께 도둑맞은 거 아닌가…….

복합빌딩의 엘리베이터 바닥이 세 사람의 옷에서 떨어진 빗물로 거무튀튀해졌다.

"조직의 마크라도 붙여둘 걸 그랬나."

기쿠노가 쓴웃음을 지으며 말했다.

"아니지, 조직의 마크를 붙인 스쿠터라니, 너무 병신 같잖아."

이마이도 시라타키도 웃지 않았다.

기쿠노는 아까부터 아무 말도 없는 시라타키의 어깨를 툭 두드렸다.

"울적한 표정 짓지 마. 아직 손가락이 날아갈 거라고 결정된 것도 아니잖아."

그 말을 들은 이마이는 눈을 감았다. 기쿠노가 두 가지 선택지 중 어느 쪽을 골랐는지 깨달았기 때문이다. 이제는 운을 하늘에 맡기는 수밖에 없다.

수명이 다됐는지 사무소로 이어지는 복도의 형광등이 깜빡깜빡했다. 세 사람은 옆으로 나란히 걸었다. 기쿠노가 사무소 문 옆에 달린 초인종을 눌렀다.

사무소는 평소처럼 어두웠다.

관동귀혼회 계열의 5차 단체. 조직원 9명. 암흑가의 세계에서 따지자면 가지 끝의 가지 끄트머리에 달린 가지—요컨대 말단이었다.

약 10평짜리 원룸형 사무소로, 천장에 달린 조명등은 하나밖에 없다. 그렇다고 다른 조직의 공격이나 경찰의 강제 수사를 방해할 목적으로 어둡게 해놓은 건 아니었다.

이마이는 사무소의 꼬락서니를 볼 때마다 컨테이너선을 타고 밀입국하는 난민이 된 것 같은 기분이었다.

전등 불빛이 닿지 않는 어둠 속에서 스마트폰 화면의 불빛에 의지해 구두를 닦는 사람. 마찬가지 방법으로 한여름 문안 편지를 육필로 쓰는 사람.

작은형님 후나부시의 절약에 관한 집착은 심상치 않았다. 광열비는 물론이고 휴지, 연필 하나에 이르기까지 트집을 잡았다. 돈이 아니라 마음가짐의 문제라고 후나부시는 툭하면 주의를 주었다. 권총 사격은 연습할 엄두도 못 냈다.

—총알이 얼마나 비싼지 알아?

경비 문제로 사격 연습을 최대한 피하는 후나부시의 자세는 일반적인 일본 경찰과 똑같았다.

그러나 공제비 명목의 상납금, 월 65만 엔을 마련하기 위해 죽을 고생을 하는 건 사실이다. 제일가는 수입원이었던 관엽식물 판매(대마) 루트를 경찰이 완전히 막아버린 후로, 모텔 옥상에 만든 조그마한 온수 풀, '문신 입장 가능'을 서비스 전략으로 내세운 동업자용 오락 시설이 조직을 간신히 지탱하고 있다. 그리고 문신사와 제휴해 해외에서 오는 '일본식 문신 팬'에게 문신을 해주는 사업도 벌이고 있지만, 둘 다 큰 수입은 안 된다.

……2013년 겨울, 이미 바닥을 뚫고 내려간 조직의 재정을 재

정비하기 위해 큰형님이 지방으로 출장을 갔다. 어느 지역의 무슨 시로 갔는지 간부가 아닌 이마이는 모른다. 하지만 학창시절의 불량배 친구, 오래 알고 지낸 형님과 아우에게 기대어 돈줄을 마련하기 위해 힘쓰고 있다는 이야기는 들었다. 그런 출장이 반복되던 사이에 어느덧 큰형님의 얼굴을 전혀 못 보게 됐다. 그게 2015년 여름철이었다. 성묘철에도, 신년의 신사 첫 참배 때도 돌아오지 않았다. 그로부터 딱 1년이 지났다.

큰형님은 어딘가에서 작업당했다.

그런 소문을 이마이도 반쯤 믿었던 적이 있었다. 하지만 잘 생각해보면 그래서는 앞뒤가 맞지 않는다.

큰형님이 죽었다면 후나부시가 보스 자리에 오를 것이다. 이마이 생각은 그랬다. 놈이 이인자에 머물러 있는 이상, 큰형님은 어딘가에 살아 있고 은퇴도 하지 않았다. 그렇다면 병에 걸린 걸까? 하지만 몸 상태가 안 좋다는 소리는 한 번도 못 들었다. 그럼 어디서 뭘 하고 있는 걸까?

설령 어디에 있든 사무소를 비운 이상, 작은형님인 후나부시가 세력가로 군림하는 건 당연한 일이었다.

후나부시는 조직을 맡은 선장으로서 유창하게 말을 늘어놓았다.

임협*이 직면한 전무후무한 역풍.

* 의리와 협행을 중시한다는 뜻에서 야쿠자가 스스로를 올려 부르는 말.

SNS 확산에 의한 전 국민의 경찰화.

벤츠를 구입하기는커녕 자동차 검사비도 낼 수 없는 적자 재정.

너희들, 이렇듯 거친 바다 같은 시대를 헤쳐나가기 위해서 뭐가 필요한지 알겠냐?

그리하여 과도한 비품 관리와 경비 삭감이 시작됐다. 이의를 제기하려면 수입원을 찾아와야 한다. 하지만 돈이 될 만한 수입원이 없다.

세 사람이 컴컴한 현관에서 안쪽으로 나아가자, 시야가 조금씩 밝아졌다. 좋아하는 소파에 앉아 쉬고 있는 후나부시에게 다가갈수록 조명이 더 강해졌다. 물론 그래봤자 가로등 아래에 있는 수준이었다.

후나부시는 다리를 꼰 채 발끝을 신경질적으로 흔들고 있었다. LED 조명에 비치는 회색 구두가 흔들리자, 바로 아래에 있는 낮은 테이블에 그림자가 어른거렸다.

"한 건 했구나, 기쿠노."

후나부시가 흔들고 있는 발끝을 바라보며 말했다.

"내일부터 자전거 타고 다닐 테냐?"

기쿠노는 아무 대답 없이 그저 고개를 숙였다.

후나부시가 다리를 바꿔서 꼬았다.

"설마, 고물 스쿠터니까 잃어버려도 된다고 생각했나? 아니지? 그럼 엔진이 맛 갈 때까지 소중히 탔어야지. 그건 우리 조직 재산이야. 제3세계에서는 그런 게 제일가는 귀중품이라고. 무슨 말인지 알겠나. 알아들었지?"

기쿠노는 잠자코 바닥을 내려다보았다.

후나부시는 뒤통수에 깍지를 끼고 기지개를 켰다.

"솔직히 나도 참 안타까워, 기쿠노. 넌 제법 일을 잘 하니까. 이런 말썽은 스키야키가 일으킬 줄 알았는데—참 재수도 없지."

올백으로 넘긴 머리를 쓰다듬는 후나부시 옆에, 화상으로 입술이 변형된 시노키가 굵은 팔로 팔짱을 낀 채 서 있었다. 조직의 행동대장으로, 20대까지는 도쿄 소방청의 구조대원이었지만, 도박 중독이 도를 넘어서 해고됐다. 그 후 헤어지자는 아내의 요구를 받아들여 이혼함과 동시에 건실한 일반인의 세계에서 벗어난 남자였다.

시노키가 테이블에 신문지를 깔기 시작하자 이마이는 참지 못하고 앞으로 나섰다.

"……잠깐만 기다려주시면 안 되겠습니까……."

"기다리라고?"

시노키가 윽박질러서 이마이는 쪼그라들었지만 후나부시가 바로 입을 연 덕분에 얻어맞지는 않았다.

"뭐야, 이마이."

후나부시가 재촉했다.

"말해봐."

이마이는 직각보다 더 깊이 허리를 숙이고 애원했다.

"……제가 자비로 새 스쿠터를 살 테니……부디 그걸로……."

이마이가 말을 끝마치기 전에 후나부시가 끼어들었다.

"이봐. 누가 돈을 내놓느냐는 소리를 하는 게 아니잖아. 사느냐 죽느냐는 이야기를 하는 거라고. 돈 문제가 아니란 말이야."

분노가 끓어올라 이마이는 머리를 숙인 채 주먹을 움켜쥐고 이를 악물었다.

암, 그렇겠지. 확실히 이건 돈 문제가 아니야.

문제는 너야, 후나부시.

"우리는 혹한의 시대에 살고 있어."

후나부시가 몹시 차분한 어조로 말했다.

"이 가부키초에 조직이 통째로 조난된 거나 마찬가지라고. 그런 상황에서 성냥을 하나 잃어버리면 어떻게 될까. 무슨 말인지 알겠어? 우리는 살아남아야 해. 성냥 하나라도 잃어버리는 놈은 현재 상황이 얼마나 혹독한지 이해를 못 하는 거야. 낭비하는 놈. 재산을 파손하는 놈. 너도 지금까지 봤잖아. 잘못에 책임을 지는 게 기쿠노가 처음도 아니잖아? 모두 똑같아, 나도 포함해서. 그렇지?"

"이 새끼들아, 대답 안 해?"

시노키의 으름장에 기쿠노와 이마이는 네, 하고 대답했다. 묵묵부답이었던 시라타키는 시노키에게 멱살을 잡혔지만, 그래도 대답하지 않았다. 시노키는 혀를 차더니 시라타키를 확 떠밀었다. 그리고 화풀이하듯 "너희들은 입 없어?" 하고 고함을 질러 다른 조직원들에게도 대답을 받았다.

"아까도 말했잖아."

후나부시는 신문지를 깐 테이블로 다가갔다.

"나도 기분이 좋지는 않아. 그래서 두 가지 선택지를 주는 거잖아. 빨리 끝내, 기쿠노. 도구로 할래? 호세로 할래?"

주사위를 굴리는 것도 아니고 스스로 선택해야 한다. '도구'라면 오래된 관례대로 한다. 누군가 끌이나 단도를 가져와서 그걸로 자른다. 손가락은 실패 없이 확실히 절단된다. 왜냐하면 잘려나갈 때까지 끝나지 않기 때문이다.

오래된 관례가 아닌 또 하나의 스타일—'호세'는 작은형님 후나부시가 조직을 이끈 후로 시작됐다. 불합리한 손가락 자르기를 정당화하기 위한 옵션이자, 비정상적인 구조 계획이었다. 이걸 선택하면 손가락이 잘리지 않을 가능성도 있다. 다만 그 확률은 한없이 낮다.

절단률 백 퍼센트의 '도구'.

아주 약간이지만 손가락이 남을 확률이 있는 '호세'.

명색이 야쿠자인 이상, 잘못에 책임을 지기 위해 손가락을 가져오라고 하면 주저 없이 자른다. 먼 옛날부터 이어져 내려온 미학이다. '손가락이 남을지도 모르는 가능성'에 거는 인간은 임협으로서 상종할 수 없다. 이를테면 망신거리가 되는 꼴이다. 그런데도 조직원이 '호세'를 선택하는 데에는 저지른 잘못의 경중에 원인이 있었다.

……무대용 속옷이 필요하다는 클럽 댄서에게 돈을 줬는데, 그대로 튀었다.

……조직 산하에 있는 기타신주쿠의 스낵바에 갔다가 돈을 내지 않고 손님용 위스키를 한 병 마셨다.

……사무소에 멋대로 남아서 조직의 전기세를 사용해 혼자 텔레비전을 보았다.

그리고.

……조직이 소유한 폐차 직전의 스쿠터를 도둑맞았다.

전부 돈으로 따지면 수천 엔에서 수만 엔 정도로, 고교생이 저질렀다면 생활지도를 받을 만한 수준의 일이었다. 큰형님이 없는 요 1년간, 조직원 세 명이 후나부시에게 불려가서 양자택일을 강요받았지만, '도구'를 선택한 사람은 아직 한 명도 없다. 그렇다고 세 명 모두 손가락이 무사한 것도 아니었다.

"호세로 부탁드립니다."

각오한 듯한 기쿠노의 목소리를 듣고 후나부시는 고개를 끄덕이더니, 시노키에게 "준비해" 하고 말했다. 무표정한 척했지만 후나부시 본인도 모르게 뺨이 풀렸다. 속으로 욕을 퍼붓는 이마이뿐만 아니라 기쿠노도, 시라타키도, 다른 조직원들도 후나부시의 그 표정을 알고 있었다.

기쿠노가 새끼손가락의 반지를 빼고 피가 통하지 않도록 손수건으로 손가락 밑동을 꽉 묶는 동안, 시노키는 와이어가 내장된 두꺼운 장갑을 끼고 대형 수조에 신중하게 손을 집어넣었다. 수조는 사무소 한 모퉁이의 벽 앞에 활어조처럼 놓여 있었다.

신음소리와도 비슷한 기합 소리와 함께 시노키가 그 동물을 들어 올렸다. 물고기가 아니었다. 마치 물이 뚝뚝 떨어지는 바위 같았다. 하지만 그 바위는 격렬하게 다리를 버둥거리며 자신이 바위가 아니라는 사실을 주변에 알렸다.

두두룩한 등딱지는 갑옷을 연상시켰다. 목 주변의 피부에는 맹견 핏불의 스파이크 목걸이처럼 천연 가시가 돋아 있었고, 목 끝에 달린 머리는 입을 찢어질 듯 크게 벌리고 조직원들을 위협했다.

울음소리는 내지 않지만, 언제 보아도 이마이에게는 공룡처럼 느껴졌다. 고대에서부터 살아남은 동물이 아니라면, 할리우드의 특수효과 아티스트가 만든 악몽 같은 몬스터. 하지만 이건 인간의 기술이 전혀 사용되지 않은 생물이다.

등딱지 길이 70센티미터 이상, 몸무게는 65킬로그램을 넘는다. 시노키가 수조에서 꺼내면서 낑낑대는 것도 무리는 아니었다.

미국에서 앨리게이터 스내핑 터틀이라고 부르는 악어거북은 미시시피주에서 반려동물로 일본에 수입됐지만 얼마 지나지 않아 각지의 연못이나 강에 버려졌고, 포획될 때마다 뉴스를 탔다. 어마어마한 크기와 힘, 폭군같이 흉포한 성격을 감당할 수 없어서 버리는 사람이 끊이지 않는다.

이마이가 국내에서 악어거북이 포획된 사실을 전하는 뉴스를 봤을 때 아나운서는 "미시시피강 유역에서는 진짜 엘리게이터, 즉 악어조차 성체 악어거북을 습격하지 않는다고 합니다"라고 말했다. 천적은 없다. 생태계에 형성된 먹이 사슬의 정점을 차지한 동물 중 하나다.

이렇게 위험한 파충류를 왜 돈이 없는 조직에서 굳이 기르고 있는가.

1년 전, 어떤 말썽을 계기로 악어거북이 사무소에 반입됐을 때, 후나부시가 "이놈을 기를 거야" 하고 말할 줄은 이마이를 비롯해 아무도 몰랐다.

나중에야 후나부시가 원래 파충류를 좋아했다는 사실—집에서 비싼 녹색 희귀종 도마뱀을 키웠지만 먹이를 제때 안 줘서 굶어 죽었다—과 핏불보다 악어거북을 키우는 데 드는 비용이 더 적다는 사정 등을 알긴 했다. 하지만 이 동물을 사무소에서 기르는 진짜 이유는 희생자가 나올 때까지 상상도 못 했다.

후나부시를 매료시킨 건 악어거북의 턱에 숨겨진 힘이었다.

맹금류의 부리보다 몇 배는 두껍고, 안쪽에 도끼날을 장착한 듯한 형상의 턱.

후나부시가 알아본 정보에 따르면 악어거북의 무는 힘은 3백에서 4백 킬로그램에 달한다고 한다. 개나 늑대는 비교도 안 된다.

사자 못지않은 데다, 사냥감을 송곳니로 찌르는 게 아니라 절단하기 위한 턱이다.

절단.

그 말이 악어거북의 무시무시한 생김새와 어우러져, 결과적으로 후나부시가 재정난에 시달리는 조직을 관리 및 통제하기 위한 '공포스러운 이벤트'를 만들어내는 데 영감을 주었다. 사소한 일로 손가락을 잘라야 한다는 공포만으로는 언젠가 불만이 폭발한다. 그러므로 불만을 해소하기 위해 다른 기회를 준다. 하지만 기회로 주어지는 비정상적인 방식이 새로운 공포를 안겨주어 조직원들을 더욱 잡도리하는 결과로 이어진다. 야쿠자란 공포의 연출이다. 후나부시는 예전 주인의 이름을 그대로 악어거북에게 붙였다…….

신문지를 깐 테이블에 호세를 내려놓자 등딱지와 근육의 무게로 상판이 삐걱거렸다.

수조 속에서 단잠을 자다가 방해받은 괴물은 기분이 몹시 안 좋았다. 턱관절이 빠지지는 않을까 싶을 만큼 입을 쩍 벌리고 오른쪽, 왼쪽으로 고개를 돌렸다. 다갈색, 검은색, 갈색으로 얼룩덜룩하니 타서 문드러진 듯한 머리가 정면을 향했을 때, 상어 비슷한 작고 검은 눈이 이마이의 눈과 마주쳤다.

정말 추하게 생겼다……

지옥을 지키는 개가 있다면 이 녀석과 똑같이 생겼겠지……

이마이는 구역질을 참았다. 가부키초를 내려다보는 커다란 빌딩에 장식된, 세상에서 제일 유명한 그 괴수의 오브제*를 보고 기뻐하는 외국인 관광객에게 이 녀석을 보여주고 싶었다. 하지만 그들이 과연 도쿄의 야쿠자가 운을 하늘에 맡기고 악어거북의 입속에 새끼손가락을 집어넣는 광경을 제정신으로 볼 수 있을까?

이마이는 당장이라도 밖으로 뛰쳐나가고 싶었다. 그게 허락되지 않는다면 눈과 귀를 막고 싶었다. 도구로 손가락을 자른다면 모를까, 이건 도저히 견딜 수가 없었다. 지난 1년간 운 좋게도 호세에게 손가락을 물어뜯기지 않은 사람은 단 한 명, 행동대장 시노키뿐이었다.

바닥에 꿇어앉은 기쿠노는 숨을 크게 들이마신 후, 갈색 셔츠의 소매를 걷고 혈압을 재는 환자처럼 왼팔을 테이블에 얹었다. 밑동을 묶은 새끼손가락을 쭉 펴고 조금씩 신중하게 지옥의 턱으로 가져간다. 위협하기 위해 벌린 입. 잠시 후 그 어두운 구멍 속으로 기쿠노의 새끼손가락이 다 들어갔다.

10초.

그동안 호세가 입을 다물지 않으면 기쿠노의 승리다.

"스키야키. 팔을 붙잡아."

후나부시가 지시했다.

설령 영점 몇 초라도 지체되면 기쿠노가 불리해진다. 이때만큼

* 호텔 그레이서리에 설치된 고질라 머리 오브제를 가리킨다.

은 시라타키도 민첩하게 움직였다. 기쿠노의 아래팔 부분을 잡고 테이블에 꽉 눌렀다. 동시에 후나부시가 스톱워치 버튼을 눌렀다.

사무소에 팽팽하게 긴장된 분위기가 흘렀다.

이마이는 속으로 외쳤다.

제발 가만히 있어, 이 괴물 거북 새끼야.

1초.

2초.

호세는 움직이지 않았다.

3초.

턱을 아직 벌리고 있다.

4. 5. 6. 7. 8.

2초 남았을 때 기쿠노의 비명이 울려 퍼졌다. 호세가 머리를 세차게 흔들더니 강력한 힘으로 사냥감을 끌어당기며 뒤로 물러났다. 호세가 테이블에서 떨어지자 깨물린 기쿠노도 질질 끌려가다시피 테이블을 넘어서 반대편에 떨어졌다. 떨어진 충격에 놀랐는지 호세가 한순간 입을 벌렸다가 바로 다시 꽉 깨물었다.

신문지에 다 흡수되지 못한 피가 바닥에도 뚝뚝 떨어졌다. 사무실을 더럽히지 말라는 후나부시의 고함소리가 기쿠노의 비명과 겹쳤다. 마구 비명을 지르던 기쿠노가 호세를 걷어차고 일어났을 때, 새끼손가락은 물론이고 약손가락과 가운뎃손가락도 보이지 않았다. 곁에 있던 시라타키의 양복은 페인트를 뒤집어쓴 것처럼 색이 변했다.

다음 날 아침, 이마이는 다시 한번 테이블을 치우고 스펀지로 바닥을 꼼꼼하게 닦았다. 어젯밤에 핏자국을 지웠지만, 블라인드를 올리고 창문을 열자 갈색 얼룩이 햇빛 속에 희미하게 드러났다.

기쿠노와 가장 친한 이마이에게 핏자국을 지우라고 명령하고, 그다음으로 사이좋은 시라타키에게 기쿠노를 병원에 데려가라고 명령한 것도 후나부시의 무자비한 처사 중 하나였다.

이마이는 말단 조직원이 사용하는 사무책상에서 아침으로 차가운 편의점 도시락을 먹었다. 사무소는 쥐 죽은 듯이 조용했다. 전화벨도 울리지 않았다. 창밖의 맑은 하늘을 바라보았다. 곧게 뻗은 비행기구름이 어느덧 보기 싫게 흐트러졌다.

물이 튀는 소리가 났다. 이마이는 젓가락질을 멈추고 수조를 보았다. 잠들어 있던 호세가 머리를 수면에 반쯤 내밀고 있었다.

이 새끼야, 꿀꺽 삼킨 기쿠노의 손가락은 벌써 다 소화됐냐.

이마이의 마음속 목소리가 들리기라도 한 듯, 호세는 천천히 물속으로 들어가서 꼼짝도 하지 않았다.

닭튀김이 남은 도시락에 뚜껑을 덮고 페트병에 든 차를 마셨다. 가슴이 답답했다. 수입원도 없고, 돈도 없고, 불합리한 처사가 자신을 감싸고 있었다. 이런 꼴을 당하는 것도 다 폭배 때문이라고 이마이는 생각했다.

2011년에 시행된 그것은 업계 전체를 뒤흔들었다. 그 위력은 트럭으로 사무소를 들이받는 것보다 훨씬 강력했다. 바로 '폭력단 배제 조례'다.

야쿠자의 은행 계좌 개설—개인이라도 불가.

생명보험, 손해보험 가입—불가.

신용카드 사용—불가.

택배 이용—불가.

부동산 업자나 자동차 딜러와 거래—불가

터무니없는 조례였다. 학교에서 조직원의 아이가 통학 거부를 당했다는 이야기도 자주 들려왔다. 너희는 인간이 아니라는 최후 통첩을 받은 것 같은 기분이었다. 배제라는 용어가 그 증거다.

점심밥조차 배달시킬 수 없게 됐다. 중화덮밥이고, 볶음밥이고, 라면이고 아무것도 배달되지 않는다. 가부키초에서 배달이 안 된다니, 태풍이 몰아치는 밤에도 없었던 일이다.

하는 수 없이 이마이가 도시락과 컵라면을 사러 가는 편의점은 근처 파출소 경찰관도 드나드는 곳이었다. 한밤중에 방글라데시인 아르바이트생이 일하는 계산대에 줄을 서는 사람은 야쿠자와 경찰관뿐이다.

……결국 편의점만 득을 보는 꼴 아닌가.

사무소 초인종이 울려서 이마이는 정신이 번쩍 들었다. 인터폰 화면을 들여다보자 시라타키가 편의점 봉지를 들고 서 있었다.

어젯밤에 피로 칠갑이 된 옷은 갈아입었지만, 시라타키의 머리는 부스스했고 수염도 깎지 않았다. 매일 빼먹지 않는 넥타이도 매지 않았다.

"어딜 돌아다닌 거야?"

"병원—."

시라타키는 나직하게 대답하고 사무책상에 편의점 봉지를 아무렇게나 내려놓았다.

"병원이라니?"

이마이는 눈썹을 찡그렸다.

"진찰받고 왔어?"

"아니."

시라타키가 말을 툭 내뱉었다.

"나 말고."

"……기쿠노?"

이마이의 얼굴이 험악해졌다.

"녀석은 집으로 돌아갔잖아. 설마 아직도 병원에 있어?"

시라타키는 사무책상에 팔꿈치를 짚고 부스스한 머리를 쓸어올렸다.

"아침에 여자한테 연락이 왔어."

"여자라니, 누구 여자?"

"기쿠노의 여자."

시라타키가 대답했다.

"기쿠노 그 자식, 죽었어."

시라타키는 삐죽삐죽한 수염을 문지르고 목을 좌우로 비틀었다. 편의점 봉지에서 세븐스타 담뱃갑과 750밀리리터짜리 제임슨 위스키병을 꺼내서 사무책상에 늘어놓았다.

기쿠노가 피우던 담배.

기쿠노가 좋아했던 아이리시 위스키.

그러고 나서 시라타키는 펑펑 우는 여자를 달래서 겨우 들었다는, 기쿠노의 농담 같은 최후에 대해 들려주었다.

—어젯밤, 기쿠노는 호세에게 물어뜯긴 손가락을 의사에게 봉합받은 후 왼손에 붕대를 감고 집으로 돌아갔다. 그리고 맨션 6층 베란다에서 술을 퍼마셨다. 제임슨을 병나발로.

하늘이 희붐해지기 시작한 오전 4시경, 기쿠노는 자신을 걱정해 베란다로 나온 여자의 어깨에 팔을 두르려고, 내내 오른손에서 놓지 않았던 위스키병을 왼손으로 바꿔 쥐려고 했다. 손가락이 모자란다는 걸 술과 진통제 기운 때문에 깜박했던 모양이다. 잡는 데 실패한 위스키병이 베란다 밖으로 미끄러져 내렸고, 기쿠노는 얼른 병을 붙잡으려다 같이 떨어졌다. 어젯밤에 갔던 병원에 구급차로 실려 갔지만, 살아날 가망성은 없었다. 두개골 분쇄, 경추 골절, 내장 파열.

이마이는 말문이 막혔다. 웃고 싶기도 했고, 울고 싶기도 했고,

무엇보다도 믿기지 않는 기분이었다. 멍하니 허공을 쳐다보았다.

……기쿠노, 이 자식아, 대체 무슨 짓이냐.

시라타키는 세븐스타를 한 모금 피운 후, 위스키병에 입을 대고 블라인드를 올린 창문 밖을 바라보았다. 빛이 구름에 가려서 어두워졌다가 금방 밝아졌다.

"뭘 것 같냐?"

시라타키가 말했다.

"이 일의 원인은."

이마이는 시라타키를 노려보듯 시선을 주고 나서 "'손가락'밖에 없잖아" 하고 말했다.

"평소처럼 다섯 손가락이 있었으면 술병을 떨어뜨리지 않았겠지."

"그렇게 단정할 수 있을까."

시라타키가 위스키병을 기울였다.

"프로야구 선수도 파울 플라이를 놓치는걸."

"야."

이마이는 시라타키의 손에서 억지로 위스키를 빼앗아 사무책상에 놓인 뚜껑을 꼭 잠갔다.

"기쿠노를 안주 삼아 마시자는 거야?"

그렇게 말한 순간, 자신을 향한 시라타키의 표정이 무섭게 변해서 이마이는 더럭 겁을 먹었다. 겁먹은 걸 감추듯 눈을 돌리고 방금 잠갔던 뚜껑을 열어 한 모금 마신 후, 혀가 화끈거리는 제임슨의 맛에 인상을 찌푸렸다. 늘 캔맥주만 마시는지라 위스키는 오랜만이었다.

"병원에서, 후나부시에게 전화했어."

시라타키는 담배를 비벼서 껐다.

"기쿠노가 상처를 꿰매고 집으로 돌아갔다가, 베란다에서 떨어져서 같은 병원에 실려 갔다고. 그러다 오늘 아침에 죽었습니다, 라고."

"……그래서……?"

물어본 순간 큰 낫을 든 사신의 실루엣이 이마이의 머릿속을 스쳤다.

"어젯밤에 병원까지 동행했던 건 나야."

시라타키는 조용히 말을 꺼냈다.

"의사가 상처를 꿰매는 동안 내가 기쿠노의 여자를 불렀지. 기쿠노가 처치실에서 나오자 둘을 함께 맨션으로 돌려보냈어. 택시비는 내가 쥐여줬고."

"그래서……?"

"후나부시 말로는 내 잘못이래."

"네 잘못이라고……?"

"내가 기쿠노의 집까지 따라가서 아침까지 같이 마셨으면, 기쿠노는 6층에서 다이빙하지 않았다. 그게 후나부시가 내린 결론이야."

"……아니, 그게 무슨……."

이마이의 목소리가 갑자기 가녀려졌다.

"……후나부시가 그렇게 말했어? ……말도 안 되잖아……."

시라타키는 세븐스타 담뱃갑에 라이터를 얹었다.

"기쿠노가 떨어진 일의 책임을 물어, 내 손가락을 자른다. 정말 웃기지도 않는다니까."

이마이는 말없이 눈을 연신 깜박였다. 생각이 정지되고 똑같은 말이 머릿속을 떠돌아다녔다.

야쿠자는 이미 글렀다, 야쿠자는 이미 글렀다, 야쿠자는 이미.

"오늘 밤 10시에 여기로 오래."

시라타키가 중얼거렸다.

이마이는 제임슨을 벌컥벌컥 들이켰다. 위스키병을 쥔 채 천장을 올려다보았다. 창밖에서 헬리콥터가 날아가는 소리가 점점 가까워지다가 점점 멀어졌다.

"……저기, 시라타키……."

이마이는 천장에 시선을 고정한 채 말했다.

"우리는 이미 그른 것 아닐까."

"무슨 소리야?"

"그러니까, 앞으로 야쿠자는 굴러떨어지기는 해도 위로 올라갈 수는 없잖아. 폭배가 시행된 시점에서 이 가업은 종 친 거야. 다들 속으로는 그렇게 생각할걸."

"때려치우려고?"

시라타키가 물었다.

"저기 편의점에서 아르바이트라도 할 거냐?"

"……편의점."

이마이는 쓴웃음을 지었다.

"……진지하게 말하자면 우리는 분명 사회를 좀 먹는 존재야. 무법자지. 하지만 그런 인간이라도 시민권이라는 게 없으면 이 빌어먹을 사회에서 살아갈 수 없어."

"시민권이라니?"

"계좌도 없어. 신용카드도 없어. 차도 못 사, 배달도 못 시켜. 이런 업계에 누가 좋다고 들어오겠어? 우리가 언제까지고 똘마니 신세인 건, 신입이 안 들어오기 때문이잖아. 당연해. 애들 삥뜯는 게 차라리 나을 테니까. 단순한 불량배라면 적어도 세상에서 아직 인간 취급을 해줘. 우리는 인간조차 아니라고."

시라타키는 아무 대꾸도 하지 않았다.

이마이는 제임슨을 다시 들이켠 후, 말이 나오는 대로 내버려두었다.

"이런 식으로 온 세상을 적으로 돌리고, 계속 억압을 당하면 자연스레 후나부시 같은 놈이 나오는 법이야. 역사를 생각해봐. 신나게 날뛸 돈도 없으니까 폭력이 안으로 향하지. 그러면 인의고 나발이고 없어. 가르침을 어기면 처벌이야. 처형이라고. 야쿠자인지 컬트 교단인지 구분이 안 가. 내 말이 틀렸어? 말해봐."

대답은 없었다. 잠시 후, 이마이의 시야를 뒤덮은 천장에 세븐스타 연기가 피어올랐다.

"저 녀석이."

시라타키가 말했다.

"어떻게 여기에 왔는지 기억나?"

이마이는 시라타키에게 시선을 되돌렸다. 시라타키는 벽 앞의 수조를 보고 있었다. 악어거북은 살짝 흔들리는 수면 아래에서 가만히 잠들어 있었다.

1년 전 여름, 그날은 이마이의 기억에 생생했다. 현장에 있었으니 잊을 리 없다.

권총 한 자루 값을 지불했는데도 호세는 물건을 준비하지 못했다. 덧붙여 교섭 중이라는 핑계로 돈도 돌려주지 않았다. 베네수엘라계 멕시코인. 일본인과 결혼했지만 일본어는 거의 할 줄 몰랐다. 스페인어에 능통했고, 영어는 떠듬떠듬 말하는 수준이었다.

이마이와 시라타키가 오쿠보에 있는 호세의 맨션에 흙발로 쳐들어가자, 호세는 칼을 휘둘렀다. 그러자 잔뜩 화가 난 시라타키가 브라스 너클*을 낀 손으로 호세를 때리고 구둣발로 걷어찬 후, 쓰

* 네 손가락에 끼워서 무기로 사용하는 금속 씌우개.

러진 호세의 얼굴을 짓밟았다. 이마이가 말리지 않았다면 아마 죽였을 것이다. 하기야 죽어도 싼 태도였지만.

그때 호세는 이마이에게 도움을 요청하며 떠듬떠듬하는 영어로 죽어라 외쳤다.

플리즈. 아이 엠 휴먼 라이츠. 시빌 라이츠(제발. 난 인권. 시민권).

손목시계. 목걸이. 신용카드. 방에 있는 금품을 몽땅 빼앗았다. 호세와 동거하는 일본인 아내를 건드리지 않은 것은 그녀가 지독한 알코올중독자였기 때문이다. 손이 떨려서 컵에 물도 못 따른다. 자기 남편이 얻어맞는 모습을 불그스름해진 얼굴로 불꽃놀이라도 구경하듯 즐겁게 보고 있었다.

시라타키는 방을 살피다가 초밥집 활어조 같은 수조에 눈독을 들였다. 거기 있던 것이 70킬로그램에 가까운 그 괴물이었다.

돈이 되나.

시라타키는 수조를 가리키며 호세에게 물어본 후 바로 머니, 하고 영어로 말했다.

왼쪽 눈꺼풀이 붓고, 자랑하던 콧수염이 코피로 물든 채 헐떡거리던 호세 루이스 발렌수엘라는 몇 번이고 고개를 끄덕이며 대답했다. 머니, 예스. 엘리게이터 스내핑 터틀. 펫숍. 머니.

시라타키는 휴대전화로 찍은 사진을 후나부시에게 메일로 보냈다. 바로 전화가 왔다.

—수조째로 가져와.

두 사람은 선글라스로 상처를 가린 호세에게 경트럭을 렌트시켜서, 물을 뺀 수조와 악어거북을 짐칸에 실었다.

이 일의 원인은 뭘까.

아까 시라타키가 무슨 의도로 그렇게 물어봤는지 이마이는 드디어 이해했다. 이 자식은 그 일을 말하고 있는 것이다. 따져보면 악어거북 호세는 자기가 조직에 데려왔으며, 자신이 메일을 보낸 탓에 머리가 맛 간 후나부시에게 이상한 아이디어를 제공하고 말았다고.

시라타키가 편의점 봉지에 손을 넣어 부스럭부스럭 소리를 냈다. 그리고 압수품을 늘어놓는 형사처럼 세븐스타와 제임슨 말고 다른 물건을 하나씩 사무책상에 올려놓았다.

손전등.

어육 소시지.

두루마리 치실.

콘돔 상자.

실내용 탈취제.

전지가 포함된 손전등은 편의점에 있는 걸 몽땅 사 왔는지 똑같은 물건이 일곱 개나 됐다.

시라타키는 손전등을 차례대로 켜서 어린아이가 장난치듯 자기 손을 비추어본 후, 플라스틱 탈취제 용기를 열어서 내용물과 용기를 따로 나누었다. 그러고 나서 늘어놓은 물품을 전부 봉지에 넣었다.

"10시라."

시라타키가 중얼거렸다.

"혹시 모르니까, 11시에는 반드시 돌아오겠다고 스키야키가 울면서 다짐했다고 후나부시에게 전해줘."

이마이는 편의점 봉지를 보았다. 봉지에 든 물건들. 손전등으로 밤길을 비추고, 어육 소시지로 허기를 달래고, 치실로 물 없이 이를 닦고, 탈취제로 체취를 숨기고, 여자의 집에 찾아가서 콘돔을 끼고 한판 한다.

"……도망치려고……?"

"술 취해서 하는 말 아니야. 11시야. 돌아올게."

의자에서 일어선 시라타키가 이마이에게 천천히 오른손을 내밀었다.

"뭐야?"

이마이는 의아해서 물어보았다.

"작별 악수?"

"담배는 줄게. 그거, 내놔."

이마이는 자기가 들고 있는 제임슨 위스키병을 보았다. 진녹색 유리병 속에 아직 술이 반 넘게 남아 있었다.

시노키의 손에 붙잡혀 일어나서 또 한 방 맞았다. 뒤틀린 위장이

소리 없는 비명을 질렀고, 이마이는 몸을 구부린 채 고통에 몸부림쳤다. 숨이 쉬어지지 않는 입을 벌리고 아기처럼 침을 질질 흘렸다. 사무소에 모인 다른 조직원은 이마이가 당하는 모습을 잠자코 바라보았다.

만약 스키야키가 돌아오지 않으면 네 놈이 대신해.

후나부시는 그렇게 말했다. 명령을 어기고 한 시간 늦겠다는 놈을 그냥 보내는 얼간이가 어디 있느냐며.

11시가 돼도 시라타키는 돌아오지 않았다. 에어컨을 끈 사무소에는 선풍기만 돌아가고 있었다.

시노키는 화상으로 변형된 입술 위를 흐르는 땀을 수건으로 닦았다. 그리고 또 이마이를 때렸다. 이마이에게는 영원처럼 느껴지는 15분이 흘렀다.

시라타키는 11시 15분에 돌아왔다. 그제야 겨우 시노키의 폭력이 멈췄다.

……시라타키의 얼굴은 스쿠터를 발견하지 못했던 때의 기쿠노보다 더 창백했고, 쑥 들어간 뺨이 더욱 수척해 보였다. 어디를 돌아다녔는지 셔츠에 나뭇잎 조각과 부러진 나뭇가지가 들러붙었고, 구두는 진흙으로 더러워졌다. 패기 없이 구부정한 자세에서 억누를 수 없는 공포심이 느껴졌다.

벽에 기대어 간신히 일어선 이마이는 사무소로 끌려온 열다섯 살짜리 양아치처럼 겁먹은 시라타키를 쳐다보았다. 시라타키 때문에 흠씬 두들겨 맞아서 화난 마음이, 급격히 실망과 연민으로 바뀌었다.

전부 연기였던 것이다. 이마이는 확신했다. 이 녀석의 눈빛도, 화내는 모습도. 이것이 진짜 모습이다. 불쌍하게도. 손가락 하나를 내놓아야 한다는 것만으로 온몸에 핏기가 싹 가시는 녀석이다. 달아날 배짱도 없다. 하기야 도망치면 내가 끝장이지만.

하나뿐인 천장 조명, 그 아래의 소파에 앉은 후나부시와 테이블을 사이에 두고 서 있던 시라타키가 한심할 만큼 휘청거리며 고개를 숙였다.

"작은형님, 늦어서 죄송합니다."

시라타키는 꿇어앉아 머리를 바닥에 조아렸다.

"겨우 결심이 섰습니다. 호세로 할 테니, 부디 잘 부탁드립니다."

후나부시의 성난 고함소리가 울려 퍼졌다. 조직원들은 다들 냉랭한 눈으로 바닥에 머리를 조아린 시라타키를 내려다보았다.

수조에서 꺼낸 호세는 어젯밤보다 더 심하게 성이 났다. 네 발을 버둥거리는 기세에, 등딱지를 양쪽에서 잡은 시노키가 비틀거릴 정도였다. 호세는 무는 힘이 최대 4백 킬로그램에 달하는 입을 고함치듯 조직원들에게 쩍 벌렸다.

안 그래도 한 시간 미룬 데다 15분 더 지각한 벌로, 후나부시는 시라타키가 새끼손가락 밑동을 묶는 걸 허락하지 않았다. 시라타키는 몸을 덜덜 떨며 아무 조치도 없이 새끼손가락만 세운 손을 호세의 입에 가까이 댔다. 하지만 좀처럼 손가락을 입속에 넣으려고 하지 않았다.

"빨리해, 이 새끼야."

후나부시가 호통쳤다.

"계속 뜸 들였다간 10초고 뭐고 없어."

그 말은 거짓말이 아닐 거라고 이마이는 생각했다. 벽에 기댄 채 코피를 닦으며 겁에 질린 시라타키를 옆에서 바라보았다. 시노키에게 얻어맞은 통증과 장래에 대한 비관이 우르르 밀려와서 오히려 속이 시원할 정도였다.

"죄송합니다. 정말 죄송합니다."

몇 번이고 되풀이해 말하면서도 시라타키는 벌어진 호세의 입에 손가락을 넣지 못하고 계속 머뭇거리기만 했다.

참다 못한 후나부시가 시노키에게 눈짓했다. 지금까지 도전한 네 명 중, 유일하게 10초간 호세에게 물리지 않고 무사했던 시노키가 두툼한 손으로 시라타키의 손목을 붙잡았다.

그때 갑자기 시라타키가 얼굴을 찡그리며 "우웩" 하고 구역질을 했다.

그리고 오른손으로 가슴을 쥐어뜯다가 오른손을 자기 입에 쑤셔 넣었다. 후나부시와 시노키가 고함쳐도 입속에서 오른손을 꺼내지 않았다. 시노키가 엉덩이를 걷어차자, 그제야 침으로 범벅이

된 손을 입에서 꺼냈다.

찜찜한 예감이 들어서 이마이는 인상을 찌푸렸다. 물어뜯은 자기 손가락을 뱉어내는 것 아닌가. 악어거북이 무서운 나머지 이 녀석은 스스로……자기 손가락을…….

하지만 시라타키의 오른손에는 상처가 없었다. 그리고 뜯겨나간 손가락 대신 이마이가 본 것은 다른 악몽이었다.

나방이—

괴로운 듯 몸을 구부린 시라타키의 입에서 나방이 나왔다.

한 마리. 두 마리.

시라타키의 입에서 나온 나방은 하나밖에 없는 사무소의 조명등을 향해 날아올랐다.

세 마리, 네 마리.

조명등에 부딪히고, 열기에 튕겨 나오고, 종횡무진으로 호를 그리다가 또 불빛으로 날아들었다.

여섯 마리. 일곱 마리.

인간의 입에서 튀어나와 꺼림칙한 비늘가루를 흩뿌리는 나방.

조직원들은 마치 동굴에서 흡혈박쥐에게 공격이라도 받은 것처럼 소란을 떨었다. 벽에 머리를 찧고, 골판지상자에 고꾸라지고, 사무책상에 부딪혔다. 하지만 그 누구보다도 후나부시가 제일 심하게 겁을 먹었다. 조명등 바로 밑에 있는 탓에 끊임없이 나방이 코끝을 스쳤고, 그때마다 비명을 지르며 도망치려 했다. 시노키는 이미 시라타키의 손목을 놓고 굳은 얼굴로 우두커니 서 있었다.

어린아이처럼 두 발을 소파 위로 올리고 있던 후나부시는 일어서자마자 쿠션에 걸려서 넘어졌다. 시라타키는 그때를 놓치지 않았다. 테이블 밑으로 들어가서 팔을 뻗어 후나부시의 다리를 잡았다. 시라타키의 입에서 으스스한 하얀 실과 또 다른 나방—그것도 이미 죽은—이 축 늘어졌다.

뭐가 어떻게 된 건지 이마이는 전혀 짐작이 가지 않았다. 그저 봐서는 안 되는 광경을 본 것처럼 오싹함만이 느껴졌다.

"오지 마."

쓰러진 후나부시가 소리쳤다.

"가까이 오지 말라고."

시라타키는 후나부시의 다리를 잡은 채 테이블 밑에서 기어 나와 후나부시를 바닥으로 끌어내렸다. 그리고 테이블 위의 호세 쪽으로 몸을 돌려 물리지 않도록 좌우에서 등딱지를 끌어안고, 반쯤 내동댕이치듯 거칠게 바닥으로 옮겼다. 난폭한 대우에 자존심에 상처를 입은 호세는 분노가 정점에 달했다. 그리고 눈앞에 위를 보고 쓰러져서 허우적대는 후나바시의 목이 있었다.

텔레비전에 방송됐던, 밤에 분출한 화산 같은 광경이 이마이의 눈에 들어왔다. 손가락이 잘렸을 때와는 비교도 안 되게 많은 피가 뿜어져 나왔다. 호세의 턱은 후나부시의 경동맥뿐만 아니라 목뼈까지 두 동강 내버렸다.

이마이는 이틀 밤 연속으로 피를 뒤집어쓴 시라타키가 나방을 피하면서 시노키에게 다가가 이렇게 말하는 것을 들었다.

"권총 좀 빌려주세요, 작은형님."

시노키는 시라타키의 눈을 들여다보았다. 잠시 후 그 시선은 눈을 부릅뜬 상태로 경련하는 후나부시를 향했다. 시노키는 후나부시에게 시선을 멈춘 채 말없이 양복 안주머니에 손을 넣어 스미스앤드웨슨의 9밀리 자동권총을 꺼냈다. 병든 어머니의 생명보험을 해약하면서까지 돈을 만들어 호신용으로 구입한 권총을.

권총을 건네받은 시라타키는 슬라이드를 살짝 당겨 장전 상태를 확인하더니, 티슈로 권총에 묻은 지문을 닦아냈다. 그리고 바닥에 고인 피에 권총을 적셔 빨갛게 물들인 후, 과다출혈로 죽어가는 후나부시의 손에 쥐여주었다. 그다음은 익숙한 절차였다. 후나부시의 집게손가락을 방아쇠에 걸고, 목을 물어뜯은 호세의 머리에 권총 총구를 수평으로 댄 채 격발했다.

권총을 압수당하고 현장 검증이 이어지는 가운데, 시노키를 비롯한 조직원들은 경찰서로 연행됐다.

누구에게 물어도 똑같은 조서가 완성됐다.

—가사무라 조직의 부두목, 후나부시 준야는 반려동물로 기르던 악어거북과 놀다가 불의의 사고로 사망했다.

활짝 열어둔 창문으로 나방 여러 마리가 한꺼번에 날아들었습니다. 네. 나방이요, 형사님. 작은형님은 깜짝 놀라서 몸을 뒤로 확 젖혔죠. 품에 안겨 있던 악어거북이 그 움직임에 반응해서 목을 물어뜯은 겁니다. 네. 그야 뭐, 덥석 베어 물 것처럼 꽉 깨물었죠. 일단 깨물면 절대로 안 놔요. 작은형님도 그걸 아니까 바로 권총을 꺼내서 악어거북의 머리를 쐈습니다. 하지만 그때는 이미……어쨌거나 목을 당했으니까요……네? 권총이요? 물론 작은형님 거죠. 늘 사무소에 놔뒀느냐고요? 그야 모르죠. 숨겨둔 무기를 찾는 건 형사님들 일이잖아요? 제 것 아니냐고요? 그럴 돈이 어디 있습니까. 폭배 때문에 작살 나서 자동차 검사비도 못 내는데 권총이라니요. 잘 아시면서.

시노키를 포함한 모두가 취조실에서 그런 취지의 이야기를 했다. 잘도 입을 맞췄다고 형사는 호통을 쳤지만 안타깝게도 구멍을 찾지는 못했다. 분명 진실이 아니다. 하지만 만에 하나 이 녀석들의 말이 진실이라면, 하고 형사는 생각했다.

악어거북에 나방.

신주쿠 가부키초에서 조직의 부두목이 징그러운 짐승과 놀다가 죽었다. 야쿠자도 끝이로군. 내버려두면 알아서 절멸되겠지.

형사는 담배에 불을 붙였다.

뭐, 이 녀석들에게도 체면이 있으니 송사리인 이마이만 남겨두고 나머지는 돌려보낼까.

간부도 아닌 자기가 이렇게 오래 구류될 줄 이마이는 꿈에도 몰랐다.

형사들이 자신과 후나부시, 그리고 기쿠노의 죽음을 연관 지으려 한다는 것은 바로 눈치챘다. 수사 방침에 무리는 없었다. 기쿠노와 제일 친했던 사람은 이마이니까.

어떻게 의혹을 풀 것인가.

지금 이마이에게 제일 중요할 문제는 그것이었다.

하지만 어느덧 다른 문제에 관심이 끌렸다. 완전히 나방이로군, 하고 이마이는 생각했다. 앞뒤 가리지 않고 빛에 빨려드는…….

나방.

놈들은 왜 시라타키의 입에서 몇 마리나 나온 걸까.

애벌레 때부터 배 속에다 길렀나.

무슨 마술인가.

환각일까.

총소리를 듣고 근처 사람이 신고했을 테니, 시노키를 중심으로 서둘러 입을 맞추느라 실제로 일어난 일을 제대로 이해할 시간은 없었다.

노트북으로 조서를 작성하는 형사가 이것 보라는 듯이 내뿜는 담배 연기를 얼굴에 맞으며 이마이는 생각을 거듭했다. 시라타키가 편의점 봉지에서 꺼내서 늘어놓은 물건들이 문득 떠올랐다. 그리고 어떤 말이 머리를 스쳤다.

밀수.

그 두 글자를 신호로 소리 없는 천둥 번개가 캄캄한 머릿속을 비추자, 모든 것이 단숨에 이미지 속에 나타났다.

시라타키는 제임슨을 단숨에 다 마시고 토한다. 모조리 토해서 위장을 깨끗이 비운다.

해가 지기까지 기다렸다가 한산하고 나무가 많은 곳으로 향한다. 사무소 근처라면 도야마 공원 정도가 적당하다. 사람 눈을 피해 나무숲 사이로 들어가서, 손전등 일곱 개를 켜고 나방을 끌어들인다.

시라타키는 나방을 한 마리, 또 한 마리 붙잡는다. 끈기 있게. 나뭇잎과 나뭇가지를 헤치고. 구두로 진흙을 밟으면서.

내용물을 버린 탈취제 용기가 곤충 채집통 역할을 한다.

10시에 오라는 후나부시의 명령을 어긴 건, 해가 진 후에 나방을 얼마나 모을 수 있을지 예측할 수 없었던 탓이다. 시간은 조금이라도 더 많이 필요하다. 그리고 지각을 해서 후나부시의 성질을 건드려서 방심시키는 효과도 있다.

순조롭게 나방을 모은 시라타키는 압축된 상태의 신품 콘돔을 어육 소시지에 씌워서 늘린다. 자기 성기에 씌워서 늘리는 방법도 있지만, 콘돔을 삼켜야 하므로 그 방법을 싫어하는 남자는 적지 않다. 어육 소시지는 그럴 때 사용하기에 안성맞춤인 물건이다.

늘린 콘돔에 내용물을 담는다. 이때 내용물은 보통 헤로인이나 각성제다. 밀수의 상투 수단 중 하나. 얇고 가느다란 콘돔은 배 속으로 삼키기에 적합하다.

다만 시라타키는 헤로인 대신 나방을 담았다. 그것도 산 채로. 콘돔 하나에 한 마리씩 밀어 넣는다. 말랑한 배가 터지지 않도록. 날개가 상하지 않도록. 콘돔 안쪽에 산소가 남도록.

마지막으로 치실을 사용해 콘돔 입구를 묶고, 길게 푼 치실의 반대쪽 끄트머리로 고리를 만들어 치아에 건다. 이렇게 해놓으면 치실을 끌어당겨 위장에서 콘돔을 꺼낼 수 있다. 그러고는 콘돔을 찢으면 된다. 이 방법을 써본 적 있는 조직원이 예전에 이렇게 말했다.

치실이 계속 목구멍을 문질러서 온종일 구역질이 났다고—

시라타키의 얼굴이 당장이라도 토할 것같이 창백했던 것도, 이거면 설명이 된다. 치실로 치아에 연결한 콘돔을 여러 개 삼켰기 때문이다. 죽은 나방이 시라타키의 입에서 나온 것도 이해가 간다. 그건 콘돔에 갇히는 바람에 스트레스로 죽은 나방이다.

하지만 아직 수수께끼가 남아 있다.

왜 나방이었을까.

왜 나방을 담은 콘돔을 고생하며 삼켜야 했던 걸까.

후나바시가 총을 쏘고 사망한 탓에 경찰이 관리회사에 경고 조치를 하자, 조직은 가부키초 1번지의 복합빌딩에서 쫓겨났다. 거점을 잃은 조직원들은 뿔뿔이 흩어졌다. 이마이는 누구와도 만나지 않았고 경찰의 미행을 예상해 연락도 취하지 않았다.

아무 일도 없이 2주가 지났을 때, 시노키에게 전화가 왔다.

—지바현 나라시노시에 영상 제작회사 명의로 맨션을 빌렸어. 한동안 사용할 임시 사무소야. 내일 나와.

익숙지 않은 동네에서 지도를 들고 맨션을 찾고 있는데, 시라타키가 골목 앞쪽을 걸어갔다.

뒤쫓아간 이마이는 자신이 생각한 순서대로 시라타키가 '나방 마술'을 부렸음을 확인한 후 물어보았다.

"확실히 소름끼치고 깜짝 놀라기는 했지만, 왜 나방이야?"

시라타키는 양손을 호주머니에 넣고 시선을 비스듬히 올려서 임시 사무소가 있는 맨션을 찾으며 "도마뱀" 하고 짤막하게 대답했다.

이마이는 미간을 모으며 시라키를 보았다.

……도마뱀.

"옛날에 후나부시가 자기 집에서 길렀다는 녹색 도마뱀? 비싼데도 먹이를 제때 주지 않아서 굶어 죽었다는……."

"그 이야기, 이상하게 느껴지지 않았어?"

"이상하다니?"

"그렇게 구두쇠 같은 놈이 값나가는 도마뱀을 눈 뻔히 뜨고 죽게 놔둘까?"

"……듣고 보니 그러네."

이마이는 고개를 끄덕였다.

"하지만 그게 뭐 어쨌는데?"

"도마뱀은 봉지과자 같은 거 안 먹어."

시라타키가 말했다.

"요컨대 인공 사료는 거들떠보지도 않지. 먹는 건 벌레, 귀뚜라미 같은 걸 아주 좋아해. 그것도 살아 움직이는 벌레를."

"……살아 움직이는 벌레."

"그런 거야."

시라타키는 말을 이었다.

"먹이를 제때 안 줘서 굶어 죽은 게 아니야. 도마뱀은 아깝지만, 그 이상으로 놈은 벌레를 질색했어. 보는 것도, 만지는 것도. 그럼 도마뱀을 안 기르면 될 텐데. 머저리가 따로 없다니까. 악어거북은 사무소에서 기르면 시노키 형님이 돌봐주지. 먹이도 벌레가 아니라 중화요리점에서 받아오는 상한 닭고기고 말이야."

놈은 벌레를 질색했어.

이마이는 그 말을 머릿속으로 되풀이하면서 공포에 찬 후나부시의 얼굴을 떠올렸다. 질색하는 벌레가 절대로 말도 안 되는 상황에서 나타난다면. 시라타키가 의도한 대로 후나바시는 달아나려고 난리를 쳤고, 사무소는 혼란에 빠졌다. 호세에게 손가락을 뜯어 먹힐 절체절명의 상황에서 시라타키는 사고로 위장해 후나부시를 죽일 기회를 잡았다.

"……하지만……."

이마이는 고개를 갸웃했다.

"그런 억측만으로 후나부시를 겁줄 계획을 세우다니, 아주 위험했어. 나방이 아니라 귀뚜라미가 질색이었는지도 모르잖아."

"밤중에 밖에 나갈 때 말이야."

시라타키가 방금 지나쳤던 맨션의 이름을 확인하며 말했다.

"그 자식, 네온사인 아래에서 갑자기 머리를 흔들거나 고개를 휙 젖히곤 했어. 복서가 된 기분으로 방어하는 흉내를 낸 걸까? 그럴 리가. 네온사인에 모여드는 나방이 자기에게 날아들자 호들갑을 떨며 피한 거야. 너도 여러 번 봤을 텐데."

그리고 시라타키는 담담히 설명했다.

—나방은 귀뚜라미와 달리 밖에 나가면 알아서 불빛을 향해 날아들어. 더구나 귀뚜라미는 턱이나 다리로 콘돔을 찢고 산 채로 위장 속에 튀어나올 우려가 있어.

이마이는 거꾸로 돌린 시내 지도를 다시 원래 방향으로 되돌리고 소리 내어 웃었다.

"잘도 그런 아이디어를 떠올렸네. 하지만 어째서 시노키 형님이 '후나부시가 악어거북에게 물리는 사고로 죽었다'라는 위장 공작에 입을 맞춰줄 거라고 생각한 거야? 엄청나게 큰 도박이었어."

"도박까지는 아니었지."

이마이는 지도에서 고개를 들었다.

"뭐라고?"

"면상에 쓰여 있었잖아."

시라타키는 찾아낸 맨션을 가리켰다.

"그 형님은 내버려뒀어도 언젠가 후나부시를 쐈을 거야. 수고를 덜어준 셈이지. 그나저나 호세에게는 미안한 짓을 했네. 기쿠노 옆에 무덤을 만들고 향이라도 피워줘야겠다."

전원이 나란히 서서—설령 몇 명 안 되는 약소 조직이라 해도—일제히 허리를 굽혀 인사한 건 실로 1년 만이었다. 임시 사무소에서 맞이한 큰형님 가사무라는 여전히 거한이었다. 옆으로 뚱뚱한 게 아니라 세로로 우뚝 솟았다.

2미터 7센티미터. 대학 시절에는 배구 국가대표 후보로 소집됐다. 무릎을 다쳐 스스로 진통제를 찾던 걸 계기로 대마에 흥미를 품었다. 술집에서 싸우다 연행됐을 때 약물 매매에 관여했다는 사실이 드러나 배구계에서 영구 퇴출된 후, 야쿠자의 길로 들어섰다.

가사무라는 보스급에서는 보기 드물게 문신을 하지 않았다. 기쿠노에게 그 이유를 들었을 때 얼마나 놀라고 웃겼는지를 이마이는 아직도 기억하고 있다. 덩치가 너무 커서 문신사의 작업장에 드러누울 공간이 없었다고 한다.

임시 사무소에는 테이블이고 의자고 없었지만, 접의자만큼은 중

고로 구입해놓았다. 커다란 가사무라가 접의자에 천천히 앉는 걸 확인하고 나서 시노키는 고생 많으셨습니다, 하고 말했다. 이어서 모두가 허리를 깊이 숙여 인사한 후, 가사무라 앞에 두 줄로 늘어놓은 의자에 소리가 나지 않도록 조심스레 앉았다. 가사무라가 담배를 물자 시노키가 불을 내밀었다.

이마이 입장에서는 그리운 듯하면서도 꿈같기도 한, 기묘한 광경이었다.

"하나같이 상판대기가 울적해 보이는군."

가사무라가 굵직한 저음으로 말을 내뱉었다.

"가난뱅이신한테 똥꾸멍이라도 따였냐. 뭐, 됐어. 그나저나 더럽게 춥더라, 러시아는……."

러시아……?

이마이는 어처구니가 없었다.

누구냐. 지방에 출장을 갔다고 지껄인 건.

그렇게 멀리 갔으니 못 돌아올 법도 하다.

"이제부터는 러시아의 형제에게 상담해서 조직을 일으켜 세울 거야. 차도 도구도 다시 산다. 당연히 사무소도. 납작 엎드리던 시절은 이제 끝이야."

그렇게 말하고 담배 연기를 뿜어내는 가사무라의 얼굴을, 의자에 앉아 있는 모두가 천장을 대하듯이 올려다보았다.

가사무라는 시노키가 작은형님이 되었음을 정식으로 알린 후,

불의의 사고로 목숨을 잃은 후나부시의 장례 절차를 설명했다. 모두 얌전하게 가만히 귀를 기울였다.

"자."

장례식 이야기가 끝나자 가사무라는 커다란 몸을 구부려서 시노키에게 얼굴을 가까이 댔다.

"사고라고는 해도, 조직의 이인자가 죽은 데다 권총까지 쏘는 바람에 오랜 터전에서 쫓겨났어. 이 꼬락서니를 '사고였습니다'라는 말로 퉁칠 생각은……설마 아니겠지?"

에어컨이 돌아가는 소리가 들렸다. 오랜만에 냉방을 돌린 사무소에 앉아 있건만, 땀 한 줄기가 이마이의 이마를 흘러내렸다. 심장이 미친 듯이 빨리 뛰었다. 답답한 분위기가 폐를 짓눌렀고, 조직의 재출발을 축하하는 기쁜 심정은 흔적도 없이 사라졌다.

갑자기 누군가가 일어섰다. 그 남자가 큰형님, 하고 부르는 소리가 들렸다. —새로운 출발을 앞두고 티가 생겨서는 안 됩니다. 제가 책임을 지겠습니다.

셔츠를 벗어 문신을 드러내며 가사무라 앞으로 나선 시라타키를 이마이는 믿기지 않는 기분으로 바라보았다. 구두를 벗은 시라타키가 양말을 찢었다. 셔츠를 찢으면 돌아갈 때 입을 옷이 없기 때문이다. 시라타키는 찢어낸 양말로 새끼손가락 밑동을 꽉 묶었다.

……무슨 생각이지?

이마이는 얼떨떨한 나머지 의자에 앉은 채 굳어버렸다. 여기서 손가락을 자르면 지금까지 들인 노력이 허사가 되는 것 아닌가. 아니, 시라타키가 하는 일이다. 틀림없이 뭔가 기발한 계책이 있으리라. 절체절명의 위기를 뒤집을 계책이.

밑동을 꽉 묶은 시라타키가 새끼손가락만 펴고서 팔을 바닥에 댔다. 단도는 향목련 칼집에서 이미 뽑아놓았다. 둔중하게 빛나는 칼날이 새끼손가락에 닿았다.

"야."

머리보다 몸이 먼저 반응한 이마이는 벌떡 일어서서 시라타키의 어깨를 잡고 흔들었다. 당혹감으로 가득한 시라타키의 눈빛이 이마이의 눈에 들어왔다. 누군가 말릴 줄은 몰라서 놀란 감정이 서려 있었다.

"왜?"

시라타키는 미간을 찌푸렸다.

"난 손가락은 하나도 안 아까워."

"아깝지 않다니, 이 자식이……."

"이게, 우리의 시민권이잖아."

시라타키는 아무렇지도 않게 말을 내뱉었다.

뼈를 끊는 둔탁한 소리와 함께 스프링클러가 잔디밭에 물을 뿌리는 것처럼, 피보라가 바닥에 닿을락 말락 호를 그렸다.

원숭이인간 마구라

나는 규슈 지방 후쿠오카현 후쿠오카시에서 나고 자랐지만, 어릴 적에는 동향 사람인 유메노 큐사쿠—이후로는 경의를 담아 유메노 선생님이라고 부르겠다—의 작품은커녕, 그런 소설가가 있었다는 사실조차 전혀 몰랐다.

시마네현 마쓰에시에서 자란 아이가 '고이즈미 야쿠모*'의 이름을 한 번도 못 들어봤을 리는 없고, 도쿄 이케부쿠로를 본거지로 삼아 노는 아이들이 백이면 백 '에도가와 란포'가 누구인지 모르는 사태도 일어날 가망성은 희박하다.

그런데 후쿠오카와 유메노 선생님의 조합에서는 그런 일이 일어날 수도 있다.

1980년대 후반에 내가 다녔던 후쿠오카시 미나미구의 N초등학

* 영국 출신으로 일본에 귀화한 작가, 라프카디오 헌의 일본 이름.

교와 90년대 초에 다녔던 미나미구의 T중학교에서 담임교사 등등이 우리 지역 출신 유명인으로 언급하는 사람은 첫째도 둘째도 졸업생 '타모리*' 씨였고, 유메노 선생님은 이름의 유 자도 나오지 않았다.

하지만 이건 어디까지나 미나미구의 이야기다. 유메노 선생님은 히가시구에 사셨으니, 세밀하게 분류하면 미나미구는 홈이 아니라 어웨이에 해당한다.

그렇지만 홈인 히가시구에도 유메노 선생님의 기념관은커녕 동상조차 없다.

그렇기에 후쿠오카를 방문하는 열혈 팬은 어이없는 표정을 짓게 된다……고향인데 정말 아무것도 없네……하고.

후쿠오카가 배출한 최고의 소설가는 분명 유메노 선생님이다. 그런 위인의 발자취가 고향에서 완전히 지워진 상태다. 그에 비하면 야쿠모 선생님이나 란포 선생님은 1년 내내 지자체에서 불꽃을 쏘아 올리고 있는 것이나 마찬가지다.

왜 이렇게 된 걸까.

정답은 간단하다.

후쿠오카가 유메노 선생님을 위인이 아니라 진짜 정신이상자로 취급해 결코 공식적으로는 눈에 띄지 않도록 봉인했기 때문이다.

* 일본의 국민 MC로 일컬어지는 거물 연예인.

후쿠오카 사람은 자신들을 너글너글하고 단순한 호인으로 여기고 싶어 하는 경향이 있다. 빛과 그림자, 제정신과 광기가 혼재하는, 몇 중으로 얽힌 정신 구조를 자신들의 문화 중 하나로 인정하고 싶지 않은 것이다. 하물며 일상에서는 어떠하랴.

……그만, 그런 어려운 소리 해도 몰라. 됐어, 됐어, 야마카사*가 있으니까 하카타지…….

선생님의 소설을 읽는 어른이 없으니까, 아이에게 이야기해주는 어른도 없다.

그러한 단절에 더해 내가 여덟 살 때 닌텐도에서 '슈퍼 마리오 브라더스'가 발매되자 아이들은 엄청난 속도로 활자에서 멀어지기 시작했고, 연이어 에닉스(현재는 스퀘어 에닉스)에서 '드래곤 퀘스트' 시리즈가 발매되자 아무도 책을 읽지 않게 됐다. 현재 진행 중인 '포켓몬GO' 소동의 원류라고 할 수 있겠다.

유메노 선생님에 대한 후쿠오카의 망각—그렇다기보다도 무지—은 이제 돌이킬 수 없는 지경까지 왔지만, 일찍이 선생님이 농원 생활을 했던 히가시구의 가시이라는 지역 자체는 반 아이들 사이에서 유명했다.

왜냐하면 '가시이카엔'이라는 유원지가 있기 때문이다. 원래 거

* 후쿠오카의 중심인 하카타에서 열리는 후쿠오카를 대표하는 여름 축제.

기는 화원이었고, 튤립을 재배했다……이런 향토사는 어른들도 들려준다.

그런데도 유메노 선생님의 존재만큼은 꼭꼭 숨겨서 판도라의 상자가 열리지 않도록 주의했다.

—하지만.

꼭 그렇지만도 않았다는 걸 어린 시절이 끝나고 나서 알았다.

집에서는 책을 내팽개친 채 패미컴*에 열중하고, 가시이에서는 제트코스터, 트램펄린, 고카트를 즐기며 환성을 지르는, 유메노 선생님의 생애 마지막 걸작 『도구라마구라』와는 아무 인연도 없었던 후쿠오카의 아이들…….

그런 우리들의 생활 속에 유메노 선생님이 남긴 악몽과 현실이 결합된 꽃은 몰래 피어 있었던 것이다.

원숭이인간 마구라 이야기로서.

학교를 마치고 혼자서 긴 언덕을 올라갈 때 저 아래에 있는 친구가 이렇게 외친다.

……야, 그쪽으로 가면 원숭이인간 마구라로 개조돼!……

그 소리를 들은 아이는 그 자리에서 두 번 점프하고, 머리 위로 손을 들어 손뼉을 두 번 친다. 말 그대로 원숭이인간 흉내인데, 이

* 닌텐도에서 1983년에 발매한 가정용 게임기.

렇게 하면 위기를 모면하는 셈이다.

혼자 있는 친구를 겁주기 위한 어린아이의 흔한 장난과 그 해결책이다. 대체 누가 만든 건지는 모른다. 원숭이인간 마구라가 뭔지 아는 사람도 없다.

또한 원숭이인간 마구라가 기본적인 명칭이며, 드물게 원숭이 마구라라고 하는 아이도 있었다.

아무리 의미가 불분명하더라도 괴이한 어감은 어린아이의 마음을 매혹한다. 공책 가장자리에 적은 그 이름을 들여다보고, 혀끝으로 발음하며 몽상에 빠졌다.

이 녀석은 어떻게 생겼을까. 문득 떠오르는 건 설인 같은 모습이었지만.

……너희들은 어떻게 생각해?

비가 내리는 점심시간, '드래곤 퀘스트'의 슬라임을 그리느라 바쁜 친구들을 불러 진지하게 토론해본 적이 있었다.

어떤 아이는 특촬* 괴수 영화 책에서 본 '산다'나 '가이라'** 같은 녀석일 거라고 주장했다. 다른 아이는 아버지의 책장에 있었던 옛날 프로레슬링 만화 『타이거 마스크』에 등장하는 〈짐승인간 고릴

* 주로 특수촬영기법을 사용한 일본의 슈퍼히어로물이나 괴수물을 가리킨다.

** 산다는 솔방울 같은 피부를 가진 흙색 거인이고, 가이라는 해초 색깔의 털과 물고기 비늘 같은 피부를 가진 거인이다.

라맨〉이 그 정체라고 주장했다.

어쨌거나 원숭이인간 마구라는 원숭이와 인간의 중간이며, '드래곤 퀘스트'에 나오는 세련된 캐릭터가 아니라 훨씬 추악하고 원시적인 괴물이라는 점에서 의견이 일치했다.

하지만 풀 수 없는 수수께끼가 하나 더 있었다.

평소 우리가 장난칠 때 쓰는 말투였다. 혼자 통학로 앞쪽을 걸어가는 아이에게 "원숭이인간 마구라가 온다" 하고 외치지 않고 어디까지나 "원숭이인간 마구라로 개조된다" 하고 외치는 것이다.

이게 신기했다.

따지자면 이렇다. 원숭이인간 마구라에 관한 경고는 원숭이인간 마구라가 '공격하는' 것이 아니라 어디까지나 원숭이인간 마구라로 '개조되는' 것을 조심하라는 내용이다.

즉, 고개 위나 고개 뒤편에 숨어 있던 인물이 혼자 다니는 아이를 납치해 원숭이인간 마구라로 '개조한다'. 어쩐지 일본어 문법 문제 같아서 머리가 아프지만, 그렇게밖에 해석할 수가 없었다.

아이를 원숭이인간 마구라로 만드는 자.

……대체 누구……?

주로 미나미구의 높은 지대가 원숭이인간 마구라로 개조될지도 모르는 곳으로 언급됐지만, 원래 언덕이 많은 동네(동향 사람 타모리 씨가 나중에 언덕길 애호가가 된 건 다 아는 사실)이므로 그런 조건은 어디에나 들어맞는다.

그래도 우리가 특별히 위험하게 여긴 곳은 다음 네 군데였다.

다카미야 정수장

—초등학교 창문에서 올려다보이는 정수장은 고개 위에 있다. 녹색 잔디에서 골판지상자로 만든 썰매를 타고 놀 수 있지만, 직원이 금방 뛰쳐나와 학교에 연락하므로 접근하기가 쉽지 않았다. 미나미구 오이케. 현재도 존재함.

TNC(텔레비전 서일본) 전파 송신탑

—하얀 외벽으로 뒤덮인 로켓 모양의 탑으로, 고개 위의 주택가에서는 SF 느낌의 독특한 분위기를 발산하는 건물이었지만, 학교에 가깝고 학부모들도 감시의 눈빛을 번뜩였으므로 좀처럼 갈 수 없었다. 미나미구 다카미야. 현재는 해체.

두부 공장

—함석지붕을 씌운 자동차 정비소만 한 공간에서 두부를 많이 만들었다. 사러 가면 한 모부터 판매한다. 나도 자주 심부름하러 갔다. 위험 지대 중에서 유일하게 고개 아래에 있다. 미나미구 헤이와. 현재는 해체.

고노스야마산의 전파 송신탑

—여기가 미나미구에서 가장 높은 곳……이라고 다들 생각했지만 탑이 서 있는 고노스야마산 정상은 사실 이웃한 주오구에 속했다. 이 탑은 지상파 디지털 방송이 시작되기까지 FBS(후쿠오카 방송), NHK후쿠오카 방송국, 에프엠 후쿠오카, TVQ(규슈 방송)이 공동으로 송신에 사용했다. 임간 산책로를 따라서 갈 수 있다. 주오구 오자사. 현재도 존재함.

이 네 군데가 원숭이인간 마구라로 개조될 위험성이 큰 곳으로 소문난 장소인데, 나는 이 중에서 두 군데와 인연이 깊다. 두부 공장과 고노스야마산의 전파 송신탑이다.

그렇다고 원숭이인간 마구라를 찾아다닌 건 아니다. 두부 공장과 고노스야마산의 전파 송신탑 사이에 펼쳐진 묘지를 정말 좋아했다. 히라오 공동묘지다.

후쿠오카에서 애착이 있는 곳이 어디냐고 물으면, 나는 망설임 없이 히라오 공동묘지라고 대답한다. 덴진도 나카스도 아니다.*

요컨대 나는 어릴 적부터 묘지 애호가였다. 묘석에 둘러싸여 있으면 마음이 놓인다. 패미컴으로 놀지 않을 때는 집에서 가까운 히

* 덴진은 후쿠오카시 주오구에 있는 번화가이고, 나카스는 규슈 지방 최대의 유흥가다.

라오 공동묘지로 갔다. 그것도 해 질 무렵에.

물론 나도 날이 저물면 무서웠다. 묘지에서 닥쳐오는 그림자는 운동장이나 뒷골목에서 마주치는 그림자와는 느낌이 사뭇 달랐다. 그래도 도망치고 싶은 기분을 꾹 참다가 어떤 선을 넘어섰을 때, 문득 내가 어둠과 일체가 된 듯한 기분이 든다. 바다에서 죽어라 헤엄치다가 버둥거리던 손발을 멈추고 물살에 몸을 맡긴 것처럼.

자주 심부름하러 갔던 두부 공장 왼편에 있는 좁은 길을 오르면 히라오 공동묘지가 시작된다. 묘지를 실컷 산책하고, 마무리로 임간 산책로를 따라 고노스야마산의 전파 송신탑까지 올라간다.

이것이 후쿠오카에서 내가 제일 사랑하는 경로다.

출발점은 두부 공장.

도착점은 고노스야마산의 전파 송신탑.

그사이에 죽 펼쳐지는 묘지와 숲의 어둠.

중학교 3학년 가을에 나는 평소처럼 두부 공장 옆길로 히라오 공동묘지에 들어갔다. 수영부를 은퇴하고 고등학교 입시에 집중해야 할 시기였지만, 자주 학원을 빼먹고 어슬렁어슬렁 돌아다녔다. 친구들은 각자 수험 공부를 해야 해서 불러낼 수 없다.

묘지에 인접한 친구의 집을 언덕에서 멍하니 내려다보고 있자니, 친구가 분재를 가지런하게 놓아둔 훌륭한 정원으로 나왔다.

내가 말없이 마른 나뭇가지를 던지자 알아차리고 친구도 나뭇가지를 던졌다. 그런 장난을 두세 번 되풀이한 후, 나는 거기를 떠나서 공동묘지를 산책했다.

곧 고등학생이다. 혼자 비탈이나 고개 위에 있어도, 설령 거기가 인적이 드문 묘지일지라도 "원숭이인간 마구라로 개조될 거야……!" 하고 친구가 소리치는 일은 없다.

나는 날이 저무는데도 산책을 계속했다. 가을철 오후 5시 무렵이다. 묘지에 다른 사람은 보이지 않았다.

묘지 산책을 끝내고 전파 송신탑으로 이어지는 산책길로 들어서기 전에, 나는 몸을 지킬 준비를 했다. 발밑을 비출 펜 라이트가 잘 켜지는지 확인하는 건 물론이고, 숲속에서 들개와 마주쳤을 때 물리칠 방법도 강구해야 한다. 그 시절 미나미구에는 아직 들개가 있었고, 친구 중 한 명이 엉덩이를 물리기도 했다.

나는 묘지 한구석에서, 박력 있는 묘비에 '혼'이라는 글씨가 새겨진 산소로 들어가 주변에 떨어져 있는 주먹 크기의 돌을 주웠다. 그리고 운동복 윗도리를 벗어서 돌을 감쌌다. 이를테면 채찍과 망치를 합체한 무기다. 이 무기의 위력은 어마어마하다. 나는 이걸 운동복 망치라고 불렀다.

운동복 소맷자락을 잡고 휘둘러서 원심력이 생긴 돌의 무게감을 확인하고 있는데, 어둠 속에서 개의 숨소리가 들려왔다.

……느닷없이?

당황해서 몸을 돌리자 니트 모자에 작업용 점퍼 차림의 할아버지가 개를 데리고 지나가는 중이었다. 손에는 손전등을 들고 있었다. 개는 커다란 셰퍼드였다.

나도 깜짝 놀랐지만 할아버지도 마찬가지였으리라. 손전등 불빛이 나를 향했다. 나는 운동복 밑에 은퇴한 수영부의 티셔츠를 입고 왔다. 동그란 불빛 속에 떠오른 티셔츠를 보고 할아버지가 물었다.

—얘야, T중학교 학생이니?

나는 대답하지 않았다. 말하지 않아도 티셔츠에 찍힌 학교 이름으로 이미 들켰다. 귀찮게 됐구나 싶었다. 이 할아버지는 부모님이나 학교에 전화할 생각이다.

하지만 할아버지는 더는 아무것도 묻지 않고 가던 길 쪽으로 손전등을 돌리더니, 이렇게 말하고 떠났다.

……이렇게 늦게까지 있으면 마구라로 개조될 거야!

내가 두 귀를 의심한 건 말할 필요도 없으리라.

원숭이인간 마구라—그건 아이들만의 괴담이었을 것이다. '화장실의 하나코*'나 '사람 얼굴을 한 개'와 똑같은 종류의.

어른에게서 그 이름을 들은 적은 한 번도 없다.

너무 예상외의 일에 맞닥뜨리면, 사람은 자신에게 유리하게 사실을 비틀려고 하는 법이다.

내가 준비한 건 다음과 같은 해석이었다.

* 화장실에 깃든 원령. 초등학생 여자아이 모습이다.

……이렇게 늦게까지 있으면 캄캄하게* 될 거야……그 할아버지는 그렇게 말한 거라고.

그렇다. 틀림없다.

환갑이 넘었을 할아버지가 원숭이인간 마구라라는 아이들의 실없는 말을 어떻게 알겠는가. 백번 양보해서 손자에게 들었더라도, 초등학생이라면 모를까 중학교 3학년인 내게 말할 리 없다.

혼자 그 자리에 남은 나는 드디어 스스로를 이해시켰다.

하지만—

이상하지 않은가? 어두운 정도를 따지자면 주변은 이미 캄캄하다. 애당초 할아버지 본인이 손전등을 켜고 왔다. 그리고 내가 들은 말은 분명 '개조될 거야'였고 '될 거야'가 아니었다. 무엇보다 '캄캄하게 개조될 거야'로는 의미가 통하지 않는다…….

바로 쫓아가서 자세하게 물어봤으면 됐겠지만, 해가 진 묘지라는 환경 때문에 망설여졌다. 상대가 중학생이라고는 하나, 이런 곳에서 생판 남이 쫓아오면 할아버지는 기분이 썩 좋지 않을 것이다. 그런 배려와 더불어, 나도 할아버지가 데리고 있는 커다란 셰퍼드가 싫었다. 어쩌다 덤벼들기라도 하면 무기라고는 즉석에서 만든 운동복 망치밖에 없는 내가 당할 게 뻔하다.

그 후에도 공동묘지에 갈 때마다 비석에 '혼'이라는 글씨가 적힌

* 캄캄하다의 일본어 발음은 '맛쿠라'다.

산소에 들렀지만, 할아버지와는 마주치지 않았다. 그 셰퍼드도 근처에서 보지 못한 개였으니, 할아버지는 미나미구가 아니라 주오구에서 왔는지도 모른다.

과연, 말이 되는 해석이다.

고노스야마산 정상에서 주오구 쪽으로 내려가면 후쿠오카 현경의 경찰학교가 나온다. 어쩌면 커다란 셰퍼드는 은퇴한 경찰견이고, 그 할아버지는 교관이었다고 생각해볼 수도 있겠다.

4년 후의 일이다.

열아홉 살이 된 나는 나카가와 데쓰야 씨와 만났다.

30대인 나카가와 씨는 나가사키 출신으로, 도쿄에서 대학교 생활을 마치고 후쿠오카시 히가시구의 하코자키에 살고 있었다.

고등학교를 졸업한 후 여러 직장을 전전했던 나는, 니시테쓰히라오역 맞은편에 있던 건강식품 회사에 다니고 있었다. 작은 회사라 모든 직원이 사장과 함께 오후 티타임을 가질 때도 많았는데, 그럴 때 나카가와 씨가 사장을 훌쩍 찾아오곤 했다.

나카가와 씨가 사장과 프로그레시브 록 이야기만 하길래 처음에는 음악 관련 일을 하는 사람인 줄 알았지만, 가끔 SF 이야기를 줄줄 늘어놓을 때도 있었다.

궁금했던 나머지 그 사람은 뭐 하는 사람이냐고 사장에게 물어본 적이 있다. 사장은 웃으며 늘 이렇게 대답했다.

……본인한테 물어봐.

9월 어느 날, 나는 사장이 나카가와 씨에게 빌린 잡지를 돌려주러, 그가 사는 히가시구 하코자키로 향했다. 그때는 우편으로 보내면 되는 것 아니냐고 생각했지만, 사장이 내게 맡긴 잡지는 「유(遊)」라는 희귀한 물건으로, 그것도 1970년대에 발간된 호였다. 지금도 수집가들 사이에서 거래가 이루어지며, 개중에서도 70년대 물건은 가격이 꽤 붙을 것이다.

역에 도착하자 나카가와 씨가 플랫폼까지 마중을 나와 있었다. 나는 사장이 맡긴 잡지와 답례품인 미스터 도넛 상자를 건넸다.

"상자 한번 크네."

나카가와 씨가 말했다.

"몇 개나 들었어?"

"열두 개요."

나는 대답했다.

혼자서는 다 못 먹으니까 두세 개 먹고 가라길래 나는 산책도 할 겸 나카가와 씨가 사는 연립주택까지 따라갔다.

하코자키의 거리를 걸으며 "……이 동네는 도쿄의 조시가야와 비슷해……" 하고 나카가와 씨가 중얼거렸지만, 도쿄를 모르는 나로서는 고개를 끄덕여줄 수가 없었다.

연립주택에 도착했다. 나카가와 씨의 집에는 소설이 빽빽하게 꽂혀 있었다. 당시 나는 그렇게 많은 책을 처음으로 봤다. 제목도 희한한 것들뿐이었다.

"저기, 평소에는 뭘 하세요?"

커피를 끓여준 나카가와 씨에게 물어보았다.

"……평소?"

나카가와 씨는 고개를 갸웃했다.

"……듣고 보니 아무것도 안 하는데……동서고금의 신기한 서적만 읽고 있군."

"……동서고금의 신기한 서적?"

"……환상 문학 같은 거. 패미컴 세대인 넌 모르겠지."

"환상 문학이라니, 그게 뭔데요?"

"참 어려운 질문이네. 일단 와세다 대학교에 환상 문학회라는 모임이 있는데, 거기서 「환상 문학」이라는 계간지를……."

"나카가와 씨도 그 모임 소속이셨어요?"

"아니, 아니. 난 미대에 다녔어. 「환상 문학」은 다테이시 슈지의 연필화가 근사했지."

……나는 책장의 환상 문학 컬렉션을 훑어보며 커피와 도넛을 먹었다. 그사이에 나카가와 씨가 진짜 소설가와 주고받은 오래된 엽서를 보여주기도 했다. 대체 뭐에 어느 정도의 가치가 있는지 전혀 짐작이 가지 않았지만, '엄청난 곳'에 왔다는 것만큼은 어쩐지 이해가 갔다.

옛날에는 책이 더 많았지만, 다이묘의 헌책방에 팔아버렸다고 나카가와 씨는 말했다. 다이묘는 덴진의 옆 동네다.

"넌 평소 뭘 하니?"

그 질문에 일할 때 말고는 공동묘지를 산책한다고 내가 대답하자, 나카가와 씨는 "입수해서 읽을 수 있을지는 모르겠다만……" 하고 서론을 깔더니 나 같은 사람에게 추천할 만한 독서 목록을 만들어주었다.

가야마 시게루, 『괴이마령교』.

운노 주자, 『심야의 시장』.

히카게 조키치, 『고양이 샘』.

조 마사유키, 『자마이카 씨의 실험』.

……이렇듯 도서실에서는 보지도 못한, 희귀 광물 같은 작품을 연필로 종이에 술술 써내려가다가 마지막에 이렇게 적었다.

유메노 큐사쿠, 『도구라마구라』.

나도 모르게 외마디 고함을 질렀다.

어린 시절부터 품고 있었던 수수께끼, 그것의 뿌리는 여기에 있는 건가 싶었다. 이 소설을 읽으면 모든 것이 환히 드러날지도 모른다.

내 짤막한 고함을 '『도구라마구라』만은 읽었다'는 뜻으로 착각했는지 나카가와 씨는 말없이 고개를 끄덕이고 커피를 마셨다. 하지만 "이건 어떤 책인가요?"라는 내 질문에 사레가 들렸다.

"어떤 책이고 뭐고……배경이 이 부근인데? 아까 지나쳤던 하코자키구 신사 있지? 거기의 참배길을 똑바로 걸어가면 나오는 바다에 등장인물이 빠져 죽거나 해. 소설이 집필됐던 무렵에는 수족관도 있었던 모양이지만. 그나저나 후쿠오카 사람은 여전히 유메노 큐사쿠를 모르는구나……."

나카가와 씨의 한숨을 들은 체 만 체, 나는 원숭이인간 마구라에 대해 빠르게 설명했다. 이 소설이 실마리가 될 것 같다는 내 추론도.

내 이야기를 흥미롭게 듣던 나카가와 씨가 담배에 불을 붙이고 고개를 갸우뚱했다.

"그런 등장인물이 『도구라마구라』에 나왔던가……."

어느덧 해가 졌다. 한가하니까 조사해보겠다는 나카가와 씨의 배웅을 받으며 나는 하코자키를 뒤로했다.

그로부터 3개월이 지나 연말이 다가올 무렵, 나카가와 씨에게 전화가 왔다.

그때는 나도 『도구라마구라』를 다 읽고 환상과 광기의 세계에 어질어질한 현기증을 느끼면서도, 작품 속에 원숭이인간 마구라가 일절 등장하지 않는다는 사실을 확인한 뒤였다.

"그래. 유메노 큐사쿠는 그런 인물을 창조하지 않았어."

나카가와 씨가 전화에 대고 말했다.

"단편에도 없더라고."

"그럼 전혀 관계없었던 거로군요."

"……그럴 것 같지? 하지만 네가 히라오 공동묘지에서 웬 할아버지에게 그 말을 들었다길래, 혹시나 몰라 하코자키구 신사의 신관에게 물어보기로 했지. 현재 신사를 관리하는 젊은 신관 말고, 은퇴한 80대 전직 신관에게. 고령자들 사이에서는 유명한 이야기였을 가능성도 있으니까. 그래서 전직 신관에게 물어보니, 와카미야 신사의 신관이 그런 이야기를 했던 것 같다는 거야."

"……와카미야 신사라면, 덴진 입구의 국체도로* 앞에 있는……."

"맞아. 와카미야 신사에 가서 물어보니 '그런 이야기는 신관인 제가 아니라 경내에 있는 이마이즈미 회관의 관리인이 잘 알 겁니다'라더군. 그래서 이마이즈미 회관의 문을 두드렸어. 약 35평 크기의 집회장이야. 거기 있는 관리인에게 물어보니……어쩐지 불길한 예감은 들었지만……'그건 제가 아니라 전임 관리인일 겁니다'라지 뭐야."

"……야단났네요……설마 일이 이렇게 커질 줄이야……."

* 일본의 전국체전인 국민체육대회를 대비해 정비한 도로의 통칭.

"그러게 말이야. 얼른 이마이즈미 회관의 예전 관리인을 찾아냈으면 끝났겠지만, 그만둔 지 몇 년이나 지난 터라 그 영감님이 어디 사는지 알 수가 있어야지. 벽에 부딪혔어. 어쩔 수 없이 형님한테 전화해서 도움을 받았지……."

나중에 알았는데 나카가와 씨의 형은 후쿠오카에서 제일가는 신문사의 기자로 활약하고 있으며, 동향 사람인 나가사키의 한 유명 작가에게 부탁을 받고 자료를 제공한 적도 있는 사람이었다. 하지만 저널리즘과 환상 문학은 태생적으로 기질이 잘 맞지 않는지, 나카가와 씨는 형과 되도록 얽히지 않고 지내왔다. 그런데도 일부러 협력을 요청했으니 역시 나카가와 씨도 끌린 것이다. 원숭이인간 마구라라는 말에.

어쨌든 그렇듯 노력한 보람이 있어, 나카가와 씨는 이마이즈미 회관의 전임 관리인—다이쇼* 6년 출생으로 당시 79세—이 사는 후쿠오카시 니시구 메이노하마의 집을 알아냈다.

"아이고, 유인원 마구라에 관한 이야기였습니까. 젊으신 분이길래 전쟁에 관한 이야기를 들으러 온 줄 알았습니다."

선물로 미스터 도넛을 사서 찾아간 나카가와 씨에게 혼자 사는 전임 관리인은 덤덤하게 말했다. 원숭이인간도 원숭이도 아니고,

* 1912~1926년까지 사용된 일본의 연호.

유인원이라고.

“네……저희는 업무 관계로 잘 알고 있었죠. 하지만 세상에 퍼진 건 다음과 같은 이유 때문입니다…….”

유메노 큐사쿠가 죽은 지 딱 10년째 되던 해.

일본은 전년도에 연합군에 항복했고, 규슈 지방도 GHQ*의 통치 아래 있었다. 하카타항은 매일같이 귀국자로 넘쳐났고, 전쟁터로 향했던 아들의 얼굴을 찾지 못한 어머니들은 슬픔의 눈물을 흘리며 밤을 지새웠다.

1946년의 후쿠오카시.

훗날 후쿠오카현 경찰이 되는 후쿠오카현 경찰부의 형사들은 장래에 대한 불안도 잊고서 사건을 해결하기 위해 촉각을 곤두세웠다. 하쿠자키의 파출소에서 후쿠오카 경찰서로 한 남자의 신병이 인도됐기 때문이다.

당초는 비품을 훔치기 위해 규슈 데이코쿠 대학교에 불법 침입한 혐의로 체포됐지만, 얼마 지나지 않아 올바른 길에서 벗어난 남자의 범죄가 드러났다.

수사는 후쿠오카현 경찰부 형사과의 데지마가 담당했다.

취조실에 앉아 있는 데지마 앞으로 남자가 끌려왔다. 셀룰로이

* 1945년 10월 2일부터 1952년 4월 28일까지 일본에 있었던 연합국 사령부.

드테 안경을 낀, 말쑥하고 몸집이 작은 남자다. 아무래도 이상한 사람으로는 보이지 않는다.

데지마는 고함을 지르거나 으름장을 놓지 않고, 남자의 잡담에 가만히 귀를 기울였다. 주둔군에 대한 불만과 하카타항에서 발생하는 심한 혼란에 대해.

이윽고 남자는 도발하는 투로 말했다.

"그런데 인간과 원숭이의 차이가 뭔지 아나?"

데지마는 아무 대답도 하지 않았다.

"모르는군."

남자는 의기양양한 표정을 지었다.

"그럼 방해하지 마. 전공자인 내게 맡겨두면 돼."

"……전공자."

데지마는 처음으로 입을 열었다.

"당신 전공은 뭡니까?"

"성성이."

남자가 대답했다

"규슈 데이코쿠 대학에서 성성이를 연구했지. 하지만 진주만 공습이 있었을 무렵에, 흑성성이가 인간에 더 가깝다는 결론이 나서 그쪽으로 옮겼어. 그러니까, 뭐, 흑성성이 연구가인 셈이지."

……성성이……그리고 흑성성이……

데지마는 남자를 바라보며 그건 뭐냐고 물었다.

"노*에 나올 텐데. 머나먼 당나라 땅의 심양강, 성성이가 나타나 행자와 술잔을 주고받고, 달밤에 춤추느니……."

남자가 웃었지만, 데지마는 안색 하나 변하지 않았다.

"꼬부랑말은 적국의 언어지만 괜찮겠지?"

남자는 웃지 않는 데지마를 노려보더니, 개의치 않는다는 듯 가벼운 투로 설명했다.

"노에 나오는 성성이는 원숭이지만, 학술상 성성이는 요컨대 오랑우탄이야. 흑성성이는 침팬지고."

"즉, 원숭이가 전공이라는 거군요."

"무슨 소릴 하는 거야."

남자가 언성을 높였다.

"이러니까 문외한은……흑성성이는 원숭이가 아니야. 원숭이보다 훨씬 인간에 가까운 유인원이라고."

"전공은 유인원 연구."

데지마는 확인했다.

"구체적으로는 어떤 일을……."

"인류가 어떻게 여기까지 진화했는가. 학문의 진수는 그것뿐일 텐데."

"……학문의 진수."

* 일본의 고전 예술 양식 중 하나. 가면을 쓰고 공연하는 가무극이다.

"어떻게 돌을 가공하게 됐는가. 어떻게 불을 사용하게 됐는가. 어떻게 말을……."

"과연, 그래서 이런 자료와 기록이 필요했던 거군요."

데지마는 남자의 이야기를 막고 증거품이 든 비닐봉지를 책상에 내려놓았다. 남자가 소중하게 가지고 다녔던 물건이다.

노트가 딱 열 권.

앞과 뒤라는 라벨을 붙인 비닐봉지에 다섯 권씩 나누어서 넣어두었다. 수사본부의 견해에 따르면, 앞쪽 다섯 권은 정상적인 학술 연구 기록이고 나머지 다섯 권은 내용이 심상치 않다. 지옥의 기록이다.

노트 외에도 증거품이 있다. 장정이 너덜너덜해질 때까지 읽은 소설 한 권. 유메노 큐사쿠의 『도구라마구라』, 1935년 초판본.

남자는 책상 위에 놓인 압수품을 만족스럽게 둘러보았다.

"만에 하나 집에 불이라도 나면 큰일이니까, 이것들은 당신들이 가지고 있는 편이 좋을지도 모르겠군."

데지마는 남자의 눈을 구멍이 뚫릴 만큼 빤히 바라보았다. 어둡게 빛나는 남자의 눈빛 속에서 제정신과 광기의 희미한 경계를 찾았다.

"인류가 유인원에서 진화했다는 사실은, 뭐, 다윈이 알아냈지. 하지만 거기서부터는 서양의 학자도 아는 바가 없어. 이 녀석들이 어떻게 인간이 됐는가? 안 그래도 일본은 흑성성이 연구가 서양에 뒤처졌어. 그러한 상황에서 내게 광명을 비춰준 게 바로 이 책이지. 『도구라마구라』……."

"당신은 스기야마, 아니, 유메노 씨와 안면이 있었습니까?"

"기자인지 작가인지가 인간의 근원을 찾아서 우리 학교 의학부의 정신과 병동을 취재하고 있다……그런 소문은 들었어. 난 인간의 근원을 알려면 흑성성이를 연구해야 한다, 정신을 아무리 파고 들어봤자 헛수고라고 생각했지. 아무튼 이야기해본 적은 없어. 그런데 완성된 소설을 읽고 깜짝 놀랐지."

"그게 『광인의 해방 치료장』이로군요."

"그래."

남자는 힘 있게 고개를 끄덕였다.

"정신의학에 대해서는 모르지만, 어쨌거나 『해방 치료장』의 사고방식에 감명을 받았어. 장님이 눈을 번쩍 뜬 기분이었다니까. 하기야 우리 대학에서 시도해본 방식이지만, 학부도 연구 분야도 달라서 그 소설이 나오기까지 의학부에서 그런 일을 한 줄은 몰랐지. 하지만 대단하게도 그 소설에는 의학부에서 제시하지 않은 견해도 적혀 있었어. 『해방 치료장』에서 인간이 개인을 초월한 기억을 따라서, 무의식적으로 전생과 똑같은 행동을 한다는……."

"그걸 보고 방법을 떠올린 거군요."

"그렇지. 흑성성이의 해방 치료야. 야생을 관찰하거나 사육하면서 실험하는 게 아니지. 그랬다가는 수수께끼를 풀기까지 몇만 년이 걸릴지 몰라. 그게 아니라 유인원을 한정된 곳에 자유롭게 풀어 놓고, 인간으로 진화했을 때와 같은 조건을 부여하는 거야."

"……표범이 어둠 속에서 공격하는 경우도 있고."

데지마는 남자의 노트에 적힌 문장을 소리 내어 읽었다.

"맞아."

"……가까이에서 산불이 나기도 한다."

"그래."

"……즉 종의 진화는, 위기 상황에서 일어난다……는 겁니까."

"위험하지 않은데 누가 진화하겠나? 필요는 발명의 어머니, 위기는 진화의 모태야."

"그렇지만 떠올린 계획을 실행하지는 못했고요."

"해방 치료에 쓸 만한 땅이 근처에 없어서 내용만 노트에 적었지. 예산을 마련하기도 힘들었고. 그러는 사이에 전쟁이 시작돼 군의관으로 만주에 갔지. 나중에 돌아오니 만주에서 인체실험을 했다는 이유로 교수 복직이 안 된대. 이런 생트집이 어디 있나. 내 머리는 흑성성이로 가득하다고. 만주에서도 흑성성이만 생각하며 일했는데. 형사님, 너무하지 않아? 대학의 명령으로 출정한 사람을, 대학에서 받아주지 않는다니 어떻게 된 거야? 내가 왜 다른 일을 해야 하는 건데?"

■◈■

용의자가 체포되고 하룻밤이 지났지만, 사건은 작게 보도되는 데 그쳤다. 그것도 '규슈 데이코쿠 대학에서 해임된 교수가 비품을 훔치러 연구실에 불법 침입'이라는 내용의 짤막한 기사다. 성명도 공개되지 않았다.

규슈 겐카이 일보, 사회부 기자 오가와라는 조간 마감 시간이 끝나서 아무도 없는 편집부에 혼자 멍하니 앉아 있었다.

전쟁이 끝나고 얼마 지나지 않은 현재, 규슈 지방에서 유일하게 신문을 발행하는 곳이 규슈 겐카이 일보다. 저속한 카스토리 잡지* 를 고려하지 않는다면 경쟁자는 없다.

따라서 정보는 모조리 들어온다.

어떤 사건이 일어났는가.

범인은 누구인가.

담배도 피우지 않고, 차도 마시지 않고, 오가와라는 그저 앉아 있었다. 시선은 맞은편 책상의 빈자리에 꽂혀 있었다.

거기 앉아 있던 동료가 범인이었다. 즉, 규슈 겐카이 일보의 사회부 기자가.

* 태평양 전쟁이 끝난 후 출판 자유화를 계기로 일본에서 다수 발행된 대중적인 오락 잡지.

그 남자는 나쁜 사람이 아니었다. 나이가 어린 오가와라에게 문장 쓰는 법을 미안스레 물어볼 만큼 겸허했다. 술도 즐겁게 마실 줄 알았고, 취해도 자신의 출신이나 경력을 자랑하지 않았다. 남자는 원래 신문기자가 아니었다. 규슈 데이코쿠 대학교에서 유인원을 연구하는 학자였다.

그렇지만 일본의 항복 후에 전쟁 범죄를 의심받았고, 스가모행은 면했지만* 교수로 복직하지는 못했다.

길바닥에 나앉았을 때, '나이든 아버지의 연줄'을 사용한다는 사회 초년생 같은 수치를 감수하고 신문기자가 된 것이다. 입장상 지위는 오가와라보다 높지만 실제로는 조수 같은 위치였다.

오가와라는 사건을 취재한 후 남자와 함께 나카스에서 값싼 술을 마셨던 밤을 떠올렸다. 남자는 이렇게 말했다.

……오가와라 군, 힘든 세상이지만 잠시만 참으면 됩니다. 앞으로 몇 년만 더 참으면 하고 싶은 일을 할 수 있는 시대가 반드시 올 거예요……

돌이켜보는 동안 오가와라의 눈에 눈물이 맺혔다. 결국 참지 못하고 오가와라는 훌쩍훌쩍 울었다.

눈앞에 있던 남자가 범인인 줄 몰랐던 자신이 한심해서.

눈앞에 있던 남자가 범인이었다는 사실이 서글퍼서.

* 스가모에는 제2차 세계대전의 전쟁 범죄자를 수용하는 스가모 구치소가 있었다.

새벽녘 아무도 없는 편집부에서 오가와라는 어깨를 떨며 원고를 썼다. 쓰지 않을 수 없었다.

사실을.

하지만 써본들 절대로 기사가 나가지 않을 것도 알고 있었다.

맞은편 책상에 앉아 있었던 남자의 아버지는 규슈 겐카이 일보의 대주주이자, 전쟁 중에 후쿠오카현 경찰부의 특별고등경찰*에 거액을 기부해 형사들과 밀월 관계에 있었던 인물이다.

▪◈▪

"……그래서 혼자 힘으로 실현하기로 한 거군요."

데지마는 뭔가 신호하듯 취조실의 재떨이에 담뱃재를 가볍게 털었다.

"흑성성이가 인간으로 진화하는 과정의 수수께끼를 탐구하는 『해방 치료장』을."

"그렇지."

"그럼 그 흑성성이를 모은 방법 말인데요, 일곱 번째 노트에 적혀 있는 '공습으로 각지의 동물원 및 연구시설에서 탈주한 개체를

* 1911~1945년까지 반체제적인 언론, 사상, 종교, 사회 단체를 사찰하고 탄압했던 일본의 비밀경찰.

포획한다'라는 대목을 그 방법으로 봐도 되겠습니까."

"아무렴."

"그럼 그 개체를 모은 장소 말인데요……."

"히라오나 다카미야의 구석에 자주 나타났지. 언덕이 많아서 나팔을 불며 열심히 장사하는 두부 장수도 잘 지나다니지 않는 곳이야. 흑성성이는 사람이 적은 곳에 나타나. 그놈들을 언덕 위에서 붙잡았지."

"……왜 언덕 위에서……."

"애당초 그 부근은 언덕이 많잖나. 흑성성이가 힘차게 뛰어오르지. 뛰지 않아도 될 텐데 굳이 뛰면서 혼자 노는 거야. 그런 놈은 활기가 넘치는 개체야. 생선도 흑성성이도 싱싱한 놈이 좋아."

"그렇군요. 포획한 개체는 어디에……."

"고노스야마산의 숲속에 방공호가 있어. 옆으로 판 방공호는 다들 알지만, 아래로 파서 사다리를 타고 내려가는 방공호는 육군 사격장의 고위급밖에 모르지. 그런데 그 언덕의 사격장을 없애고 정수장을 만든다는데, 알지?"

데지마는 대답하지 않았다.

"뭐, 그건 됐고."

남자가 말을 이었다.

"……그런데 방공호는 봤지?"

"네."

데지마는 대답했다.

"봤습니다."

"참 좋은 곳 아닌가?"

"거기서 진화를 연구하신 거로군요."

"응. 놈들을 고대와 똑같이 몰아붙였어. 표범 대신 개를 풀고, 산불 대신 알코올을 뿌리고 불을 붙여서 생존의 위기에 직면케 했지."

"그들은 진화했습니까?"

"……아니."

남자는 애석한 표정으로 고개를 저었다.

"……한 놈도 인간이 되지 않았어. 꺄악꺄악, 하고 소리를 지를 뿐이었지."

"그들은 말을 하지 않았습니까?"

"말을 하는 것 같은 놈도 몇 마리 있었지만, 그건 앵무새가 사람 말을 흉내 내는 거나 다름없어. 그걸 말이라고 하면, 연구자는 확집과 희망적 관측의 함정에 빠지는 거야. 내 눈은 못 속이지. 아까워, 한 발짝만 더 놈들을 몰아붙였다면……."

거기까지 이야기가 진행됐을 때, 데지마는 천천히 일어나서 남자의 옆으로 갔다. 그리고 몸을 구부려 양복 안주머니에서 꺼낸 사진 아홉 장 중 한 장을 남자 앞에 살짝 내려놓았다.

"이건 당신이 관찰한 흑성성이입니까?"

남자는 빙긋 웃었다.

"역시 천하에 제일가는 일본 경찰답군. 뭐든지 모르는 게 없어. 이 녀석은 가사오야. 처음으로 붙잡은 수컷이지."

"그럼 이건?"

데지마는 다음 사진을 보여주었다.

"아즈마. 암컷이야."

다음 사진.

"기보리. 수컷."

다음 사진

"간자토. 수컷."

남자는 차례차례 내려놓는 사진을 보고 술술 대답했다.

하야시. 암컷.

우치카와. 수컷.

야마세. 수컷.

고로마루. 수컷.

그리고 마지막 한 장을 보고 이렇게 대답했다.

"마구라. 암컷."

일찍이 규슈 데이코쿠 대학 교수로서 유인원을 연구했던 남자는 그 무시무시한 죄상과 성명이 감추어진 채, 후쿠오카현 경찰부 형사과에서 규슈 데이코쿠 대학 의학부로 이송돼 정신감정을 받왔다.

취조실에서 남자가 본 것은 행방불명된 후, 숲속에서 백골이나 썩은 시체로 발견된 인간 아이들의 사진이었다.

가사오 이치로, 17개월.

아즈마 히시코, 25개월.

기보리 게이타로, 21개월.

간자토 야이치, 24개월.

하야시 다에, 16개월.

우치카와 세이지, 23개월.

야마세 가토마사, 27개월.

고로마루 데이키치, 30개월.

그리고—

마구라 지에미, 14개월.

스마일 헤드

수집가라는 종족이 얼마나 죄 많은 존재인지는 나도 잘 안다. 그 질릴 줄 모르는 욕망은 때때로 선악을 초월한다. 취미 자체를 밝힐 수 없는 경우도 있으며, 나도 '연쇄 살인범의 미술품 수집가'라는 얼굴을 세상에 감춘 채 살고 있다. 연쇄 살인범이 그린 그림을 수집한다는 사실을.

나는 긴자에서 화랑을 운영한다. 그렇다고 거기서 연쇄 살인범의 미술품을 취급하지는 않는다. 내가 취급하는 건 동남아시아의 멀쩡한 현대 미술, 그리고 북유럽의 판화다.

의사, 변호사, 음악가, 배우, IT기업가, 정치가 등 다양한 부유층이 내 화랑의 고객이지만, 누구도 내가 연쇄 살인범의 미술품을 모으는 인간인 줄은 모른다.

죄도 없는 사람을 죽이는 살인은 용납할 수 없는 짓이다.

하지만 심리학적으로 말하자면 살인을 범할 가능성은 모든 인간에게 내재돼 있다. 우리가 죄를 저지르지 않는 건, 잘 길들인 가축들처럼 유자철선을 둘러친 울타리 속에서 살기 때문이다.

그런데 그 울타리를 뛰쳐나가는 자가 끊임없이 나온다. 울타리 너머는 지옥의 업화가 불기둥처럼 솟아오르는, 그야말로 불법의 세계다. 모든 욕망을 꾸밈없이 드러내는 장소. 범죄자는 대부분 사소한 사고에 의해 울타리 밖으로 굴러떨어졌다가 금방 울타리 안으로 회수되지만, 무한한 죄가 한없이 펼쳐진 황무지를 태연자약한 얼굴로 나아가는 자도 있다.

연쇄 살인범이 그 대표적인 사례다.

그들을 '보통'이라고 부르기는 힘들다. 연속해서 여러 명을 죽이는 금단의 사냥에 손을 댄 자들. 그 흔들림 없는 사실 때문에 그들은 수많은 범죄자 가운데서도 압도적으로 돋보인다.

그들은 극히 위험한 존재라 세상에 풀어놔서는 안 된다. 그들을 특별하게 여겨서는 안 되고, 심리학의 기초조차 갖추지 못한 자가 흥미를 앞세워 그들에게 관여해서도 안 된다. 그들은 어둠의 화신, 인류의 오류, 혐오하고 멸시해야 마땅한 악마다—라고 겉으로는 침을 튀기며 열변을 토하면서도, 뒷전에서는 몰래 입맛을 다시는 것이 우리들 수집가다. 연쇄 살인범의 미술품에 가치가 있어서는 안 된다. 그런 까닭에 큰 가치가 있다.

연쇄 살인범이 제작한 작품은 실제로 수많이 존재한다. 그 대부분은 미국의 법률 덕분에 세상에 유통됐다. 미국에서는 교도소에 수감된 죄수에게도 많은 자유가 주어진다. 가족이나 변호사 이외의 타인—취재가 목적인 논픽션 작가, 펜팔이 목적인 일반인 팬—과 편지를 주고받거나, 때로는 전화 통화도 할 수 있다. 교도소의 매점에서 구입한 재료로 그림을 그리고, 철창 밖에 있는 사람들에게 자신의 작품을 판매할 수도 있다.

감옥에서 보기 드문 그림 재능과 장사 재능을 발휘한 살인자 하면, 역시 존 웨인 게이시이리라. 그는 '광대 살인마'라는 별명으로 불리는 연쇄 살인범으로, 서른세 명에 달하는 소년을 강간한 후 무참히 살해했다. 또한 그중 스물아홉 명의 시신을 자기 집 지하에 감춰놓고도 아무 일도 없었다는 듯이 생활했다. 체포되기 전 그는 지역 사회의 명사였고, 피에로로 분장해 자선행사에 참가하기도 하는 양식 있는 사업가였다. 스티븐 킹의 『그것』에 등장하는 괴물 피에로의 모델이 그라는 건 유명한 이야기다.

게이시는 1994년에 사형되기까지 유화를 대량으로 제작했다. 물론 가석방된 적은 없다. 교도소가 그의 아틀리에였다. 게이시는 스스로 그림에 가격을 붙이고 적극적으로 통신 판매에 나섰다. 그가 사업을 시작한 것을 계기로, 지금까지와는 이질적인 수집가들이 나타났다.

바로 '연쇄 살인범의 미술품 수집가'다. 게이시의 그림에 매료된 그들은 거리낌 없이 무시무시한 살인자에게 돈을 지불하고 그림을 구입했다.

캔버스 속에서 웃는 피에로. 윤리의 부정, 광기의 증표. 사회의 울타리를 넘어 한없이 멀리 가버린 자의 작품. 달리나 피카소의 필치에는 전혀 미치지 못했다. 굳이 따지자면 주말에 공원을 찾아와 장사하는 핫도그 트럭에라도 그려져 있을 법한 싸구려 느낌의 피에로에 불과하다. 하지만 그 점이 바로 평온한 일상과 믿기 어려운 악의 기묘한 연결고리를 표현하는 포인트다.

긴자에 화랑을 낸 미술상으로서 단언하는데, 게이시의 그림에는 분명히 뭔가가 있다.

일찍이 사람들은 앤디 워홀이 낳은 팝아트를 처음으로 보고서, 도시문화를 향한 갈망과 동시에 냉담한 성적 욕망 같은 것을 느꼈다. 게이시의 그림은 그 감각과 비슷한 감각을 불러일으킨다. 워홀과 게이시가 똑같다고 주장할 생각은 없다. 예술가로서 두 사람의 거리가 가깝다는 게 아니라 작품이 제기하는 물음이 유사하다고 말하고 싶을 뿐이다. 기묘한 자력 속에서 감상자에게 던져지는 절망과 욕망 말이다.

연쇄 살인범의 그림은 완성된 시점에서 수집가라는 존재를 끌어들인다. 그 작품은 우리에게 묻는다.

이 그림이 좋으냐 나쁘냐는 문제가 아니다. 중요한 건 단 하나. 넌 이 그림을 사도 된다고 너 자신에게 허락을 내릴 것인가?

워홀은 예를 들면 대량 생산되는 토마토 수프 캔 그림을 통해 수집가가 작품을 소유하고자 하는 비열한 욕망을 미국인 특유의 유머와 함께 쿡 찌르듯이 나타냈다. 게이시는 평범한 피에로의 웃음을 통해 수집가들의 비열함뿐만 아니라 그들이 가담하는 깊은 죄를 좀 더 강렬하게 부각한다. 예술, 살인, 수집이라는 세 가지 죄가 거기서 매듭을 이룬다.

나는 게이시가 그린 피에로 그림의 수집가는 아니지만, 그의 작품을 둘러싸고 일어난 소동은 큰 교훈으로 늘 마음속에 담아두고 있다. 감옥에서 제작한 그림을 팔아치우는 게이시에게 잔뜩 화가 난 사람들이 그의 그림을 모조리 사들여 불 질러버린 것이다. 시민들이 그런 감정을 표출한 건 실로 지당한 일이다. 지하에 소년들의 시체를 묻어놓고 아무렇지도 않게 지내던 인간이, 교도소에서 그린 피에로 그림으로 부당하게 돈을 버는 걸 두고 볼 수만은 없다. 교도소에 불을 지르지 않은 것만으로도 다행이라 해야 하리라.

그밖에도 연쇄 살인범의 미술품을 둘러싼 소동이 발생했다. 상식에 비추어보자면 그들의 작품은 본래 거래돼서는 안 된다. 애당초 존재해서도 안 된다. 하지만 수집가의 눈은 상식 밖을 향한다. 울타리 밖을. 취미란 참 무서운 법이다. 금단의 열매는 수집가를 힘차게 끌어당긴다.

사회적으로 비난받는 작품은 당연히 비밀리에 매매된다. 친구는 물론 가족에게도 밝힐 수 없다. 내가 일반 시민으로서 사회생활을 하는 이상, 입이 찢어져도 진짜 연쇄 살인범이 제작한 작품을 사 모으는 걸 좋아한다고는 말할 수 없다. 만약 그 사실이 밝혀지면 내 인생은 헤아릴 수 없을 만큼 큰 손해를 입을 것이다. 가능하면 그만두는 게 최고인 취미다.

그래도 나는 미치 조디슨의 작품을 멋지다고 칭찬하지 않을 수 없다.

나를 움직이는 원동력은 분명 일그러진 사랑이리라. 그의 작품을 원하는 소유욕은 끝이 없기에 완전무결한 컬렉션을 달성하는 것이 내 목표다. 신에 관한 지식을 모조리 소장하길 바랐던 바티칸의 도서관 사서처럼. 그건 이룰 수 없는 꿈이다. 그렇기에 언제까지나 그 꿈에 사로잡혀 지낸다.

미치 조디슨. 1963년에 뉴욕주의 항만도시 로체스터에서 태어나 1989년부터 1994년까지 스물일곱 명을 살해했다. 키 2미터 6센티미터, 몸무게 152킬로그램의 거한이다. 식품 회사의 냉동 창고에서 일했던 조디슨은 주로 두 가지 수법으로 살인을 했다. 하나는 냉동 창고에서 일할 때 사용하는 니트릴 고무장갑에 유자철선을 둘둘 감아 노숙자를 때려죽이는 방법, 또 하나는 교외 캠핑장에서 주말을 보내는 커플을 산탄총으로 쏴 죽이는 방법이다.

1994년 9월에 체포된 조디슨은 가석방 없는 종신형 판결을 받고 현재도 뉴욕주 설리반 교도소에 수감 중이다. 곧 철창 속에서 55세 생일을 맞을 것이다.

유자철선을 감은 고무장갑으로 노숙자를 때려죽인 수법 때문에 체포 직후 조디슨에게는 '바브드 와이어 글로브(barbed wire glove)'라는 별명이 붙여졌지만, 세상 사람들은 금방 다른 별명을 사용하기 시작했다.

바로 돌핀맨이다.

경찰이 로체스터에 있는 조디슨의 집을 수색해서 찾아낸 대량의 그림이 새 별명의 유래였다. 전부 직접 그린 그림으로, 날짜와 함께 사인이 들어간 그의 작품에는 반드시 '돌고래' 또는 '머리가 돌고래인 남자'가 그려져 있었다. 그림에 관한 수사관의 질문에, 조디슨이 희생자에게 자신을 돌핀맨이라고 말했다는 사실이 보도되자 그의 새 별명이 결정됐다.

돌핀맨 미치 조디슨은 항만도시의 가난한 집에서 태어나 부모님을 교통사고로 잃은 후, 알코올중독 치료를 받는 조부모 밑에서 자랐다. 그는 어떤 강박관념을 품고 살았다. 폭풍우가 치는 밤에 바다로 날아가서 나무통 조각을 붙들고 표류하지만, 결국 바닷속에서 우르르 몰려온 동물에게 갈기갈기 찢긴다—그런 악몽이다.

기묘한 건 조디슨의 머릿속에서 바닷속 동물 중 가장 큰 공포의 대상은 상어가 아니었다는 점이다. 대왕문어나 대왕오징어도 아니다. 그가 두려워했던 건 돌고래였다. 비율로 따지면 동물계에서 뇌가 제일 크고, 지능이 높은 데다가, 평화의 상징이기도 한 돌고래를 어째선지 조디슨은 교활하고 사나운 악마로 여겼다. 결국 자신과 일체화된 공포의 대상을 조디슨은 어렸을 적에 수족관에서 딱 한 번밖에 보지 못했다.

조디슨은 자신에게 깃든 공포를 종이에 그렸고, 성장할수록 작품의 완성도는 점점 높아졌다. 소묘, 그리고 회화. 특히 살인을 시작한 스물여섯 살 이후 그린 그림에서 그의 재능이 활짝 꽃폈다.

검은색 볼펜으로 그린 소묘는 전부 플랑드르 미술*을 연상시키는 세밀한 구도, 종교성, 환상성을 겸비해, 미술 교육을 받은 적 없는 잔인한 거한이 그렸다고는 도저히 믿기지 않았다.

나무통 조각을 붙들고 컴컴한 바다를 표류하는 소년에게 수많은 물고기가 몰려들고, 돌고래 몇 마리가 선두에서 물고기 무리를 이끈다. 미쳐 날뛰는 바다 위로 얼굴을 내민 물고기들은 전부 눈알이 유리구슬처럼 무미건조하지만, 돌고래들의 눈은 인간과 똑같이 생겼다. 조디슨이 품은 절망을 대변하는 듯한 그 그림은 보는 사람에게 말로 다 표현할 수 없는 으스스함을 안겨준다.

엷게 칠한 마린블루 색을 기조로 한 아크릴화는 화풍이 싹 달라진다. 물을 뚝뚝 떨어뜨리며 뭍으로 올라온 돌고래 머리 남자—돌

* 16세기까지 네덜란드와 벨기에에서 발전하고 성행한 미술을 가리킨다.

핀맨이 반드시 등장하며 땅 말고 다른 풍경은 거의 없다. 돌핀맨은 혼자 서 있다. 한낮의 망령처럼 흐릿한 그 모습은 역시 게이시의 피에로처럼 조디슨의 자화상일까? 소묘에서 볼 수 있는 플랑드르 미술의 기법은 전혀 사용되지 않았지만, 그의 회화에서는 차츰차츰 다가오는 불안감이 확실하게 느껴진다. 그림 속에 존재하는 건 폭풍이 몰아치기 전의 적막함이다. 조용히 그림을 완성한 조디슨이 괴물과 일체화돼 금단의 사냥에 나서기 직전의 한때를 표현한 것 같기도 하다.

4백 점이 넘는 조디슨의 그림은 그의 친척이 인수했다. 그리고 체포된 지 7년이 지난 2001년, 갑자기 그림이 유출돼 수집가들 사이에서 난리가 났다. 이러한 작품이 세상에 나도는 이유는 단순하다. 그림을 인수한 친척이 죽었거나 급하게 돈이 필요하거나 둘 중 하나다.

내가 처음으로 구입한 조디슨의 작품은 아크릴화 두 점이었다. 그로부터 10년 넘게 작품을 계속 모은 결과, 지금은 272점을 소장하고 있다.

처음으로 조디슨의 그림을 봤을 때, 나는 작가가 연쇄 살인범 돌핀맨인 줄 몰랐다. 이를테면 순수하게 작품만 보고서 매력을 느낀 셈이지만, 훗날 알게 된 작가의 정체가 수집욕에 영향을 주지 않았다고는 할 수 없다.

가치가 생겨서는 안 되는 물건이니까 가치가 있다.

사서는 안 될 물건이니까 가지고 싶어진다.

그 점은 인정할 수밖에 없다. 하지만 내가 그의 작품을 모으는 이유는 그뿐만이 아니다.

나는 수집가인 동시에 그림 판매의 전문가이기도 하다. 나는 예술사나 문화사를 인용해 조디슨의 그림을 모으는 행위를 얼마든지 솜씨 좋게 정당화할 수 있으리라. 하지만 그래서는 뭔가를 말하는 듯하면서도 아무것도 말하지 않는 것이나 다름없다.

그러니 좀 더 솔직하게 말하자. 요컨대 이거다. 인간은 자신과 비슷한 그림을 사고 싶어 한다.

정물화든 추상화든 인간은 결국 자신의 초상화에만 돈을 쓴다. 투자 목적이 아닌 한, 자신이 비치는 거울 같은 그림을 산다. 나도 마찬가지다. 나 자신의 어딘가에 돌핀맨과 같은 어둠이 있다.

우리는 악몽과 공포를 공유한다.

나는 미치 조디슨의 수집가로서 그 바닥에서 제법 유명할 것이다. 연쇄 살인범의 미술품이 은밀히 유통되는 시장에서는.

자신의 존재를 알리는 건 수집에 중요한 행위다. 옛날과는 달리 연쇄 살인범의 미술품을 손에 넣기가 아주 어려워졌다. 이제는 인터넷 경매 사이트도 사회적 영향을 고려해 출품 자체를 규제한다. 따라서 독자적인 컬렉션을 구축해서 작품 거래에 관한 정보가 끊임없이 들어오는 상황을 적극적으로 만들어야 한다. 그리고 중개자인 척 접근하는 사기꾼의 정체를 간파하고, 위작에 속지 않기 위해 작품을 자신의 눈으로 직접 확인한다. 미국, 유럽 할 것 없이 어디로든 날아간다. 조디슨의 작품을 수집하려면 아낌없는 투자와 끈기 있는 교섭이 필수다.

내게 유리한 건 이러한 노력이 미술상에게는 당연하다는 점이리라. 취미를 위한 해외 출장도 손쉽게 본업과 연계할 수 있다. 내 다이어리는 출장 일정으로 가득하다. 어쩌면 아내는 바람피우는 게 아닐까 의심할지도 모른다. 비밀리에 함께 여행을 가는 연인이 있는 것 아니냐고. 어떤 의미에서는 옳은 의심이다.

■◈■

9월 한밤중. 내가 수집가로서 취미 생활을 할 때 사용하는 휴대전화가 울렸다. 발신 번호 표시 제한. 드문 일은 아니다. 연쇄 살인범의 미술품에 연관된 자는 거래 상대가 신용할 수 있는 사람이라고 판단할 때까지 신중하게 행동한다.

나는 통화 버튼을 누르고, 잠든 아내가 깨지 않도록 살그머니 침실에서 복도로 나갔다.

—헬로.

수화기 너머에서 차분한 여자 목소리가 들렸다.

새벽 2시지만 상대편의 인사말에 맞추어 나도 "헬로" 하고 답했다.

—연쇄 살인범 수집가 맞죠?

여자는 세련된 미국식 영어를 구사했다. 원어민 발음이다.

"예스."

나는 대답했다.

"연쇄 살인범 본인이 아니라 미술품 쪽입니다만."

—팔고 싶은 작품이 있어요.

"누가 만든 겁니까?"

나는 물었다. 존 웨인 게이시나 헨리 리 루카스*처럼 이름난 연쇄 살인범의 작품을 사달라고 제안하는 사람은 지금까지 몇 명 있었다. 하지만 현재 내가 관심이 있는 사람은 단 한 명뿐이다.

—물론 돌핀맨이죠.

여자는 말했다.

—미치 조디슨.

나는 어두운 복도를 걸어 서재까지 가서 불을 켜고 펜꽂이에 꽂혀 있는 펜을 꺼냈다.

"작품의 종류는요? 소묘? 아니면 회화?"

—머리요.

여자의 대답에 나는 놀랐다.

* 미국의 17개 주에 걸쳐 백 명 이상을 살해했다고 자백한 살인자. 훗날 허위 자백으로 논란이 된다.

"그건."

나는 설레는 마음을 들키지 않으려고 냉정한 척하며 물었다.

"돌핀 헤드 말씀이십니까?"

—그래요.

여자가 말했다.

—사진도 보내줄 수 있어요. 당신이 교섭 테이블에 앉아준다면 말이죠.

담백한 말투에 거짓말 같은 느낌은 없었다. 여자의 말이 사실이라면 내게는 엄청난 행운이다.

4백 점이 넘는 돌핀맨의 작품 가운데, 입체 작품은 단 한 점뿐이다. 통칭 돌핀 헤드. 물론 공식 카탈로그가 있는 건 아니고, 한 수집가가 철창 속의 돌핀맨과 편지를 주고받으며 알아낸 숫자다. 기억에 의지한 대답이라 정확성이 떨어지는 대답이라고는 해도 희소가치가 높은 건 변함없다. 나는 다른 수집가에게 입수한 자료—사진과 짧은 주석—밖에 본 적이 없지만 만약 살 수 있다면 지금 당장이라도 입금하고 싶을 정도였다.

—관심 있으려나?

"아주 바람직한 이야기입니다. 다만 진짜 돌핀 헤드라면—"

나는 실례가 되지 않도록 조심스레, 동시에 상대와 적당한 거리감을 유지하면서 물었다.

"저에 대해서는 어떻게 아셨습니까?"

여자는 그리니치 빌리지의 화랑 주인 이름을 꺼냈다. 일단 그에게 팔아보려고 이야기를 꺼냈는데 그가 나를 소개해주었다고 한다. 그 화랑 주인은 나도 잘 안다. 주로 그래피티 아트를 취급하는 미술상인데, 개인적으로는 톰슨 리의 작품을 몰래 모으고 있다. 열세 명을 살해한 연쇄 살인범이 그린, 색채가 풍부한 수채화를.

나는 여자와 잠시 이야기를 나누며 서로 속내를 살폈다. 경험상 여자는 믿을 만한 사람일 듯했다. 나는 개인적으로 정보를 전달할 방법을 알려주었다. 4중으로 암호화된 내 전자 메일이다. 그 시스템을 사용하면 누가 누구와 통신했는지 나중에 제삼자에게 발각될 걱정이 없다.

—정말로 여기까지 올 거예요?

여자는 어이없다는 듯 말했다.

—당신, 일본에 살잖아요? 비행깃값은 못 내줘요.

"필요 경비로 처리하겠습니다."

나는 그렇게 대답하며 여자가 한밤중에 전화를 건 이유를 생각했다. 저쪽은 한낮이다. 시차가 거의 한나절은 된다. 여자는 뉴욕주 스카스데일에 산다.

—오케이.

여자가 말했다.

—난 멜린다 저그메이라고 부르면 돼요. 그걸로 통하니까. 돌핀맨에 대해선 전혀 언급하지 않지만 그 이름으로 트위터도 하고.

나는 이름 철자를 물었다. '멜린다'는 물어볼 것도 없지만 '저그메이'는 생경하다. 하기야 어차피 본명은 아니겠지만.

나는 전화를 끊고 침실로 돌아갔다. 침대에 누웠지만 한숨도 못 자고 아침을 맞았다. 돌핀 헤드를 손에 넣을지도 모른다. 10대로 돌아간 것처럼 가슴이 두근거렸다.

로체스터의 냉동 창고에서 일했던 조디슨은 작업용으로 지급된 니트릴 고무장갑을 자주 집에 가져갔다. 유자철선을 감아서 살인용 장갑으로 만들기도 했지만, 범행에 사용된 장갑은 극히 일부다. 대부분은 가위로 자르고 접착제로 붙여서, 인간의 아기와 비슷한 돌고래의 동그스름한 머리로 재탄생시켰다. 광택 있는 파란색 니트릴 고무의 질감은 돌고래의 표피를 표현하기에 안성맞춤이었다.

그는 돌고래의 특징인 튀어나온 주둥이를 점토로 만들었다. 말라서 단단해진 점토에도 고무를 붙였고, 빼곡하게 줄지은 작은 이빨은 자잘하게 깨뜨린 타일 조각으로 만들었다.

돌핀 헤드는 속이 텅 비었다. 원래는 마스크로 쓸 예정이었기 때문이다.

"캠핑장에서 커플을 쏴 죽일 때 쓸 생각이었어" 하고 나중에 그는 수사관에게 진술했지만, 실제로는 쓰지 않았다.

완성된 마스크는 동그란 발포 스티롤을 씌워서 받침대에 고정했다. 마스크 좌우에는 인간의 눈과 똑같이 생긴 모조 안구—아마도 인형용 의안—가 박혀 있지만, 원래 캠핑장에서 사용할 생각이었던 조디슨은 밖이 잘 보이도록 마스크 정면에 구멍을 뚫었다. 위쪽 주둥이의 밑동에 있는 직사각형 모양 구멍 두 개가 바로 그것이다. 나란히 자리한 두 개의 어둠은 조디슨의 작품 중에서 가장 악마 같은 공포를 자아내는지도 모르겠다. 조디슨은 튀어나온 주둥이에 유자철선을 감아서 작품을 마무리했다. 가끔 식인 악어가 포획됐다는 뉴스가 나올 때 악어 주둥이를 밧줄이나 철사로 휘감은 모습을 자료 화면으로 보여주는데, 바로 그런 느낌이다.

만약 재료인 장갑이나 유자철선이 범행에 사용된 물건이라면, 돌핀 헤드는 압수돼서 FBI 직원밖에 볼 수 없을 것이다. 운 좋게도 돌핀 헤드에서 혈액 반응은 나오지 않았다. 앞서 말했듯이 작품에 사용한 장갑도 유자철선도 범행과는 무관한 물건임이 밝혀졌다.

멜린다 저그메이는 작품의 크기를 알 수 있도록 사과와 함께 찍은 돌핀 헤드 사진을 보냈다. 사과 덕분에 작품이 2미터가 넘는 거한의 머리를 덮을 만한 크기라는 걸 확인했다. 인간의 눈과 똑같이 생긴 두 눈, 정면의 어두운 구멍 두 개, 튀어나온 주둥이에 감긴 유자철선, 반쯤 벌어진 입에 줄지은 타일 조각으로 만든 이빨.

예전에 자료로 본 것과 똑같았다. 이제 현지에 가서 진짜인지 아닌지 직접 감정하는 일만 남았다. 진짜라면 3만 달러의 가격이 붙는다. 나로서는 4만 달러를 지불해도 상관없다.

긴자의 내 화랑에 작품을 전시한 적 있는 말레이시아인 현대 미술가가 마침 맨해튼의 타임스퀘어에서 개인전을 열고 있었다. 그냥 꽃만 보내는 게 아니라 내가 직접 화랑에 얼굴을 내밀면 깜짝 선물이 될 거야—그것이 아내에게 말한 이번 뉴욕행의 이유다.

쌀쌀하게 답하는 아내와 대화를 마친 후, 딸에게 국제전화를 걸었다. 스물한 살인 딸은 호주에서 어학연수 중이다. 이쪽에서 연락하지 않는 한, 딸의 근황을 알려면 인스타그램에 들어가야 한다.

"잘 지내? 별일 없고?"

—잘 지내. 뭐야? 또 출장?

나는 딸과 잠시 이야기를 나누었다. 어학원에 다니는 여학생들 사이에서 조개껍질로 만든 머리 장식이 유행하고 있다고 한다.

나는 평소처럼 추천하는 뮤지션은 없느냐고 물었다. 출장이 정해질 때마다 딸에게 전화를 걸어, 딸이 좋아하는 음악을 추천받는다. 추천받은 음원을 다운로드해서 출장을 가다보니 아이돌이나 애니메이션 곡도 제법 많이 들었다. 대부분 내 취향에는 안 맞는다. 하지만 이런 습관이라도 없으면 딸과 소통할 기회는 훨씬 줄어들 것이다.

딸이 대답했다.

—요즘은 체인스모커스가 꽤 좋던데?

하루라도 빨리 뉴욕에 가고 싶은 기분을 억누르고, 미술상으로

서 업무를 처리했다. 업무를 끝내면 비행기를 탈 수 있다. 베트남에서 온 현대 미술가 그룹을 긴자의 노 전용 극장에 데려가는 게 내 역할이다. 그들과 함께 「요리마사」와 「도모나가」를 잇는 3대 수라물* 중 하나인 「사네모리」를 감상했다. 제아미**의 작품으로, 다이라 가문의 늙은 무사 사이토 사네모리에 관한 이야기다. 가가의 시노하라에서 미나모토 가문에 대패한 지 2백여 년 후, 자신의 잘린 목이 씻긴 연못가에 서 있는 사네모리의 망혼과 시종(時宗)의 행각승이 만난다. 성불하지 못한 망혼은 행각승에게만 보인다. 나는 젊은 예술가들에게 시대 배경은 14세기고 장소는 현재의 이시카와현이라는 설정과 행각승의 뿔모자, 노옹의 산코조*** 가면, 사네모리의 시로타레****, 칼 등에 대해 설명해주었다.

객실에 이륙 신호가 나올 때까지 나는 좌석에 몸을 묻은 채 휴대전화로 멜린다 저그메이의 트위터를 들여다보았다. 본인이 말한 대로 돌핀맨은 전혀 등장하지 않았다.

개 산책, 하루에 실시한 요가 프로그램, 속이 거북할 만큼 색상이 화려한 도넛, 서점에서 구입한 아동심리학 책 사진. 혼자 사는

* 노의 상연 목록 중 하나. 수라도에 떨어진 무사의 모습을 그려낸다.

** 일본의 전통 가무극인 노를 완성한 작가이자 연기자.

*** 머리, 턱, 코밑에 털이 있고, 이마 주름은 다섯 개인 노인 가면.

**** 노에서 사용하는 가발 중 하나. 하얀 귀밑털이 어깨 아래까지 늘어져 있다.

여자의 일상을 담담하게 올릴 뿐 별다른 사건은 없다. 아주 흔한 기분 전환용 SNS다.

다만 트위터의 프로필 사진이 마음에 걸렸다. 멜린다 저그메이는 여자—본인이라는 보장은 없다—의 얼굴을 프로필 사진으로 올렸다.

물속에서 찍은 사진처럼 흐릿해서 머리가 긴 여자의 윤곽만 겨우 식별할 수 있을 정도다. 노출도 부족해서 어둡다. 그래도 왠지 보기가 불쾌하지는 않다. 오히려 마음이 편해질 정도다.

나는 레오나르도 다빈치의 모나리자를 사용한 어느 실험을 떠올렸다. 촬영한 모나리자의 해상도를 낮춰서 거칠거칠한 입자가 떠오르는 희미한 실루엣만 남겨도 신기하게도 작품이 아름답게 느껴진다. 멜린다 저그메이의 트위터 프로필 사진에도 그런 기묘한 매력이 있었다.

여객기가 하네다 공항을 이륙해 좌석벨트 표시등이 꺼지고, 동그란 창문 밖을 구름이 흘러갔다. 옆자리에 앉은 백인 노부인은 잠에 빠졌다. 음료 서비스가 와도 깨어나지 않는다. 나는 살그머니 개인용 자료 파일을 꺼내서 들여다보았다.

"어머나, 멋진 그림이네요."

한 시간쯤 파일을 보고 있는데 갑자기 그런 소리가 들렸다. 나는 노부인이 깨어난 줄도 몰랐다.

"그림을 좋아해요?"

노부인이 말했다.

"나도 좋아한답니다."

노부인이 본 그림은 하늘에 녹아들 것처럼 새파란 절벽에 서 있는 돌핀맨 그림이다. 서명 날짜로 앤디 한센과 켈리 몬테스 커플을 뉴저지의 캠핑장에서 쏴 죽인 날에 완성했음을 알 수 있다.

"회사 상사가 좋아해서요."

나는 그렇게 대답하며 아주 자연스럽게 파일을 덮었다.

"미팅하는 짬짬이 뉴욕의 화랑을 돌아보고 오라고 했는데, 그림에 관한 지식이 없다 보니 뭐가 좋은지 저는 통 모르겠네요."

보통은 남 앞에서 조디슨의 파일을 들여다보지 않는다. 나는 들뜬 마음을 가라앉히고, 덮은 파일을 앞좌석 망에 넣었다. 노부인이 화장실에 가면 그 틈에 위쪽 짐칸의 가방에 넣을 생각이었다.

휴대 음악 플레이어의 이어폰을 귀에 꽂고 좌석을 천천히 뒤로 넘긴 후, 〈체인스모커스〉의 음악을 틀었다. 이름을 듣고 섹스피스톨스 같은 펑크록 밴드를 연상했지만, 피처링한 가수의 감상적인 멜로디와 여유로운 리듬의 전자음이 흘러나왔다.

존.F.케네디 공항에서 곧장 스카스데일로 향했다. 일단 지하철을 타고 맨해튼으로 가서, 메트로 노스 철도로 갈아탔다. 허드슨강과 롱아일랜드 해협 사이에 낀 맨해튼의 북동부에 위치한 스카스데일은 인구가 2만 명이 되지 않는 지역이지만 부유층이 많으며 떠들썩한 도시에서 벗어난 고급 주택지 중 하나다.

미술상으로서 몇십 번이나 방문한 뉴욕이다. 교외에 가본 적은 얼마 없지만, 그래도 가이드북은 필요 없다. 타임스퀘어에서 개인전을 열고 있는 말레이시아인은 물론 중요한 용건을 마친 후에 보러 갈 예정이다.

열차에서 내려 나뭇잎 사이로 비치는 9월의 햇살 속을 걸었다. 한없이 이어지는 잔디밭. 널찍한 녹색 공간은 도쿄라면 행정관청에서 관리하는 공원을 빰치는 수준이라 도저히 사유지로 느껴지지 않았다. 걷다 보니 로코코 양식 철문이 보였다.

문패는 없고 우편함도 없다. 나는 돌담에 설치된 인터폰을 누르고 용건을 알렸다. 자동으로 열리는 로코코 양식 철문에 조각된 조개껍질 무늬를 바라보며, 나는 어학원에서 조개껍질 머리 장식이 유행한다고 했던 딸의 목소리를 떠올렸다. 18세기가 복권하려 하는 걸까? 개인적으로는 로코코보다 바로크 양식이 마음에 들지만.

철문 저편에 격조 있는 2층짜리 벽돌 건축물이 서 있었다. 겉보기에는 지역의 역사를 보관하는 자료관 같지만, 엄연히 개인 주택이다. 멜린다는 나를 호텔이나 갤러리가 아니라 자택으로 불렀다.

1대1 협상에서 판매자가 구매자를 집으로 초대하는 데는 작품 운송이라는 사정이 크게 작용한다. 미술 경매라면 전문업자가 경매장까지 운송해주겠지만, 개인 거래는 그렇게 안 된다. 그러니 파손될 위험성이 있는 운송을 피해, 지금 보관 중인 곳에서 안전한 상태로 보라는 것이다. 물론 초대하는 상대를 신뢰한다는 것이 대전제다. 나는 멜린다의 마음에 든 것이리라.

"정말로 왔네."

거칠게 깎은 나무에 그대로 니스를 칠한 것처럼 투박한 나무조각을 연상시키는 두꺼운 문이 열리고 멜린다가 모습을 드러냈다.

멜린다를 실제로 보자 트위터의 프로필 사진과는 딴판이었다. 머리는 훨씬 짧고 얼굴도 홀쭉하다. 나이는 40대 정도일까. 그렇게 흐릿한 사진과 비교하는 것도 이상하지만 애초에 본인이 아니었는지도 모른다. SNS에 올리는 사진은 그런 법이다.

"자, 들어와요."

멜린다가 말했다.

"차를 준비할게요."

멜린다의 헤어스타일은 흔하디흔한 쇼트보브가 아니라, 비틀즈의 초기 헤어스타일이었던 머쉬룸 커트에 가깝다. 흰색 플란넬 셔츠, 허리가 잘록한 진홍색 롱스커트. 목에 하늘색 스카프를 둘렀지만 귀걸이나 목걸이는 하지 않았다.

1층 응접실로 안내받은 나는 주방을 향해 긴 복도를 걸어가는 멜린다의 뒷모습을 바라보았다.

좋았던 옛 시절의 미국 분위기를 살린 응접실을 둘러보았다. 난

로가 있고, 수많은 드라이플라워가 벽을 뒤덮었다. 목숨이 다하고도 탐스러운 꽃들 사이에 장식된 몇몇 작품이 눈에 들어왔다. 잔파올로 바르비에리의 사진, 아돌프 무론 카산드르의 포스터, 그리고 장 콕토의 소묘. 장 콕토가 그린 천사가 원화라면 큰 자산이겠지만, 분명 복제품이리라.

나는 소파에 몸을 묻고 창문으로 비쳐드는 빛을 따라 바깥 경치를 바라보았다. 아직 어디에도 가을이 찾아올 낌새 없이 녹색이 눈부시다. 그건 그렇고 이렇게 넓은 부지를 손질하려면 돈이 꽤 들 것이다. 고생이 많을 멜린다를 동정했다. 그러나 멜린다가 독신인지 기혼인지는 물론 본명조차 모른다. 정보가 한정된 건 피차일반이다. 구매자인 나도 수집가로 활동할 때 사용하는 가명을 댔다.

멜린다가 홍차와 도넛을 가지고 돌아왔다. 멜린다는 쟁반을 나지막한 테이블에 내려놓고 내 맞은편에 편안히 앉았다. 앉을 때 치맛자락을 걷어올리는 동작이 아주 우아했다.

"멀리까지 오느라 힘들었죠?"

"괜찮습니다. 워낙 익숙해서요. 원래 수집가는 여기저기 많이 다니잖습니까."

"하긴 당신은 굉장한 수집가니까."

"아닙니다."

치켜세우는 말에 웃음을 지어야 할지 말지 망설였다. 결국 무표정을 유지했지만 나도 모르게 살짝 웃었을지도 모르겠다.

"하지만 미치 조디슨의 작품을 반도 넘게 가지고 있잖아요?"

"그건 그렇지만 돌핀 헤드와는 오랫동안 인연이 없었습니다. 이런 기회를 주셔서 감사합니다."

"언니도 분명 당신 같은 사람을 만나고 싶었을 거예요."

멜린다와 암호화된 전자 메일을 주고받는 동안 돌핀 헤드는 멜린다의 언니가 연인에게 양도받은 물건임을 알았다. 멜린다는 2년 전에 사망한 언니의 일기를 읽고서 돌핀 헤드에 금전적 가치가 있다는 걸 깨달았다.

"언니는 그 외에도 이것저것 모았어요. 허버트 윌리엄 멀린*의 그림이나 리처드 라미레스**의 그림 같은 걸요. 그들을 알아요?"

나는 조금 놀랐다. 멜린다의 언니가 연쇄 살인범의 미술품을 수집했다는 사실을 비로소 알았기 때문이다.

"언니분도 그—수집가셨군요?"

연쇄 살인범의, 이라는 말은 꺼낼 수 없었다. 평온한 집의 응접실, 그것도 여자와 단둘인 상황에서 차마 그 말을 입에 담기가 꺼려졌다.

멜린다는 스톱워치로 정확하게 시간을 잰 후, 주전자의 홍차를 웨지우드 찻잔에 따랐다.

* 지진을 막기 위해서라며 열세 명을 살해한 연쇄 살인범.

** 주로 가정집을 무차별적으로 습격해 열세 명을 살해한 연쇄 살인범.

"재작년에 언니가 죽고 나서 많이 처분했어요. 가지고 있어봤자 기분만 나쁜걸요—어머, 나도 참, 미안해요."

"괜찮습니다."

나는 이번에는 의식적으로 웃음을 지었다.

"관심이 없는 분께는 빈말로도 좋은 영향을 끼친다고 할 수 없으니까요."

"오해하지는 말아요. 당신이 기분 나쁘다는 게 아니니까."

"압니다."

"지금까지 여러 수집가와 만났는데 다들 깜짝 놀랄 만큼 상식적인 사람들이었어요. 그런 걸 모으는 거랑 인격은 상관이 없네요."

"저 말고도 구매자로 찾아온 수집가가 있었나 보군요?"

"네. 다들 이 집을 유지하는 데 돈이 든다는 걸 이해하고 좋은 가격으로 작품을 인수해 갔어요."

나는 잠시 생각했다. 이미 흥정이 끝난 가격을 올리려고 하는 걸까. 좋은 가격으로 인수했다는 말로 나를 흔들어보려는 심산일까.

"우리 집 근처에서 파는 도넛이에요."

멜린다가 갑자기 말했다.

"설탕을 적게 사용하고 첨가물도 없어서 맛은 별로지만, 몸에는 좋죠. 나는 시나몬 가루를 뿌려서 먹어요. 거기 작은 병에 들었으니까 괜찮으면 도넛과 함께 먹어봐요."

멜린다의 배려에 나는 일단 감사를 표했다.

"그런데 다른 수집가들이 왔는데 용케 돌핀 헤드가 남았군요. 사려는 사람이 없었습니까?"

"창고 안쪽에 있어서 아무도 못 봤거든요."

멜린다는 어깨를 으쓱했다.

"저는 그게 작품인 줄도 몰랐어요. 솔직하게 말하면, 화내지 말아요, 언니가 벼룩시장에서 사온 잡동사니인 줄 알았다니까요."

나는 쓴웃음을 지었다.

"이 집에 돌핀 헤드 말고 미치 조디슨의 작품이 더 있습니까?"

"아쉽게도."

멜린다는 고개를 저었다.

"그것 하나뿐이에요. 유명한 수집가인 당신이 도쿄로 가지고 돌아간다면 더할 나위 없이 기쁘겠네요."

나는 찻잔을 입에 살짝 댔다. 돌핀 헤드는 응접실에 없다. 2층에 있을까. 잡담이 끝나면 작품이 있는 곳으로 안내해주리라.

멜린다의 권유로 작은 병에 든 시나몬 파우더를 도넛에 뿌려 한 입 먹었다. 식욕은 없지만 초대해준 판매자에 대한 예의다. 확실히 맛이 별로라 시나몬 파우더 없이는 먹기 힘들 것 같았다. 나는 냅킨으로 손가락을 닦았다.

다음 달부터 지역 선도위원회에 참여하기로 했다고 멜린다는 내게 말했다. 학교도 아닌데 선도위원회가 있다는 점이 실로 미국의 오래된 동네답다고 생각했다. 실로 미국의 오래된 동네, 실로 미국의—

시차 때문인지 갑자기 졸음이 몰려왔다. 지금껏 무리한 일정을 소화하느라 여독이 올라왔는지도 모르겠다. 그렇다고 여기서 졸 수는 없다.

홍차를 마셔서 잠을 깨우기로 했다. 웨지우드 찻잔을 쥔 손이 몹시 멀게 느껴졌다. 손까지 몹시 떨린다. 테이블에 찻잔을 내려놓으려 했지만 늦었다. 흔들거리던 홍차가 내 손에 쏟아졌다. 뜨겁다. 그런데도 손이 찻잔에서 떨어지지 않는다. 근육이 경련한다. 이건 단순한 졸음이 아니다.

"몸이 안 좋아 보이네요."

멜린다가 차분한 목소리로 말했다.

"소파에 눕는 게 어때요?"

배 속에 격심한 통증이 몰려와서 나는 토했다. 찻잔이 바닥에 떨어져서 깨졌다. 그 소리가 흐릿하게 들렸고, 시야가 갑자기 깜깜해졌다. 나는 입에서 거품 섞인 액체를 질질 흘리며 911에 신고해달라고 멜린다에게 부탁하려 했지만, 목소리가 나오지 않았다. 소파에 앉은 자세를 유지할 수 없어 바닥에 주르르 미끄러져 떨어졌다.

"도넛을 먹어서 다행이네. 그렇다기보다 이쪽을."

멜린다가 시나몬 파우더병을 집어서 종처럼 좌우로 흔들었다.

"가끔 안 먹는 사람이 있거든. 어쩔 수 없이 그런 사람은 찔러. 하지만 금방 죽지 않으니까 몇 번이나 찔러야 해서 정말 피곤해.

피를 처리하는 것도 큰일이고. 총으로 쏘면 편하겠지만, 그러면 총알이 관통해서 소파나 벽에 구멍이 생기잖아?"

나는 바닥에 드러누워 천장을 올려다보았다.

—시나몬 파우더에 독을 넣은 건가?

"기본적으로는 펩타이드 독소야."

멜린다는 내 생각을 알아차린 것처럼 말했다.

"화학식은 아시아의 독뱀인 우산뱀의 독과 흡사하지. 하지만 물린 게 아니라 입으로 섭취했으니까 한동안은 의식이 있을 거야."

담담히 설명하며 홍차를 마시는 멜린다의 모습이 시야에 희미하게 비쳤다. 멜린다의 너무나도 태연한 태도에, 꿈을 꾸는 게 아닌가 싶었을 정도다. 온몸이 타오르는 듯한 통증에 휩싸이는 꿈.

"슬슬 2층으로 갈까."

멜린다가 날카롭게 휘파람을 불었다. 응접실 밖 복도에서 발소리가 다가왔다. 점점 약해지는 청력으로도 인간의 걸음걸이와는 리듬이 다르다는 것을 알 수 있었다.

이족 보행이 아니라 사족 보행.

온몸이 짧은 회색털로 뒤덮인 커다란 개가 나타나 내 다리를 물었다.

하지 마. 놔줘.

이 녀석을 좀 치워줘.

나는 소리 없는 애원을 허무하게 반복하며 개에게 물린 채 복도로 끌려나갔다. 개는 복도를 지나 계단 위로 나를 끌고 갔다. 믿기지 않는 턱 힘이다. 인정하고 싶지는 않았지만 이제 명확해졌다. 멜린다는 나를 구해줄 마음이 없다.

개에게 끌려간 나는 2층의 어떤 방에 방치됐다. 창문을 꼭 닫고 커튼을 쳐서 컴컴한 방. 개는 떠났지만 온몸이 마비돼서 움직일 수 없다. 들리는 것이라곤 고통에 찬 내 숨소리뿐이다.

사람 형체가 어른거린 다음 순간, 멜린다가 나타나 바닥에 쓰러진 나를 내려다보았다.

—내 목소리 들려?

멜린다가 그렇게 말했다는 걸 입 모양으로 알았다. 하지만 목소리는 들리지 않는다. 멜린다는 무릎을 구부리더니 내 귓가에 대고 한 번 더 말했다.

"내 목소리 들려?"

나는 대답하는 대신 눈을 깜박였다. 눈꺼풀이 내 몸에서 유일하게 말을 듣는 부위였다.

"알았어. 들리는구나."

멜린다는 기쁜 듯이 웃었다.

"당신처럼 열정적인 수집가와는 좀 더 오래 이야기해보고 싶었어. 하지만 시간을 너무 끌면 안 좋지. 오래전에 응접실에서 한 수집가와 실컷 담소를 나눴는데, 인간은 참 신기하다니까. 직감적으로 위험을 느꼈는지 아직 아무 일도 일어나지 않았는데 도망치려고 하더라고. 도넛도 먹질 않아서 붙잡느라 고생했다니까."

멜린다는 성냥을 그어 끝에 붙은 불을 바라보았다. 나는 성냥불을 내게 대지는 않을까 겁먹었다. 하지만 멜린다는 은색 담배 케이스에서 담배를 한 개비 꺼내 성냥불로 불을 붙였다.

"수집가가 부러워."

연기를 내뿜으며 멜린다가 말했다.

"어떤 컬렉션을 소장했든 동료와 이야기를 나눌 수 있잖아. 취미가 같은 동료만 찾아내면 말이야. 난 고독해. 말 상대가 하나도 없거든. 실은 나도 수집가인데 말이야. 저기, 돌핀맨에게 편지를 보내본 적 있어?"

나는 눈을 깜박였다. 이번에는 딱히 대답한 것이 아니라 생리적 현상이었다. 하지만 멜린다에게는 맞장구를 친 것처럼 보였는지도 모르겠다. 멜린다는 웃음을 짓더니 내 머리를 쓰다듬었다.

"그가 체포됐을 때 난 열네 살이었어. 학교에서 크게 화제가 됐지. 별명이 무슨 슈퍼히어로 같았으니 말이야. 노트에 스파이더맨이나 배트맨을 그리다가 들킨 아이는 그 자리에서 선생님에게 혼나고 끝났지만, 돌핀맨을 그린 아이는 부모님이 호출됐어. 그리고 같이 기나긴 설교를 듣는 거지. 하지만 아이들은 대부분 과자를 먹으면서 호러 영화를 보는 듯한 감각으로 돌핀맨을 그리거나 그저 이야깃거리로 삼았을 뿐이야. 하지만 난 달랐어. 나도 사람을 죽여

보고 싶었거든. 왜 죽이고 싶은지는 일일이 자세하게 설명 못 해. 죽이고 싶으니까 죽이고 싶은 거지. 진심으로 사람을 죽이고 싶었던 내게 돌핀맨은 진짜 히어로였어. 평범한 생활을 하면서도 스물일곱 명이나 죽이다니 정말 멋지잖아. 낮에는 열심히 일하고, 시간을 내서 그림도 많이 그리고 말이야. 눈에 확 띄지는 않지만 에너지가 넘치는 생활이지. 악마가 인간에 씌면 분명 그런 식으로 살지 않을까 싶었어."

멜린다는 이야기를 이어나갔다.

나는 가위에 눌린 것처럼 꼼짝도 못 하는 상태로, 힘없이 끙끙거리며 멜린다 저그메이의 이야기를 들었다.

1994년, 14세의 멜린다는 설리반 교도소에 수감된 돌핀맨에게 편지를 보냈다. 펜팔을 할 작정이라 내용을 아주 짧게 줄였다. 한꺼번에 다 쓰면 펜팔이 계속되지 않을 것 같았기 때문이다.

첫 편지에 멜린다는 이렇게만 적었다.

저는 열네 살 여학생입니다. 조디슨 씨, 교도소에서 지내면서 힘든 일은 없나요? 가지고 싶은 건 있나요?

교도소에서 날아들 편지를 부모님에게 들키지 않고 받기 위해 멜린다는 보내는 사람에 할머니 집 주소를 썼다. 브루클린에 혼자

사는 할머니에게는 '재소자 갱생 자원 봉사에 참가했다'라고 거짓말을 했다. 두 달 후, 할머니 집 우편함에 답장이 배달됐다.

멜린다는 떨리는 손으로 봉투를 찢고 접힌 편지를 펼쳤다.

안녕. 네 편지 읽었어. 교도소에서 힘든 일은 없어. 다만 보이는 풍경이 늘 똑같아서 지루하군. 그림은 잘 그리니? 잘 그린다면 내가 태어나고 자란 로체스터의 거리를 그려서 보내줘. 미치 조디슨.

정중한 글씨체의 사인으로 마무리된 편지를 읽고 멜린다는 가슴이 두근거렸다. 영화관에서 호러 영화나 서스펜스 영화를 보고 비명을 지르는 반 아이들과는 전혀 다른 차원의 세계를 살고 있다는 실감을 느꼈다. FBI에 체포된 진짜 연쇄 살인범과 편지를 주고받은 것이다.

주말이 되자마자 멜린다는 로체스터로 가서 거리 풍경을 연필로 스케치했다. 보험 회사 건물. 교차로. 그리고 항구. 두 번째 편지에 그림 세 장을 동봉했다.

못 그린 그림이지만 마음에 드시면 좋겠네요. 하나만 물어볼게요. 형사들이 많이 물어봤겠지만요, 왜 돌고래에 집착하신 건가요?

두 번째 편지의 답장은 오지 않았다. 반년이 지나자 멜린다는 거의 포기했다. 로체스터의 풍경 그림이 너무 형편없었던 탓인지도 모른다. 아니면 항구 그림을 보고 화가 났는지도 모른다. 기사에 따르면 그는 어릴 적부터 바다에서 물고기에게 습격당하지는 않을까 두려워하는 공포증이 있었다고 한다. 그러니 바다 그림은 싫었을 수도 있다. 그밖에 짐작이 가는 원인은—멜린다는 슬픔 속에서 생각했다. 왜 돌고래에 집착했는지 물어본 것이다. 수없이 들었을 그 질문이 분명 지긋지긋했으리라. 멜린다는 후회했다.

왜 그렇게 어린아이 같은 질문을 했을까?

여덟 달이 지났을 무렵, 할머니 집에 가자 교도소에서 보낸 편지가 우편함에 들어 있었다. 멜린다는 봉투를 꺼내서 얼른 뜯었다.

멋진 그림이었어. 고마워. 오랜만에 로체스터를 거니는 기분이 들더라. 그런데 넌 몇 살이지? 이제 열다섯 살이 됐나? 내가 교도소 밖에 있을 적에는 네 또래 여자아이와 이야기를 나눠본 적이 없어. 편지를 받은 적도 없고. 희한한 일이군. 사람을 죽이고 교도소에 들어와서야 너 같은 아이와 편지를 주고받을 수 있다니. 감사의 표시로 비밀을 알려줄게. 하지만 네가 10대 소녀라서 특별 취급하는 건 아니야. 여기에는 그런 취향을 가진 놈들이 잔뜩 갇혀 있지만, 난 달라. 난 좀 더 정신적인 면을 바라보지. 널 특별히 여기는 건 그림이 마음에 들었기 때문이야.

난 교도소에 편지를 보내는 사람들에게 로체스터의 거리를 그려서 보내라고 해. 배달된 그림을 찬찬히 시간을 들여 한 장씩 살펴봤지. 네 그림이 제일이었어. 네게는 분명 내게 근접한 재능이 있어. 스타일은 비슷하지 않지만, 좀 더 깊은 측면에서 우리는 닮았어.

좀 더 깊은 측면에서 우리는 닮았어.

도중까지 읽은 멜린다는 몸에 전류가 흐르듯 짜릿짜릿한 기쁨을 맛보았다. 연쇄 살인범에게 인정받았다. 멜린다는 다시 편지를 읽어나갔다.

형사, 정신과 의사를 비롯한 세상 사람들은 다들 내가 돌고래를 그렸다고 믿지. 그래서 나도 거기에 맞춰서 돌핀맨을 자칭했어. 그 결과 나는 완전히 돌핀맨이 됐지. 하지만 내가 그린 건 돌고래가 아니야.

자, 지금부터 쓰는 내용은 아무에게도 밝히지 않은 비밀이야. 그건 아르카이크 스마일*, 죽음의 미소야. 난 놈의 얼굴을 몇 번이나 봤지. 망령인지 정령인지 사신인지는 모르겠지만, 아무튼 놈은 늘 물속에서 웃고 있었어. 몸뚱이는 없고 머리뿐이지. 물이 든 네모난 수조 속에서 늘 미소 짓고 있어. 그 모습만큼은 못 그리겠더군. 그리려고 하면 놈이 내게 옮겨붙으니까. 죽음의 미소를 모른다면, 고대 그리스 조각을 조사해봐. 중국과 일본의 불상도 살펴보면 좋겠지.

* 기원전 6세기경 그리스의 아르카이크 조각에서 볼 수 있는 입꼬리를 올린 희미한 미소. 중국, 일본, 한국의 불상에서도 찾아볼 수 있다.

이 편지가 멋진 그림을 그려준 네게 보내는 답례야. 펜팔은 이걸로 끝이야. 이제 내게 편지 보내지 마. 로체스터의 거리를 그릴 필요도 없어. 너 자신의 작품을 만들어서 너 자신만의 인생을 살아. 미치 조디슨.

그의 진지한 말에 멜린다는 감동을 받았다. 시킨 대로 다시는 편지를 보내지 않았다. 펜팔을 하지 않아도 교도소에서 지내는 조디슨의 영혼은 늘 멜린다의 곁에 있었다. 세월이 흘러 소녀는 어른이 됐다. 마음을 뒤흔든 연쇄 살인범의 말을 고이 간직한 채.

좀 더 깊은 측면에서 우리는 닮았어.

너 자신의 작품을 만들어서 너 자신만의 인생을 살아.

멜린다의 이야기를 들으며 나는 놀라움을 금치 못했다.

조디슨이 제작한 미술품의 상징인 돌고래가 실은 돌고래가 아니었다. 돌핀맨은 돌핀맨이 아니다.

그게 사실이라면 범죄사 연구가에게도 수집가에게도 실로 충격적인 이야기다. 하지만 지금 시점에서는 멜린다의 이야기를 뒷받침할 증거가 없다. 진짜인지 아닌지 모른다. 증거인 조디슨의 편지를 나는 보지 못했으니까.

어느덧 방에 불이 켜져 있었다. 나는 남은 힘을 쥐어짜 눈을 부릅떴다.

"여기는 컬렉션 룸이야."

멜린다가 움직이지 않는 내 머리를 들어 올렸다.

"예쁘지?"

나는 기를 쓰고 시선을 집중했다. 화랑 같은 방이라는 것이 첫인상이었다. 가구는 없고, 벽을 따라 작품을 가지런히 진열해놓았다. 받침대에 얹힌 사방 50센티미터 크기의 상자—유리 수조로 보인다—가 충분한 간격을 두고 놓여 있다. 숫자는 스무 개 정도. 상자를 가득 채운 액체 속에 머리 같은 것이 떠 있다. 아니, 저건 머리 같은 것이 아니다.

"진짜 머리야."

멜린다가 말했다.

"남이 마련해줄 리 없으니 어쩔 수 없이 노력해서 모으고 있지. 실은 수집가로 지내고 싶은데 하는 수 없이 아티스트도 겸한다고 할까. 난 그림이 아니라 입체 쪽에 재능이 있었어. 아참, 오해하지 말았으면 하는데, 당신한테는 아무 원한도 없어. 그저 단순하게 수집만 할 뿐이야. 봐봐. 다들 미소 짓고 있지? 전부 불상 같은 표정이야. 내 취향은 그리스보다 동아시아 쪽이거든."

진짜 머리?

수조 속에 든 인간의 머리는 전부 연쇄 살인범의 미술품을 탐내다 미끼에 걸린, 나 같은 수집가의 말로인가?

내 눈은 한 수조에 못 박혔다. 춤추는 듯한 긴 머리와 수수께끼 같은 미소.

그녀였다.

트위터의 프로필 사진, 흐릿했던 그 얼굴.

멜린다가 내 얼굴에 바늘을 꽂았다. 입술 가장자리와 귓가에 꽂힌 바늘이 서로 하나의 실로 연결된다. 멜린다는 생기 넘치는 표정으로 내 얼굴을 들여다보았다.

“사후경직이 일어나기 전에 미소를 만들어야 해. 무리해서 웃을 건 없어. 내가 알아서 할 테니까.”

절단된 머리가 수조 속에서 미소 짓고 있는 건, 그래서였나. 그렇다면 저 액체는 물이 아니라 포르말린처럼 방부 효과가 있는 보존액일 것이다.

시야가 흐려지고 의식이 멀어졌다. 신경독 탓인지 공포조차 안개에 휩싸인다. 나는 딸의 목소리를 떠올렸다. 그리고 아내의 언짢은 표정을. 남겨두고 온 화랑을.

나는 완전히 속았다. 죽은 사람의 얼굴을 아무렇지도 않게 트위터 프로필 사진으로 사용하는 멜린다에게. 조디슨과 주고받은 고작 편지 네 통이 탄생시킨 새로운 연쇄 살인범에게. 그리고 멜린다는 죽음의 미소를 수집하고 싶어 하는 수집가이기도 하다. 조디슨이 편지에 쓴 것처럼 멜린다는 머리를 하나씩 네모난 수조 속에 가라앉힌다.

돌핀 헤드를 판매하겠다는 멜린다의 이야기는 거짓말이었다. 수집가 언니는 없다. 그러니 돌핀 헤드도 존재하지 않는다.

바늘과 실로 미소를 만들던 멜린다가 내 얼굴을 들어 올려 오른쪽으로 살짝 돌렸을 때였다. 돌핀 헤드가 내 눈에 들어왔다. 환각이 아니다. 분명 선반 위에 놓여 있다. 꿈에서까지 보았던, 광택이 도는 니트릴 고무의 파란색이 거기 있었다. 잘라낸 장갑을 붙여서 만든 마스크, 튀어나온 주둥이에 감은 유자철선, 타일 조각으로 만든 이빨이.

나는 온몸이 허공에 떠오르는 듯한 희열을 맛보았다. 멜린다는 진짜로 돌핀 헤드를 가지고 있었다.

고무장갑을 낀 멜린다가 나를 내려다보았다. 멜린다는 손에 두 종류의 톱을 들고 있었다. 톱날이 큰 것과 자잘한 것.

나는 멜린다의 작품이 되는 걸까. 응접실 벽에 장식된 그 드라이플라워처럼.

나는 움직일 수 없다. 눈조차 감지 못한다. 나는 마음속으로 호소했다.

멜린다.

부디 나를 돌핀 헤드 옆에 진열해줘.

그게 내 유일한 소원이야.

그 소원만 들어준다면 영원토록 기꺼이 미소 지을게.

보일드 옥토퍼스

필자는 일찍이 한 주간지에 「포머 디텍티브」라는 논픽션을 연재했다.

한 달에 한 번 게재, 제목 그대로 은퇴한 퇴직 형사의 집을 찾아가 현역 시절의 추억담을 들으며 그들의 평범한 일상을 전달하는 내용이다. 2014년 4월부터 12월까지, 총 아홉 번 연재를 진행하며 모든 에피소드를 마쳤다.

취재 대상인 퇴직 형사는 재직 중에 살인사건을 담당한 인물로 한정했다.

홋카이도 경찰의 다나가타 아쓰시 씨를 시작으로, 미야기 현경의 마스다 히로아키 씨, 경찰청의 사와이치 다이라 씨, 가나가와 현경의 무카이 소타로 씨, 오사카 부경의 구니가키 신지 씨, 히로시마 현경의 아키야마 미노루 씨, 후쿠오카 현경의 에도 아키오 씨, 구마모토 현경의 조 가즈야 씨, 그리고 한국으로 건너가 서울

특별시 지방 경찰청의 허열리 씨의 집도 방문했다.

퇴직 형사를 취재할 때는 과거의 미결 사건에 초점을 맞추는 경우가 많지만, 「포머 디텍티브」에서는 사건보다 그들의 생활상—경찰이라는 특수한 조직을 떠난 일반 시민의 일상—을 다루었다.

은퇴한 형사의 삶을 자세하게 접할 기회는 사실 거의 없다. 거기에 은퇴 후 방송 패널—요컨대 와이드쇼의 의견 담당—로 변신한 인물이 등장하지 않는다는 신선함도 한몫해, 「포머 디텍티브」는 한 달에 한 번 게재되는 주간지 연재물로서는 이례적인 반응을 얻었다. 교육 관계자들의 지지도 두터웠고, 결국은 거절했지만 텔레비전 드라마로 만들자는 제안도 여러 번 받았다.

연재 당시 필자는 퇴직 형사가 사는 동네에 가서 최대한 오래 머물렀다. 당일치기 출장은 한 번도 한 적이 없다. 같은 동네의 공기를 마시고, 주민회 규모의 지역 문제도 포함해 그들이 보내는 일상을 이해하려고 노력했다.

취재 대상이 누구든, 꾸미지 않은 모습을 접하려면 신뢰를 얻는 것이 필수 불가결하다. 신뢰를 얻으면 집에 초대받는다. 가족을 소개받고, 함께 식탁에 앉아 술을 마시고, 밤이 깊어가는 것도 잊고 이야기꽃을 피운다. 사건 기자에게는 보이지 않았던 그들의 얼굴이 점차 부각된다.

퇴직 형사들은 각기 다양한 두 번째 인생을 보내지만 그들에게는 공통점도 있다. '뭔가를 키운다'는 점이다.

시각 장애인 안내견을 키우고 꽃을 키우고 장기 교실에서 학생을 키우고—이렇게 글자로만 늘어놓으면 진부하게 느껴질지도 모른다. 행복한 노후 아니냐고.

하지만 그들이 뭔가를 키우는 데는 어디까지나 절망을 보상한다는 의미가 담겨 있다.

필자가 만난 퇴직 형사는 다들 '인간에게 절망'을 품고 있었다. 너무나 많은 사건을 보아온 탓에 가실 줄 모르는 어둠이 가슴속에 깃든 것이다. 하지만 그들은 그러한 속내를 겉으로 드러내지 않고, 가족에게 토해내지도 않는다. 그저 사회의 한구석에서 묵묵히 뭔가를 키울 뿐이다. 필자는 그들이 등에 짊어지고 있는 것을 가만히 들여다보고 독자에게 전달하려 애썼다.

지금부터 여러분이 읽을 것은 「포머 디텍티브」의 대미를 장식할 예정이었던 원고다. 퇴직 형사 아홉 명이 등장하고 끝난 연재물의, 비공개된 열 번째 에피소드.

거기에 등장하는 퇴직 형사도 어떤 의미에서는 다른 아홉 명처럼 사회의 한구석에서 뭔가를 키웠다. 그런데도 그의 에피소드를 지면에 싣지 못했던 이유—그건 본문을 읽어보면 저절로 알게 되리라.

연재에서 빼기로 한 편집부의 판단은 타당하고, 그 방침은 필자가 바란 바이기도 하다. 맹세하건대 은폐한 건 아니다. 연재 콘셉트가 깨져서 유종의 미를 거두지 못할까 봐 우려한 것이다.

「포머 디텍티브」를 진행하며 유일하게 미국 로스앤젤레스에서 취재했다. 에피소드의 제목 'LA편/보일드 옥토퍼스'는 당시에 필자가 붙인 것이다.

■◈■

포머 디텍티브 [연재 제10회]

'LA편/보일드 옥토퍼스'

서울특별시 지방 경찰청 수사부 형사과 소속으로 활약하다 은퇴한 허열리 씨의 취재를 마치고 호텔로 돌아오자 낭보가 날아들었다.

2014년 9월 밤이었다.

낭보는 LAPD—로스앤젤레스시 경찰—의 퇴직 형사를 취재할 수 있을지도 모른다는 소식이었다.

보면 알다시피 「포머 디텍티브」라는 제목은 퇴직 형사를 뜻하는 영어다. 로스앤젤레스의 신문 등에서는 Fomer Det.라고 디텍티브를 줄여서 쓴다.

이 제목에는 일본뿐만 아니라 전 세계의 퇴직 형사를 취재하고 싶다는 의욕은 물론, 실은 필자의 아주 사적인 바람도 포함되어 있다. 할리우드 영화와 번역 소설을 통해 친숙해진 LAPD의 퇴직 형사에게 직접 이야기를 들어보고 싶다는 바람이다.

하지만 이미 은퇴한 해외의 형사를 취재하기는 그리 쉽지 않다. 이웃 나라 한국에서 취재할 때도 놀랄 만큼 사전 준비에 애를 많이 먹었다.

설령 은퇴했더라도 그들이 저널리스트를 싫어하는 건 만국 공통이고, 하물며 상대가 외국인이라면 더더욱 경계하리라.

이번 연재 때는 LAPD의 퇴직 형사를 만날 수 없을지도 모른다.

반쯤 단념한 필자에게 기회를 준 사람은 본지의 편집장이 소개해준 필립 스케릴로라는 청년이었다. 로스앤젤레스에 거주하는 필립은 도심의 예술 지구에 사무실을 둔 패션 디자이너로, 일본의 텔레비전 방송과 패션 잡지에 소개된 적도 있다. 그런 그의 친척 중에 LAPD에서 은퇴한 형사가 있었다. 외숙부라고 한다.

필립을 통해 이야기를 들은 숙부는 원래 취재에 전혀 흥미를 보이지 않았지만, 필자가 일본인이라는 사실과 취재의 취지를 전달하자 태도를 바꿨다고 한다.

푹푹 찌는 서울, 호텔방에서 필자는 넥타이를 푸는 것도 잊고 본인에게 얼른 이메일을 보내 약력을 받았다.

네이선 밥티스트. 73세. 살인과—정확하게는 강도살인과 소속의 형사였다.

1963년, 22세의 나이로 LAPD에 채용된 후, 오랜 세월 형사부에서 근무하다 체력의 한계를 느끼고 55세 때 배지를 뗐다. 근속 33년.

정년 제도가 없는 미국에서는 경찰관도 각자 알아서 퇴직한다. 현재 부동산업자로 제2의 인생을 살고 있는 밥티스트는 노스 할리우드에 자택이 있다.

노스 할리우드는 크리에이터가 많이 거주하는 젊은이의 거리라는 인상이 있다. 나이는 들었지만 젊은이들의 문화에 이해심이 있는 사람일까? 73세의 나이에도 스케이트보드를 기막히게 탄다거나. 아무래도 그건 아닌가. 필자는 두근거리는 마음으로 이런저런 생각을 했다. 꿈이 이루어진다. 어떤 인물이든 꼭 만나고 싶다.

쇠뿔은 단김에 빼라지 않았던가. 필자는 하네다로 돌아가는 비행기를 취소하고 항공권을 새로 구입해 인천 국제공항에서 캘리포니아주 로스앤젤레스시로 날아갔다.

로스앤젤레스 북쪽에 위치한 노스 할리우드에 가려면 버뱅크에 있는 밥 호프 공항에서 이동해야 더 가깝고, 북적북적한 공항 이용객들도 피할 수 있다.

하지만 사실 필자는 로스앤젤레스에 처음 가본다. 그렇다면 반드시 LAX—로스앤젤레스 국제공항—에 내려보고 싶은 것이 사람 마음 아니겠는가.

그리하여 필자는 LAX의 인파에 이리저리 휩쓸리며, 간신히 로비에서 기다리는 제프의 모습을 발견했다. 동양풍 용을 자수한 화려한 빨간 재킷과 그리운 미소를.

제프라는 애칭으로 통하는 제프리 그림슨은 아일랜드 출신으로, 5년 전까지 도쿄에 살면서 영어 회화 강사로 일했다. 필자는 당시에 그와 만나 친구가 됐다. 대학 시절부터 전혀 발전이 없었던 필자의 영어 실력이 어느 정도 나아진 건, 제프와 롯폰기를 돌아다니며 술을 마신 덕분이다.

제프는 반년 전에 로스앤젤레스로 이사해 영어와 일본어 어학원을 차렸다. 갑작스레 로스앤젤레스를 방문하게 된 필자가 연락하자, 제프는 일부러 일을 쉬고 마중을 나왔다.

우리는 오랜만의 재회를 기뻐했다.

"LAPD의 퇴직 형사를 만난다고? 부근에 서 있는 경찰차를 타고 가. 요즘은 산탄총으로 경호도 해줄걸."

필자는 옛날과 다름없이 농담을 던지는 제프를 따라가서 그의 차에 올라탔다.

제프는 도요타의 팬이다. 미국 차를 좋아하는 필자로서는 아쉽지만, 생각해보면 그가 타고 다니는 '북미 한정판' 도요타 랜드크루저도 엄밀하게는 미국 차에 속하는 것 아닐까.

차창을 흘러가는 풍경은 그야말로 꿈의 세계였다. 동경하던 로스앤젤레스. 모든 것이 마치 스크린 속에 있는 것처럼 느껴졌다.

그 외에는 달리 표현할 방법이 떠오르지 않았다.

맑고 푸른 하늘, 높다란 야자나무, 캘리포니아주의 도로 표지판—제프가 활짝 열어놓은 운전석 쪽 창문으로는 일본에서는 맛볼 수 없는 태평양의 서풍이 들어왔다.

바람이 불어가는 쪽에 보이는 아름다운 베니스 비치를 향해 여자 러너가 금발을 휘날리며 달려간다. 자전거를 탄 경찰관들이 여자 러너를 시원스럽게 앞지른다. LAPD의 자전거 순찰대다.

특별 제작한 마운틴 바이크를 몰고 가는 그들은 경찰 모자 대신 헬멧을 썼고, 강한 햇살을 막을 선글라스도 꼈다. 근무복은 기능성 반소매 셔츠와 반바지다. 그런 털털한 스타일로 권총, 무전기, 수갑이 달린 벨트를 착용한 모습이 그야말로 로스앤젤레스다웠다.

링컨 블러바드를 북쪽으로 나아가는 동안, 필자는 전혀 입을 열지 않았다.

모든 것이 꿈같아 보이니까 그러는 것도 무리는 아니다. 제프가 들려주는 어학원 이야기도 마이동풍이다. 할 일을 잊고 행복감에서 비롯된 도취 상태에 푹 빠져들었다.

그래도 겨우 마음을 가다듬고 도중에 몇몇 가게에 들렀다. 그중 한 곳은 로드바이크 전문점이었다. 퇴직 형사와는 관계없지만, 다른 잡지에 기획 기사를 쓸지도 모른다. 카메라를 들고 가서 주인과 교섭한 결과, 촬영 허락을 받고 가게 내부 사진을 찍었다.

기분 좋게 촬영에 응해준 주인의 배웅을 받으며 가게에서 나선 필자는 충격에 얼어붙었다. 주차장에 뷰익 로드마스터가 주차돼 있었다.

미국 차를 좋아하는 사람으로서는 시간여행을 체험한 것이나 마찬가지로 기적이다. 1953년형 뷰익 로드마스터가 눈앞에 있다니—

그것도 박물관 전시품이 아니라 휘발유를 연소시켜서 실제로 움직이는 현역이다. 필자는 무심코 하늘을 올려다보며 구름 속에서 시간여행을 실현시켜준 시공의 틈새를 찾았다.

멍하니 서 있는 필자를 제프가 어이없다는 눈으로 쳐다보았다.

“빈티지 카와 마주칠 때마다 멈춰 설 생각이야? LA에서 그랬다간 허수아비가 될걸.”

우리는 도심으로 가서 이번 취재에 크게 공헌한 필립 스케릴로와 만났다.

패션 디자이너로서 바쁜 나날을 보내는 한편으로 주말에 열리는 스케이트보드 경기에도 매번 출전한다는 필립은 LA 라이프를 상징하는 에너지 넘치는 사회인이다. 볕에 탄 이탈리아계의 굴곡이 뚜렷한 얼굴은 할리우드 배우처럼 매력적이었다.

제프와 함께 셋이서 멕시코 음식점으로 이동해 이른 저녁을 먹었다.

“솔직히 말하면 숙부를 못 본 지 꽤 오래됐어. 10대 시절이 마지막이었지."

필립이 말했다.

"형사 시절 이야기도 잘은 몰라. 내일 만나면 안부 전해줘."

그런 경위로 형사는 화젯거리가 되지 않았다. 우리는 패션, 스케이트보드, 그리고 빈티지 카에 대해 떠들었다. 우연히 가게에 들른 필립의 친구들이 스스럼없이 테이블로 다가왔다. 다들 잘 웃는다. 남에게 친절하고, 유머가 넘치고, 제각각 인생을 만끽한다.

식사가 끝나자 운전기사 역할을 맡은 제프는 친절하게도 예약한 호텔이 있는 노스 할리우드까지 필자를 바래다주었다.

하지만 여기서부터 일이 꼬였다.

"자기에는 이른 시간이야. 10달러로 입장할 수 있는 스트립쇼를 보러 가자."

그런 제프의 제안이 화근이었다. 결국 아침까지 술을 마시고 돌아다니느라 호텔에는 체크 인조차 하지 못했다.

안 그래도 시차 때문에 졸리는데 억누를 수 없는 설렘마저 더해졌다. 어젯밤에 본 거리의 경치가 눈꺼풀 안쪽에서 번쩍거렸다.

드디어 LAPD의 퇴직 형사를 만날 수 있다.

노스 할리우드에 아침이 왔다. 약속 시간인 오전 7시, 필자는 혼자 지정된 거리로 향했다. 거기에는 또 꿈 같은 광경이 있었다.

1969년형 폰티악 파이어버드가 서 있는 것 아닌가.

그 차 창문으로 굵은 팔을 내밀어 가볍게 손을 흔든 사람이 퇴직 형사 네이선 밥티스트였다. 짧게 깎은 백발. 하얀 콧수염을 기르고 새카만 레이밴 선글라스를 낀 얼굴만 보면 아직도 현역 형사 같다. 타고 온 빈티지 카의 분위기 때문인지도 모르겠지만, 일본과 한국에서 만난 퇴직 형사와는 이질적인 박력으로 가득했다.

LAPD 형사부에 있었다는 과거는, 그것만으로도 특별하다. 아름다운 거리에 반해서 잊어버릴 뻔했지만, 로스앤젤레스는 총기 사회인 미국에서 두 번째로 많은 인구를 자랑하는 도시이며, 특수기동부대 SWAT을 낳은 범죄 다발 지대다. 마약, 살인—다양한 이유로 발생하는 총격전의 횟수와 규모에 아시아 국가의 도시들은 명함도 못 내민다. 누구도 여기서 목숨을 잃지 않고 형사 인생을 은퇴한다는 보장은 없다.

"재미없는 곳에 왔군."

필자가 약간 긴장하며 조수석에 올라타자 밥티스트는 그렇게 말했다. 그것이 그가 꺼낸 첫마디였다.

"난 따분한 상대야. 늙어빠진 부동산업자고, 시곗바늘이 멈춘 듯한 인간이지."

"따분하다니요."

필자는 바로 부정했다.

"1969년형 폰티악 파이어버드에 탈 기회를 얻어서 정말 감격했습니다. 이런 명차를 몰고 마중을 나오실 줄이야."

필자는 본인이 알고 있는 지식을 약간 내보여서 밥티스트의 비위를 맞추려고 했지만 그는 대번에 말을 막았다.

"차를 좋아하는 인간은 내버려두면 끝도 없이 떠든다니까."

밥티스트는 그렇게 말했다.

"그런데 아침은 먹었나?"

카페에서 토스트와 커피를 먹고 왔지만 필자는 바로 고개를 저었다. 설령 세 번째 아침 식사일지라도 "아직입니다" 하고 대답했으리라.

73세인 네이선 밥티스트의 겉모습에서 그 나이에 상응하는 노쇠함은 느껴지지 않았다. 떡 벌어진 어깨와 가슴이 밝은 녹색 바탕에 자수를 넣은 폴로셔츠를 터질 듯이 밀어 올렸다.

은퇴한 후 연금에 기대서 생활하지 않고 다시 부동산업을 시작한 것이 젊음을 유지하는 비결일지도 모르겠다. 사업은 순조로우리라. 굵은 손목에 찬 오메가 시계에서 여유가 엿보였다.

밥티스트가 자주 간다는 작은 레스토랑에는 과거의 로스앤젤레스를 연상시키는 분위기가 감돌았다. 손님은 나이 든 백인 남자뿐이었다. 그들은 휴대전화나 태블릿을 들여다보는 대신 익숙한 손놀림으로 신문을 넘기며 조용히 아침을 먹었다. 각 테이블에는 종업원을 부를 때 사용하는 놋쇠 종이 놓여 있었다. 종이 울릴 때마다 정겨운 미국의 아침이 얼굴을 내보인다. 덧붙여 레스토랑에는 1940년대의 스윙 재즈가 레코드로 흘러나오고 있었다.

밥티스트는 아침부터 잘 먹었다. 필자가 헤아려본 결과, 토스트 네 장, 두껍게 썬 베이컨 두 장, 달걀을 세 개는 사용했을 오믈렛, 그리고 사발에 수북하게 담은 치킨 샐러드를 시켰다. 그뿐만 아니라 밥티스트는 뜨거운 커피를 여러 잔 마신 후, 놋쇠 종을 울려서 종업원에게 또 리필을 부탁했다.

"조카 필립에게 저널리스트가 만나고 싶어 한다는 이야기를 들었을 때는."

밥티스트가 말했다.

"취재에 응할 생각은 전혀 없었어. 필립도 못 본 지 10년도 넘었고 말이야. 하지만 당신이 일본인이라는 걸 듣고 마음을 바꿨어."

"감사합니다."

필자는 감사 인사를 했다.

"지난번에 주신 이메일에도 그렇게 쓰셨죠."

"지금까지는 아시아인을 취재했지?"

"네. 일본인 여덟 명과 한국인 한 명요."

"그렇군. 경찰에 관해 조금은 알게 됐을지도 모르지만 LAPD는 아시아 경찰과 많이 달라."

밥티스트는 기름기 넘치는 두툼한 베이컨을 입에 넣었다.

"여기서는 누구나 제일 말단인 순찰 경관부터 시작해. 최소 2년이야. 그동안 거리의 현실을 피부로 배우는 거지. LAPD에 아시아 같은 관료 제도는 없어. 학교 성적만으로는 출세를 못 해."

“무슨 말씀인지 알겠습니다.”

필자는 고개를 끄덕였다. 밥티스트가 언급한 아시아가 어디서 어디까지를 가리키는지는 확실치 않지만, 그의 말은 LAPD의 자부심을 대변한다. 일본이나 한국 경찰의 상층부를 차지한 엘리트 가운데, 최소 2년간 밑바닥에서 순찰 근무를 해본 사람이 얼마나 되겠는가?

밥티스트는 나지막한 목소리로 말을 이었다.

“난 순찰 근무 기간을 마친 후 형사 시험에 합격했어. 일단 갱단 및 마약과에서 경험을 쌓고, 강도살인과에 배속돼서 퇴직하기까지 21년을 보냈지. 알겠나? 강도살인과에 21년이야. 도쿄나 서울의 형사가 나보다 더 위험한 근무 시간을 보냈을 리는 없겠지. 그래도 당신이 퇴직한 형사들의 생활을 살펴봤다는 걸 알고 호기심이 좀 생겼어. 아시아의 경찰관은 노후를 어떻게 보낼까 궁금하더라고. 이런 기회가 아니면 죽을 때까지 못 물어보지 않겠나. 전쟁에 참전한 내 아버지와 서로 총질한 것 말고는 일본인하고 인연이 없으니까 말이야.”

밥티스트는 웃음을 지었다.

“생각해보면 내 관심사는 늙은이의 인류학적인 흥미라고나 해야 할지도 모르겠군.”

레스토랑에는 여전히 스윙 재즈가 흐른다. 바늘이 레코드를 문지르는 소리도 계속 들린다.

"밥티스트 씨, 당신이 처음입니다."

필자는 말했다.

"다른 퇴직 형사에게 흥미를 품고 이번 취재를 허락해주신 분은."

"그런가?"

밥티스트는 냅킨으로 입을 닦았다.

"그런데 당신이 만난 사람들은 은퇴하고 뭘 하고 있지?"

밥티스트의 질문에 필자는 쉽사리 대답할 수 있었다.

"각자 뭔가를 키우고 있었습니다."

"키운다고? 뭘?"

밥티스트는 굵은 손가락으로 깍지를 끼고 필자를 바라보았다.

지금까지 만난 아홉 명의 에피소드를 필자는 간추려 설명했다.

시각 장애인 안내견 훈련소에서 땀을 흘리는 퇴직 형사.

자택 옥상의 비닐하우스에서 재배한 호접란을 매년 콘테스트에 출품하는 퇴직 형사.

출소한 소년 범죄자들로 구성된 야구팀의 감독을 맡은 퇴직 형사.

등교 거부 학생들을 위한 사설 학원을 경영하는 퇴직 형사.

관상용 금붕어를 사육하고 판매하는 퇴직 형사.

일본에 온 외국인 유학생에게 장기를 가르치는 퇴직 형사.

전기자전거로 아이를 등하교시키는 어머니를 위해 교통안전 교실을 여는 퇴직 형사.

침입자에 대비해 체포 및 호신술을 초중학교 교사에게 지도하는 퇴직 형사.

청각장애인 축구팀을 운영하는 퇴직 형사.

"흠."

밥티스트는 별 흥미 없다는 듯 어깨를 으쓱하더니, 사발에 담긴 치킨 샐러드에 드레싱을 뿌리고 포크로 찍어 먹었다.

"보호와 봉사(To protect and to serve)라."

"네."

필자는 고개를 끄덕였다. 밥티스트가 말한 '보호와 봉사'는 LAPD의 모토다. 거리를 달리는 경찰차의 차체에도 적혀 있다.

"그나저나 호접란이니 금붕어니 장기는 또 뭐야."

밥티스트는 고개를 갸웃했다.

"요컨대 그냥 그 사람의 취미인 거잖아?"

우리는 함께 웃음을 터뜨렸다.

한층 가까워진 분위기가 느껴졌으므로, 필자는 밥티스트의 가족에 대해 물어보기로 했다.

자식은 두 명. 1남 1녀. 프리랜서로 컴퓨터 프로그래머 일을 하는 아들은 샌프란시스코, 증권회사 임원과 결혼한 딸은 일리노이주 시카고에 산다.

현재 아내는 없다. 밥티스트는 퇴직하고 딱 1년 후에 이혼했다.

취재 전에 주고받은 이메일을 통해 밥티스트가 1996년에

LAPD를 퇴직했다는 정보를 얻었다. 그렇다면 1997년에 이혼한 셈이다. 자식들이 언제 집을 떠났는지는 모르지만, 적어도 밥티스트는 17년간 독신 생활을 해왔다. 그 때문인지 밥티스트의 굳센 표정 속에는 어쩐지 어두운 그림자가 깃들어 있었다.

밥티스트에게는 미안하지만, 필자는 그 부분에 이번 취재의 포인트를 두기로 했다. 왜 아내와 이혼했는지를 알아내는 것이다. 퇴직 형사라는 특별한 사람들이 어떤 현실을 살아가는지 독자에게 생생하게 전달하는 것이 「포머 디텍티브」의 목적이니까.

"미안하지만 이제 일하러 가야 해."

밥티스트가 푸짐한 아침 식사를 깔끔히 먹어치우고 말했다.

"오후 8시 지나서 만나기로 할까."

"괜찮으시면 그때 집을 보여주시면 안 될까요?"

"물론 되고말고. 하지만 난 이 동네에 안 살아."

"이 동네—노스 할리우드에 안 사신다고요?"

"집은 여기 있어. 하지만 톨루카 호수에서 살아."

밥티스트가 예상치 못한 새로운 정보를 꺼냈다. 주거지가 다른 곳에 있다는 당황스러운 사태가 발생했지만, 거기가 캘리포니아주를 몇백 킬로미터나 벗어난 곳이 아니라는 사실에 필자는 가슴을 쓸어내렸다.

톨루카 호수는 노스 할리우드 옆에 있다. 좋았던 옛 시절의 풍취가 풍기는 곳으로, 로스앤젤레스에서 손꼽히는 고급 주택가다.

"말 안 해서 미안하군."

밥티스트가 사과했다.

"이게 퇴직 형사의 삶이야. 집이 어딘지 알려지면 징역을 살고 나온 놈들에게 무슨 짓을 당할지 몰라. 날 죽이고 싶어 하는 놈들은 넘치고 넘치거든. 내가 톨루카 호수에 산다는 건 아무한테도 말하지 마. 알겠나? 기사에도 쓰지 말고."

비밀 엄수를 조건으로 밥티스트는 필자에게 톨루카 호수 어디쯤 집이 있는지 알려주었다. 하지만 주소까지는 말해주지 않았다. 밥티스트는 택시를 집 앞에 대는 것조차 경계했다. 그런 그의 요청에 따라 필자는 집 근처에서 택시를 내려 기억을 더듬으며 집까지 걸어가야 한다.

퇴직 후에도 여전한 신변의 위험 때문에 아내와 이혼하게 된 걸까?

어쨌든 일본이나 한국에서 취재할 때는 느끼지 못했던 긴박감에 몸이 굳었다. 역시 여기는 로스앤젤레스다.

호쾌한 엔진소리를 내며 달려가는 1969년형 폰티악 파이어버드를 배웅한 후, 필자는 빈 시간을 이용해 패서디나행 버스에 올랐다. 로스앤젤레스가 위험한 곳임을 절실하게 느꼈지만, 겁을 먹는다고 어떻게 해결되는 것도 아니다. 지금은 기분을 바꿔서 즐겨야 한다.

필자는 로즈 보울 스타디움으로 향했다. 아메리칸 빈티지의 애호가 중에서 로즈 보울이라는 이름을 모르는 사람은 없으리라.

대학 미식축구의 성지인 로즈 보울 스타디움은 대규모 벼룩시장 개최장이라는 얼굴도 가지고 있다. 개최일은 매달 두 번째 일요일. 약 2천 개의 판매점이 참여하는 거대한 이벤트가 매달 열리다니, 그야말로 미국답다.

이번에는 아쉽게도 취재 일정과 벼룩시장 개최일이 겹치지 않았지만, 하다못해 개최장의 외관만이라도 보고 싶었다. 헌 옷 한 벌조차 못 사지만, 스타디움 사진을 찍어가면 미식축구를 좋아하는 편집자들이 기뻐하리라.

사진을 찍은 후 스타디움 근처에서 로드바이크를 대여해 정처 없는 사이클링을 즐겼다.

해가 완전히 졌을 무렵, 버스를 타고 패서디나에서 톨루카 호수로 향했다. 버스에서 내려 밥티스트가 대략 알려준 주소까지 택시로 이동했다.

톨루카 호수는 로스앤젤레스에서도 좋았던 옛 시절의 풍취가 특히 진하게 남아 있어서 빈티지 카를 좋아하는 사람에게 기적 같은 곳이다. 꿈만 같은 차량이 길 저편에서 아무렇지도 않게 나타난다. 많은 주민이 애착을 품고서 오래된 차를 타고 다니는 곳이라면, 폰티악 파이어버드가 지나다녀도 그렇게까지 눈에 띄지는 않을 것이다.

기억을 더듬어 키 큰 가로수가 늘어선 길을 건넌 필자는 하얗게 칠한 별장 같은 건물 앞에서 걸음을 멈췄다.

잔디가 집을 둘러쌌고, 이웃집과 멀찍이 떨어져 있다. 도쿄라면 그 공간에 집이 두 채는 더 들어설 것이다.

어둠 속에서 밥티스트의 두 번째 집을 찾아낸 필자는 약간 복잡한 심정으로 초인종을 눌렀다. 싫어도 말에 신중해질 수밖에 없다. 아내와 헤어진 남자가 혼자 사는 집이다. 게다가 전과자의 눈을 피해 숨어 사는 집이다. "정말 멋진 집이네요" 같은 소리를 해서는 안 된다.

잠시 후 밥티스트가 문을 열고 나와서 필자를 내려다보았다. 이 퇴직 형사의 체격이 얼마나 좋은지 새삼 실감했다. 필자도 그렇게 몸집이 작은 편은 아니지만, 그의 앞에서는 마치 중학생이 된 것 같은 기분이었다.

"기다렸어."

밥티스트가 말했다.

"술이라도 마시면서 이야기하지."

가구다운 가구가 없어서 그런지 생활감이 느껴지지 않았다. 그야말로 혼자 사는 사람의 집이다. 분명 잠만 자는 곳이리라.

복도를 걸어가다 응접실 옆을 지나쳤다. 장식 선반에 트로피나

상장 같은 훈장이 하나도 없어서, LAPD 재직 시절의 기념품을 볼 수 있지 않을까 기대했던 필자는 가벼운 실망감을 맛보았다. 밥티스트의 기념품은 분명 노스 할리우드의 집에 있을 것이다. 썰렁한 분위기의 응접실에는 아무것도 진열되지 않은 장식 선반과 소파밖에 없었다.

그나저나 아무리 혼자 몸을 숨기고 살아가는 집이라지만, 물건이 너무 적다. 덕분에 복도 벽에 걸린 평범한 풍경화가 마치 저명한 화가의 작품처럼 돋보였다.

"이 그림은—"

필자는 앞장서서 걸어가는 밥티스트에게 말을 걸었다.

"직접 그리신 건가요?"

"아니."

밥티스트가 대답했다.

"로즈 보울에서 사 온 거야. 거기서는 그런 걸 3달러나 5달러 정도의 싼값에 팔거든. 가격에 걸맞게 형편없는 그림이야."

필자가 안내받은 곳은 주방 앞의 손때가 묻은 바 카운터였다. 안쪽 싱크대에 아무렇게나 놓인 빈 술병이 눈에 들어왔다.

"여기서 이야기해도 되겠지?"

밥티스트가 말했다.

"주방도 냉장고도 가까워서 편해."

바 카운터 안쪽으로 들어간 밥티스트는 한잔하려는지 얼음을 깨서 넣은 술잔에 버번위스키를 따랐다. 남에게 주소를 알려주지 않는 이 집에서 밤이면 밤마다 혼자 술을 마시는 밥티스트의 쓸쓸한 모습이 상상됐다.

밥티스트는 필자에게 버드와이저 캔맥주를 던져주었다. 우리는 바텐더와 손님처럼 바 카운터를 사이에 두고 높직한 스툴에 마주 앉았다. 건배는 하지 않았다. 필자는 취하고 싶지 않아서 실례가 되지 않을 정도로만 맥주를 마셨다.

"텔레비전을 보거나 음악을 듣지는 않으십니까?"

"응. 그런 거 안 좋아해."

밥티스트는 고개를 저었다.

"옛날 사나이들은 조용히 술을 맛봐. 술맛을 모르는 애송이들이나 시끌벅적한 걸 찾지."

"그 버번위스키를 좋아하세요?"

"퇴직한 아시아의 경찰은—"

밥티스트는 술잔을 카운터에 내려놓고 말했다.

"시체에 대해 어떤 식으로 이야기했나?"

너무나 맥락없는 질문에 필자는 한순간 당황했다.

—시체에 대해?

몹시 뜬금없었지만 상대가 먼저 무거운 화제를 꺼내준다면 이쪽으로서는 환영이다. 무탈한 잡담을 늘어놓으며 간을 볼 필요도 없다.

필자는 마음을 가다듬고 밥티스트의 눈을 쳐다보았다.

"인상에 남아 있는 건—그렇지, 홋카이도 경찰에서 경감으로 퇴직한 분의 말씀이었습니다. '시체를 한 번 보는 건 큰 문제가 아니야'라고 하셨죠."

"흐음."

"그러고 나서 '매일 보는 게 괴로워서 그렇지' 하고 덧붙이셨어요."

"똑똑한 사람이로군."

"밥티스트 씨도 같은 생각이십니까?"

"살인과 형사로 일하다보면, 자기도 그런 일을 하고 싶다는 멍청이가 꼬이지."

밥티스트는 위스키를 들이켰다.

"빌어먹을 아마추어 같으니라고. 아무리 끔찍한 시체를 봐도 정신적으로 견딜 수 있으니 형사에 적합하다고 으스대는 병신들이야. 할리우드에서 엉터리 형사 영화를 너무 많이 만든 탓에 그런 놈들이 바퀴벌레처럼 득시글거려. 놈들은 아무것도 몰라. 알겠나?

로프로 손발을 묶인 채 수없이 강간당한 것도 모자라 목에 칼을 맞아 죽은 피해자를 상상해봐. 우리는 시체를 세심하게 관찰하고, 피 냄새를 맡고, 공기 중에 떠도는 절망의 입자를 코로 듬뿍 들이마셔. 정말 효과가 뛰어나지. 마치 헤로인을 흡입한 것처럼 말이야. 그리고 사건을 해결할 때까지 현장 사진을 매일 봐. 매일 아침마다. 숙취에 시달리든 아이가 태어나든 대통령이 바뀌든 상관없이 계속 본다고. 체포에 시간이 걸리면 걸릴수록 더욱 집요하게 사진을 응시해. 빠뜨리고 넘어간 단서를 찾아낼 수도 있으니까. 하지만 그러는 사이에 시체가 머릿속에 자리를 잡고 말아."

"시체가 머릿속에 자리를 잡는다고요?"

"뭐, 시체라기보다 유령이지. 우리는 그 상태를 '유령을 기른다'라고 표현했어. 일단 유령을 길렀다 하면, 머릿속에서 떼어내기가 쉽지 않지. 밥을 먹을 때도, 샤워할 때도, 물론 침대에 누워 잘 때도 함께야. 창밖이나 텔레비전 속에서 시체가 보이고, 혼잡한 거리에서 피해자의 비명이 들리기도 해. 호러 영화 같은 나날이 시작되는 거지. 인간의 마음은 무서워. 레슬링이나 복싱에서 전국 챔피언을 차지했던 터프한 남자들이, 그것 때문에 완전히 망가지기도 하거든. 동료들이 심적 외상 후 스트레스 장애로 일을 때려치우는 모습을 얼마나 많이 봤는지 몰라."

밥티스트의 술잔 바닥에는 녹아서 모서리가 동그스름해진 얼음만 남아 있었다. 밥티스트는 술병을 아무렇게나 붙잡더니 위스키를 술잔에 따랐다. 일본의 관습에 따라 필자가 따라줄까 싶기도 했지만, 술병이 밥티스트의 거의 눈앞에 놓여 있어서 여의치 않았다.

"그럼 밥티스트 씨도."

필자는 물었다.

"유령을 기른 적이 있으셨습니까?"

밥티스트는 대답 없이 바 카운터에 양손을 짚고 필자를 바라보았다. 그의 날카로운 눈빛에서 어쩐지 즐거워하는 낌새가 느껴졌다. 얼음에 닿은 술이 차가워졌을 즈음에 밥티스트는 위스키를 마시고 축축한 혀로 입술을 핥았다.

"1990년 여름이었어."

밥티스트는 천장을 힐끗 올려다보고 말했다.

"잉글우드의 한 아파트먼트에서 살인사건이 발생했지. 총소리를 들은 인근 주민의 신고가 들어왔고. 마침 근처에서 다른 사건을 수사 중이었던 나랑 파트너 블랙모어가 무전을 듣고 순찰 경찰관보다 먼저 현장에 도착했어. 문은 열려 있더군. 들어가 보니 피바다였어. 젊은 여자가 총에 맞았더라고. LAPD에서 월급을 받는 인간들은 매일같이 피 웅덩이에 맞닥뜨리지. 화약 냄새가 섞인, 더럽게 짜증 나는 피 냄새에 말이야. 총을 이용한 살인사건은 드문 일이 아니지만, 그날 밤 사건은 상당히 특이했어. 아차, 유령 이야기에서 벗어났는데 상관없나?"

"물론이죠."

필자는 고개를 끄덕이고 밥티스트가 이야기하길 기다렸다.

"뭐가 특이했느냐 하면, 태아가 있었거든."

밥티스트는 말을 이었다.

"안타깝게도 피해자인 젊은 백인 여자는 임신부였어. 가까이에서 산탄총에 배를 맞는 바람에, 찢어진 배에서 태아가 튀어나오고 말았지. 바닥 가득 펼쳐진 피바다에 다이빙한 셈이야. 조그마한 머리도 몸통도 산탄에 맞아서 엉망진창이 됐지만, 탯줄은 끊어지지 않았더군. 탯줄이 죽은 엄마와 태아를 단단히 연결한 상태였어. 그야말로 끔찍한 악몽이었지. 나중에 과학수사반에게 임신하고 260일이 지났다는 말을 들었지. 본 적 있나? 엄마 배 속에서 260일을 자란 태아는 갓난아기랑 다를 바 없어."

밥티스트의 회고담은 쉽사리 감상을 꺼내놓을 부류의 이야기가 아니었다. 설령 일본어로 하더라도 할 말을 찾기가 쉽지 않을 것이다. 필자는 아무 말도 없이 그저 귀를 기울였다.

"결과적으로 그 사건은 미궁에 빠졌어. 그 가련한 백인 여자는 흑인 남자와 결혼해서 같이 살았었는데, 분명 남편이 방아쇠를 당겼겠지만 놈은 자취를 감췄어. 흉기인 산탄총도 현장에는 없었고."

밥티스트는 긴 침묵 후에 자조하듯 기묘하게 일그러진 웃음을 지었다.

"우리는 사라진 남편을 찾기 위해 애썼어. 지역 갱단의 소굴도 이 잡듯이 뒤졌지. 남편은 갱단이 아니었지만 갱단이 돈을 받고 범죄자에게 은신처를 마련해주는 사례는 적지 않아. 하지만 단서는 없었지. 남편은 아직도 행방불명 상태야. 생사도 확실치 않아. 놈이 범인일 게 뻔한데 말이지."

밥티스트의 나지막한 목소리를 듣고 있자니, 어느 틈엔가 범행 현장에 남은 피와 화약 냄새가 필자의 코끝에 감돌기 시작했다. 바닥에 떨어진 태아도 눈앞에 어른거렸다. 흉악한 범죄의 수사 관계자가 들려주는 사건 이야기에는 그 어떤 호러 영화나 서스펜스 영화도 못 미칠 만큼 전염성 강한 공포가 담겨 있다. 그것이 바로 진짜 경험만이 가진 힘이리라. 밥티스트의 골수까지 스며든 기억이 혀끝에서 공기 중으로 흘러나와서 필자를 감싼다. 필자는 도망치듯이 캔맥주를 목구멍에 쏟아부었다.

톨루카 호수에 자리한 마을은 고요하니, 밖에서는 아무 소리도 들리지 않았다. 바 카운터 바로 위에서 선풍기가 천천히 돌아갔다.

"미안하군. 너무 무거운 이야기였어."

밥티스트가 갑자기 유쾌하게 웃었다.

"기분 전환 삼아 밥이나 먹지. 이제부터 악마의 레스토랑이 시작될 시간이야."

—악마의 레스토랑?

필자의 귀에는 분명히 그렇게 들린 것 같았다. 무슨 뜻인지는 전혀 짐작이 안 갔다. 스툴에서 일어선 밥티스트는 취한 것처럼 보이지 않았다. 단지 73세라는 나이 때문인지 가끔 대화에 맥락이 없어질 뿐이었다.

밥티스트는 널찍한 등을 이쪽으로 돌리고 냉장고 문을 열었다. 필자는 숨을 내쉰 후 진동으로 설정해둔 휴대전화를 호주머니에서 꺼냈다. 문자 메시지가 한 통 와 있었다. 어제 운전기사로 대활약한 제프가 보낸 것이었다.

확인 좀 할게. 퇴직 형사 집에 있어?

읽자마자 골치 아픈 질문이구나 싶었다.

노스 할리우드에 있는 퇴직 형사의 집이라는 의미에서는 '아니다'지만, 톨루카 호수에 있는 집이라는 의미라면 '그렇다'다.

자세하게는 대답할 수 없다. 제삼자인 제프에게 톨루카 호수에 있는 네이선 밥티스트의 안전가옥을 알려줄 수는 없기 때문이다.

미안해, 제프. 무슨 용건인지는 모르겠지만—

그렇게 생각하고 있는데 제프가 또 문자 메시지를 보냈다.

LAPD에서 문의가 왔어.

무슨 뜻이지?

필자는 고개를 갸우뚱했다. 아무리 농담을 좋아하는 제프라도 이런 농담은 지나친 감이 있다. 술김에 보낸 문자 메시지가 아니라면 남은 가능성은 '사실'이라는 것이다. 백번 양보해서 사실이더라도 LAPD가 필자에게 무슨 용건이 있다는 말인가? 퇴직한 형사를 취재할 거면 경찰국의 홍보부를 통해서 하라는 걸까? 그건 이상하다. 무엇보다도 진짜 경찰이라면 제프가 아니라 필자 본인에게 확인할 것이다.

하지만 필자에게 경찰의 전화가 오지 않는 이유가 퍼뜩 떠올랐다. 로스앤젤레스에서만 사용할 프리페이드 휴대전화를 인터넷으로 등록해서 가지고 있기 때문이다. 그래야 나중에 편집부에 경비를 청구할 때 여러모로 편리하다. 그래서 경찰은 필자의 전화번호를 모르는 것이리라.

하지만 마음만 먹으면 전화번호 정도는 알아낼 수 있지 않을까. 무엇보다도 제프에게 물어보면 그만이다. 정말로 용건이 있다면.

그렇게 생각한 순간, 또 휴대전화가 진동했다. 화면에 뜬 전화번호 첫 부분은 틀림없이 로스엔젤레스 지역번호였다. 필자는 화면을 응시했다. 흐름상 진짜 LAPD에서 전화를 건 셈인데—

"이거 봐봐. 일본에서 온 손님에게 주는 선물이야."

밥티스트의 큰 목소리에 필자는 놀라서 고개를 들었다. 그가 냉장고에서 꺼낸 어두운 자주색 생물을 보고 눈이 휘둥그레졌다. 투명한 비닐봉지에 든 생물. 필자가 일본인이 아니었다면 별세계의 무시무시한 괴물이라고 착각했을지도 모른다.

미끈미끈한 질감.

파악하기 힘든 형상.

촉수.

문어였다. 밥티스트가 들어 올린 비닐봉지 속에서 촉수가 아니라 뒤엉킨 다리 여덟 개를 축 늘어뜨리고 있었다. 종류까지는 모르겠지만 꽤 크다. 얼핏 보기에도 30센티미터는 됐다. 다리를 쭉 펴면 60센티미터는 되리라.

"일본인이 와서 잘됐어."

밥티스트는 설령 비닐봉지 위로도 문어를 만질 생각은 없는지, 굵은 손가락으로 비닐봉지 끄트머리를 잡고 있었다.

"이 데빌피시(악마의 물고기)를 일본인은 날것으로 먹지? 꼭 한번 보고 싶었거든. 초밥집에서처럼 토막 낸 것 말고, 한 마리를 통째로 먹는 모습을. 당신을 위해 일부러 시장까지 가서 사 왔어."

밥티스트가 꺼낸 '데빌피시'라는 말에는 사전만 찾아봐서는 절대로 전해지지 않을, 진심 어린 혐오감이 담겨 있었다.

"저기, 혹시—"

필자는 잠긴 목소리로 물었다.

"회 말씀이신가요?"

"그래, 회."

밥티스트의 얼굴에는 웃음기가 감돌았지만, 장난치는 것처럼은 보이지 않았다. 이 늙은 퇴직 형사는 정말로 순수한 호기심 때문에 문어를 한 마리 사 온 걸까?

"사양할 것 없어. 이리로 와. 칼이랑 도마도 준비해놨어."

쾌활하게 손짓하는 밥티스트를 보고, 필자는 당혹스러워하면서도 스툴에서 일어났다. 그의 재촉에 주방으로 가서 스테인리스 칼을 건네받았다. 바 카운터에 놓아둔 휴대전화는 이미 진동을 멈췄다.

"자, 시작해."

밥티스트는 위스키 잔을 오른손에 들고, 요리 방송의 진행자처럼 필자 옆에 섰다.

“회 파티야.”

필자는 물론 문어를 먹어봤다. 하지만 낚시를 해본 적도 스스로 조리해본 적도 없다. 그래도 뭔가 해야만 이 상황이 수습될 것 같았다. 일단 다리다. 다리를 적당히 하나 잘라서 얇게 썰면 회가 된다.

필자는 로스앤젤레스에서 이 정도 크기의 문어를 사려면 대체 몇 달러나 줘야 할까 생각하며 비닐봉지에 손을 넣어 미끌미끌한 다리를 도마 위로 끌어냈다.

갑자기 강렬한 비린내가 코를 찔러서 문어가 상했음을 알았다. 필자는 고개를 저으며 설명했다.

“날것으로 먹기에는 신선도가 좀 떨어지는 것 같은데요.”

“뭐라고?”

밥티스트의 안색이 변했다. 실망했다기보다는 화난 것 같았다.

“그럼 내가 속은 거야? 이 빌어먹을 데빌피시는 쓰레기통으로 직행해야 해?”

“꼭 그런 건 아니고요.”

실은 필자도 당장 버리고 싶었지만, 퇴직 형사의 심정을 배려해 다음과 같이 제안했다.

“익히면 먹을 수 있을지도 모르겠네요. 보일드 옥토퍼스(삶은 문어)입니다.”

완전히 말이 없어진 밥티스트 옆에서, 필자는 스스로도 이해하기 힘든 죄책감을 느끼며 찬장에 하나뿐인 냄비를 꺼냈다. 수돗물을 담아서 가스레인지로 물을 끓인 후, 문어를 통째로 넣었다. 내장을 꺼내거나 다리를 자르는 식으로 문어를 다듬지는 않았다. 어차피 아마추어다. 올바른 순서도 모른다. 삶은 문어를 칼로 잘라서 먹을 수 있을 만한 곳을 먹으면 된다.

부글부글 끓는 냄비 속에서 문어가 어두운 자주색에서 선명한 붉은색으로 변해갔다. 밥티스트는 변함없이 필자 옆에 서 있었다. 그는 위스키를 들이켜고 냄비 속을 들여다보았다.

"이 녀석은 심장이 세 개라는군. 뇌도 아홉 개나 있대. 너희들 일본인이 손재주가 좋은 건, 늘 이 녀석을 먹기 때문인가?"

물이 넘치려고 하길래 필자는 불을 줄였다. 그리고 밥티스트의 옆얼굴을 훔쳐보았다. 눈빛, 태도, 말투, 발언, 전부 조금씩 달라졌다. 마치 문어가 익어감에 따라 밥티스트 본인도 변하는 것만 같았다.

필자는 말없이 불을 껐다. 집게가 없어서 칼과 포크를 사용해 뜨거운 물에서 문어를 건져야 했다. 잘 삶긴 문어는 묵직했다.

"좋아, 먹어봐."

밥티스트가 지시했다.

"이대로는 좀."

필자는 동요해서 말했다.

"작게 잘라서 나눠야죠."

"작게 잘라서 나눈다고?"

밥티스트는 소리 내어 웃었다.

"난 안 먹어. 너 혼자 먹는 거야."

대체 뭐가 어떻게 된 건지 알 수 없었다. 필자는 밥티스트의 얼굴을 올려다보았다.

"머리를 물어뜯어."

밥티스트의 눈 안쪽에 깃든 시커먼 어둠이 엿보였다.

"아니, 따지자면 머리가 아니라 몸통이로군. 상관없어, 심장 세 개와 뇌 아홉 개가 들어 있으니 실컷 먹어. 더 똑똑해질 거야."

도마에 올려둔 문어에서 김이 피어올랐다. 간이고 양념이고 전혀 하지 않은 삶은 문어. 뭐라 설명하기 힘든 현기증이 몰려왔다.

침묵을 견디지 못하고 헛기침을 했을 때 왼뺨에 충격이 느껴졌다. 벽이 시야를 스쳤고, 다음으로 천장이 보였다. 바닥에 쓰러진 순간 의식이 날아갈 뻔했지만 필자는 안간힘을 다해 눈을 떴다. 밥티스트는 필자를 때린 자신의 오른손을 바라보고 있었다.

"주먹이 많이 약해졌군. 왕년에는 이 정도로는 색깔조차 변하지 않았는데."

밥티스트는 여전히 웃는 표정이었다.

"일어서, 옐로 블러드(노란 피). 일어나서 이걸 먹어."

그 후로 몇 방이나 더 맞았는지 확실히 기억이 나지 않는다. 질질 끌려서 일어선 필자는 코피와 눈물을 흘리며 김이 피어오르는 문어의 머리를 물어뜯었다. 마치 햄버거를 베어 먹듯이. 하지만 이에 닿는 건 부드러운 빵이 아니라 두툼한 고무 같았다. 가까스로 머리 일부를 뜯어내서 삼키자, 이번에는 다리를 먹으라고 명령했다. 명령대로 다리 몇 개를 한꺼번에 입에 넣고 무작정 씹었다. 어금니 사이에서 빨판이 으득으득 뭉개지는 소리가 났다. 꿈을 꾸는 중이라고 생각했다. 이건 현실이 아니다. 호텔 침대에 누워 동경하던 로스앤젤레스에 온 행복한 꿈을 꾸다가 갑자기 악몽이 시작된 것이다.

하지만 얻어맞은 곳에서 전해지는 극심한 통증은 아무리 생각해도 현실 그 자체였다.

사이렌 소리가 들렸다. 복도 저편에서 분명히 들려왔다. 필자는 속으로 도움을 요청했다. 환청이 아니길 빌었다.

초인종이 울리고, 이어서 누군가 현관문을 세차게 두드렸다. 밥티스트는 욕을 내뱉으며 현관문으로 향했다.

주방에 남겨진 필자는 바닥에 주저앉았다. 조리에 사용한 칼로 반격할 생각은 애초에 없었다. 밥티스트가 권총을 소지한 것을 봤기 때문이다.

갑자기 총소리가 몇 번 들렸다. 그리고 몇 분이 지났다. 그 몇 분이 너무나 길게 느껴졌다. 그동안에도 코피는 멎지 않고 계속 흘렀다.

감색 제복에 넥타이를 매고 총을 든 LAPD 경찰관들이 주방에 나타났을 때, 필자는 자신의 이름도 대지 못할 만큼 기진맥진한 상태였다. 폭행을 당해 뇌진탕을 일으켰다. 이와 코가 부러졌으며, 턱뼈에는 금이 갔다.

퇴직 형사 네이선 밥티스트는 톨루카 호수에 인접한 버뱅크에서 발생한 살인사건 일곱 건—피해자는 전부 흑인—의 용의자로 자신이 33년간 몸담았던 LAPD에 몰래 점찍힌 상태였다.

밥티스트의 조카인 필립은 그러한 수사 정보를 일절 듣지 못했다. 필자는 그런 연쇄 살인사건이 벌어진 줄조차 몰랐다.

좀처럼 꼬리를 드러내지 않던 밥티스트는 필자와 만난 날 버뱅크에서 저지른 살인 때문에 범인으로 확정됐다.

"오후 8시 지나서 만나기로 할까."

그날, 노스 할리우드의 레스토랑에서 아침을 먹은 밥티스트는 부동산 관련 업무를 마친 후, 이웃한 버뱅크에 사람을 죽이러 갔다.

다시 한번 지리를 알기 쉽게 설명하자면 노스 할리우드의 남동쪽에 톨루카 호수가 있고, 그 동쪽에 버뱅크가 있다. 세 지역이 나란히 이어져 있는 셈이다.

오후 6시경, 버뱅크의 골목을 걷던 밥티스트는 안면이 없는 흑인 남자에게 길을 물어보다가 갑자기 그를 총으로 쏴 죽였다. 밥티스트는 흑인 남자라면 아무나 노리는 유형의 살인자였다.

사건 직후, 현장을 떠나는 범인을 보았다는 목격자가 나타났다.

이미 밥티스트를 의심하고 있던 LAPD는 버뱅크에서 입수한 목격 정보를 바탕으로 만든 범인의 몽타주와 경찰국에 등록된 밥티스트의 얼굴 사진을 대조했고, 9·11 테러 이후 로스앤젤레스에도 배치된 최신형 감시 카메라의 얼굴 인증 시스템을 활용해 밥티스트를 쫓았다. 초감시사회의 상징으로서 우리에게 익숙한 빅 브라더—소설 『1984』에 등장하는 독재자—를 낳을지도 모른다는 우려 때문에 이러한 수사 방법을 비판하는 목소리도 있지만, 이러한 기술이 SF에서처럼 만능은 아니다. 최신 시스템으로 도시 전역을 그물처럼 뒤덮기는 예산상으로도 불가능하므로, 현재로서는 감시의 눈길이 미치지 않는 거리가 얼마든지 남아 있다.

실제로 시가지의 지리에 통달한 밥티스트는 교묘하게 자취를 감추었다. 눈에 띄는 차도 타지 않으면 아무 문제가 안 된다.

밥티스트의 발자취를 조사하는 과정에서 LAPD는 필자를 발견했다. 노스 할리우드에서 밥티스트와 함께 아침을 먹은 시간대의 필자다.

나중에 밥티스트와 다시 만날지도 모르므로 LAPD는 필자를 추적했다. 하지만 인공위성으로 필자를 보고 있던 것도 아니고 앞서 말했듯이 시가지에 점점이 흩어져 있는 최신 감시 카메라에 촬영된 방대한 정보 속에서 부합하는 얼굴 하나를 찾아내야 하므로, 추적하는 데 시간이 걸렸다. 나중에 듣기로는 오후에 패서디나에서 정보가 더는 올라오지 않아서 행방을 놓쳤다고 한다. 필자가 로드

바이크를 대여해 돌아다녔을 무렵이다.

LAPD는 필자의 현재 위치를 파악하기를 단념하고, 전날의 행동을 거슬러 올라가며 확인했다. 그리고 친구 제프를 발견해 필자의 정보를 요구하기 위해 접촉했다고 한다.

LAPD가 필자의 휴대전화 위치 정보를 통해 톨루카 호수에 있는 밥티스트의 은신처를 찾아내지 못했다면? 그렇게 생각하자 등골에 소름이 쭉 끼쳤다.

톨루카 호수의 병원으로 이송돼 입원한 필자는 형사에게 몇 시간이나 질문을 받았다. 턱에 금이 가는 바람에 발음이 제대로 안 돼서 필담하듯 노트북으로 타자를 쳐서 대답해야 했지만, 문자와 음성을 주고받는 동안 필자도 정보를 많이 얻었다.

일단 그날 밤, 주방을 떠난 밥티스트에게 무슨 일이 일어났는지를 밝히겠다.

비웃음을 띤 채 필자를 괴롭히던 밥티스트는 밖에서 세차게 두드리는 현관문을 아무렇지도 않게 열었다. 그리고 체포영장을 든 예전 후배들에게 웃으면서 총을 쐈다고 한다. 경찰관 한 명이 목에 총을 맞아 사망했고, 열두 발의 총알 세례를 받은 밥티스트도 즉사했다. 앞서 총소리를 몇 번 들었다고 썼는데 실은 훨씬 많이 발포했다.

다음은 밥티스트가 버뱅크에서 저질렀다는 살인사건 일곱 건이다. 병실에서 형사에게 '피해자는 전부 흑인 남자'라는 이야기를 들었을 때, 필자의 머릿속에는 물론 밥티스트가 말해준 과거의 에피소드가 떠올랐다. 잉글우드의 아파트먼트. 임신 중이던 백인 여자가 살해됐고, 범인으로 추정되는 흑인 남편은 행방불명된 미제 사건이다. 너무나 처참한 살인 현장을 목격한 데다, 범인으로 추정되는 흑인 남편을 체포하지 못한 탓에 마음속에서 뭔가가 변질됐고, 그 결과 밥티스트는 흑인을 노리는 냉혹한 살인자가 된 걸까?

필자는 자판을 두드려 솔직한 생각을 형사에게 전달해보았다. 형사는 잠시 말이 없었지만, 결국은 무거운 입을 열었다. 지금 돌이켜보면 필자가 밥티스트 본인에게 그 사건 이야기를 들었음을 알고, 숨겨도 소용없겠다고 판단한 건지도 모르겠다.

"버뱅크에서 발생한 연쇄 살인사건과 더불어, 1990년 잉글우드의 아파트먼트에서 발생한 살인사건도."

형사는 말했다.

"네이선 밥티스트를 용의자로서 재수사할 예정입니다."

필자는 어안이 벙벙한 표정으로 형사의 얼굴을 바라보았다.

괴물에 관한 정보는 더 있었다.

필자가 입원한 다음 날, LAPD는 톨루카 호수에 있는 밥티스트의 은신처를 수색했고, 바닥 밑에서 시신 네 구를 새로이 발견했다. 이미 백골로 변했지만 모발로 DNA를 감정한 결과, 모두 흑인 남성으로 판명됐다. 필자는 그야말로 지옥의 가장자리—아니, 지옥 바로 위에 서 있었던 셈이다.

1992년에 로스앤젤레스에서 폭동이 일어났을 때, 당시 현역이었던 밥티스트는 일반 시민인 흑인에게 부당한 폭력을 행사했다. 법정에는 서지 않았지만 감봉 처분을 받았다.

더욱이 그는 퇴직한 해인 1996년에도 인종차별적으로 흑인을 단속했다. 이 일이 경찰국에서 문제시돼 밥티스트는 어쩔 수 없이 배지를 뗐다. 즉, 본인이 말했듯이 '체력의 한계' 때문에 퇴직한 것이 아니라 사실상 징계 면직을 당한 것이다. 이 또한 조카 필립이 몰랐던 사실 중 하나다.

의문의 여지가 없는 인종차별주의자이자 백인우월주의자이고, 은신처에 시체를 숨겨둔 연쇄 살인범 밥티스트가 언제부터 살인을 저질렀는지, 정확히 몇 명을 죽였는지 현재로서는 확실치 않다.

1990년에 잉글우드에서 살인을 저지른 혐의로 입건하기도 극히 어렵다는 모양이다. 하지만 밝혀진 범죄 이력과 인종차별적인 성향을 고려하면 그가 진범일 가능성이 크다. 흑인 남편, 백인 아내, 그 사이에서 잉태된 아이—상상하기도 무섭지만, 밥티스트가 증오를 폭발시킬 만한 조건을 갖춘 셈이다.

그건 그렇고 밥티스트는 어떤 심정에서 필자와 만나기로 한 걸까?

당사자가 사망했으니 진심은 알 길이 없지만 필자의 개인적인 견해를 써보도록 하겠다.

밥티스트는 흑인을 차례차례 죽여나가는 동안, LAPD가 자기를 추적하고 있다는 사실을 눈치챘을 것이다. 그들에게 점찍혔음을 알고 체포는 시간문제라고 생각했다. 그리고 파국이 가까워지는 가운데, 황인종인 필자의 취재 의뢰가 날아들었다.

무슨 일이 있어도 인정해서는 안 되는 사상이지만 '핏빛이 전부 붉은 것은 아니다'라고 생각하는 인간들은 실제로 존재한다. 그리고 밥티스트 같은 인간은 '백인의 피만 순수하게 붉고, 흑인의 피는 검다'라고 철석같이 믿는다. 그리고 그런 그의 눈에는 일본인의 피도 지저분한 노란색으로 보인다. 저주받은 신념 앞에서 과학적인 사실은 아무 도움도 되지 않는다.

밥티스트에게 백인 이외의 인종은 열등한 생물이며 사냥감에 불과하다. 흑인을 죽이다가 체포될 지경에 처한 밥티스트는 마지막으로 검은 피를 처치하는 김에 노란 피를 함정에 빠뜨려, 즐길 만큼 즐기고 나서 사형당할 생각이었는지도 모른다. 어쨌거나 그들은 '악마의 물고기'를 먹는 하등한 인종이니까.

■◈■

이상이 비공개된 「포머 디텍티브」 제10회 'LA편/보일드 옥토퍼스'의 전문이다.

지금까지 필자가 취재를 하면서 이렇게나 죽음에 가깝게 다가

갔던 적은 없었다. 기묘하게도 이 사건을 회상하면 마치 필자도 퇴직 형사가 된 것 같은 착각에 빠진다.

아홉 명의 퇴직 형사가 '인간에게 품었던 절망'을 지금은 이해할 수 있다. 일찍이 필자는 분명 알 수 없을 경지일 것이라 여겼던 그 어둠을.

하지만 이 세상에 어둠만 존재하는 것은 아니다.

미국은 자유의 나라다. 그리고 로스앤젤레스라는 도시의 매력은 말로 다 표현할 수 없다. 뉴스로 사건을 접한 사람들이 필자가 입원한 톨루카 호수의 병원에 위문 카드와 꽃다발을 보내준 걸 지금도 잊을 수 없다. 그리고 필립 스케릴로는 자기 혼자 책임을 질 일이 아닌데도, 필자의 수술 비용을 전액 부담하고 완치될 때까지 지원해주겠다고 자청했다. 필자는 그의 마음만 고맙게 받았다.

인류는 모두 친구다.

필자는 인간의 마음속에 있는 선의를 믿고 싶다. 아니, 믿어야 한다.

하지만 악은 존재한다.

그것은 인간의 마음속, 보이지 않는 곳에서 확실하게 자라난다. 우리는 늘 어둠과 이웃한 채 살아간다.

지금도 삶은 문어 옆에서 웃는 밥티스트의 모습과 목소리가 생생히 떠오른다.

일어서, 옐로 블러드(노란 피)**. 일어나서 이걸 먹어.**

93식

—현하 국민 경제의 비정상적인 상황을 고려할 때는
1946년 2월 15일 내각회의에서 결정된 「전후 물가 대책 기준 요강」에서

쇼와 23년(1948년) 1월 26일 오후, 도쿄도 도시마구에 있는 제국은행 시나마치 지점에 한 남자가 나타났다. 도쿄도의 완장을 찬 남자는 '후생성 직원, 의학박사, 도쿄도 방역과'라고 적힌 명함을 가지고 있었다.

남자는 은행 근처에서 집단 이질이 발생했으니 모든 직원에게 자기가 가져온 약을 먹여야 한다고 지점장 대리에게 교묘하게 설명했다.

영업이 끝나고 마감 작업 중이었던 행원들은 담담한 태도로 말하는 남자의 지시에 따라 찻잔을 준비해 물약을 마셨다. 남자는 점령군 중위의 이름도 댔으므로, 아무도 그를 의심하지 않았다.

그렇게 열여섯 명이 순순히 독극물을 마셔서, 일본을 떠들썩하게 만든 대량 살인사건이 발생했다.

열두 명이 사망했고 네 명은 중태에 빠졌다. 피해자 중에는 은행 수위의 가족인 여덟 살짜리 아이도 있었다.

경시청에 '제은 독살사건 수사본부'가 설치돼 항간에서는 제은 사건이라고 불렀다.

■◈■

7개월 후 체포된 용의자는 홋카이도에 사는 화가 히라사와 사다미치였다. 히라사와는 범행을 자백했지만 첫 공판에서는 공술을 번복해 무고함을 호소했다. 그 후에도 일관되게 무고함을 주장해 공판의 향방은 사람들의 관심을 모았다.

■◈■

쇼와 25년(1950년) 3월 18일, 신문 1면에 실린 기사를 보고 사람들은 술렁거렸다.

도쿄대학교 의학부 정신과 우치무라 유시 교수와 요시마스 슈후 조교수가 히라사와 사다미치에게 실시한 정신감정 결과에 관한 기사였다. 두 사람이 감정한 바에 따르면 히라사와는 30대에 광견병 예방 주사를 맞았는데, 그 주사 때문에 코르사코프 증후군이 발병했다는 것이다.

뇌 기능에 장애를 초래하는 코르사코프 증후군은 사람의 성격을 변화시킨다. 공상희언증이라고도 불리는 이 증후군이 발병하면 자신의 공상을 실제로 있었던 일처럼 말하기도 한다. 화가였던 히라사와는 이 병 때문에 가끔 다른 인격으로 변하곤 했다.

주목할 점은 우치무라와 요시마스 두 교수가 정신감정을 통해 히라사와가 무고하다고 판단한 것이 아니라, 범행 당시 히라사와에게는 증상이 나타나지 않았으므로 형사 책임을 질 능력이 있다고 판단한 것이다.

즉, 정신감정 결과가 히라사와를 진범으로 보는 검찰 쪽 주장을 지지하는 아주 강력한 근거가 된 셈이다. 쇼와 30년(1955년)에 대법원에서 사형이 확정되는 날까지 히라사와가 유죄라는 판결은 흔들리지 않았다.

■◈■

격전지였던 뉴기니섬에서 귀환한 오노 헤이타는 아사쿠사의 하숙집 2층 다다미 넉 장 반 크기*의 단칸방에 살았다. 하지만 전대

* 다다미 한 장의 넓이는 약 0.5평, 1.6제곱미터다.

미문의 궁핍함이 전국을 휩쓴 여파로 이불이고 베개고 없었고, 하숙비에 포함될 식사조차 제공받지 못했다.

크엉크엉!

개가 시끄럽게 짖는 소리에 오노가 잠에서 깼다. 그는 다다미에 누운 채 머리를 벅벅 긁으며 욕을 내뱉었다. 간유리 창문 너머로 희붐해지기 시작한 장마철의 잿빛 하늘이 보였다.

끊임없이 짖는 개들이 오노의 신경을 건드렸다. 배가 고파서 고함을 지를 기력도 없건만, 짜증이 자꾸 쌓였다.

크엉크엉!

결국 오노는 창문을 활짝 열고 "시끄러워" 하고 소리를 지르려다 당황해서 그 말을 삼켰다.

밑에서 짖고 있던 것은 개가 아니라 미군이었다.

공습으로 반쯤 부서져서 밖에서는 보이지 않을 마이라도*가 훤히 드러난 절 앞에, 점령군의 진녹색 지프가 서 있었다. 전쟁 통에 집도 부모도 잃은 부랑아들이 지프를 둘러싸고 초콜릿을 달라고 졸랐다. 그러자 미군이 외쳤다.

크엉크엉! 초콜릿 주세요!

크엉크엉! 난 츄잉껌이 좋아!

크엉크엉!

* 가느다란 문살을 같은 간격으로 댄 널문.

지프 뒤편에는 길거리에 세울 영어 도로 표지판이 쌓여 있었다. 파란색 페인트로 칠한 표지판은 광택을 뿜어냈다. 젊은 병사들은 몰려드는 아이들을 보고 즐거운 듯 외쳤다.

크엉크엉!

오노의 귀에는 그 목소리가 들개 소리와 아주 흡사하게 들려서 으스스했다.

잠시 후 미군 병사는 짖기를 멈추고 초콜릿을 아이들에게 나누어주었다. 나눠준다고 해도 직접 건네주는 것이 아니라, 연못의 잉어에게 모이를 주듯 초콜릿을 운전석에서 내던졌다. 바로 환성이 일었고, 콧물과 때에 찌든 작은 손가락이 허공에서 춤췄다…….

오노는 창문으로 내민 얼굴을 조심조심 집어넣었다. 건강하게 윤기가 흐르는 미군 병사의 피부, 주름 하나 없이 다림질한 군복. 그러한 모습을 덧없이 망막에 새긴 채, 휑뎅그렁한 다다미방에 책상다리를 하고 앉아 주전자에 담긴 물을 마셨다. 물잔은 없다. 주전자를 들어 올리고 천장을 향해 입을 벌린다. 주전자 주둥이에서 떨어져 내리는 물은 미지근하고 곰팡내가 났다.

……뒤쪽에 있는 우물물을 마실 수 있으면 얼마나 좋을까. 시원하고 맛있을 텐데.

하지만 우물물을 마시면 이질에 걸린다. 아사쿠사구의 보건소 위생원이 우물을 폐쇄한 건 고작 사흘 전 일이었다.

오전 6시에 오노는 하숙집을 나섰다. 후줄근한 전투모를 쓰고,

다리에는 각반을 차고, 진흙투성이 군화를 신었다. 패자의 어두운 그림자 그 자체가 되어 우에노역까지 걸어가는 도중에, 화재를 모면한 담뱃가게에서 친구를 위해 큰맘 먹고 담배를 샀다. 계산을 하려다 문득 가게 안쪽의 거울에 비친 자신의 얼굴과 눈이 마주쳤다.

굶주린 짐승의 얼굴.

전쟁에 나가기 전과는 다른 사람이구나 싶었다. 눈만 묘하게 번쩍거린다. 영양분을 요구하는 위장과 이어진 입이 반쯤 헤 벌어져서 늘 치아가 보인다.

아사쿠사 길가에서 주먹밥을 먹던 가족이 자신의 얼굴을 보자마자 도망쳤던 일이 떠올랐다.

그럴 만도 하다는 생각에 오노는 거울에서 눈을 돌렸다.

거울에 비친 것은 살인자, 동료의 유골을 남양의 섬에 버려두고 온 배신자, 치욕을 모르고 돌아다니는 고깃덩이, 유령 이하의 인간이었다.

패전. 점령하. 친구와 만나기로 한 우에노역 개찰구에서 멍하니 인파를 바라보고 있자니, 크게 부풀어 오른 잡낭을 어깨에 멘 친구가 너덜너덜해진 군화를 끌며 다가왔다.

데라오카 사쿠지는 니가타 출신으로, 오노와는 고등소학교* 동

* 제2차 세계대전이 일어나기 전까지 존재했던 교육기관. 현재의 중학교 1, 2학년 수준에 해당한다.

창이었다. 졸업 후 데라오카는 고향으로 돌아가기 싫다며 아사쿠사의 신발가게에서 숙식하면서 일했다.

오노와 데라오카는 둘 다 독서와 공상을 좋아했다. 가능하면 대학에 가고 싶었지만 그들에게는 그럴 만한 학자금이 없었다. 그래도 읽을 수 있는 책은 닥치는 대로 읽었다. 전쟁의 불길이 다가올수록 세간에서 서적이 사라졌고, 마침내 전쟁이 시작되자 뛰어난 소설이 차례차례 발행 금지 처분을 당했다. 두 사람은 국가를 사랑했지만 전쟁은 참 성가시다고 생각했다.

데라오카는 다니자키 준이치로를 좋아했고, 오노는 에도가와 란포에 사족을 못 썼다. 먼저 소집 통지서를 받은 건 오노였다. 얼마 후 데라오카도 육군에 소집돼 주민회의 배웅을 받으며 각자 총성이 울리는 전쟁터로 떠났다.

운 좋게도 살아서 돌아온 두 사람은 2년 만에 인파 속에서 악수를 나누었다. 스물한 살 동갑에 둘 다 귀환병 차림이지만, 장래에 나아갈 길을 이미 결정한 데라오카는 어둡고 침울한 오노의 얼굴과 달리 후련하고 환한 얼굴이었다.

"와줘서 고마워."

데라오카는 전투모를 벗고 고개를 숙였다.

"됐어, 예의를 차릴 사이는 아니잖아. 오늘 바로 떠나는 거야?"

"도쿄에 있으면 돈이 드니까."

"하긴 그렇지."

오노는 고개를 끄덕였다.

"하지만 도쿄에서 언젠가 소설을 쓰겠다고 하지 않았나?"

"예전에 그런 농담도 하긴 했었지."

"그 꿈은 어쩌고?"

이별을 앞두고 쓸쓸한 감정을 얼버무리고자 오노는 따지듯이 말했다.

데라오카는 웃는 얼굴로 대답했다.

"내가 쓰고 싶은 건 안고가 이미 다 썼어."

데라오카와 동향 사람인 니가타 출신 소설가, 사카구치 안고가 잡지 「신초」 4월호에 실은 「타락론」*은 두 사람 같은 젊은 세대에게 충격적으로 다가왔다. 젊은이들은 「타락론」을 탐독했고, 그 내용에 공명하는 소용돌이가 한없이 크게 펼쳐져 나갔다.

"덕분에 난 얌전히 돌아가서 부모님 일을 물려받을 거야."

"잘난 척하기는."

오노는 쓴웃음을 지었다.

"말은 그래도, 넌 살기 위해 타락하지 않는 거잖아? 농가는 일본의 미덕이니까. 부모님 뒤를 잇는 것도 편하지는 않겠지만, 돌아갈 곳이 있다는 건 부럽네."

* 제2차 세계대전 후 혼미해진 일본 사회의 윤리관을 냉철하게 해부하고, 패전 직후의 사람들에게 내일로 나아가기 위한 지표를 제시하는 작품.

오노가 애써 밝게 말하자 데라오카는 친구의 얼굴을 말없이 바라보았다. 오노의 집이자 일터이기도 했던 철물상은 대공습으로 불탔고, 주인인 아버지를 비롯한 가족은 미처 도망치지 못하고 불바다에 삼켜졌다. 오노가 전쟁터에 나가 있던 사이에 일어난 참사였다. 홀로 남은 오노가 물려받을 재산은 없었다. 전부 잃고 외톨이가 된 오노는 어쩔 수 없이 아사쿠사의 하숙집에 방을 얻었다.

호쿠리쿠행 열차를 기다리는 동안, 두 사람은 우에노의 암시장을 돌아다니다 우동을 파는 노점 앞에 멈춰 섰다. 6엔을 내고 녹슨 깡통에서 대나무 젓가락을 꺼내, 사발에서 집어 올리자마자 끊어지는 물기 많은 면을 배 속에 그러넣었다.

"한잔하자."

우동을 먹은 후 데라오카가 말했다.

"내가 살게."

오노는 사양했지만 데라오카는 이미 돈을 지불했다. 두 사람은 무엇에 건배하는지도 모르는 채, 의례적으로 잔을 맞부딪쳤다. 그리고 드문드문 말을 나누며 푹 끓인 설탕 빛깔이 나는 밀주 위스키를 조금씩 마셨다.

출발 시간이 다가오자 허둥지둥 우에노역 개찰구로 되돌아갔다. 오노는 군복 가슴주머니에서 천천히 담뱃갑을 꺼내 "작별 선물이야" 하고 말했다.

"피스잖아?"

데라오카는 담배 상표를 보고 눈이 휘둥그레졌다. 골든 배트는 한 갑에 35전이지만, 피스는 그 몇 배나 된다.

"괜찮겠어?"

"마음 편히 가져가."

오노는 미소 지었다.

"어차피 다음 달에는 가격이 오를 거야. 살 거면 지금 사는 게 낫지."

데라오카는 담배를 두 개비 뽑아서 한 개비를 오노에게 주었다. 두 사람은 아무 말 없이 피스를 맛보았고, 아까워하며 내뿜은 연기를 바라보다가 꽁초를 손가락으로 탁 튕겼다. 그늘에서 쉬고 있던 부랑아가 빵 부스러기를 발견한 새처럼 재빨리 다가와 밑동까지 피운 꽁초를 주워갔다.

두 사람은 마지막 악수를 나누었다. 서글퍼지니까 여기까지만 배웅하겠다고 오노는 말했다. 데라오카도 여기까지면 충분하다고 대답했다.

국철 입장료 20전이 아까웠던 것이 오노의 본심이었지만, 데라오카도 그 정도는 알고 있었다. 돈이다. 어쨌거나 돈이 필요하다.

잘 있어.

잡낭을 어깨에 멘 데라오카는 손을 흔들며 혼잡한 역 구내로 사라졌다. 일찍이 일장기를 휘두르는 사람들의 배웅을 받으며 늠름하게 전쟁터로 떠난 젊은이의 모습은 이제 실패한 과거의 잔상에 불과했다. 관심을 주는 사람은 아무도 없다.

데라오카가 탑승한 열차가 출발할 때까지 오노는 역 밖에 서 있었다. 출발 시간이 지나자 역 앞 매점에서 라무네*를 한 병 사서 우에노 공원으로 향했다.

공원에는 오노처럼 갈 곳 없는 남자들이 많았다. 그들은 그늘에 깐 멍석 위에 앉아 하품을 하며 시간을 보내고 있었다. 자세히 보니 팔다리에 붕대가 감겨 있었다. 전쟁터에서 다치고 돌아온 상이군인…….

국가 총동원. 전쟁 수행. 그렇듯 장대한 목표는 허무하게 무너져내렸고, 공습은 건물뿐만 아니라 사람의 마음까지도 불태웠다. 남자들은 하나같이 눈에 생기가 없었고 마치 말하는 법을 잊어버린 것처럼 어두침침한 침묵 속에 가라앉아 있었다.

오노는 금 간 콘크리트 위에 앉아 라무네를 단숨에 들이켰다. 그리고 표지가 찢어진 수첩을 펼쳐 심을 살짝 핥은 연필로 오늘 지출한 내용을 기록했다.

쇼와 21년 6월 17일 월요일

지출

피스 7엔(데라오카 사쿠지에게 작별 선물)

* 병목이 잘록하고 구슬이 들어 있는 것이 특징인 일본의 탄산음료.

우동 6엔

라무네 1엔 50전

합계 14엔 50전

잔액 16엔 70전

수중에 남은 현금 16엔 70전으로는 식사를 뺀 대신 더 저렴해진 이번 달 하숙비도 낼 수 없다.

오노는 수첩을 덮고 빈곤과 무기력으로 가득한 공원을 둘러보았다. 실업자 6백만 명. 지금 일본에 일거리는커녕 생활에 보탬이 될 만한 이야기가 하나도 없었다. 다만 예외가 두 가지 있다. 하나는 점령군에게 고용되는 것, 또 하나는 암시장에서 일하는 것이다.

전쟁이 일어나기 전에 오노는 독학으로 영미 탐정소설을 읽으며 나름대로 영어 실력을 길렀다. 따라서 점령군에게 고용되는 것도 불가능하지는 않았다. 하지만 도무지 그럴 마음이 생기지 않았다. 패전하고 1년도 지나지 않아 서로 총부리를 겨눈 자들 밑에서 일하고, 그들에게 돈을 받아 새로운 시대를 살아간다. 오노는 그렇게까지 만사를 철두철미하게 구분해서 받아들일 수 있는 성격이 아니었다. 적어도 스스로는 그렇게 생각했다.

귀환한 오노는 지금까지 개골창 뒤지기로 입에 풀칠을 해왔다. 바짓자락을 걷어 올리고 아사쿠사를 흐르는 개골창에 무릎까지 담근 채, 공습의 혼란 속에 개골창에 떨어진 쓰레기와 잡동사니를 헤치고 얼마 안 되는 구리나 철 조각을 찾아낸다. 개골창에서는 불탄 인골도 흔히 눈에 띄었다.

고생해서 골라낸 구리와 철 조각은 중개업자에게 판다. 물론 그들은 아주 헐값으로 가격을 후려친다. 그게 싫다면 중개업자를 통하지 않고 직접 암시장에 파는 수밖에 없다. 그러면 이익은 훨씬 늘어난다. 하지만 암시장에 노점을 내려면 허가증이 필요하다. 일단 경찰서에 허가를 받아야 비로소 폭력단과 교섭할 수 있다. 경찰과 폭력단은 당당한 유착 관계다. 노점 허가증을 얻으려면 돈을 준비해야 한다. 조합 입회금 10엔, 조합비 3엔, 지부 입회금 10엔, 지부비 2엔, 그밖에도 매일같이 여러 가지 명목으로 돈을 뜯기고…….

참으로 기가 찬 이야기라고 오노는 생각했다. 그런 노점상 말고 짐꾼이나 배달꾼 일을 하면 어떨까 고민한 적도 있다. 못할 건 없지만, 암거래 물자를 운송하면 경찰에 찍힌다. 국가를 위해 싸우다 지옥에서 겨우 돌아왔는데, 왜 철그럭 나리에게 쫓겨 다녀야 한단 말인가?

침울한 기분으로 생각하고 있자니 정말로 철그럭 나리가 우에노 공원을 순찰하러 왔다. 걸을 때마다 허리에서 철그럭철그럭 소리가 내는 군도도, 곧 점령군에게 압수될 예정이라 들었다. 대신에 곤봉을 지급한다고 한다. 경찰관들은 우에노의 큰길을 달리는 헌병 지프를 재빨리 알아보고 직립부동 자세로 경례했다. 지프를 타고 가는 헌병은 일본인 경찰관을 거들떠보지도 않았다.

장마가 끝나려면 아직 멀었지만, 머리 위를 올려다보자 점령 하의 울적한 분위기를 비웃듯, 눈부시게 푸른 하늘이 펼쳐져 있었다.

……아아, 에도가와 란포의 탐정소설을 읽고 싶다…… 오노는 하늘을 우러러보며 진심으로 염원했다. ……누구에게도 방해받지 않고 혼자서……미군과도 상이군인과도 마주칠 일 없는 어딘가 조용한 곳에서……

오노는 느릿느릿 일어나서 엉덩이에 묻은 흙을 털고, 주변의 공허한 시선에서 자기 자신을 끊어내듯 똑바로 앞을 보고 걸었다.

목적지는 간다 진보초.

헌책방 거리의 철학서 전문점 앞에는 특히나 사람들이 장사진을 치고 있었다. 줄 선 사람들은 배급되는 쌀이나 술을 원하는 것과 마찬가지로 절실하게, 현재를 살아갈 의미를 찾아서 품절된 철학서 신간의 헌책을 구하러 온 것이다.

신간 쟁탈전이 벌어지는 한편으로, 전쟁 이전에 출간된 철학서도 인기였다. 쇼펜하우어나 니체의 책에는 말도 안 될 만큼 높은 가격이 붙었다.

철학서도 재미없지는 않지만, 하고 오노는 생각했다. 결국은 새로이 나타난 염불이나 마찬가지다……줄 선 사람들은 어차피 부모님께 생활비를 받아 호주머니 사정에 여유가 있는 학생이리라……나와는 상관없다…….

오노는 장사진에 차가운 시선을 보내며 탐정소설을 취급하는

'헌책방 상안당'까지 걸어갔다. 덜컥거리는 미닫이문을 열고, 전기세를 아끼기 위해 불을 꺼놔서 침침한 가게 안으로 들어갔다.

마에다 출판사에서 간행된 「잇슨보시*」 문고본을 찾았다.

신작은 아니다. 19년 전인 쇼와 2년에 신문 연재가 끝나고 춘양당에서 간행됐다. 당시 오노는 아직 걸음마도 제대로 못 뗀 어린아이였다.

오노는 열한 살 때 철물점을 겸한 아사쿠사의 본가에서 아버지 방에 있던 책을 몰래 꺼내 처음으로 「잇슨보시」를 읽었다.

아버지 방에는 쇼와 6년에 배본이 시작된 헤이본샤의 '에도가와 란포 전집'이 전부 꽂혀 있었다. 총 열세 권.

자유로운 출입이 금지된 아버지 방에서 요사스러운 매력을 뿜어내는 전집은 오노의 호기심을 자극했다. 꿈에도 나올 정도였다.

아버지는 아들에게 탐정소설을 절대로 보여주지 않았다. 어디까지나 자신만을 위한, 어른의 취미였다. 비밀스러운 달콤한 향기와 은밀하고 관능적인 예감이 아버지 방 문틈으로 끊임없이 흘러나와서 오노는 더 이상 참을 수 없었다. 어느 날 오노는 아버지 몰래 방에 숨어들었다. 1권을 빼내면 눈에 띄니까 일부러 2권을 꺼냈다.

「잇슨보시」는 전집 2권의 권두를 장식한 작품이었다.

* 한국에서는 '난쟁이'나 '춤추는 엄지동자'로 번역된 에도가와 란포의 중편.

책을 읽던 도중에 아버지에게 들켜서 오노는 머리를 쥐어박히고 호되게 야단맞았다.

결국 전집을 읽어도 된다는 허락을 받지 못해, 오노는 서점을 돌아다니며 문예지 「신청년」과 헌책, 신간 단행본을 통해 란포의 작품을 섭렵했다. 란포가 자아내는 환영의 세계에 발을 들여놓자, 오노는 아버지의 방침이 이해가 갔다. 뭐라고 둘러댈 방법이 없는 노골적인 욕망, 몰래 숨어서 구멍으로 남을 엿보는 희열, 부모와 자식이 도저히 감상을 나눌 수 없는 갖가지 이야기들……오노의 첫사랑 상대는 란포가 만들어낸 세상의 등장인물이었다. 「검은 도마뱀」의 여주인공, 아케치 고고로와 호각으로 대결하는 화려하고 잔인한 검은 옷의 여인…….

빈틈이 두드러지는 상안당의 서가를 올려다보며 걷다가 「잇슨보시」 문고본의 책등을 발견한 오노는 가슴을 두근거리며 머리 위로 손을 뻗었다.

올해 4월에 나온 「잇슨보시」는 란포의 작품을 꼭 읽고 싶어 하는 탐정소설 중독자들을 위해 제작한 이른바 긴급 조치용 출판물로, 물자난이 심해 종이는 얇고 빈말로도 만듦새가 훌륭하다고는 할 수 없었다. 그래도 가격이 10엔이다. 그래도 사람들은 다들 눈에 불을 켜고 구입하려 한다. 설령 내용을 아는 작품일지라도, 란포의 작품을 손에 넣을 수 있다면 상관없다.

가능하면 아버지 방에 있었던 그 전집을 다시 읽고 싶었다.

오노는 문고본을 넘기며 생각했다.

하지만 이미 늦었다. 그건 남김없이 불탔다. 전집도 없고 아버지도 없다. 어머니도 없다. 여동생도, 작은아버지도, 작은어머니도. 모두 죽었다. 뉴기니섬에서 죽지 못한 나만 마치 벌을 받는 것처럼 이 세상에 홀로 남겨져…….

3월에 마에다 출판사에서 신문에 낸 문고본 광고를 봤을 때, 오노에게는 예약금 10엔을 낼 여유가 없었다. 지금도 여전히 호주머니 사정은 어렵지만, 신간이 헌책이 되었으니 조금은 가격이 싸졌을지도 모른다.

하지만 문고본은 여전히 10엔이었다. 오노는 문고본을 서가에 살며시 되돌려놓고, 후줄근한 기모노에 빳빳한 남자용 띠를 맨 차림새로 신문을 읽고 있는 상안당의 주인에게 물었다.

"저기 있는 마에다 출판사의 란포 작품, 헌책 아닙니까?"

"헌책인데."

"그런데 신간과 가격이 똑같던데요."

"란포 선생의 책은 잘 팔리니까. 남아 있는 게 신기할 정도야."

이야기는 그렇게 끝났다. 오노는 입술을 꽉 깨물었다. 10엔을 던져주고 책을 사서 돌아갈까 싶었지만, 그러면 정말로 굶어 죽는 수밖에 없다. 개골창을 뒤져도 구리나 철 조각을 꼭 발견한다는 보장은 없다. 일주일을 뒤져도 수확이 전혀 없을 때도 있다.

이대로 가게에 머무르면 다른 손님이 자신의 눈앞에서 「잇슨보시」를 구입하는 모습을 볼지도 모른다. 주인을 원망스럽게 바라본 후, 헌책방을 떠나려던 오노는 문득 그 자리에서 굳어버렸다.

신문을 넘기는 주인의 뒤쪽에 보이는 서가에 그 책이 꽂혀 있었다. 꿈에도 나왔던 아버지의 장서, 헤이본샤에서 간행된 '에도가와 란포 전집'.

어째선지 본가에 있었던 책과 똑같은 책이라는 직감이 들었다. 아버지가 판 책이 여기 있는 것 아닐까? 하지만 그런 우연이 일어날 리 없다. 아니, 어쩌면 내가 전쟁터에 나간 사이에 아버지가 여기 팔았는지도 모른다…….

권수는 모자랐다. 총 13권 중 고작 두 권, 제9권 『눈먼 짐승』과 제10권 『황금가면』뿐이었다. 각각 상자에 담긴 책 두 권을 끈으로 함께 묶어두었다.

오노가 한낮에 유령이라도 마주친 것처럼 얼빠진 눈으로 다가가자, 주인은 겁먹은 표정으로 쳐다보았다. 요즘 돈이 필요한 귀환병이 강도짓을 하는 사건은 드물지 않았다.

"……저 책……."

오노는 말했다.

"……좀 보여주시면 안 될까요?"

"어떤 거?"

주인은 오노의 시선을 따라 뒤를 돌아보았다.

"헤이본샤의……."

"아아, 이거. 미안하지만 이미 팔기로 한 물건이라서."

주인은 오노의 호주머니 사정을 짐작하고 냉큼 거짓말을 했다.

"손님이 찾으러 올 거야."

"비싼 건 압니다. 아버지 방에도 있었으니까요."

"오호."

주인의 표정이 약간 누그러졌다.

"전권이 다 있었나?"

"네, 하지만 불탔습니다."

"그거 아깝게 됐군."

"어디서 들어온 책인지 기억나세요?"

"간사이 지방 쪽에서 넘어온 게 아닐까 싶은데."

"……그렇군요……."

오노는 약간 서글픈 표정으로 말했다.

"나중에 생각났는데, 이 전집이 나왔을 때 아버지는 여섯 살이었던 저를 데리고 헤이본샤에서 주최한 선전을 구경하러 갔었습니다."

"구경하러 갔다면……진돈야* 말인가?"

"네, 맞습니다."

오노는 눈을 반짝이며 고개를 끄덕였다.

* 기이한 옷차림으로 악기를 연주하며 상품이나 점포 등을 선전하는 사람을 가리키는 말.

"진돈야라고 해도 하얗게 분칠을 하고 가발을 뒤집어쓴 익숙한 진돈야 행렬이 아니라, 금색 망토를 걸치고 금색 중절모를 쓴……."

"거기에 금색 가면을 썼지. 그건 나도 봤어."

"네, 황금가면을요. 정말 멋졌어요. 그 차림새로 깃발을 들고 행진했죠."

온몸을 금색으로 도배한 진돈야, '에도가와 란포 전집'이라는 여덟 글자가 펄럭이는 깃발—

오노와 상안당 주인은 전집을 판촉하기 위해 진행된 선전에 대해 기억을 더듬으며 한바탕 이야기를 나누었다. 잠시 후 주인은 뒤쪽 서가에 꽂힌 에도가와 란포 전집 제9권과 제10권을 꺼내 오노 앞에서 끈을 풀었다.

사륙판*, 수작업으로 제본한 양장본, 상자 포함, 황금색 특제 레더클로스**.

오노는 떨리는 손으로 페이지를 넘기며 추억에 잠겼다. 흔적도 없이 사라진 그리운 본가의 냄새가 나는 것 같았다. 장정이 더 호화로운 책은 옛날에도 있었지만, 지금 일본에서 이렇게까지 돈을 들여 책을 제본하는 건 바랄 수 없는 일이었다. 이런 책이 다시 만

* 가로 127, 세로 188밀리미터 크기의 책자 판형.

** 직물에 도료를 칠해서 만든 인조 피혁. 책표지 등에 사용한다.

들어지기까지 앞으로 대체 몇 년이 걸릴까?

페이지와 페이지 사이에 간행 당시 신문에 낸 광고가 끼워져 있었다. 오노는 주인에게 양해를 구하고, 신문에서 오려낸 그 광고를 꺼내 조심스레 펼쳤다.

나왔다! 까무러칠 만큼 경이롭다!

전율이 넘치는 엽기 예술의 최고봉!

에도가와 란포 씨의 탐정소설은 아편 같은 요기로 가득하다! 인도의 마술사가 가지고 있는 수정 구슬이다! 거기 비치는 무시무시한 꿈과 갖가지 기괴한 환영이 독자의 혼을 뿌리째 빼앗아 가리라—

……누레진 신문 광고의 선전 문구를 읽는 동안, 오노의 눈은 붉어졌고 눈물이 뺨을 타고 흘렀다. 아버지와 함께 구경하러 갔었던 판촉 행사에서 진돈야가 연주한 음악이 귓속에 되살아났다. 가족을 잃고 하나뿐인 친구도 도쿄를 떠난 지금, 자신과 세상을 연결해 주는 건 눈앞에 있는 두 권의 책뿐이었다. 오열이 멈추지 않았다.

이 책을 가지고 싶다. 어떻게 해서든 이 책을 손에 넣어야 한다.

귀환병의 눈물에 젖지 않도록 정중한 손길로 책을 덮은 주인은 동정 어린 표정으로 책 두 권을 상자에 놓고 원래처럼 끈으로 묶은 후, 미지근해진 차를 마셨다.

"이 두 권은."

오노는 옷소매로 눈물을 닦으며 물었다.

"이미 팔기로 했다고 하셨죠?"

"뭐, 판다고 해도 예약금만 조금 받았을 뿐이니까."

주인은 거짓말을 했던 게 찜찜해져서 달리 받아들일 여지가 있는 거짓말로 이야기를 바꾸었다.

"그쪽 사정으로 일이 흐지부지될지도 모르지."

"정말입니까?"

"그럼."

"가격이 얼마인데요?"

"여기 있는 9권과 10권, 이 두 권은 서로 한 쌍이야. 아주 상태가 좋으니 떼어놓고 싶지 않다고 그 손님에게는 말했어. 그래서 2백 엔에 두 권을 동시에 사 가기로 약속했지."

주인이 냉혹하게 알려준 그 금액에, 거짓은 거의 섞여 있지 않았다. 지금이라면 어디에 내놓아도 그만한 가격은 붙는다. 어마어마한 가격을 들었지만 미리 각오했던 오노는 동요하지 않았다.

운이 있으면 손에 들어온다. 문제는 어떻게 돈을 마련하느냐였다. 기적적으로 날품팔이 일을 구한다 해도, 일당은 고작 7엔 정도다. 2백 엔은 신선처럼 먹지도 마시지도 않고, 한 달간 일한 돈을 모조리 들이부어야 다다를 수 있는 금액이다.

그래도, 하고 오노는 생각했다.

눈물을 닦은 오노는 스스로도 놀랄 만큼 똑 부러지는 투로 말했다.

“조만간 꼭 선금으로 목돈을 준비해서 올게요. 저는 아사쿠사에 사는 오노 헤이타라고 합니다. 만약 그 손님과의 거래가 엎어지면, 전집 두 권을 저한테 파세요.”

벌게진 눈으로 애원하는 귀환병의 진지한 태도에 기가 눌려 주인은 마지못해 고개를 끄덕였다. 애당초 책을 사 가기로 한 손님은 없었고 전부 다 연기였다. 주인이야 돈만 낸다면 불만은 없었다.

주인은 어느덧 흩뿌리기 시작한 이슬비 속을 걸어가는 귀환병을 배웅했다. 그리고 서가에 꽂은 전집 두 권의 책등에, 기대를 담아 ‘예약됨’이라고 쓴 종이를 붙였다.

10엔짜리 문고본은 어느새 안중에도 없어졌다. 상자에 든 사륙판 전집 두 권이 오노의 머릿속을 가득 채웠다.

서둘러 하숙집으로 걸어가는 동안 약간 냉정해지자, 오노는 욕망이라는 신기한 감정에 몹시 감탄했다. 뭘 어쩌든 자포자기한 기분으로 살아온 자신이, 마치 다른 사람이 된 것처럼 명확한 의사를 품고서 이렇게 걷고 있다. 그저 헌책을 손에 넣기 위해, 2백 엔이라는 터무니없는 돈을 마련하려 한다.

그리고 암시장에 연줄이 없는 사람이 그만한 돈을 마련할 방법은 하나뿐이었다.

하숙집 계단을 뛰어오른 오노는 방구석에 놓아둔 차통을 뒤집었다. 그리고 뜯어진 단추와 부러진 연필 같은 물건들 사이에서 글씨가 적힌 작은 종잇조각을 찾아냈다.

점령군 요원 긴급 모집/영문 표기, 영문 타이피스트, 통역 담당(전부 영어 회화, 읽고 쓰기가 가능한 경험자 요망)/희망자는 매일 오후 1시부터 2시 사이에 접수할 것/(다만 토요일은 오후 휴무, 일요일은 전체 휴무)/도쿄도 고지마치구 마루노우치 4-2/신코 생명 빌딩 1층

꽤 예전에 역에서 주운 신문을 보고 혹시나 몰라 베껴둔 구인광고 내용……그때는 반쯤 장난삼아 내용을 베낀 종잇조각을 오노는 군복 가슴주머니에 쑤셔 넣은 후, 우산 대신 전투모를 눌러쓰고 마루노우치까지 거세진 빗속을 걸어갔다.

맥아더 사령부가 있는 마루노우치에 발을 들여놓는 건, 신바시의 소토호리가와강에서 구리와 철 조각을 찾으려다 그 지역 폭력단에게 허망하게 쫓겨나서 정처 없이 돌아다녔을 때 이후로 처음이었다.

지프와 트럭이 튕기는 흙탕물을 덮어써서 흠뻑 젖었지만, 접수 마감 시간인 오후 2시가 다가와서 오노는 전력으로 달렸다. 아슬아슬하게 구인광고를 낸 건물 1층의 사무소에 다다랐다.

오노가 숨을 헐떡이며 문을 열자 빳빳하게 풀을 먹인 원피스 차

림의 일본인 여자가 업무를 마치려고 서류를 정리하던 참이었다.

온몸에서 물을 뚝뚝 흘리며 벼락같이 뛰어든 귀환병을 보고 여자는 서류를 바닥에 떨어뜨릴 뻔했다. 여자는 오노에게 용건을 묻더니 그 자리에서 도망치듯 안쪽에 있는 상사를 부르러 갔다.

잠시 후 미국인 못지않게 키가 큰 일본인 남자가 나타났다. 6척은 될 법한 큰 몸을 감싼 낙낙한 양복, 진한 감색 넥타이, 포마드를 발라 매만진 머리에서 경제적인 여유가 드러났다. 작은 병도 11엔 50전이나 하는 포마드를 아낌없이 사용할 수 있는 것이다.

오노는 하야세라고 이름을 댄 그 남자에게 부탁했다.

"점령군의 통역으로 일할 수 없을까요? 단기간이라도 상관없습니다."

하야세는 오노의 얼굴을 빤히 바라보더니 양복 안주머니에서 담배를 꺼냈다.

"볕에 탔군. 귀환병인가?"

"네."

"언제 돌아왔지?"

"올해 1월에요."

"어디 있었나?"

오노는 저주스러운 말을 꺼내듯이 머뭇머뭇 대답했다.

……뉴기니섬……보병 제115연대……

눈앞에 있는 남자가 보내진 전장과 소속 부대명을 들은 하야세는 오노의 머리부터 발끝까지 훑어보았다. 가벼운 품평이 끝나자 책상 모서리에다 담뱃재를 털면서 말했다.

"과연, 지옥을 보고 왔군."

아까 보았던 여자 사무원이 "먼저 실례하겠습니다" 하고 인사하며 두 사람 옆을 빠져나갔다. 밝은 색상의 좋은 양산을 든 여자는 사무소 문 앞에서 몸을 돌려 한 번 더 머리를 꾸벅 숙였다.

문이 닫히고 복도를 걷는 발소리가 멀어지자, 갑자기 하야세가 웃음을 터뜨렸다.

"저 아이도 댁을 보고 깜짝 놀랐겠지. 이봐, 당장이라도 물어뜯을 것 같은 표정이야."

"죄송합니다."

오노는 머리를 숙였다. 오른손에 쥔 전투모에서 물이 떨어져 바닥에 얼룩이 번졌다.

"지금까지 어떻게 먹고살았지? 암시장의 경비원? 아니면 깡패짓이라도 했나?"

오노는 고개를 저었다.

"저는 폭력단 같은 짓거리는……."

"이거 미안하군."

하야세가 오노의 말을 막았다.

"겉모습으로 사람을 판단해서는 안 되겠지. 하지만 다들 당신처럼 전쟁으로 인상이 달라지고 말았어. 그리고 인상이 달라지면 알

맹이도 달라지지. 자기 스스로 자신을 어떻게 여기든 말이야. 어디 보자. 그럼, 여기 적혀 있는 내용을 내게 한번 설명해봐."

하야세는 긴자의 핫토리 시계점을 접수한 PX에서 판매되는 미국 진중 신문 「스타스 앤드 스트라이프스」를 오노에게 내밀었다. 오노는 1면 기사를 읽고 일본어로 번역해서 들려주었다.

비에 젖은 귀환병이 영자 신문을 번역하는 동안, 맞은편에 앉은 하야세는 담배를 피우며 오로지 상대의 얼굴을 응시했다. 하야세의 눈빛은 연마한 일본도의 하몬*이나 총신 내부에 새겨진 강선—즉 무기의 품질을 검사할 때의 눈빛과 다를 바 없었다.

"알았어, 이만 됐어."

하야세는 오노의 손에서 「스타스 앤드 스트라이프스」를 낚아챘다.

"미안하지만 통역도 타이피스트도 다 찼어. 매일 몇십 명이나 면접을 보러 오니까."

오노는 기어드는 목소리로 "그렇습니까" 하고 중얼거렸다. 흠뻑 젖은 군복 때문에 더 애처로운 모습이었다.

"하지만 다른 일도 있지."

하야세는 두꺼운 유리 세공 재떨이에 담배를 비벼 끄고 의자에서 몸을 내밀었다.

* 일본도를 담금질할 때 칼날에 생기는 무늬.

"일거리를 줄까?"

오노는 생기를 되찾고 이마에 들러붙은 머리를 쓸어올렸다.

"잘 부탁드립니다."

"돈이 필요할 테니 무슨 일이든지 해야겠군."

"네."

"광견병 예방 주사를 맞은 적은?"

"……광견병 예방 주사요?"

갑작스러운 질문에 오노는 당황했지만, 기억을 더듬어서 대답했다.

"……전쟁터로 떠나기 전에 육군에서 몇 번에 나누어 주사를 맞았습니다만……."

"운이 좋군. 육군에게 감사하도록."

하야세는 새 담배에 불을 붙였다.

"마침 인원이 필요한 현장이 있어. GHQ의 직무에 관해서는 발설 금지인데……."

오노는 같은 일본인이 점령군 말고 GHQ라고 말하는 걸 처음으로 들었다. 어쩐지 현기증과도 비슷한 기묘한 감각이 밀려왔다. 그래도 해야 할 말은 하나뿐이었다.

"기밀은 엄수하겠습니다."

"발설하면 스가모행이야."

하야세는 따끔하게 말했다.

"그럼 오늘 밤 요코하마에 가줘야겠어."

"요코하마요?"

"한밤중에 출발한다."

"아, 네."

"전차비는 걱정하지 마. 신바시의 '아카이와 세탁소' 앞으로 차가 갈 거야."

하야세는 숫자 '14'가 새겨진 녹색 플라스틱 표찰을 오노에게 주었다.

"이건?"

"목욕탕 계산대에 맡기는 표찰 같은 거지. 이 표찰을 보여주고 차에 타. 현장까지 태워줄 거야. 일은 내일 아침, 보수는 그 자리에서 현찰로 80엔."

80엔. 오노는 금액을 듣고 겁먹은 것처럼 등줄기를 쭉 폈다. 상안당의 주인이 손님에게 예약금을 얼마나 받았는지는 모르지만, 80엔이나 되는 큰돈일 리 없다. 얼른 그 정도 돈을 쥐여주면, 주인도 전집 두 권을 내게 넘겨줄 마음이 들 것이다…….

그런데 요코하마에 가서 뭘 하는 걸까?

"들개 사냥이야."

하야세는 무뚝뚝하게 대답했다.

"세상과 인간을 위한 일이지. 영어는 딱히 필요 없어. 선배들에게 이것저것 배우도록 해."

들개 사냥?

하야세는 갑자기 오노에게 관심을 잃은 것처럼 일어나서 내선 전화로 청소 담당을 호출했다. 젖은 바닥을 닦으라고 명령한 후, 하야세는 사무소 안쪽으로 돌아갔다.

비가 주룩주룩 내렸다. 개골창에서 흘러넘친 악취 풍기는 물이 신바시의 밤거리를 검게 물결치며 흘러갔다.

오노는 지정된 아카이시 세탁소 앞에서 차를 기다렸다. 새벽 1시가 조금 지나자, 차가 전조등 불빛으로 빗줄기를 가르며 나타났다. 속도를 올려 물보라를 흩뿌리며 다가온다. 점령군. 도쿄를 점령한 미합중국 제8군의 트럭. 그들과 뉴기니섬에서 죽이고 죽인 나날이 지금도 꿈속에 나타나 오노를 괴롭힌다. 뉴기니섬에서 승리를 확신한 미국은 같은 연합군 소속인 호주에 전장을 넘겨주었다. 호주는 일본 육군을 궤멸 상태까지 몰아붙였고, 이제는 규슈 지방 등의 점령 정책에 관여하고 있다.

……요시다, 사카키, 다노하라……남방에서 전사한 동료들의 얼굴을 떠올리며, 오노는 하야세에게 받은 표찰을 운전석의 미군 병사에게 보여주었다. 병사는 엄지손가락을 세우더니, 짐칸에 타라고 몸짓으로 전달했다. 오노는 트럭 뒤쪽으로 돌아가서 짐칸에 올라탔다. 짙은 녹색 포장을 씌운 짐칸 안쪽으로 들어가려니 사카구치 안고가 쓴 「타락론」의 한 문장이 머리를 스쳤다.

……전쟁에 졌기에 추락하는 것이 아니다. 인간이니까 추락하는 것이고 살아 있기에 추락하는 것뿐이다……

포장을 때리는 빗소리가 울려 퍼지는 짐칸에는 일본인 귀환병들이 있었다. 어쩐지 시체 썩는 것 같은 냄새가 나서 오노는 코를 의심했지만, 시체가 널브러져 있는 건 아니었다. 그렇다면 이 냄새는 여기 앉아 있는 남자들의 몸에 들러붙어 있는 건지도 모른다.

'14'번 표찰을 받았으니 앞서 열세 명이 먼저 타고 왔을 줄 알았는데, 짐칸에 있는 사람은 고작 다섯 명이었다.

빗소리를 지우듯이 엔진이 붕붕거리자, 포장 틈새로 배기가스가 짐칸에 흘러들었다.

오노는 기침을 하면서 물었다.

"여러분들도 들개 사냥을 가는 겁니까?"

남자들은 얼굴을 마주보더니 웃었다.

"그래."

소년처럼 얼굴이 앳되어 보이는 남자가 대답했다.

"당신은 하야세 중령의 눈에 들었어. 잘 해봐."

"요코하마까지 얼마나 걸릴까요?"

그 남자는 중령이었나. 그런 생각을 하며 오노는 물었다.

"한 시간도 안 걸릴걸."

덩치 큰 빡빡머리 남자가 말했다.

"점령군 트럭이라 신호는 무시하고 마구 달릴 테니까."

흔들리는 짐칸에 앉은 다섯 남자는 이름을 대는 대신, 마치 야구팀 선수처럼 자기 번호를 댔다. 3번, 5번, 8번, 9번, 그리고 11번이었다. 오노는 자기 표찰을 다시 확인하고 인사했다.

"저는 14번입니다. 잘 부탁드립니다."

트럭은 지상 6층짜리 철근 구조물 앞에서 멈췄다.

3번, 5번, 8번, 9번, 11번, 숫자를 댄 남자들이 차례차례 짐칸에서 내려 건물 입구를 향해 부리나케 빗속을 뛰어갔다. 오노도 14번이라고 말하고 그들을 쫓아갔다. 정면 현관에는 흑인 미군 병사가 보초를 서고 있었다.

점령군에게 접수당한 대학교일까? 참 밝다고 오노는 생각했다. 전력이 부족한 탓에 일본인들은 늦은 밤에 불을 켤 수 없지만, 점령군 시설은 언제나 밝다.

오노가 동료들을 따라 들어간 곳은 1층 식당이었다. 오전 2시인데도 미군과 헌병들이 드문드문 자리에 앉아 있었다.

동료들은 익숙한 태도로 플라스틱 쟁반을 들고 조리사에게 요리가 담긴 그릇을 받았다. 그리고 모두 같은 테이블에 앉아 걸신들린 듯이 요리를 먹었다. 동료들을 흉내 내 허둥지둥 쟁반을 들고 간 오노는 조리사가 내어준 그릇을 보고 숨을 삼켰다. 환각을 보는 게 아닐까 싶을 만큼 호화로웠다. 오믈렛. 소고기를 넣은 스튜. 오렌지 주스. 진짜 원두 향기가 나는 커피.

사치품인 달걀을 사용한 오믈렛은 물론, 스튜도 요 몇 년은 잔반 같은 것밖에 본 적이 없었다. 그런데 이 식당에서는 신선한 소고기와 양파가 그릇 속에서 존재를 과시했다.

"얼른 먹어."

소년처럼 얼굴이 앳된 5번이 말했다.

자세히 보니 식당 안쪽에는 빨간 식탁보가 깔린 장교용 특별석이 있었다. 잭다니엘 위스키를 마시고 있는 사람은 GHQ의 공중위생 복지국 소속 호일러 중위와 병사용 오락 시설 운영을 담당하는 스페셜 서비스 섹션의 리로이 대령이었다. 그들이 바로 오노와 동료들의 고용주였지만, 오노가 두 사람의 이름을 알 기회는 영원히 없었다.

오노는 정신없이 먹었다. 먹는 것 말고는 아무 생각도 할 수 없었다.

식사가 끝나자 천장 부분이 탁 트여서 훤히 보이는 2층으로 계단을 타고 올라갔다. 대강당에 들어가서 2백 명을 수용할 수 있는 공간의 제일 앞줄에 고작 여섯 명이 앉았다.

안경을 낀 9번이 천천히 하모니카를 꺼내더니, 세간에서 유행하는 오캇파루의 노래 '도쿄의 꽃 파는 아가씨'를 불기 시작했다.

"여기서 뭘 하는데요?"

오노가 5번에게 물었다.

"곧 알 거야."

"저기, 여기는 요코하마의 어디쯤입니까?"

"사쿠라기초. 원래는 학교였어."

정확하게 말하면 현재 그들이 있는 곳은 미국이 공중 폭격 대상에서 제외하고, 점령 후에 접수한 '공중위생 연구소'였다.

흰 가운을 입은 일본인 노인이 미군 병사의 부축을 받아 대강당에 들어오자 9번은 하모니카에서 입을 뗐다. 노인이 지팡이로 앞쪽을 더듬는 모습을 보고 오노는 그가 눈이 보이지 않는다는 것을 알아차렸다.

흰 가운 차림이지만 환자처럼 비틀거리며, 손자뻘만큼 나이가 어린 미군 병사의 부축을 받아 단상에 오른 노인은 여섯 명뿐인 수강생을 향해 안녕하세요, 병리학 박사 이와오베입니다, 하고 인사했다.

—여러분은 이제 해수 및 해충을 박멸하러 가실 텐데요. 이는 발진티푸스의 매개체고, 쥐는 장티푸스의 원인이며 페스트 등도 옮깁니다.

5번이 하품을 했고, 11번은 의자에 편히 기댄 채 히죽거렸다. 3번은 팔짱을 끼고 눈을 감았다. 이윽고 칠판 바로 위에 달린 독일 융한스사의 추시계가 종소리로 오전 3시를 알렸다.

이와오베 박사는 종소리에 개의치 않고 강의를 계속했다.

—그중에서도 광견병은 무섭습니다. 일단 광견병의 원인은 뭘까요. 바

로 바이러스입니다. 독일어로 비루스라고도 하는데요. 광견병은 광견병 바이러스에 의해 발생합니다. 광견병의 역사는 아주 깊습니다. 고대 그리스 시대부터 이 병이 개에게서 시작된다는 사실을 이미 알고 있었죠. 따라서 우리는 병의 근원인 개를 열심히 관찰하고, 개의 행동을 통제하고, 의심스러운 개는 여러분의 힘을 빌려 제거해야 합니다. 광견병 바이러스는 광견병에 걸린 개의 타액에 포함되어 있으므로, 물리면 바이러스가 체내에 침투합니다. 개와 인간은 병의 증상이 다릅니다. 개는 잠복기가 두 달에서 반년이죠. 잠복기에 있는 개는 평상시와 다를 바가 없어서 겉모습으로 광견병에 걸렸음을 알아내기는 불가능합니다. 병이 진행되면 흥분을 억누르지 못하고 날뛰게 되는데요. 이걸 광조기(狂躁期)라고 합니다. 이런 증상이 나타난 개한테는 손을 쓸 수가 없어요. 여러분도 보셨을 겁니다. 신경이 예민해져서 시도 때도 없이 짖고, 달래려고 먹이라도 주려고 하면 내민 손을 깨뭅니다. 분별없이 문다는 건, 요컨대 뭐든지 먹는다는 뜻이기도 합니다. 광조기에 들어선 개는 짚, 흙, 나무토막 따위를 서슴없이 먹습니다. 마침 칠판이 있으니 판서를 하겠습니다.

천천히 몸을 돌려 분필을 집은 이와오베 박사는, 눈이 보이지 않는데도 손을 잘 놀려서 이식증이라고 적었다.

—이 증상이 나타나면 개는 그야말로 기괴해집니다. 불이 붙은 양초를 으적으적 씹어먹기도 해요. 바이러스 때문에 뇌가 망가진 거겠죠. 길면

일주일쯤 날뛰고, 못 먹는 것들을 먹던 끝에 마비기로 들어섭니다. 이때가 되면 목이 꽉 막힌 것 같은 울음소리를 냅니다. 먹이를 못 삼키고, 침을 질질 흘리며 돌아다니죠. 이렇게 되면 사흘을 버티기가 힘듭니다. 다만 약해졌어도 바이러스를 보유하고 있으니, 결코 물리면 안 됩니다.

이와오베 박사는 다시 분필을 집어 마비기, 혼수, 사망이라고 칠판에 썼다. 5번은 새끼손가락으로 귀를 팠다. 눈을 감은 채 미동도 없는 8번 옆에서 3번과 11번이 꾸벅꾸벅 졸았다.

—자, 인간이 광견병에 걸렸을 경우를 예시로, 이 병이 작용하는 원리를 좀 더 자세하게 설명하겠습니다. 개에 물려 바이러스가 체내로 침입하면, 잠복 기간은 한 달에서 세 달입니다. 이 사이에 뇌와 척수를 연결하는 연수에 이변이 발생하죠. 연수는 우리 인간의 호흡과 반사신경을 주관하는 기관이므로 그야말로 큰일입니다. 물려서 다친 부위가 바늘로 쿡쿡 찌르는 것처럼 아프죠. 이어서 열이 나고, 식욕이 떨어져요. 이 단계에서는 감기에 걸렸다고 오해하기 쉽습니다. 바이러스의 공격이 강해지면 연수가 망가져서 다양한 증상이 나타납니다. 환각, 착란, 불안, 공포, 의미가 불분명한 절규, 두통, 후두근 경련, 연하 장애, 온몸의 가려움, 구역질, 보행 장애, 근력 저하, 수명증.

5번이 팔꿈치로 오노를 툭 쳤다.

"수명증이 뭔지 알아?"

오노는 고개를 내저었다.

"한낮에 해를 쳐다보는 거랑 비슷한 증상이야."

5번은 의기양양하게 설명했다.

"더럽게 눈부신 거지."

"유식하네요."

"몇 번이나 들었으니까."

"늘 이 강의를 듣는 겁니까?"

5번은 의미심장하게 웃을 뿐 오노의 질문에는 대답하지 않았다.

이와오베 박사는 주름이 자글자글한 자기 목을 가리키며 열변을 토했다.

—물을 마시려고 하면 목 근육이 심한 통증을 동반한 경련을 일으킵니다. 나중에는 물을 따른 컵만 봐도 통증을 느끼고, 결국 물 자체가 두려워서 접근하지 못하게 되죠. 광견병을 공수병이라고 부르기도 하는 이유입니다. 그렇게 되고 얼마 지나지 않아 혼수상태에 빠지고 호흡 곤란을 일으켜 사망해요. 치사율은 백 퍼센트라 해도 무방합니다. 백신은 있습니다만, 증상이 나타난 후에도 유효한 치료법은 아직 발견되지 않았습니다. 그러니 절대로 물리지 말도록 하세요. 참고로 말씀드리면, 광견병 바이러스는 열에 약해서 섭씨 54도로 30분 가열하면 활동이 정지되는 걸로 알려져 있습니다. 펄펄 끓이면 그 효과는 말할 것도 없겠죠. 또한 계면활성

제, 요컨대 비누에도 약합니다. 혹시 물리면 즉시 비누와 물로 상처를 씻어내야 합니다. 지혈에 앞서서 무조건 씻으세요. 오늘, 강의를 들어주셔서 정말로 감사합니다.

이와오베 박사가 단상에서 내려가려다 균형을 잃자 귀환병들은 웃었다. 졸던 사람도 눈을 떴다. 남자들의 천박한 웃음소리에는 섬뜩한 뭔가가 숨어 있었다.

늙은 박사가 물러가자 관리 같은 풍모의 일본인 남자가 들어와서 GHQ에 제출할 서류에 서명하라고 각자에게 요청했다. 종이의 맨 위에는 '광견병 강의 수강 증명서'라고 적혀 있었다.

오전 4시 정각에 여섯 명은 건물을 나섰다. 트럭 짐칸에 올라탄 오노는 여기 왔을 때 보았던 흑인 병사가 자동소총을 들고 문 앞에서 보초를 서면서 연민인지 절망인지 모를 눈빛을 던지는 걸 알아차렸다. 한 번 보면 잊어버릴 수 없는 눈빛이었다. 왜 그는 저런 눈으로 우리를 바라보는 걸까. 전쟁에 져서 나라를 점령당한 자를 동정하는 걸까. 해답을 찾을 틈도 없이 트럭이 출발해, 비가 쏟아지는 요코하마의 불탄 거리를 달려갔다. 가로등이 없는 거리에는 그야말로 칠흑 같은 어둠이 깔려 있었다.

덜컥덜컥 흔들리는 짐칸에는 다양한 작업 도구가 쌓여 있었다. 개 두 마리도 같이 타서 오노는 신기하기 짝이 없었다.

"이 녀석들은 뭡니까?"

오노는 누구에게랄 것도 없이 물었다.

"매를 사냥하는 사냥개처럼 도와주는 건가요?"

아무도 웃지 않았고, 대답도 하지 않았다. 5번은 미군 병사가 자주 그러듯이 츄잉껌을 질겅질겅 씹다가 오노를 보고 풍선을 불었다. 껌이 터져서 뺨에 들러붙자 손가락으로 떼어내 입에 넣었다.

너무 빨리 트럭이 멈추길래 오노는 고장이라도 난 것 아닐까 의심했지만, 바로 거기가 현장이었다. 짐칸에서 내리자 널빤지 조각과 함석으로 만든 판잣집이 늘어선 마을이 조용히 비를 맞고 있었다. 강이 마을 저편의 어둠 속을 흘러갔다. 오노가 예상한 들개 울음소리는 어디서도 들리지 않았다.

"아주 가까웠군요."

오노는 말했다.

"저 강은?"

"글쎄."

5번이 대답했다.

"14번, 당신은 이걸 들어."

5번이 U자 모양으로 구부러진 쇠막대와 곧은 장대를 조합한 무기인 사스마타를 오노에게 내밀었다.

"이걸로 붙잡는 겁니까?"

"붙잡을 필요 없어. 몰아붙이면 돼."

3번이 말했다.

"우리가 지시하는 대로 판잣집 벽 쪽으로 몰아붙여. 나머지는 우리가 알아서 할게."

11번이 개의 입마개를 준비했다. 하지만 입마개는 고작 두 개뿐이었다.

저래서야 두 마리를 포획하고 끝이다……오노가 고개를 갸웃거리고 있자니, 덩치가 큰 빡빡머리 8번이 DDT 분무기를 들고 나타났다. 등에 진 통 세 개는 도쿄역이나 우에노역 구내에서 미군 병사가 짊어지고 있는 것보다 컸고, 묵직한 중량감이 느껴졌다.

오노는 또 고개를 갸웃했다.

……약품을 뿌려서 개에 기생하는 이도 없애주는 건가?

"14번, 시작한다."

5번이 오노에게 말했다.

"우리는 이 판잣집에 있는 개를 남김없이 붙잡을 거야. GHQ의 스페셜 서비스 섹션에서 내린 지시지. 놈들은 여기에 병사용 볼링장을 지을 거래."

"볼링장?"

"여기는 들개 서식지야. 쫓아내도 쫓아내도 밤이 되면 개들이 모여들지. 미국인은 바쁘니까 대신에 우리가 일망타진해주는 거야."

"5번, 두 마리 포획했다."

11번이 입마개를 씌운 개에게 목줄을 채워서 어둠 속을 끌고 왔다.

"좋아. 트럭에 태워."

5번이 말했다.

"잠깐만."

오노는 무심코 목소리를 높였다.

"그 두 마리는 우리가 짐칸에 태워서 데려온 개잖아?"

"상관없어."

8번이 오노의 어깨를 두드리고 귓속말했다.

―우리는 광견병에 걸린 들개를 두 마리 포획한 거야.

도무지 이해가 가지 않았다.

……우리는 이런 촌극을 벌이기 위해 여기 온 건가?……이런 짓으로 점령군의 눈을 속일 수 있을 거라는 생각일까?

갑자기 판잣집에서 웬 사람이 뛰쳐나왔다.

남자였다.

남자는 강으로 도망치려고 했다. 그리고 강물에 뛰어들기 직전에 가로막은 9번에게 얻어맞아 비명도 지르지 못하고 쓰러졌다. 9번은 맨손으로 때린 것이 아니었다. 9번은 야구방망이를 들고 있었다.

"이렇게 큰놈이 있다니 별일이네."

5번이 말했다.

"14번, 긴장 풀지 마. 그러다 다쳐."

빗발이 약해지고, 하늘이 조금씩 밝아졌다. 미동도 없이 강가에 쓰러진 남자를 보고 오노는 어안이 벙벙해졌다. 9번은 야구방망이를 내려놓고 다른 도구를 손에 들었다. 총과 비슷했지만, 총 치고는 너무 작았다. 8번이 들고 있는 DDT 분무기도 아니다. 그것은 허리에 매단 페인트통과 관으로 연결된 도장용 분무총이었다.

분무총?

오노는 눈살을 모았다.

아주 민첩해 보이는 긴 다리로 성큼성큼 걷는 9번이 판잣집 마을로 들어가고 얼마 지나지 않아 지저분한 아이들이 달려 나왔다. 그리고 벌집을 쑤신 것 같은 소동이 벌어졌다. 봉두난발이 된 부랑아의 머리, 넝마로 변한 셔츠의 가슴과 등 부분에 파란색 페인트가 칠해져 있었다. 정신이 번쩍 들 만큼 새파란 빛깔의 그 페인트는 9번이 판잣집을 돌아다니며 분무총으로 쏜 것이었다. 오노는 어딘가에서 이 색깔을 본 적이 있었다. 드디어 생각났다. 점령군이 세우고 다니는 영어 도로 표지판에 칠해진 선명한 파란색이었다.

"나왔다."

5번이 외쳤다.

죽어라 도망치는 부랑아가 오노를 향해 똑바로 달려왔다. 오노는 남자들의 목소리를 들었다.

14번, 그쪽으로 갔어!

어떻게 된 거지?

이건 개가 아니라 인간이다.

인간의 아이…….

뭐 해? 이 새끼야, 놓치면 죽여버릴 거야!

호통 소리에 현기증을 느끼면서 오노는 들고 있던 사스마타를 부랑아에게 향했다. 부랑아는 작은 몸을 틀어서 방향을 빙글 바꿨지만, 그쪽에는 통을 짊어진 8번이 호스 끝에 연결된 분무기를 들고 서 있었다. 8번은 안색 하나 바뀌지 않고 작동판 위에 달린 손잡이를 비틀었다. 분무기 끝에서 나온 건 하얀 DDT 분말이 아니었다. 화염이었다. 어마어마한 기세로 분출된 화염은 부랑아를 삼킨 것도 모자라 뒤쪽 어둠을 향해 15미터쯤 뻗어나갔다. 오노가 그쪽에 서 있었으면 불덩어리가 됐을 것이다. 활활 타오르던 부랑아는 시커먼 덩어리로 변해서 땅에 풀썩 쓰러졌다.

오노는 땅이 꺼지는 듯한 충격에 휩싸였다. 정글에서 공포의 대상이었던 적군 전투기의 엔진 소리와 기관총의 총성이 들려왔다. 난 지옥으로 돌아온 건가. 난 뉴기니섬에 있는 건가. 전장에서 죽음을 앞두고 꿈을 꾸고 있는 걸까. 일본으로 돌아온 꿈을.

하지만 이건 꿈이 아니었다. 오노가 있는 곳은 분명 일본이었다. 요코하마였다. 오오카가와강의 흐름을 바꾸기 위해 인공적으로 만든 하오오카강의 강변이었다. 그리고 여기에는 판잣집 마을이 있었다.

어느덧 8번 말고 다른 남자들도 통을 짊어지고 길쭉한 막대 모양의 분사기를 든 채 작동판에 한 손을 올리고 있었다. 그 장치는 물론 미군이 사용하는 DDT 분무기가 아니었다.

……아아. 왜 알아차리지 못했을까. 아니면 일부러 알아차리려고 하지 않았던 걸까. 저건 93식 화염방사기 아닌가. 짊어진 통 세 개 중에 가운데가 질소 압력 기통, 좌우의 두 개는 연료 기통.

……난 지옥에 있다.

"그만둬."

오노는 소리쳤다. 93식 화염방사기를 짊어지고 걸음을 옮기는 5번의 어깨를 붙잡았다.

"어린아이잖아!"

"야, 취했냐?"

5번이 냉랭하게 말했다.

"어딜 봐서 저게 어린아이야? 개잖아? 알았으면 움직여! 돈이 필요하잖아!"

마루노우치의 사무소에서 하야세가 나지막한 목소리로 꺼낸 말이 오노의 귓속에 되살아났다. 돈이 필요할 테니 무슨 일이든지 해야겠군. 그 말에 나는 뭐라고 대답했던가. 네, 라고 대답했다.

네…….

죄의식이라고는 눈곱만치도 없는 5번의 눈을 바라보는 동안, 도망 다니던 어린아이가 한 명 더 화염에 휩싸였다.

파란 도료로 표시된 부랑아가 차례차례 뜨거운 화염에 휩싸여 불탄다. 옷차림은 지저분하지만, 저렇게 달릴 수 있으니 병에 걸렸을 리는 없다.

화염은 15미터, 때로는 20미터도 넘게 뻗어나갔다. 가랑비 정도는 아무 문제도 안 되는 위력이었다. 사정거리 안에 떨어지는 빗방울을 순식간에 증발시키며, 목표물을 지옥의 혀로 핥았다. 뿜어져 나오는 화염이 판잣집 주변의 공기를 달구어서 기온이 상승했다.

그쪽으로 갔다! 14번 놓치지 마!

사스마타를 들고 정신없이 자세를 취하는 오노는 이제 자기가 외치는 소리인지, 남이 외치는 소리인지 구분이 가지 않았다. 열대우림에서 근접전을 벌이다 총알이 떨어져서 총검을 휘두르는 것처럼 사스마타를 내밀었다. 동료들에게 호통을 듣는 동안, 눈앞에 보이는 것이 정말로 개일지도 모르겠다는 기분이 들었다. 자신은 실제로 개를 상대하고 있는 건지도 모른다.

구르다시피 달려가는 개를 8번과 9번이 바로 옆에서 화염방사기로 불태웠다. 5번과 11번은 판잣집 자체에 불을 질렀다.

뼈까지 불탄 사체 중 몇몇은 강에 내던졌다. 스무 구, 아니 더 많았을지도 모른다. 오전 5시 반에는 판잣집이 모두 없어졌고, 거기 숨어 살던 자들도 남김없이 사라졌다.

땀에 젖은 남자들은 일을 마쳤다는 충족감이 가득한 표정으로 트럭 짐칸에 올라탔다. 트럭은 아침노을에 물든 폐허를 떠났다. 다들 버릇처럼 담배를 입에 물었지만, 아무도 불은 붙이지 않았다.

막 사용을 끝낸 93식 화염방사기가 짐칸에 쌓여 있다. 공기 중에 떠도는 연료에 불이 붙으면, 트럭이 통째로 날아갈 수도 있다.

오노는 눈을 번뜩이며 일그러진 웃음을 지었다. 원래 자기의 의식이 멀어지고, 다른 생물이 머릿속을 지배하는 것 같은 기분이었다. 담배를 문 5번이 오노에게 말을 걸었다.

……그 판잣집 마을은 철거될 예정이라 사람들은 벌써 퇴거했어. 그런데 밤만 되면 개들이 모여드는 거야. 들끓지. 쫓아내도, 쫓아내도, 밤이 되면 모여들어. 미국인은 바쁘니까 우리가 대신……

도중에 교차로에서 트럭이 멈추더니, 미군 병사가 짐칸에 얼굴을 들이밀고 봉투를 던져주었다. 허공에서 봉투를 움켜쥔 5번이 내용물을 확인하고 모두에게 나누어주었다. 오노는 현장에서 현찰로 80엔을 준다고 들었지만, 받은 것은 백 엔짜리 지폐였다.

트럭이 요코하마역에 도착하자 짐칸에서 내린 남자들과 헤어졌다. 그들은 오노에게 술을 마시러 가자고 제안하지도 않았고, 본명도 가르쳐주지 않았다. 오노는 백 엔짜리 지폐를 군복 안주머니에 숨긴 후, 처음부터 가지고 있었던 돈으로 표를 사서—백 엔은 표를 사기에 너무 큰돈이다—산소가 부족하지는 않을까 싶을 만큼 사람들로 미어터지는 열차에 올라탔다. 어디에도 들르지 않고 아사쿠사의 하숙집으로 돌아갔다. 장마철 하늘은 또 맑았다. 지옥 밑바닥에서 바라보는 푸른 하늘.

오노는 빛을 차단하기 위해 하숙집 2층의 단칸방 덧문을 꼭 닫은 채 잠들었다. 기름 냄새. 격류처럼 분출되는 밝은 화염. 살이 타는 냄새. 증발한 피, 숯덩이가 된 뼈, 개의, 개의…….

비명을 지르며 몸을 벌떡 일으켰다. 단칸방은 캄캄했다. 시간 감각을 잃었다. 악몽을 꾼 건지도 모른다. 끔찍하고 무서운 꿈을. 오노는 거친 숨을 몰아쉬며 어둠을 응시하다가 양초를 찾아 불을 켰다. 자신의 그림자가 벽에서 흔들흔들 춤추는 가운데, 벗어 던진 군복 안쪽을 뒤졌다. 안주머니에 돈이 없으면 꿈이다. 하지만 비정하게도 오노의 손끝에 종이가 닿았다. 천천히 끄집어내서 촛불이 비치는 곳으로 가져갔다.

진짜 백 엔짜리 지폐.

오한이 느껴져서 무릎을 끌어안았다. 어금니가 딱딱 맞부딪쳤다. 오노는 후회의 눈물을 참지 못하고 콧물과 침을 질질 흘리며 요코하마에서 있었던 일을 돌아보았다. 무뚝뚝한 3번, 동안이고 대장 역할을 맡은 5번, 덩치가 크고 머리를 빡빡 깎은 8번, 안경을 끼고 팔다리가 길쭉한 9번, 데려온 개 두 마리에게 입마개를 씌운 11번, 다섯 남자들의 모습과 함께 되살아나는 소름 끼치는 비명, 미군이 접수한 시설의 식당에서 먹은 오믈렛과 소고기를 넣은 스튜의 맛…….

……대체 무슨 일이 일어난 걸까?

……믿을 수 없지만 5번이 한 말이 전부다

오노는 그렇게 생각했다.

……몇 번을 내쫓아도 판잣집으로 돌아오는 부랑아들에게 진절머리가 난 미군이 일본인들 손으로 그들을 청소시킨 것이다. 그뿐이다. 부랑아 수용 시설은 포화 상태고, 거기까지 데려가는 데도 돈과 시간이 든다. 총을 사용하지 않는 건 탄피가 남기 때문이다. 탄피는 증거가 된다. 불을 사용하면 아무것도 남지 않는다. '화재였다'라는 핑계로 넘어갈 수 있다. 아무튼 놈들은 판잣집과 거기 사는 사람들이 거추장스러웠던 것이다. 왜냐하면 오락 시설을 만들어야 하니까. 점령군용 볼링장을 만들어야 하니까.

……그런데 왜 하필 거기일까?

땅이라면 썩어 넘칠 만큼 많은데. 게다가 지금은 전부 놈들의 것인데. 아니, 군이 결정하는 사항은 언제나 그 모양이다. 일본도 그렇지 않은가. 하물며 점령된 상태다. 깊은 이유는 없다. 지도를 펼치고, 회의로 결정한 사항을 그저 절차에 따라 실행에 옮길 뿐……절차에 따라.

……그나저나 그 지겨운 광견병 강의는 뭐였을까?

……그리고 하야세가 내게 광견병 예방 주사는 맞았느냐고 굳이 물어본 이유는 뭘까?

……대강당에서 강의한 사람은 분명 이와오베 박사라고 했다……그 박사는 우리가 무슨 일을 하는지 알고 있었을까?……태도를 보건대 분명 모를 것이다. 그래서 박사는 진지하게 강의를 할

수 있었다. 아무 의심도 없이. 공중위생에 관련된 업무라고 철석같이 믿고서. 하지만 우리는 뭣 때문에 그 강의를.

절차.

오노는 접수된 시설에서 자신이 서명한 서류를 떠올리고 몸을 부르르 떨었다.

'광견병 강의 수강 증명서'

을은 광견병 대책에 관련한 전문 지식을 전달하는 강의를, 점령군 공중위생 복지국에서 파견한 갑에게 들었습니다.

쇼와 21년 6월 18일

소름이 쫙 끼쳤고 몸이 더 심하게 떨렸다. 엄청난 공포가 몰려왔다.

……우리는 그 강의를 들어야 했다. 왜냐하면 우리가 사냥하는 건 어디까지나 진짜 들개니까. 그래서 나는 광견병 예방 주사를 맞아야 했고, 그건 다른 사람들도 마찬가지다. 미군은 정식 강의와 서류를 준비해 사실을 기록으로 남겨야 했다. 그다음은 일본인 귀환병이 무슨 짓을 하든 알 바 아니다. 범죄가 발각된들 우리가 멋대로 저지른 짓이다.

……맙소사. 이런 일이……

오노가 쳐다보는 촛불에 화염방사기가 만들어낸 아비규환이 겹쳐졌다. 이윽고 그 흔들리는 불빛 속에 아버지, 어머니, 여동생의 얼굴까지 나타났다. 공습으로 불탄 집도. 사라진 란포의 전집도. 그중 단 두 권을 다시 손에 넣기 위해, 세상과의 접점을 되찾기 위해, 요코하마에서 벌어온 백 엔짜리 지폐. 그 백 엔짜리 지폐도 불탔다. 현세의 불이 아닌, 영원히 타오르는 지옥의 업화에. 오노는 이를 악물고 오열했다.

두개골로 빨려들 것처럼 쑥 꺼진 두 눈, 살이 빠져서 홀쭉해진 뺨. 오노는 망령 같은 몰골로 신바시의 암시장을 돌아다녔다. 사람들이 몹시 웅성거리는 곳에 위스키를 마시고 졸도한 남자가 있었다. 남자는 아주 수상쩍어 보이는 술병을 늘어놓은 노점 앞에 쓰러져 있었다. 술을 내놓은 노점상은 구급대와 함께 출동한 경찰관 두 명에게 팔을 붙잡혀, 또냐는 표정으로 연행됐다.

부채질로 숯불에 굽는 생선 냄새를 퍼뜨려서 손님을 유혹하는 노점상이 있었다. 그 남자는 왼쪽 귀가 절반쯤 날아갔고, 뺨에 커다란 화상 흉터가 있었다. 왼팔도 팔꿈치부터 앞쪽이 없었다.

오노는 멈춰 서서 생선을 굽는 남자에게 물었다.

"파친코를 파는 사람 모르나?"

"염병할."

남자는 억누른 목소리로 욕을 내뱉으며 눈초리를 치켜세우더니, 허둥지둥 주변을 확인했다.

"마쓰다 큰형님이 당하고 겨우 초칠일이 지났어. 입 함부로 놀리지 말고 썩 꺼져."

신바시의 암시장을 지배했던 마쓰다 조직의 두목, 마쓰다 기이치는 6월 10일에 살해당했다.

오노는 다시 돌아다니며 암시장을 살폈다.

……몰라. 댁 같은 초짜가 찾아본들 헛일이겠지.

……무서워라. 강도질이라도 하려고?

……꼭 찾아야겠거든 신주쿠에 가봐.

다음 날 찾아간 신주쿠의 암시장에서 오노는 파친코, 즉 권총을 판다는 남자를 겨우 찾아냈다.

"돈은?"

남자가 물었다.

오노는 품속의 백 엔짜리 지폐를 보여주었다.

"잠깐만 기다려."

10분쯤 후, 남자가 바구니를 들고 돌아왔다. 병문안 과일을 담을 법한 등나무 바구니에는 오노가 뉴기니아에서 다뤄본 적 있는 수류탄이 두 개 들어 있었다. 점령군이 폭파 처리해서 이제는 존재할 리 없는 살상무기. 중국 대륙에서 대량으로 노획해 일본 육군이 사용한 중화민국 23년식 수류탄. 마찰 발화 신관이 내장돼 끄트머리에 달린 끈을 잡아당기면, 시한식 신관이 약 5초 후에 발화한다. 사용된 폭약은 갈색 화약, 미군은 그 화약을 TNT라고 부른다…….

"미안해, 형씨."

남자는 쓴웃음을 지었다.

"고작 백 엔으로는 파친코를 마련할 수 없어. 이걸로 참아."

오노가 입을 열려고 하자 남자는 한 손을 들어 제지했다.

"알아. 불발도 많지만, 둘 중 하나는 불꽃놀이를 보여줄 거야. 자, 이걸 가지고 돌아가. 덤으로 밀감도 줄게."

밀감이라길래 무슨 다른 무기를 가리키는 은어인 줄 알았지만 남자는 말 그대로 진짜 밀감을 건네주었다.

오노는 구입한 물건을 가지고 마루노우치의 사무소로 갔다. 하야세는 나타나지 않았지만, 젊은 여자 사무원에게 '14'라고 적힌 표찰을 보여주자 상사에게 들은 다음 들개 사냥 날짜를 가르쳐주었다. 닷새 후였다. 진실을 알 리 없는 사무원은 그저 업무용 미소를 지으며 수척해진 귀환병이 떠나가는 모습을 바라보았다.

닷새 후, 오노는 밀감을 먹으며 요코하마행 열차에 탑승했다. 밀감은 달고 즙이 많았다. 열차에서 내리자 사쿠라기초까지 걸어가서 밤이 오기를 기다렸다.

접수된 시설에 도착한 트럭에서 내린 남자들은 오노의 얼굴을 보고 놀랐다.

……14번이잖아.

……야, 왜 신바시에 없었어?

……꼬리를 말고 도망친 줄 알았네.

"볼일이 있어서 일찍 요코하마에 왔어."

오노는 대답했다.

"기다리다 지겨워서 죽을 뻔했네."

입구에서 보초를 서는 흑인 병사 옆을 지나쳐 식당으로 복도를 걸어갔다. 햄버거. 닭고기와 감자도 들어간 토마토 수프. 신선한 양배추와 달걀 샐러드. 게걸스럽게 먹었다. 아무리 먹어도 허기를 채울 수 없는 아귀처럼 먹었다. 누구와도 말을 나누지 않았다.

식사가 끝나자 그날 밤처럼 2층 대강당으로 이동했다. 계단 모양으로 배치된 책상과 의자 사이의 통로를 내려가서 칠판 앞, 제일 앞줄에 앉았다. 3번, 5번, 8번, 9번, 11번, 14번…….

젊은 미군 병사가 비틀거리는 이와오베 박사를 부축해 단상으로 향하는 도중에, 오노는 수류탄의 끈을 잡아당겼다. 5초 기다렸지만 아무 일도 일어나지 않았다. 대강당은 몹시 조용했다. 늙은 박사의 헛기침 소리를 들으며 오노는 나머지 수류탄 하나를 꺼내서 무릎 위에 얹어놓고 잠시 바라보다가 코끝에 대고 갈색 화약 냄새를 맡았다. 금색 냄새밖에 나지 않았다. 오노는 숨을 내뱉은 후, 천장을 올려다보고 끈을 잡아당겼다.

천천히 다섯을 헤아렸다.

폭발음이 시설을 뒤흔든 후, 한순간 고요해졌다. 오전 3시, 깊은 늪의 바닥 같은 정적이었다. 갑자기 요란한 사이렌 소리가 울려 퍼졌다. 폭발음을 듣고 이미 침대에서 몸을 일으킨 미군 병사들은 서둘러 헬멧과 군화를 착용하고 총을 들었다. 그들의 성난 고함소리가 복도를 오갔다.

■◈■

상안당의 주인은 기모노 차림으로 차를 마시며 신문을 읽었다. 드디어 7월이 되자 길게 줄을 서야지만 7엔으로 살 수 있었던 피스는 10엔으로 가격이 올랐다. 메이지 유신* 이후로 제복 경찰관이 허리에 차고 다녔던 군도는 맥아더 사령관의 지시로 압수됐고, 대신에 경봉이 지급됐다.

밤새 내리던 비는 공습 다음 날 아침에 깔린 흰 연기 같은 안개비로 바뀌었다.

전쟁 전에는 낮에야 가게를 열었지만 지금은 할 일이 따로 없어서 일찍 문을 연다. 그러면 역시 할 일이 없는 손님들이 찾아온다. 적어도 상안당 주인의 눈에는 그렇게 보였다.

시간도 있고, 돈도 있고, 팔자가 늘어졌구먼.

* 19세기 일본이 막부를 타도하고 정치, 경제, 문화 전 분야에 걸쳐 근대화를 성공시킨 일련의 개혁을 가리킨다.

비아냥거리는 주인의 말투에 "이래 봬도 바쁜 몸이라고요" 하고 단골 청년이 대꾸했다.

서가에 꽂힌 탐정소설을 훑어보는 단골 청년은 스물네 살 먹은 의학생 야마다 세이야였다. 천하의 도쿄대 의대에 다니고 있지만, 장래에 의사가 될 생각은 없고 생활비를 보내주는 부모님 몰래 소설가가 될 작정이었다.

이 야마다라는 청년의 꿈은 곧 현실이 된다. 에도가와 란포가 심사위원으로 있는 잡지 「보석」의 '탐정소설 공모전'에 그가 응모한 단편이 당선되고, 이듬해 당선작이 「보석」에 실린다. 제목은 「다루마 고개의 사건」, 청년이 사용한 필명은 야마다 후타로*

"바쁜 사람이 아침 댓바람부터 헌책방에 오겠나?"

주인은 그렇게 말하고 다시 신문에 시선을 주었다.

"게다가 비도 내리는데 말이야."

"정말로 한가한 사람 아닙니다."

야마다는 쓴웃음을 지었다.

"그런데 사장님, 그 뒤쪽에 있는 책 두 권……헤이본샤에서 나온 란포의 전집……『눈먼 짐승』과 『황금가면』에는 전부터 '예약'이라는 종이가 붙어 있던데, 아직도 사러 안 온 건가요?"

"목돈을 가지고 온다길래 기다리는 중이야. 생김새도, 옷차림도

* 전기소설, 추리소설, 시대소설 분야에서 명성을 떨친 일본 대중소설의 거장.

완전히 다르지만 자네 또래의 젊은이지."

"장난에 넘어간 건 아니고요?"

"거짓말쟁이의 얼굴은 나 자신의 낯짝도 포함해서 지금까지 꽤 많이 봤지만, 그건 거짓말을 하려는 얼굴이 아니었어. 하기야 돈이 있는 얼굴도 아니었지만……."

"학생인가요?"

"아니, 갈 곳 없는 귀환병이지."

"……그렇다면……."

"다급한 마음에 어디서 강도짓이라도 했다가 포승줄에 묶였는지도 모르지."

상안당의 주인은 그렇게 말하며 신문의 사건란에 시선을 멈췄다.

요코하마의 점령군 시설에서 수류탄이 폭발. 일본인 다섯 명 사망, 한 명 중상.

지난달 26일, 요코하마시 사쿠라기초의 점령군 시설에서 옛 육군의 수류탄이 실수로 폭발해 해수 박멸 위탁 업무를 맡은 귀환병 다섯 명이 즉사, 한 명이 중상을 입었다는 사실이 밝혀졌다. 사망자는 하나오 히로시(18), 이치카와 다로(22), 호소이 도미요시(26), 진 간키치(23), 오노 헤이타(21). 중상자는 우에노 히데아키(33). 사고 당시 수류탄을 다루었던 사람은 오노로—

사망한 귀환병 중 한 명의 이름에 주인의 시선이 못 박혔다. 전집 두 권을 사고 싶다던 남자와 이름이 같다. 나이도 엇비슷하다.

……조만간 꼭 선금으로 목돈을 준비해서 올게요……만약 그 손님과의 거래가 엎어지면, 전집 두 권을 저한테 파세요……

주인은 신문이 뚫어져라 기사를 읽어나갔다.

—한편 헌병과 경찰의 현장검증은 이미 완료돼, 일시 폐쇄됐던 시설도 평소 모습을 되찾았다. 현장 근처에 있던 병리학 전공 이와오베 박사의 말에 따르면, 실수로 수류탄을 폭발시킨 귀환병에게서 '코르사코프 증후군'이 발병했을 가능성도 생각해볼 수 있다고 한다.

가게 안쪽 의자에 앉아 미닫이문의 간유리 너머로 안개비가 내리는 간다 진보초 거리를 바라보던 주인은 청년 의학생에게 말을 걸었다.

"이보게. 코르……코르사코프 증후군이 뭔가?"

"갑자기 그건 왜요?"

야마다가 에드거 앨런 포의 원서를 넘기고 있던 손을 멈추고 물었다

"아아, 신문에 났나 보군요."

"응."

주인은 대답했다.

"의학생이라면 알 테지."

"코르사코프 증후군이 발병하면 성격이 바뀝니다."

"성격이 바뀐다고?"

"알코올중독 등이 원인인 증후군인데요. 뇌 기능에 문제가 생겨서 사람이 싹 변하기도 해요. 광견병 예방 주사를 맞았을 때도 드물게 발병한다고 들은 적 있고요. 공상희언증이라고도 하는데, 코르사코프 증후군이 뭐 어쨌길래요?"

주인은 아무 대답도 하지 않았다.

……공상희언증

그 청년이……?

실내에서 불쾌한 습기가 단숨에 늘어난 것처럼 느껴졌다. 간유리가 빛났다.

■◈■

오노가 죽은 지 2년이 지난 쇼와 23년 1월, 전쟁 후의 역사에 남을 처참한 제은사건이 발생했다. 도시마구의 제국은행 시나마치 지점에 나타난 남자는 마치 동물 실험이라도 하듯이 어린아이를 포함한 열여섯 명에게 냉정하게 지시를 내려 독극물을 먹였고, 열두 명이 사망했다.

8월에 홋카이도에 거주하는 화가 히라사와 사다미치에게 체포장이 발부되자 경시청 수사1과의 이키이 경사가 히라사와의 신병을 확보해 열차로 도쿄에 호송했다. 제은사건의 범인이 체포됐다는 소식에 군중이 몰려들어 우에다역 주변은 한때 큰 소란에 휩싸였다. 취조 때 범행을 인정했던 히라사와는 나중에 태도를 바꾸어 끝까지 무고함을 주장했다.

쇼와 25년 3월, 도쿄대 의학부 정신과 교수들이 히라사와를 정신감정한 결과가 신문 1면에 실리자, 세간은 그 화제로 떠들썩해졌다.

히라사와는 30대에 광견병 예방 주사를 맞은 것을 계기로, 코르사코프 증후군이 발병해 성격이 바뀌었고 허언을 입에 담게 됐다고 한다. 하지만 범행 당시는 증상이 나타나지 않았으므로 그 병은 무죄의 근거로 받아들여지지 않았고, 역시 히라사와가 진범이자 형사 책임을 질 능력이 있다고 판단됐다.

제은사건에서 밝혀진 새로운 사실에 전국이 시끌벅적한 가운데, 경시청 고지마치서에서 한 남자가 형사에게 조용히 진술하고 있었다.

남자의 이름은 우에노 히데아키. 쇼와 21년에 요코하마의 점령군 시설에서 귀환병 오노 헤이타가 일으킨 수류탄 폭발 사건의 생존자였다.

고지마치서에 걸려온 익명의 신고 전화가 우에노를 경찰서로 부른 계기였다. 전화한 인물은 '우에노는 4년 전, 부랑자가 사는 판잣집 마을을 불법으로 소각한 범죄에 관여했다'라고 주장하며 점령군의 트럭과 소각에 사용된 무기에 관해 꾸며낸 이야기라고는 생각할 수 없을 만큼 자세하게 설명했다. 덧붙여 '놈들은 사람을 죽였다'라고도 주장했다.

형사는 우에노에게 현재 직업을 확인했다.

"안약 용기를 만드는 공장에서 직공으로 일하고 있습니다."

우에노가 대답했다.

형사는 받아 적고 나서 우에노에게 익명 신고 내용을 전했다. 차분한 말투였지만 무서운 이야기였다.

"불법으로 소각한 적 없습니다."

우에노는 그 이야기를 일소에 부쳤다.

"애당초 인간을 상대로 한 일도 아니에요. 쥐나 들개를 대상으로 관청에서 정식으로 진행한 해수 박멸 사업이었습니다. 점령군의 지시를 받고 합법적으로 했다고요."

"신고자가 누군지 짐작은 갑니까?"

"아니요, 전혀."

"신고자는 당신과 동료들이 요코하마에서 사람을 살해했다는 현장의 주소도 알려줬습니다만."

형사는 지도를 책상에 펼치고 그 위치를 가리켰다.

"여기는 기억납니까?"

"글쎄요, 여기저기 돌아다녔으니까요."

우에노는 고개를 갸웃했다.

"거기서 몇 명과 함께 해수 박멸 작업을 한 것 같기도 합니다."

아직 3월인데도 초여름같이 푹푹 찌는 오후였다. 우에노는 손수건으로 연신 이마와 목덜미를 닦다가 격자가 들어간 창문으로 밖을 보았다. 조사가 끝나자 형사는 담배를 한 대 권했다. 더 이상 이 남자를 붙잡아둘 수는 없었다. 하지만 뭔가가 마음에 걸렸다.

5월이 하루하루 흘러갔다.

점령군은 이미 철수했고, 새로운 시대가 시작됐다. 흰머리가 두드러지게 많아진 형사는 법의관을 데리고 요코하마로 갔다. 상사를 겨우겨우 설득하고 가나가와 현경과 요코하마시의 허가를 얻어, 예전에 점령군의 볼링장이 있었지만 이제는 공터가 된 땅을 중장비로 파냈다.

땅속에서 나온 것은 개의 뼈였다. 일부러 동행시킨 법의관은 한숨을 쉬었다.

개 뼈뿐이야.

봄날 햇살 아래 파나마모자를 쓴 형사는 개 뼈를 움켜쥐고 근처에 흐르는 강을 바라보았다.

그날 저녁, 대법원에서 히라사와 사다미치의 사형이 확정됐다는 보고를 받았다.

형사는 제은사건의 담당이 아니었지만, 그 소식을 들은 순간 딱 한 번 만난 우에노의 얼굴이 지금까지보다 더 선명하게 떠올라서 사라지지 않았다.

남자의 얼굴은 언제까지나 머릿속에 남아 있었다.

사람들이 전쟁을 잊고, 이 나라에 점령군이 있었던 사실조차 잊어버린 후에도 형사는 가끔 아무 말 없이 그 얼굴을 떠올렸다.

못

누구나 마음에 괴물을 숨기고 있다.

야스키는 문득 떠오른 그 생각을 일기에 쓰려다 마음을 바꿨다. 연필을 쥔 손을 종이 위에서 멈췄다.

그만둬, 하고 중얼거렸다. 쓸데없는 소리를 쓰면 면접 때 '네게 괴물은 어떤 존재인가'라거나 '괴물이 태어나는 원인은 뭐라고 생각하는가' 같은 질문이 날아들 테고, 또 귀찮은 심리검사를 받아야 한다. 그러면 더 오래 수용된다. 다른 시설로 옮겨질지도 모른다.

뭔가 깊은 생각이 있어서 '괴물'이라는 말이 떠오른 건 아니다. 어떤 인간에게나 추한 부분이 있다든가, 동물 같은 측면이 있다든가, 그 정도의 이야기다.

예를 들어 야스키 자신은 최대한 싸움을 하지 않으려고 노력한다. 하지만 일단 싸움이 벌어지면 꼭 도를 넘는다. 자제력을 잃고

서 쓰러진 상대에게 결정타를 날린다.

야스키는 마음을 다잡고 평소처럼 일기를 쓰기 시작했다.

놈들 사이가 좋지 않았던 그룹과는 ~~때리거~~다치는 사람이 나오기 전에 이야기를 나눠야 했습니다. 싸움을 하고 싶지 않은데, 그런 곳에 간 게 잘못이었습니다. 움직이지 않는 상대를 몇 번이나 때린 걸 ~~후와~~후회하고 있습니다. ~~살것~~철저히 반성하고 제대로 된 인생을 살겠습니다. 독립하고 싶습니다.

야스키는 어설프게 연필을 움직여서 지저분한 글씨를 써나갔다. 결코 거짓말은 아니었다. 거기에는 진심도 담겨 있었다.

책상과 이부자리.

변기와 세면대.

야스키는 생활에 필요한 모든 것이 방 하나에 갖추어진 1.5평짜리 공간에서 지내고 있다.

16세의 여름. 요코하마 소년 감별소*.

야스키는 가나가와현 가와사키시에 태어나 자랐다. 지금도 같은 동네에 산다. 형제는 없다. 일곱 살이 되었을 때, 어머니는 이미

* 심판 및 보호처분의 대상이 될 소년의 성격과 자질 등을 분류하고 심사하는 기관. 한국의 소년 분류 심사원에 해당한다.

어딘가로 사라지고 없었다. 아버지가 늘 돈이 없어서 살림은 궁핍해졌다. 어머니가 떠나자 통조림 하나로 하루의 끼니를 때우는 날이 늘어났고, 집에 있는 가전제품과 옷이 점점 줄어들었다. 아버지의 빚 때문에 늘 숨을 죽인 채 주변 소리에 귀를 기울이듯 지내야 했다.

전기도 가스도 끊기고 세간살이가 거의 다 없어졌을 무렵, 아버지가 어디선가 곽에 든 양초와 쇠못을 구해서 돌아왔다. 그 외에 신문지로 감싼 유리 조각도 가져왔다.

그날 밤, 아버지는 다 먹은 통조림 캔 바닥에 유리 조각을 깔고, 성냥으로 불붙인 양초를 통조림 캔에 세워서 방을 밝혔다. 천장에 두 사람의 그림자가 희미하게 비쳤다.

잠들기 전에 아버지는 양초에 못을 박았다. 어린 야스키는 가로로 관통된 못을 신기하게 바라보았다.

"옛날식 자명종이야."

아버지는 설명했다.

"양초가 녹으면 못이 유리가 깔린 캔 바닥에 떨어져서 소리가 나지."

소년 감별소에서 지내는 동안 아버지 꿈을 자주 꿨다. 텅 빈 방에서 아버지와 함께 이불을 덮고 잠든 밤. 촛불이 흔들리고, 그림자가 춤췄다. 새벽녘이 가까워졌을 무렵 녹아서 짧아진 양초에서 떨어진 못이 캔 바닥에—

그 소리.

눈을 뜬 야스키가 이불 속에서 천장을 바라보는 사이에 기상 시간이 다가온다. 오전 7시. 스피커에서 흘러나오는 피아노곡이 아침이 왔음을 알리면, 야스키는 이부자리를 정리하고 아침 먹을 준비를 한다.

4주가 지나 야스키가 요코하마 소년 감별소를 퇴소하는 날 아침, 한여름의 위세는 한풀 꺾였지만 푸른 하늘을 삼킬 듯한 적란운이 바다 위에 펼쳐져 있었다.

배웅을 나온 직원에게 머리를 숙여 인사한 후, 야스키는 걸음을 옮겼다. 잠시 걸어가다 길가에서 죽은 매미를 발견하고 주워서 들여다보았다. 죽은 줄 알았던 매미가 온몸을 떨면서 울기 시작했다. 야스키는 매미를 하늘에 던졌다. 꼴사납게 갈팡질팡하던 매미는 울창한 가로수를 향해 날아갔고, 곧 시야에서 사라졌다.

버스를 갈아타고 가와사키의 연립주택으로 돌아온 야스키는 술을 마시며 텔레비전을 보는 어머니에게 말을 걸었다. 소년 감별소에 마중 나오기로 했던 어머니에게 다녀왔습니다, 라고는 하지 않고 내 신발은, 하고 물었다. 골판지상자로 만든 선반 밑에 숨겨둔 닥터마틴 부츠가 없었다. 걱정했던 대로 집을 비운 사이에 어머니가 팔아치운 듯했다.

어머니는 취한 눈으로 야스키를 보았다.

“평생 거기 처박혀 있으면 참 좋을 텐데.”

입이 험한 건 평소와 다름없었다. 어머니라고 해도 한 핏줄은 아니다. 아버지가 돈을 위해 재혼한 여자. 정작 아버지는 6년 전 여름에 자취를 감췄다. 도호쿠 지방에서 쓰레기 처리업자로 일한다는 소문이 있었지만 야스키에게는 아무래도 상관없는 이야기였다. 죽지 않고 어딘가 살아 있다면 아들을 버렸다는 뜻이니까. 야스키 생각은 그랬다.

남겨진 야스키는 호적상 어머니인 주정뱅이와 함께 살았다. 여자는 작년 말까지 일당을 받는 술집에 나갔지만, 술버릇이 너무 안 좋아서 해고됐다. 지금은 저녁부터 밤까지 고깃집에서 일한다.

없어진 건 부츠만이 아니었다. 나중에 돈으로 바꾸려 했던 크롬하츠—가짜인 건 알지만—반지도 없어졌다.

분노가 점점 커졌다. 몸속에서 열기가 부풀어 올랐다.

진정해. 야스키는 자기 자신을 타일렀다. 여기서 할망구를 때렸다간 돌이킬 수 없어. 잊지 마. 난 제대로 된 직장을 구해서 이 집을 나갈 거야. 소년 감별소에서 결심했잖아. 그러면 이 인간의 얼굴을 보지 않아도 돼.

야스키가 가와사키의 연립주택으로 돌아와 얌전히 지내는 동안, 소년심판 날짜가 다가왔다. 야스키는 투덜거리는 어머니와 함께 가정법원으로 향했다. 소년 감별소에 위탁되는 감호 조치가 끝났으므로 이제 비공개 소년심판을 통해 소년원 송치, 아동 자립 지원 시설 등 송치, 보호 관찰, 총 세 가지 중 한 가지가 야스키에게 선고된다.

야스키는 작은집—소년원—에 갈 각오를 했지만, 보호 관찰이 선고됐다. 소년 감별소에서 생활했던 당시의 태도와 갱생 의지가 참작됐다.

야스키가 작은집에 가지 않는다는 걸 알자, 동네 친구들이 술과 봉지과자를 들고 축하하러 연립주택에 찾아왔다. 모두 10대다. 그들에게 보호 관찰은 자유의 몸이나 다름없는 의미다. 야스키는 봉지과자는 먹었지만, 술은 한 방울도 입에 대지 않았다.

"이거 줄게. 난 이제 전자담배 피우니까."

어릴 적부터 친했던 친구가 흠집투성이인 은색 지포라이터를 야스키에게 주었다.

보호 관찰 기간에는 남자 보호사가 정기적으로 찾아와서 면담한다.

야스키는 문을 열고 나와 보호사를 재촉해 연립주택 2층 복도로 나갔다.

"어머님은 여전히 술을?"

보호사가 물었다.

야스키는 고개를 끄덕이고 바로 화제를 바꾸었다.

"제가 일할 만한 곳은 있을까요?"

대답 대신 보호사는 종이를 한 장 보여주었다. 보호 관찰 중인 16세 소년에게 면접 기회를 주는, 몇 안 되는 회사의 구인광고다. '도장공 급구'. '독신자용 기숙사 완비'. 회사도 기숙사도 야스키가 태어나고 자란 동네에 있었다.

야스키의 면접을 담당한 도장업체의 사장은 52세 남자로, 영업을 나가는 틈틈이 본인도 현장에서 일하는 도장공이다. 책상이 하나뿐인 좁은 사무소에서 야스키는 피부가 거무스름하게 탄 사장과 마주 앉았다. 동행해준 보호사도 야스키 옆에 앉았다.

사장은 이력서를 훑어보았다. 검은 수건을 머리에 감았고, 위아래 모두 흰색과 검은색 얼룩무늬가 들어간 작업복 차림이다.

사장은 책상에 내려놓은 이력서를 굵은 손가락으로 짚었다. '지원 동기'와 '자기소개'란을 채운 야스키의 글씨가 워낙 지저분해서 읽지 못 하겠는 모양이다.

"우리 회사에서 일하고 싶은 이유는?"

사장이 물었다.

"집을 나가고 싶어서요."

야스키는 솔직하게 대답했다.

"이 회사에 기숙사가 있길래, 거기서 지내려고요."

"부모는 소중해."

"친부모는 아니라서요."

사장은 익숙한 대사를 들은 것처럼 고개를 가볍게 끄덕이더니, 다시 이력서에 시선을 주었다.

"누구에게나 사정은 있지. 하지만 대걸레로 바닥을 닦는 것도, 트럭을 타고 돌아다니며 쓰레기를 수거하는 것도 다 같은 일이야. 왜 칠장이가 되고 싶은 건데?"

"되고 싶다는 건 아니지만."

야스키는 긴장감을 느끼며 대답했다.

"그 서류에도 적었는데요. 어릴 적부터 프라모델이나 피규어에 색칠을 끝내주게 잘했거든요. 친구에게 부탁받고 대신 칠해주기도 했어요. 그래서."

"페인트라면 잘 칠할 수 있을 것 같았다?"

"네."

사장은 팔짱을 끼고 천장을 올려다보며 잠시 생각에 잠겼다.

"그래서, 뭘 했는데?"

"색칠한 프라모델 종류요?"

"그게 아니라."

사장이 말했다.

"보호사님한테 받은 서류에 상세히 적혀 있기는 했지만, 너한테 직접 듣고 싶어. 뭘 어쩌다 소년 감별소에 들어간 거야?"

"싸움, 상해로요."

"몇 대 몇으로?"

"처음에는 저희 동네 친구랑 상대 패거리랑 합쳐서 마흔 명쯤 됐는데, 마지막에는 1대 3이었어요."

"넌 어느 쪽이었는데?"

"1이요."

그렇게 대답한 순간 사장은 야스키의 얼굴을 힐끗 바라보았다. 표정에 이렇다 할 변화는 없었다.

"뭘 들고?"

"무기, 도구요?"

"응."

"아무것도 안 썼는데요."

"정말이야?"

"네. 이것뿐이었어요."

야스키가 쫙 펼친 양손을 사장과 보호사가 들여다보았다. 긴소매 셔츠로 덮은 손목께에 문신이 보였고, 손등에 흉터가 수두룩했다.

"맥주병 같은 건 안 쓰나? 마지막까지 맨손이야?"

"네."

"흠."

사장은 고개를 끄덕였다.

"하지만 이제는 그런 사정을 감안해주는 세상이 아니야. 맨손으로 싸웠다고 경찰이 봐주지는 않아."

"네."

"싸움을 좋아하나?"

"아니요. 이제 질렸어요."

"왜 질렸는데?"

"싸워봤자 돈이 안 되니까요."

사장은 코로 픽 웃더니 입술을 아래쪽으로 구부렸다.

"복싱이라든가, 왜 그 종합 뭐라든가 그쪽으로 가볼 생각은 없고?"

"운동은 질색이라서요."

"뭐, 싸움박질이랑은 다르지."

사장은 관자놀이를 긁적였다.

"어디, 이 좀 보자."

사장은 소년의 치아가 시너로 녹지 않은 걸 확인한 후 천천히 말을 꺼냈다.

"나도 요 근방에서 자랐고 나쁜 짓도 해봐서 너 같은 녀석들을 많이 알아. 취직을 시켜줘도 대부분은 옛날 친구에게 되돌아가. 땀 흘려 일해서 버는 돈은 얼마 안 되지만, 뒷구멍으로 돌아가면 짭짤하게 벌 수 있으니까. 무슨 말인지 알지? 절도, 사기, 공갈, 약물, 방법은 넘치고 넘쳐. 내가 묻고 싶은 건 딱 하나야. 우리 회사에서 널 고용한들 네가 그쪽으로 돌아가지 않는다는 보장이 어디 있지?

날 어떻게 설득할 거야?"

"저는 그런 쪽에."

야스키는 말했다.

"소질이 없어요."

"무슨 뜻이지?"

"저는 거짓말이 서툴거든요. 그런 놈이 있으면 동료의 발목만 붙잡겠죠."

사장은 야스키의 얼굴을 똑바로 쳐다보았다. 미간에 주름을 잡은 채 아무 말도 하지 않는다. 그러다 갑자기 이력서와 보호사에게 받은 서류를 집더니 책상에 탁탁 쳐서 가지런히 정리했다. 면접이 끝났다는 신호다.

야스키는 일어서서 머리를 숙인 후 보호사를 따라 문으로 향했다. 그때 사장이 야스키를 불러 세웠다.

"열여섯 살이지? 체격이 좋네."

야스키는 돌아보았다.

"소년 감별소에 들어갔을 때 잰 키는 182센티미터였어요."

"몸무게는?"

"81킬로그램이요. 거기서 지내면서 살이 좀 빠졌을지도 모르지만요."

사장은 서류를 서랍에 넣으며 말했다.

"아까 그거, 네가 도색했다는 프라모델이랑 피규어 말이야. 돈

주고 산 거야?"

문 앞에 선 야스키는 사장의 얼굴을 가만히 바라보다 "아니요" 하고 대답했다.

"장난감 가게에서 훔쳤는데요."

"그렇겠지."

사장은 웃었다.

"이제 그러지 마. 내일부터 나와라."

바로 답변을 들을 줄은 몰랐기에 야스키는 말문이 막혔다. 감사를 표하는 보호사의 목소리를 듣고 허둥지둥 고맙다고 인사하려는데, 사장이 만류하고 말했다.

"열심히 일해. 알았지? 열심히 일하면 하루가 후딱 지나가."

도장업체의 구인광고에서는 '독신자용 기숙사 완비'를 강조했지만, 사실 그런 건물은 없다. 회사가 근처 2DK* 맨션에서 방을 하나 빌려서 제공해주는 것이다.

다이닝키친 좌우에 위치한 방에 2단 침대를 놓고 남자 네 명이 공동으로 생활한다. 모두 같은 회사의 도장공이다.

혼자뿐인 시간은 없지만, 주정뱅이 어머니와 사는 것보다는 훨씬 쾌적했다.

* 숫자는 방의 개수, D와 K는 식당과 주방을 가리킨다.

야스키는 아파트에 남겨두고 온 어머니를 가끔 떠올렸다. 노인네는 아니지만, 조만간 혼자 죽으리라. 그렇게 술에 빠져 사는 사람을 여러 명 봤다. 돈이 생기면 술을 사고, 시설에 넣으면 금방 도망친다. 나로서는 달리 할 수 있는 일이 없고, 무엇보다 그 여자는 나를 미워한다. 자기를 버린 남자의 자식이니까.

도장공의 아침은 일찍 시작되지만, 소년 감별소에서 지내며 규칙적인 생활에 익숙해진 덕분에 힘들지는 않았다. 오전 6시에 일어나서 아침을 먹고, 7시에는 회사에 모여 그날 사용할 페인트를 실은 작업 차량에 올라탄다. 점심시간에 한 시간 휴식하고 오후 5시에는 일이 끝난다. 밤에 놀러 나가지 않는 날들이 계속되자, 야행성인 동네 친구들과 만날 기회도 확 줄었다.

야스키는 벽에 페인트를 칠할 때 롤러를 어떻게 굴려야 하는지 배웠고, 솔 사용법과 비계발판에서 걷는 법도 익혔다. 도장공 일이 몸에 배었을 무렵, 주변에 있는 남자들이 특이하게 머리가 좋다는 걸 깨달았다.

일단 자기처럼 중학교밖에 나오지 않은 사장이 '나선계단'의 면적을 독자적인 방법으로 계산하는 모습을 보고 눈이 동그래졌다. 원주율같이 까다로운 수식을 사용하는 낌새는 없었다. 도장공은 작업 현장의 면적에 따라 페인트 발주량과 요금의 견적을 낸다. 사장은 적당히 계산하고 나중에 적당히 맞춰서 수정하는 줄 알았다.

하지만 다른 날에 '나선계단'의 도면을 보자 사장이 산출한 숫자와 오차가 거의 없었다.

야스키는 우락부락한 이 남자들에게 수학적인 직감이 있다는 걸 현장에서 느꼈다. 세상 사람들이 장인의 솜씨라고 부르는 기술이다. 도장공, 미장공, 도배공마다 각자의 수학이 있었다. 무엇보다 혀를 내둘렀던 건 목수의 수학이었다. 방금까지 성인 화보집을 얼굴에 얹고 낮잠을 자던 사람들이 입체적인 치수를 뚝딱 알아내서 서가나 바 카운터를 만들어낸다. 그야말로 마술 같은 솜씨였다.

이 사람들이 교실에서 떠들던 교사보다 훨씬 머리가 좋다고 야스키는 생각했다. 자신도 나중에 목수가 돼볼까 싶었다.

야스키가 기숙사에 들어가고 한 달 후, 두 명이 그만두고 다른 사람이 두 명 들어왔다. 그 두 명도 금방 그만두고 또 한 명이 들어왔다. 그러다 누군가가 또 없어진다.

사람이 금방 들어오고, 금방 그만둔다. 도장업만 그런 것이 아니라 일본인이 육체노동을 싫어하는 시대가 됐다. 외국인 노동자가 그 틈새를 파고든다. 가와사키에는 일자리가 있었다.

어느덧 야스키 빼고는 외국인만 남았다.

사장도 어이가 없는지 "최근의 스모베야*를 보는 것 같잖아" 하

* 스모 선수를 양성하는 합숙 도장.

고 쓴웃음을 지었다.

바다를 건너 일본에 살면서 주 5일간 페인트를 칠해 돈을 버는 남자들. 방글라데시에서 온 야신, 필리핀에서 온 마빈, 프랑스에서 온 볼칸.

야스키를 지도해준 숙련공은 급여 문제로 사장과 다투고 그만뒀다. 회사 직원은 야스키를 포함해 기숙사에서 생활하는 네 명으로 고정됐다. 야신과 마빈만 도장업체에서 일해본 경험자다.

벚꽃 피는 계절이 되면 행정관청에서 시영주택의 보수 공사를 대형 건설회사에 발주한다. 그리고 야스키가 일하는 도장업체처럼 중소 하청업자에게도 일감이 주어진다.

고층 시영주택에 설치된 비계. 도장공들은 사전 조사를 해서 재료의 분량을 계산하고 외벽을 도장할 순서를 결정한다.

도장 작업에 들어가기로 한 날 아침, 세찬 비가 내렸다. 계절에 맞지 않게 진눈깨비가 섞인 차가운 비다. 비가 그칠 때까지 기다리는 수밖에 없다. 페인트가 완전히 마르기 전에 물에 젖으면 마감할 때 얼룩이 생긴다.

빗발이 점점 강해졌다. 역앞 상점가와 주택에 침수 피해를 발생시키고, 벚꽃을 떨어뜨리면서 아침부터 밤까지 계속 내렸다.

드디어 비가 그친 다음 날 아침, 고글과 방독마스크로 얼굴을 가리고 흰색 상하 일체형 작업복을 입은 야스키는 필리핀인 마빈과 함께 시영주택의 외벽에 분무식으로 도장 작업을 했다. 스프레이 건과 무거운 컴플레서를 가지고 11층부터 차례차례 작업을 하면서 내려갔다.

스물여덟 살인 마빈은 마닐라에 아내와 딸을 남겨놓고 일본으로 건너왔다. 열여섯 살 때까지 프로를 지망하며 복싱에 힘썼지만, 아마 복싱에서 좋은 성적을 내지 못해 포기했다고 한다. 지금도 복싱을 정말 좋아해서 텔레비전에서 중계해주는 경기를 기숙사에서 자주 본다.

마빈은 휴식 시간에 담배를 피우는 대신, 섀도복싱*을 한다. 기분이 좋을 때는 양손을 쳐들고 미트 치기를 받아주는 트레이너 흉내도 낸다.

그는 동료의 펀치를 받아주기 위해 목장갑을 세 개 겹쳐서 꼈다. 프랑스인 볼칸과 방글라데시인 야신도 힘이 꽤 좋지만, 마빈은 야스키의 펀치에 제일 놀랐다. 덩치가 큰 사람은 팔을 크게 휘둘러서 힘껏 펀치를 내지르는 경우가 많은데, 야스키는 182센티미터라는 큰 키를 활용해 탄력 있고 날카로운 잽을 날렸다. 가볍게 한 방만

* 복싱에서 상대방이 앞에 있다고 가정하고 공격, 방어, 풋워크 따위를 혼자서 연습하는 것.

맞아봐도 경험자인 마빈은 펀치의 가치를 알 수 있었다.

"복싱이야."

마빈은 어색한 일본어로 말했다.

"페인트칠만 아까워."

야스키는 마빈에게 그런 말을 들을 때마다 웃어넘겼다. 치고받는 스포츠에는 흥미가 없다.

초벌 작업이 끝나자 마침 점심시간이라 마빈과 볼칸은 함께 시내 도로 옆의 정식집에 갔다. 야스키는 작업 차량 뒷문을 열고, 도시락을 꺼내서 뒷문 밑에 생긴 응달에 앉았다. 도시락이라고 해봤자 밀폐 용기에 담긴 삶은 달걀 네 개와 알루미늄 포일에 싸서 온 사과 두 개가 전부다.

야신이 다가와서 야스키 옆에 앉았다. 이슬람교도인 야신은 매일 기숙사 부엌에서 인디카 쌀과 닭고기로 카레를 만들어 온다. 스물다섯 살. 일본어 회화 실력이 뛰어나다. 일솜씨도 좋고, 보라색 니커보커스*를 입으면 일본인처럼 태가 난다.

야신이 직접 만든 카레를 먹으며 말했다.

"그쪽 벽은 오늘 끝날 것 같아?"

* 무릎 아래에서 졸라매는 형태의 낙낙한 바지. 일본에서는 토목, 건설 분야에서 작업복으로 많이 입는다.

"응."

야스키는 대답했다.

"끝날 거야."

"이쪽은 야단났어. 작업에 영 진전이 없네."

야스키는 삶은 달걀에 소금을 뿌린 후 중얼거렸다.

"볼칸."

"나 혼자 하는 편이 빨라."

야신은 떨떠름한 표정으로 스푼을 입에 가져갔다.

일솜씨가 없는 볼칸은 언제 잘려도 이상할 것 없다. 실수해서 주의를 받았을 때의 태도에도 문제가 있다.

두 사람은 더 이상 볼칸에 대해 이야기하지 않고 묵묵히 도시락을 먹었다.

"이 부근도."

잠시 후 야신이 입을 열었다.

"옛날부터 잘 아는 곳이야?"

야스키는 주변을 둘러보았다.

"여기서 자주 놀았지. 전에는 슈퍼마켓이 있었는데, 주차장에서 매주 자전거를 훔쳤어."

"오토바이도 훔친 적 있어?"

"그건 역 근처에서. 당신은 어릴 적에 어땠는데?"

"오토바이를 훔친 적은 없어. 빌린 적은 있지."

"방글라데시 경찰관한테는 그러면 통해?"

"어땠더라."

야신은 갈색 이마에 맺힌 땀을 수건으로 닦고 큰 눈을 반짝이며 미소 지었다.

"경찰관도 가지각색이니까."

식사가 끝나자 야신은 보온병에 담아온 홍차를 컵에 따라서 마셨다. 야스키는 지포라이터로 담배에 불을 붙였다. 미성년자가 담배를 피운다고 나무라는 사람은 사장 말고 없다.

"아참, 야스키."

야신이 말했다.

"너한테 물어보고 싶은 게 있는데."

"뭔데?"

"고향을 떠나지 않는 이유는 뭐야?"

야스키는 연기를 내뿜으며 대답을 고민했다. 고향을 떠나지 않는 이유. 한 번도 생각해본 적 없었다. 그런 질문을 하는 사람이 주변에 아무도 없었기 때문이다.

말문이 막힌 야스키는 고향에서 지내온 나날을 돌이켜보았다. 부모의 이혼, 빈곤, 아버지의 재혼, 주정뱅이 여자, 절도, 싸움, 패싸움, 경찰 신세, 떠나간 아버지. 어른들이 술이나 약물에 빠져 날뛰고, 남을 다치게 하고, 스스로 목숨을 끊거나 했다. 그런 일상 풍경 속에 도사리고 있는 경찰들. 형사들. 중학교에 올라가지 않았을 무렵부터 놈들은 나를 눈엣가시처럼 여겼다. 지금도 구더기라고 생각한다. 보호 관찰도 끝났는데 나는 왜 여기에 있을까. 태어나고 자란 이 지역에.

야스키는 사과 심을 밀폐 용기에 넣었다. 옛날 같았으면 화단에 내던졌겠지만, 작업 현장에서 쉴 때는 그럴 수 없다.

"모르겠어."

야스키는 입을 열었다.

"확실히 고향을 떠난 적이 없네. 수학여행도 안 갔으니까. 당신은 왜 고향을 떠난 거야?"

"내가 떠난 건 나라야."

야신은 그렇게 말하고 웃었다.

"일단 열다섯 살 때 홀로 고향을 떠나 수도 다카로 이사했지. 방글라데시를 떠난 후에는 네덜란드, 독일을 거쳐 여기 일본까지 왔어. 오사카에 있다가, 요코하마에 있다가, 지금은 가와사키에 있지. 여기도 내게는 큰 도시야. 하지만 도쿄는 훨씬 크지. 그리고 여기서 가까워. 비행기나 배 없이도 갈 수 있지. 야스키는 열아홉 살이야. 그러니—"

"난 올해 열일곱이야."

"그래? 열일곱이라. 뭐, 상관없어. 내가 네 나이라면 분명 도쿄에 갈 거야."

"고향에 있으면 안 돼?"

"글쎄."

야신은 앞을 쳐다보았다.

"내가 살던 마을의 나이 많은 어르신들 말씀으로는, 오직 나무만 같은 곳에 계속 있어도 된대. 나무는 그 땅의 비나 바람에 섞인 나쁜 기운을 열매나 잎으로 바꿀 수 있지만, 인간이나 동물은 그게 안 돼. 그래서 쭉 똑같은 곳에 있으면 나쁜 걸로 변해."

"내가 그렇다는 거야?"

"그런 말은 안 했어."

야신은 홍차를 마셨다.

"넌 고향을 떠나지는 않았지만 온종일 일하잖아. 왜, 기분 상했어? 너무 신경 쓸 것 없어. 노인네가 좋아하는 교훈담 같은 거야. 즉, 게으름뱅이에게 '일해라' 하고 훈계하는 거지."

기숙사로 돌아온 야스키는 야식으로 사 온 스키야키 도시락 2인분을 다이닝키친의 공용 테이블에서 먹었다. 고기를 입에 넣으며 스마트폰으로 온라인 뉴스 기사를 건성으로 읽었다. 미국 남부에서 일어난 폭동. 중국에서 유출된 가상화폐. 이와테현의 동물원에서 탈출한 타조. 요코하마시에서 행방불명된 여중생의 얼굴 사진.

도시락을 먹어치우자마자 욕실을 청소했다. 수요일 청소 당번. 야스키는 자기가 닦은 욕조에 제일 먼저 몸을 담근 후, 평소보다 일찍 잠을 청했다. 그리고 갑자기 잠을 방해받았다. 초인종을 울린 건 관할서 경찰관들이었다.

야스키는 한밤중에 볼칸이 편의점에 간 줄 몰랐다. 야신과 마빈도 마찬가지였다. 기숙사로 돌아오는 길에 볼칸은 불심검문을 당했고, 제복 경찰관과 승강이를 벌인 끝에 호주머니에 넣어둔 건조대마를 적발당했다.

볼칸이 체포된 후 경찰은 볼칸이 거주하는 기숙사를 조사하기 위해 수색영장을 요청했고, 법원에서 당직 근무를 서고 있던 배석판사가 즉시 도장을 찍었다.

기숙사로 호출된 사장이 입회한 가운데, 경찰은 야신과 마빈의 여권, 그리고 취업비자를 면밀히 조사했다.

형사들은 외국인 노동자보다 야스키에게 더 깐깐하게 굴었다. 그들은 주문이라도 외듯 끈덕지게 말했다.

역시 너냐. 어차피 잎새는 네가 물어다 준 거겠지. 도장공? 웃기고 자빠졌네, 신너가 목적이겠지.

형사들은 야스키가 창가에 놓고 키우던 수초를 유리병째로 압수하라고 감식반원에게 명령했다. 그건 누가 봐도 평범한 관상용 수초임을 모를 수가 없는 물건이었다.

여러모로 형사에게 트집을 잡힌 야스키는 한숨도 못 자고 아침을 맞았다. 피로와 공허함이 가슴속에 퍼져 나갔다. 방해꾼. 쓰레기. 범죄자. 여기 있는 한 영원히 그런 취급을 받는다. 야신이 어제 낮에 했던 말이 귓속에 되살아났다.

고향을 떠나지 않는 이유는 뭐야.

볼칸이 체포된 다음 날, 도장 공사 한 건이 뜬눈으로 밤을 지새운 직원들의 일정으로 잡혀 있었다.

지은 지 오래된 일본가옥으로, 내용은 '부엌 천장 보수 공사'다.

요전에 큰비가 온 탓인지 부엌 천장에서 물이 샌다고 했다.

배관업자와 목수의 작업이 끝나고 나서 교체한 천장 보드에 페인트를 칠할 예정이므로, 직원들은 오후에 가면 된다.

하지만 기숙사에서 푹 퍼져 있으면 또 경찰이 쳐들어올지도 모른다. 사장은 아침부터 가와사키서에 불려갔다. 세 사람은 방에서 쉬기보다 현장에 나가기를 선택했다.

차에 올라탄 세 사람은 20여 분 만에 현장에 도착했다. 회사에 가까운 동네 서쪽 끄트머리, 오래된 집이 늘어선 곳이다. 한 동네지만 야스키도 와본 적이 거의 없다.

1970년대 중반에 지어진 일본가옥을 둘러싼 담장 앞에 배관업자와 목수의 트럭이 주차돼 있었다. 야스키는 녹슨 대문을 지나 부지에 발을 들여놓았다. 어두운 인상의 집이다. 가지치기를 하지 않은 나무의 그림자가 드리워졌고, 황폐해진 정원에는 기와가 몇 개 떨어져 있었다. 금 간 외벽. 세로로 갈라진 물홈통, 부엌 천장뿐만 아니라 보수해야 할 곳이 넘친다. 사람이 사는 곳이 맞나 싶을 정도였다. 폐가에 가깝다.

현관 옆 차고에 검은색 소형 박스카가 들어 있었다. 집보다는 새것 같은 차. 비 내리는 날에 달렸는지 타이어와 문에 튄 진흙이 말라붙었다. 차고에서 세 사람과 잘 아는 목수들이 담배를 피우고 있었다. 도편수가 먼저 세 사람에게 아는 체를 했다.

"일찍 왔네. 페인트칠은 오후부터인데."

"죄송합니다."

야신이 머리를 숙였다.

"사정이 좀 있어서요."

"와봤자 할 일도 없어."

"저희도 도울게요."

야스키의 말에 마빈이 오는 길에 산 캔커피를 도편수에게 내밀었다.

완전히 지친 얼굴의 여자가 어두운 집의 현관문을 열고 나왔다. 여자는 이른 아침부터 집을 찾아온 배관업자, 목수, 도장공을 쳐다보았다.

여자는 머리가 부스스했고 화장을 지운 눈 밑에는 다크서클이 있었다. 몹시 화려한 빨간색 원피스에, 술 냄새와 향수 냄새가 섞인 강한 체취. 야간업소에서 일하는 사람의 냄새. 겉으로 보기에 야스키의 어머니와 나이가 엇비슷할 것 같았다.

배관업자가 접이식 사다리에 올라가서 천장 위를 들여다보는 동안, 야스키와 직원들은 목수들이 작업을 준비하는 걸 도왔다. 신발을 신고 집 안에 들어갈 수 있도록 현관에서 부엌까지 이어지는 동선을 따라 신문지를 깔고, 천장 바로 밑에는 방수포를 깔았다. 그리고 위에서 떨어진 자재에 바닥이 상하지 않도록 방수포 위에 모포를 깔았다.

배관업자가 누수 공사를 마치자, 목수들이 코와 입을 수건으로 가리고 접이식 사다리에 올라가서 낡은 천장 보드를 쇠지렛대로 벗겨냈다. 잠시 후 천장에 커다란 구멍이 생겼다.

배관업자가 작업을 지켜보던 여자에게 사인을 받고 도구를 챙겨서 돌아가려는데, 복도 안쪽에서 발소리와 함께 덩치 큰 장발 남자가 나타나서 길길이 소리를 질렀다. 목수들이 놀라서 작업하던 손을 멈췄다.

야스키는 느닷없이 나타난 장발 남자를 올려다보았다. 182센티미터인 야스키보다 더 크다. 190센티미터는 족히 넘는다. 검은 머리칼이 늘어진 암녹색 티셔츠, 지저분한 청바지, 핏발 선 눈.

장발 남자는 작업을 지켜보던 여자에게 다가가서 "뭐 하는 짓이야?" 하고 따졌다. 겉보기보다 어리게 들리는 목소리였다.

"이 자식들 뭐야?"

"나, 오늘 쉬는 날이니까."

여자는 카랑카랑한 목소리로 대꾸했다.

"사람을 불러서 공사하겠다고 말했잖아."

장발 남자는 한순간 입을 다물었다가 뭔가 말하려 했지만, 결국 아무 말 없이 여자의 어깨를 양손으로 떠밀었다. 여자는 헝겊 인형처럼 거실 테이블까지 확 밀려났다. 테이블에 놓여 있던 접시와 유리잔이 떨어져서 깨졌다. 배관업자가 허둥지둥 여자에게 달려갔다.

힘을 과시한 장발 남자는 가슴팍이 두껍고 목과 팔도 굵었다. 적게 잡아도 백 킬로그램은 나갈 법한 거구지만, 운동을 하는 것처럼 보이지는 않았다. 나이는 20대라고 하면 20대, 30대라고 하면 30대로도 느껴졌다. 지저분한 청바지 뒷주머니는 타져서 구멍이 났다. 그리고 맨발이었다.

야신과 마빈은 얼떨떨한 표정이었고, 야스키는 도편수의 얼굴을 보았다.

도편수는 코와 입을 가린 수건을 내리고 사다리에서 내려섰다.

"웬 난리람."

도편수는 장발 남자에게 말을 걸었다.

"이보쇼, 이 집 사람이요?"

장발 남자가 돌아보았다.

"여긴 내 집이야."

적의를 숨기지 않는 상대에게 도편수는 차분한 목소리로 물었다.

"이 집 아드님?"

도편수의 말이 맞을 거라고 야스키는 생각했다. 남편치고는 여자와 나이 차이가 크다. 거실에 쓰러진 여자는 허리를 다쳤는지 일어서지 못하고 끙끙거렸다.

“맞는데 왜?”

장발 남자는 도편수에게 언성을 높였다. 야스키가 보기에는 혼란에 빠져 안절부절못하는 것처럼 느껴지기도 했다.

“이 망할 할망구, 왜 멋대로 공사를 의뢰하고 지랄이야. 난 아무것도 몰랐어.”

“그건 영업 쪽이랑 이야기하시고.”

도편수는 그렇게 말하고 천장을 올려다보았다.

“어쩔까? 구멍이 뻥 뚫렸는데, 여기서 그만둘까요?”

분노로 몸을 떠는 아들과 숙취에 시달리는 어머니가 이야기를 나누는 동안, 남자들은 한숨을 쉬며 밖에서 기다렸다. 도편수는 원청인 건축 사무소에 전화를 걸어 현재 상태를 전달했다. 억지로 시비를 걸고 고소하겠다는 협박으로 건축 사무소에서 돈을 뜯어내는 놈들은 드물지 않다.

30분이 헛되이 지나간 후, 여자가 현관문으로 나와서 “공사를 마무리해줘요” 하고 말했다.

“저래서는 부엌을 못 쓰니까.”

말을 마치고 여자는 안쪽 방으로 들어갔고, 대신에 아들이 남았다.

장발 남자가 말없이 날카로운 눈으로 모두의 움직임을 감시했다. 언제 날뛸지 모르는 거구의 남자에게 감시를 당하는데 기분이 좋을 리 없다. 목수들은 부랴부랴 천장에 새 보드를 끼우고 못을 박았다. 휴식 시간도 없이 바쁘게 일을 끝낸 목수들은 벗겨낸 보드 잔해와 도구 상자를 챙겨서 도망치듯 집을 나섰다. 그 기분은 야스키도 잘 안다. 이런 집에 오래 머물러봤자 좋을 것 하나 없다.

도장공 세 명은 장발 남자와 눈이 마주치지 않도록 조심하며 오로지 페인트만 칠했다. 야스키는 천장을 올려다보고 롤러를 굴리며 생각했다. 만약 나였다면 이놈처럼 폭발했을까. 어머니가 아무 언질도 없이 집을 보수 공사 하면. 그래, 돈이 없으면 화가 날지도 모르지. 하지만 이놈은 정말로 돈이 없다면, 이 집을 팔아버리면 되잖아.

장발 남자는 한 발짝도 움직이지 않았다. 감시는 도장 작업이 끝날 때까지 계속됐다.

세 사람은 벽에 붙인 보호용 비닐을 벗겨내고, 페인트가 떨어진 방수포를 말았다. 환기를 위해 열어둔 부엌의 나무틀 창문을 장발 남자가 난폭하게 쾅 닫았다.

장발 남자는 집을 나서려는 세 사람을 끈질기게 따라왔다.

이놈은 언제부터 이 동네에 살았지?

야스키는 등 뒤로 시선을 느끼며 생각했다. 옆 동네에 가까운 서쪽 끄트머리일지언정, 이런 놈이 있다면 반드시 소문이 돌았을 것이다.

야신과 마빈이 먼저 집을 나섰다. 야스키는 남은 페인트통과 사다리를 끌어안고 두 사람을 따라 재빨리 현관을 나서려고 했다. 그때 바닥에 뭔가 딱딱한 것이 떨어지는 소리를 들었다.

돌아보자 현관턱 가장자리에 못이 하나 떨어져 있었다.

야스키는 못의 길이를 보고 눈이 동그래졌다. 제일 큰 쇠대못. 목수들이 가르쳐준 규격으로 말하면 N150—길이 15센티미터—로, 속칭 다섯치못이었다.

그런 못이 떨어져 있는 걸 보고, 야스키는 서둘러 떠났던 목수가 도구함에서 떨어뜨렸을 가능성을 제일 먼저 떠올렸다. 하지만 이렇게 큰 못을 천장 보드에 사용할까?

야스키는 못을 주우려고 몸을 구부렸다. 그러자 커다란 형체가 갑자기 다가왔다.

장발 남자는 예상치 못한 행동에 나섰다. 맨발로 못을 밟은 것이다. 이건 자기 것이라고 주장하듯, 청바지 밑단에서 드러난 오른발로 못을 완전히 덮어서 감췄다.

야스키는 고개를 들어 장발 남자의 눈을 들여다보았다.

둘 다 가만히 있었다.

말 없는 눈싸움이 계속됐다.

시간이 얼마나 흘렀을까, 작업 차량 운전석에 앉은 야신이 기다리다 지쳤는지 경적을 짧게 울렸다.

"얼른 꺼져."

장발 남자가 말했다. 딱딱하게 굳은 표정이었다.

"네 거 아니잖아."

야스키는 장발 남자에게서 눈을 돌리고 말없이 현관을 나섰다.

2층 침대 윗단이 야스키의 잠자리다.

볼칸이 없어진 기숙사에서 야스키는 어두운 천장을 쳐다보았다. 아랫단에서 잠든 야신의 숨소리가 들렸고, 다이닝키친을 사이에 둔 옆방에서 평소처럼 마빈이 코고는 소리가 여기까지 들려왔다.

도무지 잠이 오지 않았다. 눈을 감으면 장발 남자가 떠오른다. 놈의 태도. 남에게 겁을 먹은 주제에 자기한테 이길 놈은 없다는 자신감에 넘친다. 웃긴 새끼다.

나는 놈에게 화가 난 걸까. 그럼 잊어버려라. 놈에게 성질을 내 본들.

하지만 야스키가 잠들지 못하는 이유는 그뿐만이 아니었다.

뭔가 이상했다.

기묘했다.

못.

못 하나가 눈앞에 떠올랐다.

남자의 발치에 떨어져 있는 15센티미터 길이의—

발가락에 닿을 만한 곳에 못이 떨어져 있으면, 누구나 뒷걸음치는 법이다. 하물며 맨발이라면 그러는 게 보통이다. 하지만 놈은 망설임 없이 꾹 밟았다. 남에게 보여주기 싫은 물건을 감추듯이.

잠을 이루지 못한 채 깊어가는 밤과 함께 수수께끼도 깊어졌다. 못은 정말로 목수가 떨어뜨린 걸까. 그렇게 큰 못을? N150을 천장 보드에 사용할 리 없다. 현장에서 사용하지 않은 자재를 떨어뜨릴 리가 있는가.

목수가 못을 떨어뜨린다. 장발 남자가 줍는다. 그걸 다시 놈이 떨어뜨린다.

야스키는 눈을 감고 몸을 뒤척였다. 네 거 아니잖아, 하고 장발 남자가 말했다. 그 침침한 집에서 무슨 일이 생기는 건지도 모른다. 알 바 아니다. 나하고는 관계없다.

옛날식 자명종이야.

갑자기 아버지의 목소리가 귓속에서 되살아났다.

양초가 녹으면 못이 유리가 깔린 캔 바닥에 떨어져서 소리가 나지.

떨어진다. 떨어져서 소리가 난다. 못이 떨어지는 그 소리—야스키는 현관에서 돌아본 순간을 떠올렸다. 못이 바닥에 떨어진 소리가 들렸다. 그래서 돌아보았다.

어둠 속에서 야스키는 눈을 부릅떴다. 그건 놈의 못이다. 놈의 찢어진 청바지 뒷주머니에서 떨어진 것이다. 못은 처음부터 놈이 가지고 있었다. 15센티짜리 못을 뒷주머니에 넣고 아무렇지도 않게 집을 어슬렁거리는—놈은 뭐지? 그 집은?

야스키는 상하 일체형 작업복 위에 얇은 파카를 걸치고 소리가 나지 않도록 조심스레 2층 침대의 사다리를 내려왔다. 야신에게도, 마빈에게도 상의는 하지 않는다. 두 사람은 장발 남자가 맨발로 못을 밟는 모습을 못 봤다. 그리고 뭘 상의하면 좋을지도 모르겠다. 더구나 어젯밤에 볼칸이 체포돼서 그 고생을 했는데, 두 사람을 또 쓸데없는 일에 끌어들이면 민폐다. 최악의 경우에는 잘릴지도 모른다. 두 외국인이 가와사키에서 간신히 구한 직장이다. 다음 직장을 쉽게 구한다는 보장은 없다. 그렇게 생각하다가 야스키는 속으로 중얼거렸다. 그건 나도 마찬가지야. 나도 외국인이나 다름없어. 야스키는 손목시계를 차고 담배, 지포라이터, 스마트폰을 작업복 호주머니에 넣었다.

살그머니 맨션을 나서서 기숙사 사람들이 함께 사용하는 바구니 달린 자전거에 올라탔다. 야스키는 페달을 밟아 심야의 가와사키를 달렸다. 순찰하는 경찰관에게 걸리기는 싫었으므로, 큰길에서는 전조등을 꼭 켰다. 문득 버릇처럼 담배를 가지고 나온 것이 생각나서 도롯가에 담뱃갑을 내던졌다. 아깝지만 빨리 그 집에 가고 싶었다. 경찰관에게 트집을 잡혀서 시간을 낭비하기 싫었다.

꿈을 꾸는 듯한 기분이었다. 실은 꿈일지도 몰랐다. 이렇다 할 계획도 없이 그저 페달을 밟았다. 목적지만 정해져 있었다. 장발 남자의 뭔가가 마음에 걸려서 참을 수가 없었다. 이런 기분은 처음이었다. 어둠 속에 숨어서 그 집의 동태를 살펴볼 생각이었다.

차로 20분 거리를 30분쯤 걸려서 도착했다. 오늘 아침에 작업하러 왔던 현장. 부지 안쪽의 어둠은 낮보다 더 깊었다. 하늘을 올려다보자 보름달이 떠 있었다. 달빛은 나무에 가려서 현관까지 닿지 않는다. 야스키는 집 뒤편으로 돌아갔다. 부엌의 나무틀 창문에는 커튼이 없어서 안을 들여다볼 수 있었다.

컴컴해서 아무것도 보이지 않을 줄 알았는데, 뜻밖에 불이 켜져 있었다. 그리고 불빛 속에는 그 장발 남자가 있었다. 야스키는 숨을 삼켰다. 장발 남자는 천장을 향해 팔을 뻗은 모습이었다. 오래된 집이라 190센티미터가 넘는 키라면 의자에 올라가지 않아도 부엌 천장에 손이 닿는다.

장발 남자는 구멍을 내려는 건지 새로 끼운 천장 보드를 망치로 두드렸다. 이상한 행동이다. 야스키는 눈살을 찌푸렸다. 잠시 후 소리를 들은 남자의 어머니가 부엌에 나타났고, 두 사람은 말싸움을 시작했다. 야스키는 창틀에서 조금 떨어져서 그 상황을 지켜보았다.

여자의 목소리가 커졌다.

"도청기 같은 거 없다니까."

여자가 신경질적으로 말을 이었다.

"그냥 공사업자야."

장발 남자가 뭐라고 대꾸했다. 말다툼이 심해지자 야스키는 유리창에 얼굴을 바싹 가져다 댔다. 망치로 천장 보드를 부수려고 하는 장발 남자. 말리려는 여자.

"나도 좀 알자."

울음 섞인 여자의 목소리가 울려 퍼졌다.

"너, 대체 뭘 숨기고 있는 거야?"

그 말을 듣고 천장을 올려다보던 장발 남자가 여자에게 다가가 오른손으로 얼굴을 때렸다. 여자의 모습이 시야에서 사라지고 갑자기 울음소리가 멈췄다. 다시 주먹을 쳐드는 장발 남자의 뒷모습을 야스키는 창문 너머로 바라보았다.

야스키는 페인트로 범벅된 손목시계를 천천히 끌러서 황폐해진 정원의 어둠 속으로 던졌다. 낮에 도장 공사를 하다가 잃어버린 손목시계를 찾으러 온 것처럼 굴면 된다고 생각했다. 깊은 밤에 찾아온 이유는 어떻게든 핑계를 댈 수 있다. 내일 일할 때 손목시계가 꼭 필요하다든가, 아버지의 유품이라는 식으로.

부엌 창문 앞을 떠나서 현관으로 돌아갔다. 스스로 생각하기에도 어이가 없었다. 왜 여기 온 걸까. 남의 문제에 끼어들지 마.

그렇듯 후회하는 심정과는 반대로, 야스키는 오른손으로 현관문을 두드렸다.

두 번, 세 번.

잠깐 간격을 두었다가 또 두드렸다. 그러자 수건으로 얼굴 반쪽을 가린 여자가 현관문을 살짝 열었다.

“낮에 공사하러 왔었던 사람인데요.”

야스키는 말했다.

“손목시계를 이 집에 떨어뜨린 것 같아서요. 좀 찾아봐도 될까요?”

“이런 시간에요?”

여자가 떨리는 목소리로 되물었다.

“죄송해요. 소중한 시계라서요.”

“미안하지만 내일 다시 올래요?”

“안 될까요?”

야스키는 물고 늘어졌다.

“어? 다치신 거 아니에요? 괜찮으세요?”

“돌아가요.”

여자는 야스키를 밀어내고 문을 닫으려 했다.

이대로 물러났다가는 여자가 더 얻어맞으리라. 야스키는 재빨리 집 안에 대고 외쳤다.

“야, 안에 있지?”

“저기요.”

당혹스러워하는 여자를 무시하고 야스키는 인사를 계속했다.

"네가 무슨 짓을 하는지 다 알아. 그냥 돌려보내도 되겠어?"

반응은 없었다. 다가오는 발소리도 들리지 않았다. 야스키는 인사를 계속했다.

"집구석에서 나와. 아니면 낮에만 으스대는 거냐? 못을 못 챙겨서 안달 난 새끼야."

장발 남자의 눈빛.

그런 눈빛을 가진 놈이라면 이 정도 인사에도 응할 것이다—

다음 순간, 뒤쪽에서 기척이 느껴져 돌아보자 장발 남자가 서 있었다. 야스키는 머리를 보호하려고 양손을 올렸다. 강한 충격에 시야가 흔들렸다. 몸이 앞쪽으로 기울었다. 현관문이 활짝 열렸다. 야스키의 손목을 붙잡은 손이, 야스키를 다짜고짜 집 안으로 끌고 들어갔다. 수건을 떨어뜨린 여자가 코피를 흘리며 우는 모습이 보였고, 문이 닫히는 소리가 들렸다. 일단 밖으로 나가서 뒤쪽으로 돌아서 온다—야스키는 몽롱한 정신으로 생각했다. 그런 싸움의 기본도 잊어버린 건가.

망치로 야스키를 때린 장발 남자는 80킬로그램이 넘는 야스키의 축 늘어진 몸을 복도 제일 안쪽까지 끌고 가서 아무렇게나 내팽개친 후, 한숨 돌렸다. 그리고 피를 흘리는 야스키의 얼굴을 들여다보고 다시 망치를 쳐들었다.

위를 보고 누운 야스키는 작업복 호주머니를 손가락으로 더듬어서 지포라이터를 꺼냈다. 엄지손가락으로 라이터를 켜서 장발 남자의 오른발 발등에 던졌다. 상대는 맨발이다. 떨어진 못은 태연히 밟을지 몰라도 뜨거운 불은 견디기 힘들다. 장발 남자는 굵은 목소리로 비명을 지르며 지포라이터를 걷어찼다. 상체를 일으킨 야스키는 몸을 앞으로 구부린 자세로 장발 남자의 왼쪽 발목을 잡았다. 그리고 자기 몸쪽으로 힘껏 잡아당겼다. 식탁보를 빼는 묘기처럼, 순간적으로 재빠르게 잡아당기는 것이 비결이다. 균형을 잃은 장발 남자가 벌러덩 자빠지자 요란한 소리가 집 안에 울려 퍼졌다.

야스키가 심호흡을 하면서 비틀비틀 일어서자 장발 남자는 엉금엉금 기어서 복도 안쪽 방으로 들어갔다. 도망친 것처럼도 보였지만 금세 복도로 돌아왔다. 톱니 모양 칼날이 달린 서바이벌 나이프를 들고 있었다.

칼날 길이가 40센티미터도 넘는 악질적인 농담 같은 칼을 보고 야스키는 입고 있던 파카를 벗어 던졌다. 조금이라도 더 자유롭게 움직이기 위해서다.

나는 왜 이놈과 맞붙어 싸우고 있는 걸까. 이놈이 자기 어머니를 때렸기 때문인가. 그럼 난 저 여자를 구하려고 한 건가? 그렇더라도 내가 이놈을 때려 죽이면 저 여자가 내게 유리한 증언을 해줄까? 모르겠다. 머리가 아프다. 망치로 한 방 맞았다. 이놈은 누구지. 이놈은 나인가? 내가 내 어머니를 때리고, 그런 나와 내가 맞붙고 있는 건가. 모르겠다. 주정뱅이 여자를 구해준들 법원에서 엉터리로 증언하면 난 소년원행이고, 거기서 어른이 돼서 교도소로 이감된다.

그럼 도망칠까?

아이고, 머리야. 해골이 우그러졌을지도 모르겠다.

장발 남자는 오른손에 서바이벌 나이프를 쥐고 있었다. 야스키는 자기 왼쪽 벽에 찰싹 붙어서 움직였다. 상대도 그쪽 벽으로 오도록 유인했다. 그러면 상대의 오른쪽에 벽이 있으니까, 칼을 쥔 오른손의 움직임이 제한된다. 벽 때문에 칼을 수평이나 대각선으로 휘두르기 힘들다. 위에서 아래로 내리칠 수도 있겠지만, 이럴 때 대개는 한 가지 동작을 취한다. 앞으로 찌르기, 그것뿐이다. 그리고 서로가 상대를 죽여도 상관없다고 각오했을 경우, 빠른 쪽이 이긴다.

야스키의 몸에 어느덧 스며든 지식. 싸움꾼의 수학.

복도의 벽 옆에서 장발 남자가 오른손에 든 서바이벌 나이프를 앞으로 쑥 내밀었다. 야스키는 왼손으로 스트레이트를 날렸다. 노린 곳은 얼굴이 아니라 목이다. 주먹 관절로 울대뼈와 함께 기도를 뭉개버릴 작정이었다.

허공을 가른 서바이벌 나이프가 바닥에 떨어졌다. 장발 남자가 양손으로 목을 감싸고 무릎을 꿇자, 야스키는 훤히 드러난 얼굴을 스무 방 넘게 후려갈겼다. 장발 남자는 눈이 붓고, 코가 휘고, 미간이 찢어지고, 상처에서 튄 피로 검은 머리가 빨갛게 물들었다. 움직임을 멈춘 남자를 내려다보고 있자니 누군가의 신음소리가 들렸다. 장발 남자의 어머니보다 훨씬 어리게 느껴지는 목소리. 마치 아이의 울음소리 같았다. 야스키는 주의 깊게 복도를 둘러보다, 남자가 칼을 가지러 갔던 안쪽 방에 조심스레 발을 들여놓았다.

커튼을 단단히 쳐놓은 어두운 방. 숨이 콱 막힐 듯한 땀 냄새. 손으로 더듬더듬해서 불을 켜자 철망으로 만든 우리가 눈에 들어왔다. 우리에는 티셔츠와 속옷 한 장만 입은 소녀가 갇혀 있었다. 몸 여기저기에 얕게 베인 상처가 많았고, 입은 접착테이프로 막혀 있었다. 소녀의 두 발은 길쭉한 N150 못으로 우리 바닥에 깔린 커다란 베니어판에 박아놓았다. 못이 발을 관통했다.

야스키는 자기가 뭘 보고 있는 건지 잠시 이해하지 못했다. 설마 이런 광경에 맞닥뜨릴 줄은 생각지도 못했다. 그 여자는 알고 있었을까. 아니, 몰랐을 것이다. 알았다면 공사를 의뢰해서 사람들을 집에 들였을 리 없다. 완전히 쇠약해진 소녀의 얼굴. 야스키는 그 얼굴을 본 기억이 났다. 이런 우연이 다 있나. 야스키는 어안이 벙벙해졌다. 어제 야식으로 스키야키 도시락을 먹으며, 건성으로 보았던 온라인 뉴스 기사. 미국 남부에서 일어난 폭동. 중국에서 유출된 가상화폐. 이와테현의 동물원에서 탈출한 타조. 요코하마시에서 행방불명된 여중생의 얼굴 사진.

모든 것이 연결됐다. 교복 차림으로 웃는 소녀의 얼굴, 진흙으로 더러워진 차고 속의 검은색 소형 박스카, 남자가 발로 밟은 못, 얼른 감춰야 했었던 못.

야스키는 작업복 호주머니에서 스마트폰을 꺼내서 화면을 들여다보았다. 액정이 깨졌지만 손가락으로 건드리자 반응했다. 경찰을 부르려다 손가락을 멈췄다. 야스키는 쪼그려 앉아 우리에 얼굴을 가까이 댔다.

"살아 있어? 들려?"

야스키는 소녀에게 말을 걸었다.

"복도에 있는 그놈은 아직 살아 있어. 정말로 죽일 거면 기회는 지금밖에 없어. 해치우고 싶으면 내가 해줄게."

소녀는 감은 눈을 뜨지 않았다. 더는 신음소리도 내지 않는다. 죽었을지도 모른다.

야스키는 숨을 크게 내쉬고 바닥에 털썩 앉아서 말했다.

"미안해. 괜한 걸 물어봤네. 내가 알아서 죽여버리면 되는데."

우리 밖에 못이 하나 떨어져 있었다.

야스키는 소녀가 눈을 살며시 뜨고 자신을 바라본다는 걸 알아차렸다. 야스키는 말없이 웃음을 지었다. 그리고 난생처음 자기 손으로 경찰에 신고 전화를 걸었다.

버릴 곡이 없는 음반 같은 단편집, 『폭발물 처리반이 조우한 스핀』

일본 추리 문단의 신인상에는 늘 주목하는 편이다. 샛별 같은 신인의 작품은 훗날 번역 작업으로 이어질 수도 있고, 그렇지 않더라도 신인만이 쓸 수 있는 패기 넘치는 작품을 읽는 건 즐거운 일이니까.

하지만 신인상 수상작이라고 해서 전부 입맛에 맞는 것은 아니다. 심사위원의 평가 기준과 나 같은 일반 독자의 평가 기준은 확연히 다를 테니 어쩔 수 없기는 하다. 어쩌면 차기작은 내 입맛에 맞을 수도 있다. 하지만 한번 입맛에 맞지 않으면 다음번에 다시 도전하기는 망설여진다. 어렸을 때 생굴을 한번 먹어본 후로 다시는 생굴을 입에 대지 않는 것처럼.

사토 기와무는 내게 이른바 생굴 같은 작가다. 사토 기와무는 2004년 군조 신인상 우수작으로 선정된 『사디우스의 사신』으로 데뷔하지만(이때의 필명은 사토 노리카즈), 순문학 세계에서 10년 넘게 빛을 보지 못하다가 2016년에 에도가와 란포상을 수상하며 다시 데뷔한다.

에도가와 란포상 수상작인 『QJKJQ』는 심사위원 아리스가와 아리스가 '헤이세이의 도구라마구라'라고 표현하며 높이 평가한 작품이나 심사위원들 사이에서는 몹시 호불호가 갈렸다. 나도 입맛에 맞지는 않았지만 그 작품에 한 번 맛보면 결코 잊지 못할 강렬한 열량(에너지?)이 깃들어 있었던 것만큼은 인정한다. 어쩌면 그래서 더 거부 반응이 생긴 건지도 모르겠다.

그 후 사토 기와무는 『Ank: a mirroring ape』로 오야부 하루히코상과 요시카와 에이지 문학 신인상을 수상했고, 『테스카틀리포카』로 야마모토 슈고로상과 나오키상을 수상하며 문단에서 두각을 나타낸다. 하지만 두 작품은 일본 단행본으로 각각 482페이지와 560페이지에 달하는 묵직한 장편소설이다. 그렇게 큰 생굴을 고생하며 맛볼 생각은 들지 않아 제풀에 포기했다.

그리고 2022년 일본에서 사토 기와무의 첫 단편집 『폭발물 처리반이 조우한 스핀』이 출간됐다. 생굴이라도 작게 잘라서 꿀꺽 삼키면 먹을 수 있을지도 모른다. 그리하여 나는 사토 기와무와 두 번째로 만나게 되었다.

장편으로 출세한 사토 기와무지만, 원래는 단편의 팬이라고 한다. 단편을 통해 처음으로 소설의 재미를 알았다는 그의 말처럼,

어쩌면 단편은 광대한 소설의 세계에 입문하기에 적합한 '맛보기'용 소설일지도 모르겠다. 단편으로 소설의 재미를 깨닫고 장편으로 스텝 업하는 것도 하나의 방법일 수 있다. 그렇다면 단편집은 그러한 역할을 위해 적당히 읽기 쉽고, 적당히 재미있으면 되는 걸까?

사토 기와무는 그런 감각에 빠져서 몇 편만 재미있고 나머지는 질이 떨어지는 단편집을 내고 싶지는 않았다고 한다. '처음부터 끝까지 버릴 곡이 없는 음반'처럼 독자들이 수록작 전부 재미있었다고 느낄 만한 단편집을 목표로 삼고 싶었다고 한다. 이러한 마음가짐에 '한번 미끄러지면 다음 일이 들어오지 않는다'는 사실을 몸소 체험한 작가의 각오가 담긴 단편집이 바로 『폭발물 처리반이 조우한 스핀』이다.

그래서인지 이 단편집은 SF, 미스터리, 도시전설 등 내용도 다채롭고, 각 단편에 뜨거운 에너지가 넘친다. 어떤 의미에서는 '차원이 다른 수준의 단편집'이라는 띠지 문구가 딱 들어맞을지도 모르겠다. 좋다 나쁘다, 입맛에 맞다 맞지 않는다를 떠나 차원이 다른 수준의 독서 체험을 독자에게 선사한다.

2011년 3월 동일본 대지진이 일어났을 당시, 기업의 경비원으로 일하고 있었던 사토 기와무는 방사능이 포함됐을지도 모를 비를 맞으며 생과 사의 경계에 대해 생각했다고 한다. 그리고 그 강렬한 감각 앞에서 이것에 필적하는 소설을 써왔을까, 이것을 뛰어

넘을 소설을 쓸 수 있을까 고민한 끝에 계속 소설을 써보기로 결심했다. 사토 기와무의 작품들은 그 자문(自問)의 해답에 해당할 강렬한 '생굴'일 것이다. 눈 딱 감고 『폭발물 처리반이 조우한 스핀』을 꿀꺽 삼켜보기 바란다. 나처럼 더 큰 생굴을 맛보고 싶어질지도 모른다.

2023년 겨울

김은모

폭발물 처리반이 조우한 스핀

1판 1쇄 인쇄 2023년 11월 27일
1판 1쇄 발행 2023년 12월 5일

지은이 사토 기와무 **옮긴이** 김은모

편집장 민현주 **디자인** 박진범 **제작·마케팅** 송승욱 **총괄이사** 황인용 **발행인** 송호준

발행처 블루홀식스 **출판등록** 2016년 4월 5일 제2016-000100호
주소 경기도 파주시 회동길 483-1 **전화** (031)955-9777 **팩스** (031)955-9779
이메일 blueholesix@naver.com

ISBN 979-11-93149-08-9 (03830) **정가** 16,800원